D1865259

Shane Maloney

Weck mich, bevor du gehst

Roman

Aus dem australischen Englisch von Werner Richter

Diogenes

Titel der 1994 bei
Text Publishing, Melbourne,
erschienenen Originalausgabe: ›Stiff‹
Copyright © 1994 by Shane Maloney
Die Arbeit des Übersetzers
am vorliegenden Buch wurde vom
Deutschen Übersetzerfonds e. V.
unterstützt
Umschlagfoto von
Simone Pampado

Alle deutschen Rechte vorbehalten
Copyright © 2003
Diogenes Verlag AG Zürich
www.diogenes.ch
60/03/52/1
ISBN 3 257 06349 0

Für Christine,
meinen Rettungsanker

I

Vielleicht sollte ich gleich dazusagen, daß wir es hier mit keinem Rührstück zu tun haben. Die Zeiten sind hart, ich weiß, und bei aller Gerechtigkeit kommt es vor, daß mal einer kaltgemacht wird. Gelegentlich hat der Mensch Pech. Und wer meint, ich hätte von den Schicksalsschlägen des Lebens keine Ahnung, der irrt. Immerhin ist Schadensbegrenzung mein Job. Nur hatte mein berufsbedingtes Interesse bis dahin dem Pech anderer Leute gegolten, nicht meinem eigenen. Das mag der Grund gewesen sein, warum mich die Ereignisse dieser vier Oktobertage so völlig unvorbereitet trafen. Keine Sorge, ich plädiere gar nicht erst auf mildernde Umstände. Denn wenn man bedenkt, was anderen (die ich hier nennen könnte) passiert ist, bin ich noch glimpflich davongekommen.

Alles begann an einem nieselgrauen Montagvormittag um neun, als halb Melbourne auf dem Southeastern Freeway noch Stoßstange an Stoßstange aufgefädelt war. Ich hatte meinen Sohn Red vor der Schule abgesetzt und bog gerade mit unserem klapprigen alten Renault in die Sydney Road ein, als der Gedanke an all die Volvo- und Camirafahrer, die hinter ihren Scheibenwischern allmählich mürbe gedünstet wurden, ein leises Lächeln auf meine Lippen brachte. Man verstehe mich richtig: Ich hege keinen persönlichen Groll gegen diese Leute. Aber wenn Gott die östlichen Vorstädte dafür bestrafen will, daß sie die Liberals wählen, bin ich der letzte, der sich deshalb bei ihr beschwert.

Ich konnte mir meine Schadenfreude erlauben, denn der Stau auf der Brunton Avenue war meilenweit weg. In meiner Gegend, im Norden der Stadt, fangen die werktätigen Massen etwas früher mit der Maloche an, und die meisten, die noch einen Job hatten, waren längst an ihrem Arbeitsplatz. Um neun war die Rush-hour hier gelaufen. Abgesehen von ein paar hundert Kleinlieferwagen und gelegentlich einer Straßenbahn, die frühe Einkäufer auslud, zumeist Frauen mit Kopftüchern, gehörte die Fahrbahn in nördlicher Richtung mir allein.

Nicht daß ich mir einen abgebrochen hätte, um zur Arbeit zu kommen. Keine Stechuhr erwartete mich, und daß der Aktenberg auf meinem Tisch in Flammen aufging, wenn er noch ein Weilchen länger unberührt bliebe, stand auch nicht zu befürchten. Die Viertelstunde, die ich zur Arbeit brauche, erlaubt mir einen der wenigen Augenblicke ungestörten Alleinseins am Tag, und ich mache gerne das Beste daraus. Beim Fahren lese ich Zeitung.

Das ist ungefährlicher, als es klingt. Die längeren Artikel hatte ich schon beim Frühstück gelesen, außerdem ist die *Sun* die Sorte Boulevardzeitung, die man lesen kann, während man mit etwas anderem beschäftigt ist – beim Erbsenschälen zum Beispiel, oder an der Drehbank. Sie lag aufgeschlagen neben mir auf dem Beifahrersitz, und an jeder roten Ampel oder wenn ich hinter einer Straßenbahn herzockelte, überflog ich ein paar Seiten. Das Tamtam rund um die Frühjahrsrennen hatte begonnen, mit Schwerpunkt Pferdetoto, Mode und Gastronomie. *Pfeilschneller Blitz* galt als Favorit, *Schwarz* war schwer im Kommen, und mit *Spargel* ließen sich interessante Dinge anstellen.

Die Ampel bei der Bell Street hatte auf Grün geschaltet, und ich befand mich bereits mitten auf der Kreuzung, als mein Blick auf einen Namen fiel, der am unteren Rand von Seite siebzehn in einer Kurzmeldung verborgen war. Dabei erfuhr ich zum ersten Mal von Ekrem Bayraktar. Zu dem Zeitpunkt sagte er mir gar nichts. Aufmerken ließ mich der zweite Name. Ich griff nach der Seite, spannte sie über das Lenkrad und konzentrierte mich lange genug nicht auf den Verkehr, um die öffentliche Sicherheit ernstlich zu gefährden. Denn ich las folgendes:

> Die Polizei hat den Mann identifiziert, der am Freitag in einem Kühlraum der Großfleischerei Pacific Pastoral am nördlichen Stadtrand von Melbourne tot aufgefunden wurde. Bei der Leiche handelt es sich um den 42jährigen Ekrem Bayraktar, der als Schichtaufseher im Betrieb beschäftigt war. Die Behörden vermuten, daß er bei einer Routinekontrolle im Lager einen Herzinfarkt erlitt und erfror.
>
> Während Pacific Pastoral eine sofortige Überprüfung der Arbeitsabläufe im Betrieb angekündigt hat, nimmt die Regierung des Bundesstaates Victoria den Zwischenfall zum Anlaß, um ihre umstrittene Gesetzesvorlage über Gesundheit und Sicherheit am Arbeitsplatz im Oberhaus durchzuboxen. Nach gut informierten Kreisen in der *Trades Hall*, dem Sitz des

Gewerkschaftsbunds, soll die Angelegenheit bei einer Sitzung der Gewerkschaftsexekutive Ende nächster Woche erörtert werden. Labor-Industrieministerin Charlene Wills stand für Kommentare nicht zur Verfügung.

Erstaunlich, wie der vage Hauch einer parteiinternen Intrige seinen Weg in den Bericht über den Herzstillstand dieses armen Kerls gefunden hatte. Der interessierte mich aber gar nicht. In Alarmbereitschaft versetzte mich die Erwähnung der Industrieministerin: der gute Ruf von Charlene Wills lag mir sehr am Herzen.

Vor mir tauchte der Pentridge-Knast auf, der messerscharfe Stacheldraht auf der Sandsteinmauer glitzerte traurig im Nieselregen. Zu meiner Linken sah ich das italienische Café und ein paar alte einstöckige Reihenhäuser, die zu schicken Büroetagen und Gewerberäumen aufgemotzt worden waren. Ich hielt am Randstein, klemmte die *Sun* unter den Arm und drückte gegen die Glastür, auf deren Scheibe stand: ›Charlene Wills: Mitglied der gesetzgebenden Kammer für die Provinz Melbourne Upper‹.

Mit ein wenig Glück, dachte ich, bliebe mir noch Zeit, um Charlenes Büro im Parlament anzurufen und herauszufinden, was es mit diesem Mumpitz im Boulevardblatt auf sich hatte, bevor mich das Tagesgeschäft in den Schwitzkasten nahm.

Zu spät. Der tägliche Mühlstein war bereits von der Straße hereingewalzt und hatte sich vor dem Schreibtisch neben dem Eingang aufgepflanzt. Er war fest gebaut, vom bulligen Typ, irgendwo zwischen dreißig und fünfundvierzig, Entenschwanzfrisur und Hände wie Baseball-Handschuhe. Als ich eintrat, drehte er sich genervt um und gab mir mit einem giftigen Blick zu verstehen, er sei zuerst dagewesen, und ich hätte verdammt noch mal zu warten, bis ich an der Scheißreihe war.

Sein ganzes Gewicht balancierte auf den Fußballen, die Fingerspitzen drückten fest auf die Tischplatte. Finster musterte er Trish, die Bürokraft, und sagte: »Das laß ich mir nicht gefallen.«

Derlei Ansagen, teils drohend, teils flehend vorgebracht, gehören in den Bezirksbüros der Partei zur Tagesordnung. Aber dieser Macker schlug auf der Skala eher in Richtung Drohung aus, außerdem fing er jetzt an, sein khakifarbenes Arbeitshemd aus der Hose zu zerren und an den Knöpfen zu nesteln. »Ich zahl schließlich Steuern«, sagte er. »Ich kenne meine Rechte.«

Trish nickte dem Spinner wohlwollend zu und beugte sich, ohne ihn aus den Augen zu lassen, beiläufig vor, wie um ihm besser zuzuhören. Trish konnte sich auf ihr robustes Chassis verlassen und wüßte sich zur Not zu wehren, doch für den Fall, daß es mal tatsächlich ernst wurde, bewahrte sie in ihrem Papierkorb das dicke Ende eines abgesägten Billardqueues auf. Meines Wissens hatte sie es noch nie hervorholen müssen, aber gelegentlich dürfte ihr seine bloße Anwesenheit schon ein Trost sein. Wenn sich das Benehmen dieses Blödmanns nicht bald besserte, stand uns jedenfalls ein übler Wochenanfang bevor.

»Kann ich helfen?« fragte ich und trat einen Schritt vor. »Mein Name ist Murray Whelan, ich leite das Bezirksbüro von Charlene Wills.«

Bei meinen Worten drehte sich der Mann um und riß sein Hemd auf wie bei einem Zaubertrick oder der Enthüllung eines grandiosen Denkmals. Darunter kam auf den ersten Blick ein etwas unruhig gemustertes T-Shirt zum Vorschein. Erst bei genauerem Hinsehen erkannte ich, daß er so lückenlos tätowiert war, wie ich es noch nie an einem menschlichen Wesen gesehen hatte – in Australien keine geringe Leistung.

Ich versuchte unbeeindruckt zu bleiben, während ich der stillschweigenden Aufforderung nachkam, seinen Brustkorb zu begutachten. Er trug da zweifellos ein Werk künstlerischen Schaffens zur Schau: feuerspeiende Drachen, dolchdurchstoßene Herzen, auf Tigern reitende Dämoninnen, flammenumzüngelte Totenschädel bis hin zu Tick, Trick und Track, es fehlte einfach nichts. Unzählige kleine Bilder explodierten aus seinem Hosenbund, wanderten den schwammigen Wanst hinauf, bedeckten den Oberkörper, schwappten über die Schultern und den Rücken wieder abwärts.

Beim V zwischen den Schlüsselbeinen des Mannes hörte der irrwitzige Farbenwirbel jedoch abrupt auf, und genauso im mittleren Bizepsbereich – dort wo normalerweise ein kurzärmliges Sommerhemd aufhört. Auch Hände, Hals und Gesicht blieben unverziert. Keine Spinnweben schmückten seine Ohrläppchen, keine ineinander verschlungenen Vögelchen flatterten ihm den Nacken hinauf. Das war ein gutes Zeichen. Hier stand jemand, dem immerhin klar war, daß manche Leute beim Anblick von Tattoos die falschen Schlüsse ziehen, und der seinen Selbstverzierungstick genügend unter Kontrolle hatte, um seinem Marktwert nicht zu schaden. Einer, der vernünftig mit sich reden ließ.

Und da er nun ein verwandtes männliches Wesen vor sich hatte, riß er sich etwas zusammen. »Ich will, daß der Kerl seine Lizenz verliert.« Er bohrte den Daumen in zwei Barockengelchen unmittelbar über seinem Herzen, frisch gestichelt und sehr gelungen, die eine üppig verzierte Schriftrolle hochhielten. Ich drehte ihn an den Schultern ein wenig zur Seite, um besser lesen zu können. Auf der Rolle stand: ›Gial auf ewig‹.

»Gial?«

Er nickte verdrossen. »Gail hat's nur kurz gesehen und ist sofort explodiert«, sagte er. »Meinte, wenn ich nicht mal ihren Namen richtig buchstabieren kann, würde sie mich auch nicht heiraten.«

Dann hellte sich seine Miene auf. »Dem Tätowierer hab ich gesagt, seine Lizenz kann er sich abschminken. Und ich geh hier nicht raus, bis es soweit ist. Keinen Schritt. Da bin ich Ben-Stur-wie-Scheißbeton.«

Als mir Charlene vor drei Jahren den Job anbot, ihre Wähler zu betreuen, galt das Bezirksbüro eines Labor-Abgeordneten als absolut stilles Wasser. Dann war die Wende gekommen, die Strömung hatte gewechselt und Labor an die Macht gespült, zuerst nur bei uns im Staat Victoria, bald darauf im ganzen Land. Wir waren die Nummer eins im Land. Und seither war das Schild am Eingang für jeden Dumpfmeister in zehn Kilometern Umkreis zum rettenden Leuchtfeuer geworden.

Als ich im Büro anfing, bestand unsere Kundschaft aus ganz normalen Wählern, Leuten, die sich gegen Beamtenwillkür oder Verwaltungsfilz zur Wehr setzten. Gelegentlich ein harmloser bleicher Penner mit Maggi-Aroma auf der Suche nach einem warmen Winkel. Doch dann versammelte sich bei uns jeden Tag ein derartiger Schwarm von Schwachsinnigen und Schwindlern, daß man hätte meinen können, auf dem Schild vor der Tür stünde: ›Wir rupfen Ihre Hühnchen für Sie‹.

Allmählich dachte ich manchmal, die gute soziale Sache könnte meine Fähigkeiten ruhig effektiver einsetzen. Die Verwaltung eines kleinen Sees oder eines Föhrenwäldchens im Auftrag des Umwelt- und Naturschutzministeriums etwa, oder meinetwegen auch nur einer ansehnlichen Hügelkette. Egal, Hauptsache weniger Laufkundschaft.

»In Ordnung, Mr. Stur-wie-Scheißbeton«, sagte ich achselzuckend. »Mal sehen, was ich tun kann.« Hinter dem Rücken des Mannes stand die inzwischen wieder gelassene Trish und grinste breit. Ich deutete ihr mit diskret gespreizter Hand an, daß ich spätestens in fünf Minuten gestört werden wollte, und führte ihn nach hinten in mein Büro. Soviel verlogene Betroffenheit sollte reichen, um dieses Paradebeispiel einer Nervensäge gefahrlos hinauszubefördern. »Hier entlang.«

Ben Stur, oder wie der Kerl hieß, stopfte sich das Hemd in die Hose zurück und schlurfte mir nach. »Das ist einfach ungerecht«, murmelte er in seinen Bart.

Was sich mein Büro nannte, war eine kleine abgeteilte Koje, die hinter dem Schrank mit Formularen im äußersten Winkel des Raums klemmte. Bevor die Wahlen Charlene zur Ministerin der Krone gekürt hatten, war es ihres gewesen. Damals hatte ich mir mit Trish und allen anderen, die zufällig hereinschneiten, den Empfangsbereich geteilt. Es dauerte jedoch nicht lange, bis ich das Privileg politischer Macht ergriff und Charlenes immer häufigere Abwesenheit nutzte, um ihren Schlupfwinkel zu besetzen.

Ich drehte das flackernde Neonlicht an, ließ mich hinter dem Schreibtisch aus furniertem Sperrholz nieder und deutete auf das gelbe Plastik des Besucherstuhls. Während Stur seinen Hintern in den Behälter senkte und dabei mein Tourismusplakat mit dem Wilsonschen Vorgebirge verdeckte, legte ich mir ein Blatt Papier zurecht, nahm mit bürokratischem Bierernst die Kappe von meiner Füllfeder und bemühte mich um einen Gesichtsausdruck, als gäbe ich einen Deut.

»Ich würde dir ja gerne helfen, Kumpel, echt«, fing ich an, »aber du bist in der falschen Abteilung.«

Stur knöpfte seine Nationalgalerie fertig zu, fuhr sich mit den Fingern durch die fettige Pompadourfrisur und setzte die Miene des zutiefst Getäuschten auf. »Ich hab den Verbraucherschutz angerufen. Die sagen, ich soll mich an meinen Bezirksabgeordneten wenden.«

Typisch. Beim Verbraucherschutz waren sie wirklich Spitze im Abwimmeln. Ich nickte verständnisvoll und tat so, als würde ich mir Notizen machen. Es sei dies das erste Mal, erklärte ich, daß das Büro von Mrs. Wills mit dem Fall eines legasthenischen Tattoo-Künstlers betraut sei. Und wenngleich die Frau Minister zweifellos auf seiner Seite stehe, seien die Befugnisse einer Abgeordneten bei der Revisionskammer der staatlichen Gesetzgebung in solchen Fällen doch eher eingeschränkt.

Zwischen uns, ganz oben auf meinem überbordenden

Kasten für unerledigte Post, lag die immer noch auf Seite siebzehn aufgeschlagene und in der Mitte gefaltete *Sun*. Wenn ich diesen Scherzkeks nicht umgehend zur Tür hinaus stinke, dachte ich, beginnt die Sitzung im Parlament, und Charlene ist für den Rest des Tages unerreichbar.

»Ich geh hier erst dann raus«, erklärte Stur, »wenn die Sache erledigt ist.«

»Das gehört vor Gericht«, erwiderte ich. »Entschädigung. Schadenersatz plus Zivilstrafe.« Das war Wasser auf seine Mühlen. »Dafür ist der kommunale Rechtsschutz zuständig.« Im Familiengesetz müßte sich doch irgendein Passus finden, der den finalen Bruch der Beziehungkiste zwischen einem Mann, seinem Tätowierer und seiner Zukünftigen regelte.

Als wäre ich die Tüchtigkeit in Person, wählte ich die Nummer der Beratungsstelle und vereinbarte einen Termin, nannte aber keine Details, denn sie sollten nicht denken, ich wollte sie durch den kollektiven Kakao ziehen. Vor Freitag konnten die Lahmärsche ihn sowieso nicht unterbringen. »Die kümmern sich darum«, teilte ich Stur mit. »Sind Spitzenleute.«

Das Büro der Rechtsberatung war zu Fuß eine Viertelstunde entfernt. Ich malte ihm den Weg auf, schrieb den Termin darunter und schob den Zettel über den Tisch.

Stur verschränkte die Arme auf der Brust. »Du willst bloß, daß ich die Fliege mache.«

Richtig. Aber keiner durfte behaupten, ich hätte mich nicht bemüht. »Hör zu, Alter«, sagte ich schon eine Spur heftiger, »ich kann sonst nichts tun. Jetzt kümmert sich die Rechtsberatung darum. Alles Gute. Gib uns Bescheid, wie die Dinge stehen. Ich halte Charlene auf dem laufenden. Aber vorläufig sind mir die Hände gebunden.«

Er schüttelte den Kopf und drückte seinen Technicolortorso noch fester in den Plastiksitz. Ich steckte die Nase in Charlenes Korrespondenzordner und fragte mich, wann Trish endlich mit irgendeiner dringenden Ausrede hereinzuplatzen gedachte. *Sehr geehrte Frau Minister,* fing der erste Brief an, *Sie sind eine verräterische Salonbolschewistin, Sie Luder.*

Fünf Minuten später gab ich immer noch vor zu lesen, während Stur mich unverändert böse anstarrte. Was erwartete der denn von mir? Daß ich eine Flasche Tipp-Ex und einen blauen Kuli aus dem Ärmel zauberte und den Schreibfehler auf seiner Brust persönlich ausbesserte? »Dann hol ich eben die Bullen«, sagte ich lahm.

Er schnaubte bloß verächtlich. Völlig zu Recht. Einerseits konnten wir es uns kaum leisten, jemanden gleich abführen zu lassen, bloß weil er verlangte, daß sich die Regierung um seine Probleme kümmerte. Dazu waren wir schließlich da.

Zum anderen fiel es mir schwer, überzeugend zu klingen. Wenn ich bei jedem streitsüchtigen Kunden die Polizei riefe, müßten die glatt einen Shuttle-Service einrichten. Und wenn ich an die ständigen Budgetkürzungen dachte, die der Innenminister, ein Fraktionsverbündeter von Charlene, seinen Beamten zumutete, standen die Chancen dafür eher schlecht.

Doch vor allem konnte ich die Bullen unmöglich wegen eines liebeskranken Knallkopfs mit eingraviertem Amor auf der linken Titte rufen – mit sozialer Gerechtigkeit hätte eine Aktion dieser Art für mich nur wenig zu tun. Mochten die Bullen kriegen, wen sie kriegen konnten. Mit Typen wie Stur war ich zur Schule gegangen, und sollte ich mit ihnen auf einmal nicht mehr fertig werden, sondern auf die Hilfe der Knüppelträger angewiesen sein, käme das einer Beleidigung meiner persönlichen moralischen Grundsätze und meines Berufsstolzes gleich. Streitereien bleiben am besten in der Familie. »Tu mir einen Gefallen«, sagte ich, »verpiß dich.«

Stur grinste boshaft und lehnte sich zurück, als hätte er massenhaft Zeit. Zum Glück läutete in diesem Moment das Telefon. Es war aber nicht Trish, sondern Greg Coates, ein stellvertretender Leiter im Melbourner Büro des Ministeriums für Einwanderung und ethnische Angelegenheiten.

Knapp ein Viertel der Wahlberechtigten der Provinz Melbourne Upper waren im Ausland geboren, deshalb kamen häufig Leute mit Einwandererproblemen zu uns. Kein Problem. Einwanderung ist eine Angelegenheit für das Commonwealth, wir verwiesen sie also einfach an den örtlichen Parlamentsabgeordneten weiter.

Allerdings ging es meistens um nichts weiter als kleinere sprachliche Mißverständnisse, und es wäre geradezu kriminell gewesen, wichtige Bundespolitiker mit derlei Kleinkram zu belästigen. Noch dazu, wenn die Lorbeeren auf Charlenes Konto gebucht werden konnten. Dafür zu sorgen war kein Problem: Greg Coates und ich waren seit der Uni befreundet und inzwischen Speerträger derselben Partei. Er rief mich in der Regel einmal die Woche an, wir trieben ein wenig den Amtsschimmel auf die Weide und tauschten dabei Polittratsch aus.

Ich schwang meinen Stuhl herum, um so dem Tätowierwunder demonstrativ den Rücken zu kehren, und befaßte mich eine Viertelstunde lang mit dem Besprechen eines Stapels von Anträgen auf Familienzusammenführung. Irgendwann lenkte Coates das Gespräch ganz beiläufig auf die Möglichkeit vorgezogener Neuwahlen. Es wurde viel gemunkelt, und da Charlene dem Kabinett angehörte, ließ Coates keine Gelegenheit aus, um mich nach den neusten Insiderinfos auszuquetschen.

Ich sagte ihm alles, was ich wußte, was exakt Null Komma gar nichts war, und wir beendeten das Gespräch mit den üblichen Zusagen, demnächst auf einen Drink zu gehen. Als ich meinen Stuhl herumschwenkte, um aufzulegen, hatte Stur meine *Sun* in der Hand und tat so, als könnte er lesen.

Ich wollte gerade ernsthaft sauer werden, als das Telefon erneut läutete. Diesmal war es eine griechische Rentnerin, eine sympathische Alte, der ich öfter mal dabei half, bei der städtischen Wohnbauverwaltung ihre Klempnerprobleme zu Gehör zu bringen. Verglichen mit der fleischgewordenen Idiotie mir gegenüber, waren die institutionellen Schikanen beim Wohnbau ein Kinderspiel. Ich machte mehrere Anrufe bei den zuständigen Behörden, warf ein wenig mein Gewicht in die Waage und rief dann die alte Fledermaus zurück, um ihr mitzuteilen, daß ihre Klospülung im Nu wieder rauschen würde.

Inzwischen war es zu spät, um Charlene anzurufen. Davon abgesehen, hatte der Arbeitstag mit üblichem Elan zum Anstoß gepfiffen. In rascher Folge riefen der Parteikassierer an, der irgendwelche Portokosten zurückhaben wollte, eine

Schule, bei deren buntem Abend Charlene als Ehrengast auftreten sollte, und schließlich kam noch ein Kerl mit Ned-Kelly-Rauschebart rein, der offenbar einen ›Bürgerverein für eine autobahnfreie Zukunft‹ vertrat. Ich nahm ihn mit nach draußen in den Wartebereich und schilderte ihm eine halbe Stunde lang die Komplexität der kommunalen Kommunikationsprozesse zum Thema der geplanten Ringstraße im Westen der Stadt. Da er während des ganzen Gesprächs seinen Motorradhelm aufbehielt, war schwer zu sagen, ob er mich überhaupt verstand.

Kurz nach elf rief Agnelli an.

Angelo Agnelli war Charlene Wills' politischer Berater im Industrieministerium, wo sich Regierungspolitik und die oberen Zehntausend der Stadt die Nasen rieben. Und Agnellis Nase war seine bevorzugte Waffe; Charlene bezahlte ihn fürstlich dafür, daß er Initiativen umsetzte, den Gesetzgebungsprozeß beschleunigte, die hohen Tiere auf Trab hielt und Gott weiß was sonst noch alles tat. In letzter Zeit war ihm eingefallen, mir regelmäßig über die Schulter zu schauen und dabei abschätzige Geräusche von sich zu geben.

Die Laus, die Agnelli diesmal über die Leber gelaufen war, hieß Joe Lollicato. Joe hatte vor ein paar Jahren hier in der Gegend einen Stadtratsposten errungen und war bei den letzten Kommunalwahlen mit satter Mehrheit bestätigt worden. Für Agnelli, der in seinem ganzen Leben keine Wahl geschlagen, geschweige denn gewonnen hatte, war diese Art von Popularität ein persönlicher Affront, daneben aber auch ein Hinweis darauf, daß Lollicato in Stellung ging, um Charlenes Position in der Partei zu untergraben.

»Laß dir wegen Lolly mal keine grauen Haare wachsen«, beruhigte ich ihn. »Der Traum vom Abgeordnetensitz gehört doch zur Tagesordnung. Lolly wäre nicht der erste Lokalpolitiker, der sich auf dem aufsteigenden Ast nach Canberra sieht. Aber selbst wenn Lollicato es auf Charlenes Job abgesehen hat, und darüber läßt sich wie gesagt streiten, müßte er erst mal ihren Rücktritt abwarten und dann wie alle anderen kandidieren. Sollte er vorher losschlagen wollen, würde er bald merken, daß ein paar Jahre in irgendeinem Vorstadtrathaus, ein paar halbgare Verbindungen in der Parlamentsfraktion und ein italienischer Nachname noch lange nicht reichen, um den Vorwahlausschuß dazu zu bringen, einen Parlamentsabgeordneten abzusetzen, noch dazu eine Ministerin.«

Agnelli ließ sich nicht so leicht beschwichtigen. »In der Partei gibt es genug Leute, die nichts dagegen hätten, wenn Charlene von ihrem hohen Roß stürzte. Lollicato ist ein gerissener Hund. Man darf seine Verschlagenheit nicht unterschätzen. Und er hat mehr Freunde, als du ahnst.«

All das ließ sich nicht bestreiten, aber es gab nicht allzu viel her – typisch parteiinternes Hickhack. Die wahren Gründe für Agnellis Grant auf Lollicato dürften wohl kultureller Natur sein. Auf diesen Gedanken kam ich, weil ein wesentlicher Aspekt meines Jobs eben in einem feinen Gespür für ethnische und kulturelle Nuancen bestand.

In Charlenes Wahlkreis, im Grunde in der ganzen Region wimmelte es von Italienern. Ein Viertel der gesamten italienischen Bevölkerung des Landes lebte in den nördlichen Vorstädten Melbournes, die Nachfahren der zweiten und dritten Generation gar nicht mitgezählt. Dazu gesellten sich

Griechen, Libanesen, Malteser, Mazedonier, Türken und Maori. Eigentlich könnte Melbourne Upper ebensogut Ethnopolis heißen. Somit war jedenfalls multikulturelles Gespür unverzichtbarer Bestandteil meines Berufsbilds.

Ich fand, daß ich dieser Anforderung in dem Maße gerecht wurde, wie es vom Nachfahren dreier Generationen irischer Pubbesitzer erwartet werden konnte. Schon als Teenager hatte ich Flugblätter verteilt, die auf italienisch erklärten, wie man richtig wählte, und nie im Leben würde ich die *Federazione Italiana Lavoratori e Famigli* mit dem *Comitato d'Assistenza Italiano* verwechseln. Ich wußte, wer auf dem Gemüsemarkt im Wahlkampf verläßlich und wessen Schwager Privatsekretär des christdemokratischen Bürgermeisters von San Benedetto del Tronto war. Und wenn ich auch zugegebenermaßen Probleme hätte, in einem von toskanischem Dämmerlicht nur matt erhellten Olivenhain die Guelfen von den Ghibellinen zu unterscheiden, kann ich ruhigen Gewissens behaupten, Tortellini und Tagliatelle sehr wohl auseinander halten zu können, soweit mein Beruf das erfordert. »Sag mal, Agnelli, da läuft nicht zufällig irgendein italienischer Mist ab?«

Agnelli war wie besessen. »Diesem Pinscher Lollicato ist alles zuzutrauen, sobald er einen persönlichen Vorteil wittert. Hast du das in der Morgenzeitung gelesen?«

»Ministerin in Vorwahl-Rangelei verwickelt?«

»Jesus Maria, wo steht das?« Das war echte Panik in seiner Stimme.

»Entspann dich, Ange. Meinst du den kalten Mann in dieser Fleischerei in Coolaroo? Hab mir schon meine Gedanken gemacht. Was steckt da dahinter?«

Agnelli verfiel in das konspirative Zischeln eines Klatschweibs: »Was hast du zum Mittagessen vor?«

»Ich dachte an etwas aus der Mikrowelle«, gab ich flüsternd zurück, »was meinst du, ob das sicher ist?«

»Kannst du nicht einmal ernst bleiben, Murray? Ich hab da was, das dir nutzen könnte. Komm in die Stadt.«

Ich schwang meinen Stuhl herum. Die Stiefel der tätowierten Plage lagen auf meinem Schreibtisch, mitten auf dem Stapel ›Unerledigt‹. »Weiß nicht recht«, sagte ich zu Agnelli. »Momentan hab ich hier gerade einen ziemlichen Berg vor mir.«

»Ich zahle.« Agnellis Gehalt betrug fast das Doppelte von meinem, aber großzügig war er noch nie gewesen, außer mit unerbetenen Ratschlägen. Offensichtlich war da etwas im Busch.

»Wo? Ministerium oder Parlament?«

»Parlament. Und wenn du schon in die Stadt fährst, tu uns den Gefallen und nimm den alten Picone mit. Er ißt mit Charlene zu Mittag, und ich habe mit dem alten Knacker vorher noch ein Hühnchen zu rupfen. Mach mit ihm den Zwei-Dollar-Rundgang und bring ihn dann runter.«

Ich nahm meinen Regenschirm vom Aktenschrank, drehte die Heizung ab und verlagerte Sturs Latschen behutsam auf den Stapel im Kasten ›Erledigt‹.

»Falls wer anruft«, sagte ich, »ich hab den Rest des Tages auswärts zu tun.«

2

Der Monat Oktober bahnte sich als die übliche Enttäuschung an – ewig das Zappeln, ob es zur Frühlingsexplosion kommt oder sich bis Weihnachten einpißt. Die Vorhersage, daß ein Ende der feuchten Witterung absehbar sei, stellte sich seit zwei Wochen täglich neu als Ente heraus, und es ging das Gerücht, die wirklich smarten Investoren sägten schon biblisches Holz auf Ellenmaß zurecht und suchten zueinander passende Tierpaare aus.

Auf ihrer Flucht von Tasmanien oder einer ähnlich trostlosen Polarregion im Süden stürmten in den seltenen Regenpausen eiskalte Luftmassen über die Stadt und bemühten sich redlich, dem Frühling einen schlechten Ruf zu verpassen. Als ich eine Stunde nach Agnellis Anruf den Hügel zum Parliament House hinauftrottete, bekam ich die volle Wucht eines solchen Tornados ab.

Im Fiebertaumel vom leicht verdienten Geld und voll aufgeblasener viktorianischer Selbstherrlichkeit hatten unsere ruhmreichen Vorväter das Gebäude damals auf einer Anhöhe errichtet und sich für die klassische Form entschieden. Das Ergebnis, ein monumentaler Säulengang und die ständige Hervorhebung der Horizontale, wird von manchen als imponierender Anblick gepriesen. Ich für mein Teil, dem als Schutz gegen die eisigen, an die Eier gehenden Elemente nichts zur Verfügung stand als ein Neunundneunzigdollar-Zweireiher von der Stange und dessen Tempo durch die Begleitung eines schnaufenden Geriatriefalls verlangsamt wurde, fand das Ding leicht überbewertet. Als Ennio Picone zum drittenmal für eine Verschnaufpause stehenblieb, packte ich ihn kurzerhand am Arm und schob ihn praktisch im Polizeigriff die letzten Stufen hinauf und in den Schutz des Vestibüls. Da Picone ein Gentleman war, nahm er das als Höflichkeit. Da ich auch einer war, ließ ich ihn in dem Glauben.

Ennio Picone gehörte zu Charlene Wills' kostbarsten Wählern. Er war ein eleganter Siebenundsiebzigjähriger mit schlanken Händen und einem matineetauglichen Schnurrbart. Als ehemaliger Leiter einer Tanzkapelle hatte er in den letzten dreißig Jahren mit unermüdlichem Eifer das gesellschaftliche Leben der Italiener im Wahlkreis orchestriert. Er hatte bei ihren Hochzeiten aufgespielt und dem Nachwuchs Musikstunden erteilt. Und heute, da sie alle im Ruhestand waren, organisierte er ihre Freizeit – sehr zur Freude ihrer inzwischen erwachsenen Kinder.

Jedem von Charlenes Mitarbeitern war völlig klar, wie riskant es wäre, die unerschöpfliche Vitalität dieses kleinen alten Mannes zu ignorieren. Er verdiente immer besondere Aufmerksamkeit. Und mein Job war es, dafür zu sorgen, daß er sie bekam. Ich fragte mich, was Agnelli wohl von ihm wollte.

Ich führte Picone über das Mosaikwappen im Fußboden des Vestibüls in eine gewaltige hohe Halle, in der mitten auf dem Teppich ein Eisberg aus weißem Marmor steht, der die Form der jungen Queen Victoria hat. Wir kamen zu einem Korridor und einer hohen Flügeltür. »Charlene wird gleich für Sie dasein, Mr. Picone«, sagte ich. »Dieser Tage ist sie ziemlich beschäftigt.«

Mit der Schulter stieß ich einen der Türflügel auf und ließ ihn beiläufig einen Blick in den Parlamentssaal werfen.

Er ist gar nicht so groß, kaum mehr als zwanzig Meter breit, dafür aber eine Augenweide: die total abgehobene Halluzination in Gips und Gold einer Phantasie im Allegorienrausch. Kein noch so kleiner Fleck im Raum blieb hier verschont von Zierleisten, Reliefs, Einlegearbeiten, Kannelierungen, Bogenkanten, Vergoldungen oder Gravuren. Sturs Tattoos waren ein Dreck dagegen.

Säulengänge aus Elfenbein flankierten die Wände. Darüber schwang eine Schwadron barbusiger Amazonen symbolische Artefakte – den Speer der Boadicea, den Lorbeerkranz des Siegers, das in der Scheide steckende Schwert der Barmherzigkeit, die Kette des – hm, schwer zu sagen … die Befehlskette vielleicht? Einhörner vollführten Freudensprünge die Wand hinab, hoch droben flatterten Adler. Heraldisches Geschwafel aller Art ergoß sich ungebändigt abwärts zu den Sitzreihen aus gepolstertem Leder, in denen sich die ehrenwerten Mitglieder unserer gesetzgebenden Versammlung räkelten wie eine Herde Robbenbullen auf einer felsigen Landzunge.

Es war ein Glücksfall und mehr, als ich zu hoffen gewagt hatte, daß gerade jetzt Charlene Wills am Rednerpult stand.

Charlene war Mitte Fünfzig, auf dem Gipfel ihrer Macht, und sie genoß ihre Position offensichtlich enorm. Als nach der Wahl die Kabinettsposten verteilt wurden, hatte kein Zweifel bestanden, daß Charlene zu den Fixstartern gehörte. Sie konnte auf die Unterstützung der Fraktion zählen, darüber hinaus war sie ebenso bekannt wie beliebt, und sie hatte einen Ton drauf, der die Jungs in den Nominierungsausschüssen in Angst und Schrecken versetzte.

Auch jetzt setzte sie ihn gerade ein, ihren erbarmungslosen, durch Mark und Bein dringenden Mono-Ton, der selbst die zerstrittenste Parteikonferenz mühelos zu betäubter Willfährigkeit domestizierte. Ihr Thema war mir schleierhaft – irgendeine Abänderung irgendeines Absatzes irgendeines Unterabschnitts irgendeines Gesetzes –, aber wie immer war sie mit Leib und Seele bei der Sache. Man sah sofort, daß sie sich perfekt auskannte und auch nicht zögern würde, der Opposition das bei erstbester Gelegenheit reinzureiben. Sie war loyal, gewissenhaft, ihren Wählern ergeben, und ich liebte sie wie eine Mutter. Den Beutel ihres künstlichen Darmausgangs sah niemand, selbst die wenigen nicht, die davon wußten.

In den letzten zwei Jahren bekam ich Charlene leider immer seltener zu Gesicht. Als ranghohe Ministerin und Regierungsführerin im Oberhaus blieb ihr für konkrete Anliegen ihrer Wähler nur wenig Zeit, weshalb sie zunehmend gezwungen war, mich mehr oder minder mir selbst zu überlassen. Wenn ich außerhalb unserer vierzehntägigen Sitzungen, von denen sie die letzten beiden abgesagt hatte, bloß ein paar Worte mit ihr wechseln wollte, mußte ich mich inzwischen durch eine ganze Phalanx von Beamten und Beratern kämpfen.

Dabei fiel mir Agnelli ein. Ich genehmigte Picone noch einen letzten Moment, um die Pracht seiner Umgebung – und Charlenes zentrale Rolle darin – zu würdigen, dann tippte ich ihm auf die Schulter. »Hier entlang, Maestro«, bat ich mit einer höfisch ausladenden Geste. Überschwenglichkeit ist bei Italienern nie fehl am Platz.

Das Parlament, das wußten wir beide, war eine Komödie. Die wahre Macht waltete gegenüber, im Amt des Premierministers und im Kabinett, im Wirtschafts- und Finanzministerium, in weit moderneren, weiß getünchten und mit synthetischen Teppichfliesen ausgelegten Amtsstuben. Doch mit Großraumbüros und Sekretärinnen auf supergestylten ergonomischen Wippstühlen läßt sich kein Wähler beeindrucken.

Durch den mit Eichenholz getäfelten Korridor und eine schmale Treppe hinab führte ich Picone in die unterirdische Gesetzesschmiede, ein Gewölbe aus Sandstein und unverputzten Ziegelwänden. Charlenes Parlamentsbüro war eine gläserne Nische, die sich unter einen der Stützbogen duckte. Den meisten Platz nahmen zwei Schreibtische ein, die unter Stößen von zerlesenen Akten und in Ordnern abgelegten Dokumentenbündeln begraben waren, alle gespickt mit bunten Merkreitern. Die Regale an den Wänden waren vollgestopft mit den grünen Bänden der Parlamentsprotokolle und politischen Hochglanzbroschüren. Das bißchen Platz, das übrigblieb, wurde von einem schweren Chesterfieldsofa aus Leder und einem billigen Glastischchen eingenommen, auf dem Regierungsunterlagen und die Tageszeitungen verstreut waren.

Ein scheppernder Lautsprecher an der Wand übertrug Charlenes Rede im Saal direkt über uns. Darunter, auf der Kante eines der Schreibtische, saß Angelo Agnelli und gab vor, er könne sich keinen würdigeren Zeitvertreib vorstellen, als die Besucher der Ministerin in Empfang zu nehmen. Es war neu, ihn mal Stellung beziehen zu sehen, wenn auch nur auf einer Tischkante.

Ange ging einen Zahn rascher auf die Vierzig zu, als sie

ihn einholten. Er hatte volles, fotogenes schwarzes Haar, ein pausbäckiges, aufgesetzt geselliges Jungengesicht und ein Benehmen, das den Leuten das Gefühl vermitteln sollte, er sei über sie im Bilde. Angelo Agnelli war immer gern im Bilde. Manchmal sprengte er dabei allerdings den Rahmen.

Als wir eintraten, zog er die Manschetten seines teuren Hemdes gerade und schaltete den Lautsprecher ab. Er schüttelte Picone die Hand und bat ihn mit der Höflichkeit eines weltmüden venezianischen Diplomaten, auf dem Chesterfield Platz zu nehmen. Dann holte er die Morgenausgabe des *Coburg Courier* aus der Tasche seines Jacketts und ließ sie auf das Tischchen fallen. Sie war beim Foto einer Gruppe alter Männer aufgeschlagen, die am Rande einer Bocciabahn standen und um möglichst mitleidheischende Mienen bemüht waren. Picone stand genau in der Mitte. Das Foto nahm die gesamte untere Hälfte der Seite drei ein. Den Großteil der oberen Hälfte schmückte die Balkenüberschrift: REGIERUNG VERZÖGERT BAU DES ITALIENISCHEN SENIORENCLUBS.

Ich hätte mich in den Hintern treten können. Die Lokalpresseschau gehörte zu meinen Aufgaben. Da war ich noch keine zehn Sekunden im Raum, und schon stand es eins zu null für Agnelli.

»Was ist das hier für eine miese Scheiße, Picone?« sagte er.

Picone streckte gelassen die Hände aus und zuckte die Schultern. »Zehn Monate wir warten jetzt schon. Manche Leute, die sagen, ihr seid vielleicht nicht ganz ehrlich mit eurem Versprechen.«

Agnelli schien diese Erklärung zu gefallen. »Was für Leute? Du meinst doch Joe Lollicato! Bietet euch seine Hilfe an, damit wir einen kleinen Tritt bekommen, was? Kurzer Anruf bei der Lokalzeitung, der uns an unsere Verpflichtungen erinnern soll, nein? Hat natürlich rein gar nichts damit zu tun, daß er es auf Charlenes Sitz da oben abgesehen hat.« Er zeigte zur Decke. »Wenn ihr wollt, daß Charlene euch hilft, dann paßt du besser auf, Picone.« Offensichtlich hatte Agnelli seine Akkordeonstunden bei dem alten Herrn nicht in guter Erinnerung. Auf eine gute Show konnte man bei ihm immer zählen, aber Basisarbeit war keine seiner Stärken.

Picone wußte, was von ihm erwartet wurde. Er zuckte resigniert die Schultern und setzte eine reumütige Miene auf. Aber es war klar, daß er es nicht ernst meinte. Wozu auch? Wenn er sich beim Lokalblättchen beschwerte, hielt er sich ja bloß an Regel Nummer eins für jeden, der ein warmes Plätzchen ergattert hat: Laß niemals zu, daß man sich deiner allzu sicher ist. Und sobald die Regierung beim Erfüllen von Versprechen mal säumig wird, dann kreische los wie ein Schwein auf der Schlachtbank.

Charlene hatte den Rentnern unter ihren italienischen Wählern schon seit langem den Bau neuer Clubräume auf Regierungskosten zugesagt. Und Ennio, der alte Fuchs, kannte sie auch gut genug, um zu wissen, daß sie ihre Versprechen hielt. Früher oder später. Er wollte nur sicherstellen, daß er noch am Leben war, um die Lorbeeren einzuheimsen, wenn der brandneue Carboni Club irgendwann seine Pforten öffnete.

Und sollte Lollicato tatsächlich ein bißchen intrigiert

und die alten Knacker angestachelt haben, wovon Agnelli überzeugt schien – na und? Lolly hatte das Recht, seinen Garten zu jäten wie jeder andere Lokalpolitiker auch. Und Picone spielte in dem Spiel seine kleine Nebenrolle, nichts weiter. Dafür ist ein Mann nie zu alt.

Also verschränkte Picone die Hände im Schoß und hielt Agnelli durch geduldiges Schweigen bei Laune, während der den Rambo seiner Ministerin mimte. Was wollt ihr eigentlich noch alles von mir? schien Picones Miene zu sagen. War er etwa nicht in Murray Whelans klapprigem Renault den weiten Weg in die Stadt gefahren und im bitterkalten Wind die vielen Stufen des Parlaments heraufgestiegen, und hatte er nicht so getan, als wäre er von diesem kolonialen Protzplagiat eines palladianischen Palazzo unendlich beeindruckt?

»Charlene ist sehr enttäuscht«, fuhr Agnelli fort. »Sie ist eine gute Freundin der italienischen Gemeinde. Ihr solltet euch schämen.«

In diesem Moment kam Charlene Wills persönlich zur Tür herein, die mollige Figur von den Schulterpolstern ihres Strickkostüms abgerundet wie ein Bällchen.

»Maestro Picone fragt gerade an, ob du beim jährlichen Tanzabend des Carboni Clubs als Ehrengast zur Verfügung stehst«, sagte ich. »Das wäre seiner Ansicht nach eine ideale Gelegenheit, um den Dank der italienischen Wähler dafür entgegenzunehmen, daß du dich für das neue Seniorenzentrum so eingesetzt hast. Nicht wahr, Maestro?«

Charlene warf einen dicken Umschlag vor Agnelli auf den Schreibtisch. »Aber gern. Wunderbar. Sieh mal im Terminkalender nach, Angelo. Ennio, Sie gehen doch hoffentlich mit mir essen? Tag, Murray. Angelo, die Mappe da muß morgen früh erledigt auf meinem Tisch sein. Sonst ist mein Leben keinen Pfifferling mehr wert.« Und schon war sie wieder zur Tür hinaus, ihren Seniorenwähler am Arm.

Der Umschlag traf mit dumpfem Klatschen auf. Er trug den Stempel der Gerichtsmedizin und war auf der Vorderseite mit dickem Filzstift bekritzelt. Verkehrt herum lesend, entzifferte ich ›Pacific Pastoral/Ekrem Bayraktar‹.

Gott ist mein Zeuge: in diesem Moment hätte ich einfach aufstehen und verschwinden sollen.

3

Agnelli griff nach dem Umschlag, schwenkte ihn triumphierend und raste in einem Tempo die Treppe hinauf, als hätte er eine Verabredung mit dem Schicksal – oder eine sehr volle Blase. Draußen stemmte er sich gegen den anstürmenden Wind auf der Spring Street, hastete den Parlamentshügel hinunter und mir voran in Richtung Innenstadt.

Da die Rechnung auf Agnelli gehen würde, überließ ich ihm bereitwillig die Führung. Um so mehr, als wir das Society anzupeilen schienen, wo sich eine Einladung zum Essen auf jeden Fall lohnte. Bei den getönten Scheiben angekommen, wurde er jedoch keineswegs langsamer, und so fing ich nur das flüchtigste Glitzern von Silberbesteck auf, bevor er, immer noch im Laufschritt, die Straße überquerte und in eine kleine Gasse bog.

Eine Unterhaltung war unmöglich. Abgesehen davon, daß wir das Affentempo beibehielten, waren wir beide vollauf damit beschäftigt, zwischen Haufen von alten Pflastersteinen und ausufernden Sandbergen einen Durchgang zu finden. Was hundert Jahre lang ein schlichter Durchgang gewesen war, sollte nun in eine Fußgängerpassage verwandelt werden, die sich harmonisch in das architektonische Erbe der Umgebung einfügte. Wenn man sich die Bauarbeiten so ansah, leistete der Durchgang offenbar erheblichen Widerstand. Entweder das, oder der Stadtrat hatte beschlossen, die Übung durch systematisches Schürfen nach wertvollen Erzen in der gesamten Innenstadt zu finanzieren.

Man gewöhnte sich allmählich an diese Art von Hindernislauf. Seit der Machtübernahme durch die Labor Party glich die Stadt einer riesigen Baustelle. Die Parteispitze hatte nicht lange gefackelt und sowohl den Unternehmern der Stadt als auch den eigenen Mitgliedern klargemacht, daß der historische Antagonismus der Sozialdemokratie gegenüber dem Spekulantentum jeder Art ein für allemal der Vergangenheit angehörte. Eine Regierung, die keine Arbeitsplätze schuf, konnte nach fünf Minuten den Hut nehmen. Städtebau bedeutet Jobs, basta. So verwandelten sich altbekannte Orientierungspunkte über Nacht in gigantische Baugruben, in denen Kipplaster und Managertypen mit gestärkten Hemden und gelben Helmen herumstanden.

Um ihre Entschlossenheit in dieser Hinsicht zu unterstreichen, hatte die Regierung erst kürzlich einigen besonders vorlauten Vertretern der Bauarbeitergewerkschaft einen schweren juristischen Tritt in die Weichteile verpaßt. Seither gab es so viele provisorische Absperrungen und Betonmischwagen in der Stadt, daß man kaum noch einen Parkplatz fand. Und wer ahnungslos die Trades Hall betrat, der stand unversehens in tiefen, pestbringenden Lachen von bösem Blut.

Von all den saftigen neuen Jobs hatte ich bisher keinen abgekriegt. Dafür wurde mein Orientierungssinn windelweich geprügelt. Die alten und vertrauten Gebäude veränderten sich so rasant, daß ich manchmal nicht mehr wußte, wo ich war.

An jenem Tag fand ich mich aber problemlos zurecht. Unser Ziel war Chinatown. Die Pflastersteine unter meinen Füßen zeigten bereits entschieden orientalische Motive, und wo man hinsah, gaben sich die mandeläugigen Bewohner der Stadt scharenweise die Klinken der Restauranttüren in die Hand, in deren Schaufenstern tote Enten baumelten und die ›Good Luck Village‹ oder ›New Dynasty‹ hießen. Vor einem von Drachen umrankten Torbogen blieb Agnelli abrupt stehen und stieß ein schwarzlackiertes Portal auf.

Ich war angenehm überrascht, wurde aber sofort mißtrauisch. Beim Gang nach Chinatown war mein erster Gedanke gewesen, Agnellis Großzügigkeit werde über ein billiges Dim sum nicht hinausgehen und damit die Zehnkilometerfahrt in die Stadt kaum rechtfertigen. Doch nun wurde ich durch ein Bambusgehölz ins ›Mandarin Palace‹ geführt, das von der Gourmetbeilage der Tageszeitung *Age* nun schon drei Jahre nacheinander die Goldenen Eßstäbchen verliehen bekam. Nach der Tiefe des Buckels zu urteilen, mit dem uns der Schniegel im Chou-En-lai-Anzug die Speisekarte reichte, mußte Agnelli Stammgast sein.

Kaum zu glauben, daß dieser Agnelli derselbe nervöse Rechtsanwalt war, der vor zehn Jahren zögernd an meine Tür bei der Gewerkschaft der städtischen Angestellten gepocht und mich gebeten hatte, ihn in die Feinheiten des Geschäfts einzuweisen. Die Anwaltskanzlei, der wir die Entschädigungsverfahren unserer Mitglieder anvertrauten, hatte ihn gerade eingestellt. Damals witzelte er, er hätte den Job nur bekommen, weil die Seniorpartner dachten, daß er sich mit einigen der Kläger in deren Sprache verständigen könnte.

In Wirklichkeit bestanden seine Sprachkenntnisse aus den paar Brocken, die er in der Küche seiner Mutter in Mitcham aufgelesen hatte. Sein Italienisch war schwerer Dialekt aus zweiter Hand und für die meisten seiner Klienten, für die Italiener ganz besonders, total unverständlich. Außerdem agierte er im Gerichtssaal auffallend teilnahmslos – nicht daß das für eine erfolgreiche Juristenlaufbahn je ein Hindernis gewesen wäre. Im Arbeitsrecht aber bewegte er sich wie ein Fisch im Wasser. Und während der nächsten drei Jahre verfolgte er dieses Sachgebiet mit solchem Eifer, daß er bald genug Fälle an der Angel hatte, um seine eigene Schindel auszuhängen.

Das Wildern im Klientenrevier seiner früheren Kanzlei und ein nimmermüdes Ausstreuen von Schriftsätzen in den Anwaltskammern ermöglichten ihm schließlich, seine Kontakte im Rechtswesen und in den Gewerkschaften zu einem beeindruckenden Netzwerk auszubauen. Und da saß er nun, Schwergewicht in der Labor-Fraktion, Mitglied der staatlichen Exekutive der sozialistischen Linken, und wenn nicht der Architekt, so zumindest der Baumeister einiger der ehrgeizigsten Reformen der Regierung. Die Selbstgefälligkeit sprudelte nur so aus ihm hervor wie eine Fontäne aus einem Rohrbruch.

Er legte den Umschlag der Gerichtsmedizin verkehrt herum auf den Boden neben seinen Stuhl, flüsterte dem Kellner etwas zu und wischte sich die rosigen Wangen mit dem dargebotenen dampfenden weißen Lappen ab. »Wie geht es Wendy?« wollte er wissen. »Immer noch im schönen Canberra?«

Der Familien-Smalltalk sollte zeigen, daß er den Kontakt zum Plebs nicht verloren hatte. »Gut. Ihr geht's gut.« Ich hoffte, es klang halbwegs überzeugend. In Wahrheit hatte ich mit meiner Frau seit über zwei Wochen kein Wort gewechselt, und das konnte auch ruhig so bleiben.

»Ihr seid schon ein seltsames Pärchen«, fuhr Agnelli fort. »Deine Frau jettet im Power-Kostüm durchs Land, rempelt die Bürokraten aus dem Weg und verfaßt politische Programme für den Premierminister. Und du spielst in einem drei Quadratmeter großen Loch für Charlene die Haushälterin.«

Agnellis Einschätzung meines Privatlebens war weniger taktlos als einfach eine völlig veraltete Sicht der Dinge. Mit Ausnahme des gemeinsamen Namens verband Wendy und mich überhaupt nichts mehr. Es blieben uns eigentlich nur noch der Gang vor den Scheidungsrichter und die unvermeidliche Rangelei um das Sorgerecht für Redmond. Wendy spielte nicht mehr in meiner Liga, wie Agnelli es wohl formuliert hätte. Und ihren Aufstieg hatte sie mit derartigem Ehrgeiz betrieben, daß ich geradezu erleichtert war, sie abrauschen zu sehen.

Wendy hielt sich seit knapp einem Jahr in Canberra auf, wo sie im Auftrag des Frauen-Informationsnetzwerks zum Amt für den Status der Frau im industriell-technologischen Wandel delegiert war. Ursprünglich war der Job auf vier Monate befristet gewesen. Doch bald hatte sie gemerkt, daß die Arbeit als Frauenstatusbeauftragte ihr ungleich mehr persönliche Macht einbrachte als das Frauennetzwerk und deshalb ihren Vertrag von Mal zu Mal verlängert.

Hätte ich nein sagen sollen, als das Angebot kam, das Wendys berufliche Qualifikation anerkannte und zugleich einen Karrieresprung für sie bedeutete? Red würde sie fehlen, aber da er inzwischen eingeschult war, hatten wir beschlossen, daß ich mich ruhig auch einmal hauptberuflich den Elternpflichten widmen könnte. Immerhin wäre es nur für ein paar Monate, und an zwei Wochenenden im Monat würde sie zwischen Canberra und Melbourne pendeln. Klar, sagte ich, nimm den Job an.

Zehn Monate später war die nach wie vor unausgesprochene Realität offenkundig. Die Wochenenden daheim wurden seltener, denn da waren die Konferenzen in Darwin und Perth, die amtsinternen Schulungsseminare in Cairns, und vor allem Wendys unstillbares professionelles Bedürfnis, jede Schulter im näheren Umkreis des Regierungsviertels höchstpersönlich mürbe zu klopfen. Unsere Trennung hatte im Grunde nur bestätigt, was wir wahrscheinlich längst gewußt hatten. Unser Leben nahm einfach einen völlig entgegengesetzten Lauf.

Noch lagen die Karten nicht auf dem Tisch. Das war auch gar nicht notwendig. Wenn es darum ging zu erkennen, aus welcher Richtung der Wind blies, waren wir beide alte Hasen. Wendy rief Red immer noch fast jeden Abend an. Niemand konnte ihr vorwerfen, eine nachlässige Mutter zu sein. Abwesend schon, aber desinteressiert sicher nicht. Manchmal wenn das Telefon läutete, hob ich den Hörer ab, und wir tauschten Banalitäten aus, aber insgesamt hatten wir einander kaum noch etwas zu sagen.

Ich war überzeugt, daß es einen anderen gab. Mußte so sein. Ich hatte ihn mir sogar schon ausgemalt – leitende Position, schicker Dienstwagen, Computer immer dabei, geschieden, Wochenendgast im noblen Batemans Bay, kleines Bärtchen. War mir auch egal. Groll verspürte ich keinen. Ich wollte es bloß nicht wissen. Aber wenn Wendy glaubte, sich Red holen zu können, dann würden sie und das Familiengericht noch ihr blaues Wunder erleben.

»Soso«, sagte Agnelli. »Subventioniert sie immer noch lesbische Langzeitarbeitslose in Tasmanien?«

Er war ein derartiger Blödmann, man mußte einfach lachen. Vor uns wurde eine Platte mit gehackter Taubenbrust hingestellt, eine viel zu teure Bestellung, um sie nur mit Plaudereien über Kind und Kegel zu begleiten. Während der Kellner mir eine Portion auf den Teller schaufelte, lieferte ich Agnelli das Stichwort. »Wenn du willst, daß ich jemanden aus dem Weg räume«, sagte ich, »kostet dich das aber mehr als einen Teller Sang Choi Bao.«

Agnelli grinste gequält. Die politischen Berater der Minister waren eine neue Spezies, aalglatte Technokraten, die an die oft grobe und chaotische Realität des politischen

Alltags in den Bezirksparteibüros und im Apparat nicht einmal im Scherz erinnert werden wollten. Für sie war die Politik eine Karriereleiter wie jede andere. Ganz ohne politische Empfehlung gelangten diese Typen zwar auch nicht an ihre Posten – Agnellis Eintrittskarte war von den Anwälten der Labor Party und von seinen Gewerkschaftsklienten gelocht worden –, aber ihre persönliche Überzeugung ging gerade so weit wie der Abstand zwischen den beiden Ohren ihres Ministers.

Die Tuchfühlung mit der Macht des Landes und die fürstlichen Gehälter bestätigten sie in ihrer Selbstherrlichkeit, doch in der rauhen Gesellschaft der Basis fühlten sie sich unbehaglich bis verschreckt. Typen wie mich konnten sie nicht recht einordnen: alte und ungehobelte Schlachtrösser, gesattelt mit unsichtbaren Netzwerken, lautlosen Allianzen und unbegreiflichen Ambitionen. Typen, die mit einem einzigen Anruf ganze Säle füllen konnten. Witze über politische Leichen – und darüber, daß wir sehr wohl wußten, wo sie verscharrt waren – machten Agnelli und seinesgleichen nervös. Er mußte auch nicht daran erinnert werden, daß ein Gratisessen kaum reichen würde, um sich meine Unterstützung zu sichern. Wenigstens dachte ich das.

Agnelli machte den ersten Zug. »Zuerst die Kontextualisierung. Die spezifischen Parameter bestimmen wir danach.«

Mittlerweile konnte man gar nicht mehr unterscheiden, ob es Ironie war, wenn einer so daherschwafelte. In diesem Zweifelsfall entschied ich zu Agnellis Gunsten.

»Wie lange ist Charlene schon Abgeordnete? Zehn Jahre?« fragte er scheinheilig.

Ich pflückte eine Zahl aus der Luft. »Elf Jahre, zwei Monate und fünf Tage.«

Den Sarkasmus hätte ich mir sparen können. Agnelli peilte etwas ganz Bestimmtes an. »Erstaunlich, nicht wahr?« sagte er. »Wenn man bedenkt, daß sie bis auf zweieinhalb Jahre davon auf der Oppositionsbank saß. Wirklich schade um so ein Talent.«

»Ich richte es ihr aus«, erwiderte ich. »Sie soll wissen, daß du deiner Chefin auch in der Freizeit hinten reinkriechst.«

Agnelli winkte bescheiden ab. »Ich bin wie du, Murray. Idealist ohne Wenn und Aber. Versteht sich von selbst. Sorgen machen mir eher die anderen. Leute, die es nicht erwarten können, sich ihr Stück vom Kuchen abzuschneiden.«

Lollicato schon wieder, dachte ich. Langweilig. Wann kamen wir endlich zu diesem Umschlag, vielleicht sogar zu der Geschichte, die hinter dem Artikel in der *Sun* steckte?

»Och, aber ein bißchen Ehrgeiz ist doch ganz nützlich für eine reformfreudige Regierung wie die unsere«, sagte ich. »All die emsigen Taschenträger da draußen, die sich einen abackern, Pluspunkte sammeln und darauf warten, daß sie endlich drankommen.«

»Geschenkt.« Agnellis Großmut machte Überstunden. »Nur, diese ganze Erregungsenergie muß gesteuert, dirigiert und in die richtige Richtung gelenkt werden. Wir haben ein Problem: das kollektive Gedächtnis ist kurz. Sogar unsere eigenen Leute haben zum Teil schon vergessen, daß in diesem Bundesstaat eine Labor-Regierung noch nie wiedergewählt wurde. Vor drei Jahren erinnerte sich kein Mensch unter vierzig, wann Labor hier zuletzt an der Macht war. Heute weiß die Hälfte der Melbourner Journalisten nicht mehr, wann wir zuletzt in der Opposition waren. Aber so, wie sich manche Leute gebärden, wird das bald wieder der Fall sein.«

Aus dem Nichts tauchten dampfende Platten auf, das Essen darauf glitzernd und aromatisch. Statt auf meine innere Skepsis zu hören, nahm ich die Stäbchen zur Hand und schaufelte drauflos. »Nicht schon wieder Lollicato?«

Die Ma-po-Bohnencreme war ein Traum. Scharf und schleimig. Ich beschloß, Agnelli reden zu lassen.

»Wenn ich er wäre«, bezog er sich auf Lollicato, »und es auf Charlenes Posten abgesehen hätte, würde ich zuerst einmal ihre Glaubwürdigkeit als Industrieministerin untergraben. Still und heimlich einen Konflikt zwischen der Wirtschaft und den Gewerkschaften heraufbeschwören, mich dann zurückziehen und zusehen, wie es knallt. Immer schön auf Distanz bleiben. So hätte ich nicht ihr Blut an den Händen, wenn ich widerstrebend dem Ruf auf ihren Posten folge, weil sie zur Belastung für die Partei wird.«

Kein schlechter Plan, für Lollicato aber eindeutig eine Nummer zu groß. »Eine Spur zu ehrgeizig für Lollicato, meinst du nicht? Der kann doch von Glück reden, wenn er's schafft, bei seinem Bier den Schaum wegzupusten.«

Agnelli rückte näher an den Tisch heran, spreizte seine Stäbchen, fischte nach einer dicken rötlichbraunen Kammmuschel und ließ sie in meine Schale fallen. »Joe Lollicato hat ausgezeichnete Beziehungen in der Trades Hall, vergiß das nicht. Sein Bruder war früher Gewerkschaftsfunktionär bei den Fleischpackern. Und in den Gewerkschaften gibt es viele, die wegen der Prozesse gegen die Bauarbeiter stinksauer auf die Regierung sind. Im Moment lecken sie noch ihre Wunden, aber wenn sie bei Charlenes Sturz nachhelfen könnten, wäre das doch ein deutliches Signal an die Regierung, daß sie sich aus Gewerkschaftsangelegenheiten besser raushält.«

Klang alles ziemlich einleuchtend. »Das ist echt der größte Mist, den ich je gehört habe, Ange«, sagte ich. »Die dünne Luft da oben muß dir zu Kopf gestiegen sein.«

»Ach ja?« erwiderte er. »Und woher kommt dann deiner Meinung nach die Story in der *Sun*? Dieser Scheiß von wegen ›gut informierte Kreise in der Trades Hall‹ macht dich gar nicht stutzig?«

Das also war Agnellis große Offenbarung. Er lud mich zu diesem Edellunch ein, damit ich seine kleinkarierte Paranoia beruhigte. »Das ist doch typische *Sun*-Schreibe, Ange. Hauptsache, sie können die Regierung anpinkeln. Die plärren doch schon seit hundert Jahren was von ›Kriegstrommeln im Hauptquartier der Gewerkschaft‹.«

»Ist dir aufgefallen, daß unter dem Artikel kein Name stand?«

»Na und?« Kein Journalist mit einem Rest von Selbstachtung würde seinen Namen mit diesem ekelhaften Schmierblatt in Verbindung sehen wollen, das war mir klar.

»Im Journalistenverband würde dir jeder sagen, daß man daran sieht, ob eine Geschichte in der Chefredaktion ausgekocht worden ist.« Agnelli beugte sich plötzlich vor und winkte mich über die sauer-scharfe Sauce näher zu sich. »In Wirklichkeit«, murmelte er, »geht es nicht nur um Charlene. Es steht viel mehr auf dem Spiel als ein kleinliches Postenhickhack. Angeblich – aber kein Wort darüber! – hat der Chef beschlossen, die Legislaturperiode nicht auszusitzen. Vor Jahresende haben wir Neuwahlen, jede Wette.«

Meine Gedanken rasten, doch vorläufig nickte ich bloß unverbindlich und schenkte mir ein Schälchen Tee ein, um Zeit zu schinden. Diese Neuigkeit mußte erst keimen, Wurzeln schlagen, sich verzweigen und Früchte tragen. Wenn Agnelli recht hatte, und genau bei dieser Art von Information hatte sich Agnelli das Rechthaben aufs Panier geschrieben, blieb mir keine Wahl. Ob mir's paßte oder nicht, von nun an war ich auf Lollicato angesetzt. Wenn man an Agnellis Stammbaum rüttelte, fielen garantiert jede Menge Bastarde herunter, gezeugt vom päpstlichen Nuntius.

Lollicato war auch so ein Rechtsanwalt, er hatte bei der Rechtsberatung in Broadmeadows angefangen. Ein Volkstribun, mit allen Wassern gewaschen. Sein jahrelanger Einsatz für Ersttäter in popligen kleinen Fällen hatte ihm eine scheinheilige Aura verliehen. Und wenn ich jetzt darüber nachdachte, sah ich die Zeichen heimlichen Ehrgeizes ebenfalls. Der linke Lolly hatte an seinem Image gefeilt: die Ohrringe waren verschwunden, einer nach dem anderen, hie und da lief er mit Schlips herum, sogar außerhalb des Gerichts. Ein solcher Wandel war mit parlamentarischem Ehrgeiz nicht unvereinbar.

Wenn Lolly einen Sitz wollte, meinetwegen. Das wollte die halbe Partei. Wenn die Zeit reif war, mochte er sich darum bemühen, sogar im großen Stil, wenn er den bevorzugte. Aber wenn er und seine vergrämten Gewerkschaftskumpel so sauer waren, daß sie in der *Sun* eine Schmutzkampagne vom Stapel ließen, und wenn tatsächlich Neuwahlen ins Haus standen, dann war es völlig schnurz, ob sein Schuß auf Charlene ins Schwarze traf oder nicht. Die *Sun* war die meistgelesene Zeitung im Staat, mit einem Niveau tief unter dem geringsten gemeinsamen Nenner. Auf die Labor Party einzuprügeln steckte ihr im Blut, und sie ließ sicher keine Chance aus, uns als zerstrittenen Intrigantenpöbel vorzuführen. Damit läge sie ja nicht mal falsch, nur wollten wir das in Vorwahlzeiten nicht unbedingt hinausposaunt haben. Von wegen die Pferde scheu machen.

»Dann sorg dafür, daß ihn der Exekutivausschuß an die Kandare nimmt«, sagte ich schließlich.

»Mit welcher Begründung?« erwiderte Agnelli. »Vorher brauchen wir Details. Bis jetzt haben wir nichts als ein paar Gerüchte und eine plausible Hypothese. Lollicato könnte genausogut bluffen. Die eigentliche Frage lautet, ob er und seine Gewerkschaftskumpel bei Pacific Pastoral genug Schlagkraft haben, um ernsthaft Stunk zu machen.«

»Was hält Charlene von der Geschichte?« fragte ich.

»Sagen wir mal so«, antwortete Agnelli. »Dein Job ist es, dafür zu sorgen, daß Charlene alles weiß, was sie wissen sollte. Meiner ist es, dafür zu sorgen, daß sie nicht weiß, wovon sie nichts wissen sollte.«

Er hatte recht. Charlene mußte rausgehalten werden, wenigstens vorläufig, oder wir mußten uns tatsächlich auf Schlagzeilen à la ›Ministerin in Vorwahl-Rangelei‹ gefaßt machen. Ebenso klar war, daß Agnelli von mir erwartete, die Knochenarbeit zu übernehmen. Freiwillig würde ich aber sicher nicht auf die Pirsch gehen.

»Ich verstehe«, sagte ich und wandte mich wieder dem Essen zu. Der Laden hatte diese Goldenen Stäbchen tatsächlich mehr als verdient. Eine Schande, sich einen solchen Lunch mit Politik zu verderben. Aber schließlich zahlte die Politik, und soeben war die Rechnung gekommen.

Als Agnelli das Schweigen schließlich unterbrach, war er offenbar bei einem ganz anderen Thema. »Im Mini-BAF war heute früh eine Sitzung. Die haben die Hosen gestrichen voll.«

Der Ministerielle Beratungsausschuß für Finanzierungsfragen war als Charlenes private Denkfabrik gegründet worden, ursprünglich einfach ein halbes Dutzend alter Kumpel von der Uni und dem Staatsdienst. Nach der Wahl wurde die Truppe zu einem offiziellen Gremium aufgemästet und sollte dafür sorgen, daß Charlenes Reformflotte alle Untiefen umschiffte, ohne auf Grund zu laufen. Offiziell war Agnelli der Exekutivbeamte des Mini-BAF. Der Ausschuß beriet, aber Agnelli führte aus.

»Du kennst sie ja. Ein Haufen nervöser Weicheier«, fuhr er fort. »Zwei Jahre hab ich gebraucht, um sie so weit zu kriegen. Und jetzt, knapp eine Woche vor der Abstimmung über das neue Gesetz für Gesundheit und Sicherheit am Arbeitsplatz, bricht denen der kalte Schweiß aus. Die *Sun* bringt eine Story über einen blöden Türken, der Eis am Stiel gespielt hat, und die glauben gleich, das wirft die gesamte Gesetzgebung aus dem Gleis.« Als ehemaliger Verteidiger von Opfern schwerer Berufsunfälle konnte

Agnelli erstaunlich gefühlskalt sein, wenn es um das Schicksal einzelner Angehöriger der Arbeiterklasse ging.

Mir wurde allmählich klar, worauf das hinauslief, und ich fand mich erschreckend rasch damit ab. Ich schnalzte mitfühlend mit der Zunge und fütterte Agnelli mit Stichworten. »Du hast ihnen also gesteckt, du würdest nicht eher ruhen, bis du die Garantie hast, daß zu einem so ungelegenen Zeitpunkt im Gesetzgebungsverfahren nicht ein wildgewordener Betriebsrat zum Klassenkampf aufruft?«

Agnelli grinste. Er mochte es, wenn man seine Gerissenheit zu schätzen wußte. »Natürlich ging es ihnen auf der Stelle besser. Und damit die Sache offiziell ist, veranlaßte ich sie, mich zu bitten, bis zur endgültigen Anhörung am Freitag einen vollständigen und detaillierten Bericht in Auftrag zu geben.«

Agnelli mochte zwar ein Haufen gebratener Reis und sonst noch was sein, aber seine Ausschüsse hatte er im Griff wie Rostropowitsch eine Partitur von Schostakowitsch. Und jetzt fiedelte er auf meinen Saiten. »Das machst du doch im Schlaf, Murray«, sagte er. »Du weißt, was gefragt ist. Nichts Besonderes, höchstens ein paar Blatt Papier. Wenn der Bericht bis Donnerstag vorliegt, dann können wir damit Lollys Schlag ganz offiziell abwehren. Was meinst du, wann kannst du zu Pacific Pastoral rausfahren und dich dort ein bißchen umschauen?«

Ich leistete letzten, halbherzigen Widerstand. »In so einem Riesenbetrieb sieht man es sicher nicht gern, wenn ich da einfach antanze und die Belegschaft löchere.«

»Überlaß das mir, Murray. Beziehungen zur Geschäftswelt sind meine Stärke. Und sieh dir erst mal das hier an.«

Agnelli war in seinem Element. Charlenes praller Umschlag tauchte in seiner Hand auf und schlitterte über den Tisch. »Angenommen, der Verstorbene hatte irgendwelchen Dreck am Stecken, dann müßte das Lollicato doch den hochmoralischen Boden unterm Arsch wegziehen, was meinst du?«

In dem Umschlag befand sich eine Mappe mit einem Bündel Papier und mehreren Fotos. Ein Bild fiel heraus. Es zeigte eine sehr fette und sehr tote Leiche mit weißem Zeugs um die Lippen.

»Greif zu, Murray!« sagte Agnelli. »Iß doch deine Morcheln auf!«

4

Es war drei Uhr vorbei, als ich den Umschlag der Gerichtsmedizin auf den Beifahrersitz warf, Joan Armatrading in den Recorder schob und mich auf den Weg nach Norden machte. Der Himmel hatte zu perlmuttfarbenem Glanz aufgeklart, der Wind war aber immer noch scharf und vergnügte sich damit, die letzten Blüten von den Kirschbäumen im Princes Park zu fetzen.

Vermutlich war Agnelli wegen Lollicato überparanoid, aber es konnte nicht schaden, dieser Verschwörungstheorie kurz auf den Zahn zu fühlen. Seine Andeutung, das Schicksal der Regierung ruhe nun auf meinen Schultern, war etwas üppig, doch wenn Charlene Gefahr drohte, und mochte sie noch so unwahrscheinlich sein, mußte ich dem nachgehen. Charlenes Rückendeckung war schließlich die wichtigste Aufgabe in meinem Job. Und ein paar Tage Pause von den Klempnerproblemen alter Damen und geistesgestörten Tätowierten wären eine willkommene Abwechslung.

Aufgrund eines unbegreiflichen kulinarischen Demarkationsabkommens ist es chinesischen Restaurants offenbar untersagt, anständigen Kaffee zu servieren. Und als der prächtige Boulevard der Royal Parade in den schmalen Schlauch der Sydney Road überging, gierte ich nach einem Schuß Koffein. Dafür befand ich mich in der richtigen Gegend.

Melbournes wichtigste Nordsüdverbindung ist eine von Souvlakikneipen und kleinen Schnäppchenläden verstopfte Verkehrsarterie. Der halbe Mittelmeerraum war von seinen Optimisten entvölkert worden, die statt dessen die Sydney Road in ein Gomorrha der Geschäftstüchtigkeit verwandelt hatten. Die Bäckereien und Möbelgeschäfte der Abruzzesi und Calabresi hockten dicht an dicht mit den Delikatessenläden der Griechen vom Peleponnes und maronitischen Brautausstattern aus dem Libanon. Schilder in arabischer Schrift warben für Halal-Schächter, und ein Videoladen stellte die neusten, frisch aus Damaskus und Nikosia gelieferten Raubkopien nahöstlicher Soaps aus. In der Luft waberte ein verlockender Duft nach starkem schwarzem Kaffee, und durch die Fensterscheiben des ›Café de la Paix‹, des ›Tivoli‹ und des ›Lakonia‹ waren Männer zu sehen, die über winzige Tassen mit belebendem schwarzem Nektar gebeugt waren. Parkplätze waren jedoch Mangelware, und auf einmal steckte ich im Nachmittagsstau, einer kilometerlangen Schlange – nichts zu machen.

An der Ampel bei der Brunswick Town Hall ließ sich ein Rod-Stewart-Haarschnitt am Steuer seines Kastenwagens Zeit, um einer bedauernswerten Gans in hautengen Jeans, die ihren plärrenden Balg über die Straße karrte, gute Ratschläge auf den Weg zu geben. Weiter vorn prangten auf den Scheiben verlassener Geschäfte Hämmer und Sicheln aus der Spraydose, dazu Initialen und Sprüche in Sprachen, die ich nicht alle zuordnen konnte: PKK. KSP. KOMKAR. Def Leppard.

Auf einer Anhöhe, vor der Mighty-Ten-Baustoffhandlung, stand ein Klappschild mit den Worten ›Rosa Isoballen müssen raus‹. Ich stellte mich in die Ladezone, stopfte einen Schwung der unhandlichen Glasfaserzeugmatten auf den Rücksitz des Renaults und bezahlte mit meiner bereits bedenklich überzogenen Karte.

Fünf Minuten später war ich wieder beim Bezirksbüro, parkte in einer Nebenstraße und schlüpfte in Ciccios Caffè Sportivo, die italienische Kaffeebar nebenan. Ich lehnte mich an den Zinktresen, kippte einen Espresso und überlegte mein weiteres Vorgehen, als die Vorhut des Proletariats zur Tür hereinmarschiert kam.

Ihr Name war Ayisha Celik. Sie arbeitete als Kommunalentwicklungsbetreuerin für die Australisch-Türkische Wohlfahrtsliga. Was genau sie da entwickelte und betreute, war mir unklar. Um so deutlicher spürte ich, was sie in mir entwickelte, und konnte nur hoffen, daß es niemand sah.

Ihre Haut war honigfarben, ihre Lippen erinnerten an reife Granatäpfel. Die schwarz umrandeten Augen waren so dunkel und eigenwillig wie die eines Jagdfalken. Ihr Busen sprach von seidenen Kissen, Spitzenschleiern und leise plätschernden Springbrunnen. Von derlei Bildern um den Verstand gebracht, hatten die alten Griechen einst die Ägäis durchquert und ihre Zelte unter den Zinnen Trojas aufgeschlagen. Alles in allem war Ayisha Celik von einer Schönheit, die die Erfindung des Schleiers als ganz vernünftig erscheinen ließ – jedenfalls in Ländern, wo heißblütige Kerle bis an die Zähne bewaffnet herumlaufen. Sie steuerte schnurstracks auf den Tresen zu und knallte ein Clipboard vor mich hin. »Na, Genosse? Auf der faulen Haut wie immer?« tadelte sie mich vergnügt.

Ayisha war mit acht Jahren nach Australien gekommen und sprach mit diesem spöttischen Singsang-Akzent, den die Kinder in Schulen voneinander lernen, wo gerade noch der Lehrer auch zu Hause Englisch spricht. »Also los jetzt«, sagte sie, »unterschreib.« Auf dem Clipboard war eine Spalte mit gekrakelten Unterschriften zu sehen.

Ihre Worte trugen ein warmes, nach Pfefferminzkaugummi duftendes Lüftlein an mein Ohr, was in mir erotische Urassoziationen wachrief, die mit Samstagnachmittagen in der hintersten Reihe des Liberty-Kinos zu tun hatten. Nicht zum ersten Mal fragte ich mich, was ich wohl anstellen müßte, um ähnliches bei ihr auszulösen. Wie immer fiel mir nichts ein. Laut Trish, einer Expertin in diesem Fach, hatte Ayisha kein Glück in der Liebe. Diese Auskunft machte mir Mut. Denn obwohl sie noch in den Zwanzigern war, gut fünf oder sechs Jahre jünger als ich, bildete ich mir gerne ein, daß sie mich wenigstens interessant fand. Nicht daß sie sich davon je etwas anmerken ließ.

Und wenn schon. Wir leben in einem freien Land. Zumindest die Gedanken sind frei.

Ich hob das Clipboard auf und bemühte mich um eine faszinierte Miene. Die Australisch-Türkische Wohlfahrtsliga gehörte zu den besonders eifrigen Verfassern von Petitionen. »Wer ist es diesmal? Die Vereinten Nationen? Der Internationale Gerichtshof? Die Wasserwerke?«

Ayisha war nicht in Stimmung. Sie hatte Neuigkeiten. »Kennst du Sivan, unseren Sozialarbeiter?«

Jeder kannte Sivan; ein fröhlicher Mann mit buschigen Brauen und starkem Akzent, der ebenfalls gern Unterschriften sammelte. »Sie haben seinen Bruder verhaftet.«

›Sie‹ konnte nur die türkische Armee bedeuten, deren brutale Methoden Tausende ins Exil getrieben hatten. Manche von ihnen waren so wie Sivan in der türkischen Gemeinde von Melbourne gelandet. Zu ihnen gehörten viele Freiberufler und Künstler, lauter liberal und progressiv gesinnte Menschen, die ihre Fähigkeiten zum Nutzen ihrer Gefährten in der Emigration einsetzten. Andere, so argwöhnte ich, waren wohl auch scharf auf den bewaffneten Kampf für die Revolution gewesen, bis eine noch schärfere Kampftruppe ihnen eins auf den Deckel gegeben hatte.

Mit Charlenes türkischer Wählerschaft hatte ich bis dahin nicht viel zu tun gehabt, hielt sie aber für einen durchaus geselligen Haufen. Als Muslime waren die meisten ungefähr so fundamentalistisch wie die anglikanische Kirche. Und ohne ihre Kebabläden wären die Straßen der nördlichen Vorstädte jeden Freitagabend von Horden halbbesoffener Lehrer auf der Suche nach einer billigen Mahlzeit überschwemmt gewesen. Was ich wissen wollte und wußte, war einzig und allein, daß sie bei den Wahlen fast geschlossen für Labor stimmten.

»Wahrscheinlich hat es damit zu tun, daß Sivan für eine subversive Organisation arbeitet«, sagte Ayisha.

»Was, die Liga?«

Die Australisch-Türkische Wohlfahrtsliga war ein paar Blocks von unserem Bezirksbüro entfernt und bestand aus zwei Zimmerchen und einer Kaffeemaschine aus zweiter Hand. Ayisha, Sivan und ein paar freiwillige Sozialarbeiter organisierten dort für neuangekommene Einwanderer Informationsabende und kulturelle Veranstaltungen, die teilweise vom Ausschuß für ethnische Angelegenheiten gefördert wurden. Nach einem Eigenschaftswort für die Liga befragt, wäre mir subversiv nicht so bald eingefallen. Charlene bezeichnete sie als kostengünstige Dienstleistung für einen bedeutenden Bedarfsbereich. Für mich war sie schlichtweg nützlich. Wenn ich hie und da für türkische Kunden einen Dolmetscher benötigte, holte ich einfach die Leute von der Liga an die Strippe und bat sie, das Problem in ihrer Sprache zu regeln.

Ganz im Sinne ihrer Advokatenrolle neigten die Genossen von der Liga zur üblichen Drittweltpolemik. Ayisha rannte zum Beispiel am liebsten mit einem roten Palästinensertuch herum und legte einen Ton an den Tag wie Vanessa Redgrave. Aber niemand, der halbwegs bei Verstand war, käme auf die Idee, daß die Liga für irgendwen eine Gefahr darstellte, schon gar nicht für eine hochgerüstete Oligarchie zwanzigtausend Kilometer weit weg.

Jedenfalls dachte ich das damals noch. »Ihr richtet eure Petition an die Junta?« Das erschien mir eine Spur zu optimistisch, sogar für die Liga.

»Doch nicht an die, Blödmann. Sie geht nach Canberra.

An den Außenminister. Der soll sich das Konsulat vornehmen.« Sie signalisierte Ciccio, daß sie einen Kaffee wollte. Der tat, als wäre sie Luft. Im Caffè Sportivo waren Frauen keine gerngesehenen Gäste, schon gar nicht Huris in Jeans mit kiloweise Kajal im Gesicht.

Daß die Generäle in Ankara den türkischen Einwanderern und Flüchtlingen in Australien nachspionierten, war Ayishas fixe Idee. Doch selbst wenn man Sivans Emigrantenparanoia und Ayishas eindeutige Linkstendenz in Rechnung zog, war wohl ein Körnchen Wahrheit dran. Diktaturen können in dieser Hinsicht einen ziemlichen Knall haben.

Es gab auch noch andere Gerüchte. Seit Jahren wurde gemunkelt, daß in unserer Gegend neofaschistische Gruppen mit blöden Namen wie Graue Wölfe oder Schwarze Phantome oder Rosarote Panther aktiv seien. Das war auch schon mal über die Libanesischen Tiger verbreitet worden. Dann dürften die aber mit den tasmanischen Tigern verwandt sein – von denen auch noch nie einer gesichtet wurde.

Die Schnüffler von den diversen Geheimdiensten wußten wahrscheinlich, ob etwas lief, jedenfalls sollten sie's wissen, wenn sie ihren Job taten. Allerdings konnte man nicht behaupten, daß denen die Bürgerrechte von ein paar linken Typen aus Arabien oder anderswo den Schlaf raubten. Ein einziges Mal hatten sie sich aus den Büschen bequemt, als ein durchgedrehter Armenier eine Bombe auf den türkischen Botschafter warf.

Ich überflog Ayishas Petition, erkannte mehrere Namen vom kommunalen Gesundheitszentrum und von der städtischen Mülldeponie. Von den Müllmännern hatte so gut wie keiner Ayisha widerstehen können. Ich lieh mir ihren Stift und setzte meinen Namen auf die Liste. Die Meinungsfreiheit galt schließlich für alle Bewohner Australiens. Außerdem waren wir in Coburg, nicht in Queensland.

Hauptsächlich unterschrieb ich aber wegen Ayisha. Ehrlich gestanden, hätte sie mich gebeten, meinen Hintern in den Wasserkocher von Ciccios Espressomaschine zu stekken, hätte ich auch nicht gezögert.

Das mag ziemlich bescheuert klingen, man muß sich aber vor Augen halten, daß meine Kronjuwelen bereits seit sechs Monaten unnütz ruhten. Um die Wahrheit zu sagen, machten sie sich langsam markerschütternd bemerkbar. Inzwischen konnte ich davon ausgehen, daß praktisch bei allem, was ich unternahm, meine Lenden am Lenkrad saßen – auch wenn mir das nicht immer bewußt war, es sei denn, sie brüllten mir schon ins Ohr.

»Am schlimmsten sind die Kurden dran«, sagte Ayisha. »Sivan ist nämlich Kurde.« Sie stand jetzt wirklich voll unter Strom, was gut zu ihrem rabenschwarzen Haar paßte. »Folter. Mord. Im Vergleich dazu geht's in dem Film *12 Uhr nachts – Midnight Express* aus wie im Club Méditerranée. Du hast ja keine Ahnung.«

Wahrscheinlich doch, aber wozu darin schwelgen? »Petitionen werden da wohl nicht viel ausrichten«, sagte ich.

»Mag sein«, gab sie zu und kam von ihrem hohen moralischen Roß wieder herunter. »Weißt du was Besseres? Da schleichen ein paar Scheißfaschisten durch die Gegend und bespitzeln uns. Entweder bringen wir die Regierung dazu, das zu unterbinden, oder wir nehmen unsere Verteidigung selbst in die Hand.« Mit den Fingern machte sie eine Pistole und kniff ein Auge zu. »Das können wir uns doch nicht einfach gefallen lassen.«

Wenn die Revolution kam, würde ich mit ihr in die Berge fliehen und sie mit meinem Feuer beeindrucken. In einer Höhle würde sie sich zu mir in ein Bett aus Schaffellen legen. Und dann würde mir entweder Wendy oder irgendein finsterer Abdul mit einem stumpfen Krummsäbel die Nüsse abschneiden. Wahrscheinlich beide. Sowohl Wendy wie Abdul. Als auch beide Nüsse.

Bis es soweit war, schien meine Unterschrift auf ihre sinnlose Petition der Sache am nächsten zu kommen. Internationale Intrigen waren neu auf meiner Tagesordnung. Im Laufe unseres Gesprächs kramte sie ein Päckchen Drum hervor und drehte sich eine Zigarette. Als sie sie anzündete, blieb eine winzige Tabaksträhne auf ihren Lippen kleben. Nur mit äußerster Willensanstrengung versagte ich mir, die Hand auszustrecken und den Krümel wegzuschnippen. Ich könnte mich mit ihr verabreden, dachte ich. Für Red einen Babysitter organisieren und sie in eine dieser Kneipen ausführen, wo sie einem Obstspalten in die Hälse der Bierflaschen drücken. Na, vielleicht doch lieber nicht.

Sie klemmte sich ihre Petition wieder unter den Arm. »Sieht wohl nicht so aus, als würde ich hier einen Kaffee kriegen, was?«

»Bevor du gehst«, warf ich rasch ein und klammerte mich an den erstbesten Vorwand für ein Gespräch, »kennst du einen Ekrem Bayraktar?«

Sie schüttelte den Kopf. Entweder war meine Aussprache grauenhaft, oder sie hatte noch nie von ihm gehört.

»Ist doch ein türkischer Name, oder?«

»Tausende Leute in dieser Stadt haben türkische Namen«, erwiderte sie pikiert, »falls dir das noch nicht aufgefallen ist.«

»Kein Grund, gleich giftig zu werden«, erwiderte ich. »Hätte ja sein können, daß er einer deiner Kunden bei der Liga ist.«

»Möglich.« Sie zuckte mit den Achseln. »Bei uns kommen so viele Leute durch, daß man sich nie alle merken kann. Vor allem bei der geringen Unterstützung, die wir von der Regierung bekommen.« Für ein bißchen Lobbying ließ sich Ayisha keine Gelegenheit entgehen. »Und? Wer ist der Kerl?«

Jetzt war es an mir, die Achseln zu zucken. Ich hätte es ihr sagen können, aber ich hatte keine Lust auf eine Gardinenpredigt über unterdrückte Arbeiter, die eine unbarmherzige Bourgeoisie ins frühe Grab trieb. »Bloß so ein Name in einer Akte, die sie mir aufgehalst haben.«

In der Rolle des überforderten Beamten fand ich sicher nicht den Weg in Ayishas Herz. Sie verstaute den Tabak in ihrem Beutel und warf einen Blick zur Tür.

»Hör mal«, schlug ich vor, als handelte es sich um die beste Idee seit dem Absterben des kapitalistischen Staates. »Ich komme morgen mal bei der Liga vorbei und rede mit Sivan. Anschließend könnten wir zwei uns zusammensetzen und Förderungsmöglichkeiten besprechen. Das Commonwealth möchte ein paar Dollar für neue Arbeitsplätze lockermachen, und da dürftet ihr in Frage kommen.«

Sie legte mir die Hand auf den Arm. »Murray«, sagte sie. »Du bist ein Schatz.«

Erbärmlich, dachte ich. Da versuchte ich doch tatsächlich, mir die Zuneigung dieser Frau mit Steuergeldern zu erkaufen. Selbst wenn ich bei ihr landete, konnte ich zur Zeit alles nur keine Affäre brauchen. Aber bei ihr hatte ich sowieso keine Chance. Und falls doch, konnte ich Wendy schon hören: Murray hat sich eine kleine Türkin angelacht. Maoistin, aber etwas altmodisch war er ja schon immer. Beim Abwaschen singt sie bestimmt die Internationale.

Ich sah die Gesäßtaschen von Ayishas Jeans durch die offene Tür verschwinden und befahl mir gerade, auf dem Teppich zu bleiben, als zwei Zivilbullen hereinkamen. Da das Pentridge-Hilton für schwere Jungs gleich gegenüber lag, war der Anblick von V-Männern in dieser Gegend nichts Außergewöhnliches. Die schweren Kaliber bei der Kriminalpolizei traten gewöhnlich im legeren Allwetter-Outfit von erfolgreichen Handelsvertretern auf, deshalb mußte man einen scharfen Blick haben, um sie zu erkennen. Aber diese beiden waren vom örtlichen Revier; statt ihrer Dreiteiler-Anzüge hätten sie ebensogut Uniform tragen können.

Mich sahen sie an, als wäre ich gar nicht da, dann stolzierten sie nach hinten zu den beiden Tischen mit grünen Filzbezügen, wo Tag für Tag dasselbe Dutzend alter *paesani* saß. Man trank Kaffee und schrie sich über die Spielkarten hinweg an. Ich hatte noch nie Geld auf den Tischen gesehen und auch jetzt war keins da, nur eine plötzliche, sehr unitalienische Stille und das plötzlich laute Zischen der Espressomaschine. Die Bullen glotzten. Die alten Männer glotzten zurück. In meiner Erinnerung tauchte das halb vergessene Bild von einem blauen Ärmel mit einem Sergeant-Abzeichen darauf auf, vergällt durch den Geschmack von Blut.

So plötzlich, wie sie gekommen waren, verschwanden die Gesetzeshüter auch wieder, nur das behördliche Knakken ihrer Knöchel hing noch im Raum. Ciccio machte eine Bemerkung, die ein leises Gelächter bei den Spielern auslöste. Die Karten raschelten wieder. Ich spülte meinen Mund mit kalten Kaffeeresten und ging nach nebenan in unser Büro.

Ben Stur lümmelte immer noch in meinem Kabuff, als gehörte es ihm, ganz vertieft in eine Ausgabe des *Labor Star.* Wen wollte er verarschen? Den *Labor Star* lasen nicht einmal seine eigenen Herausgeber. Ich wischte Sturs Latschen vom Tisch und rief Bernice Kaufmann an, eine Funktionärin auf höchster Ebene in der Trades Hall. Als wir noch an der Uni waren, hatte mir Bernice einmal einen großen Gefallen getan, nur ein einziges Mal. Seither ließ sie keine Gelegenheit aus, mich von oben herab zu behandeln.

»Es geht um die Story in der Zeitung heute morgen«, sagte ich. »Die Leiche in der Großfleischerei.«

Wie erwartet, zeterte Bernice sofort damit los, nur ein geistig Minderbemittelter könne glauben, was er in der *Sun* las. Der Minderbemittelte war wohl ich. Vom Sarkasmus abgesehen, bestätigte mir ihr Gebrabbel jedenfalls, daß das angebliche Interesse der Gewerkschaftsexekutive an der Angelegenheit reine Erfindung war. Als ich irgendwann auch mal zu Wort kam, machte ich geltend, der Tote sei in unserem Wahlbezirk gefunden worden, und Charlene halte es deshalb für angemessen, seinen Arbeitskollegen ihr Beileid auszusprechen. Konnte Bernice mir den Betriebsrat der Großfleischerei vermitteln?

Bernice stieß ihr genervtes Schnaufen aus, dann klang eine besonders frenetische Interpretation von ›Für Elise‹ aus dem Hörer. Während ich wartete, drückte ich auf die Freisprechanlage und berieselte Stur mit dem Beethovengeklimper, in der Hoffnung, daß der Kunst gelänge, was der Vernunft versagt war. Drei Minuten später, als Bernice wieder in die Leitung kam, summte er hirnlos mit.

»In Ordnung«, sagte sie. »Hab mit den Fleischhackern gesprochen. Der Betriebsrat da draußen heißt Herb Gardiner. Im übrigen meinen sie, wenn an dem Unfall irgendwelche Sicherheitsmängel schuld hätten, wäre Gardiner wie der geölte Blitz bei der Gewerkschaft gewesen. Soll eine richtige Petze sein. Aber er hat keinen Ton gesagt.«

In einer Welt unaufhörlichen Wandels war ich für Bernice und ihre verläßlich-gönnerhafte Art beinahe dankbar. Ich kritzelte den Namen des Betriebsrats auf ein leeres Blatt und schob es zusammen mit dem Umschlag der Gerichtsmedizin in eine Mappe. Während ich schrieb, kam Trish herein und reichte Stur eine Telefonnotiz. Er warf einen Blick darauf und legte sie vor mich hin auf den Schreibtisch. Wenn er sich noch etwas häuslicher einrichtete, stand er Ende der Woche bei uns auf der Gehaltsliste.

Auf dem Zettel las ich, daß Agnelli angerufen hatte und dringend meinen Rückruf erwartete. So war es immer. Kaum hatte ich zugesagt, mir diese Lollicato-Geschichte aufzuhalsen, trat mir Agnelli alle fünf Minuten in den Hintern. Daß ich meine Zeit mit einem blödsinnigen

Pseudobericht verplempern sollte, war schlimm genug, auch ohne seine endlose Dampfplauderei. Ich verstaute die Notiz in der Jackentasche und steckte den Kopf hinter der Trennwand hervor.

Stur war in den Empfangsbereich geschlendert und stellte gerade vor zwei koptischen Mönchen seinen Wanst zur Schau. Trish jonglierte mit zwei Telefonen, während sie einer verzottelten minderjährigen Mutter in einem Miami-Vice-Sweatshirt das Unterstützungsprogramm für Alleinerziehende erklärte. Ein Kleinkind in nassen Windeln zerrte ein Poster des Naturschutzverbands von der Wand.

Ohne das geringste Schuldgefühl klemmte ich mir die Mappe mit den Pacific-Pastoral-Unterlagen unter den Arm und huschte zur Hintertür hinaus. Das Elend dieser Erde konnte warten, wenigstens bis morgen.

5

Abseits der Sydney Road herrschte weniger Verkehr. Die Straßen dieser Gegend waren von holzverschalten Bungalows, einstöckigen Reihenhäusern und vereinzelten kleinen Fabriken mit Scheddächern gesäumt. Hier befanden sich die Hochburgen der Labor Party, die sichersten Mandate im ganzen Land – Calwell, Batman, Lalor, Coburg, Brunswick. Wahlbezirke, deren Namen in den Ohren der Meinungsforscher von Melbourne bis Canberra schiere Verläßlichkeit verhießen. In manchen Wahllokalen hatten wir die Liberals hier mit drei zu eins geschlagen. Und man fragte sich fast, wer der eine war.

Reds Grundschule, eine öffentliche Lehranstalt mit Schieferdach, lag auf halbem Weg zwischen dem Büro und zu Hause. In den ersten hundert Jahren ihrer Geschichte war sie darauf spezialisiert gewesen, Hilfslandarbeiter, bewaffnete Räuber und Lehrlinge für das Friseurgewerbe auszubilden. Heute verfügte sie über einen eigenen Bibliotheksanbau und bot Unterricht in zwei Sprachen an. Ich holte Redmond von der Nachmittagsbetreuung ab, wo er mit anderen Zweit- und Drittkläßlern, den kleinen Matildas, Dylans und Toulas, warten mußte, bis ihre Eltern sie um halb vier abholten. Sie waren damit beschäftigt, den Modellen in Kaufhauskatalogen die Köpfe abzuschneiden. Red schleuderte seine Schultasche auf die Isolierballen im Fond, und wir fuhren heim.

Daheim war ein sechzig Jahre altes Haus mit Holzverschalung, das seinerzeit mit wenig Geld auf Spekulantengrund erbaut und nie wieder frisch gestrichen worden war. Wendy und ich hatten es kurz nach Reds Geburt gekauft. Auf dem Schild hatte gestanden: TOLLE RENOVIERUNGSGELEGENHEIT FÜR PHANTASIEVOLLE ERSTKÄUFER; mit anderen Worten, mehr konnten wir uns nicht leisten. Wir arbeiteten damals beide im Labor Resource Centre und bekamen einen Bettel dafür bezahlt, uns Impulsreferate aus den Fingern zu saugen. Mit Titeln wie ›Die Belegschaftssegmentierung auf dem Schuhwerksektor‹ oder ›Demokratie am Arbeitsplatz in der Elektrizitätsindustrie‹. Lukrativ waren diese Posten nicht.

Bislang beschränkte sich unsere tolle Renovierung darauf, daß Wendy ein schlichtes Gärtchen angelegt und ein halbes Vermögen für *Haus und Garten* ausgegeben hatte, während ich tat, wozu ein Mann mit nichts außer einem Werkzeugkasten und Y-Chromosomen eben fähig ist. Letztlich waren wir der Gelegenheit nicht gewachsen gewesen. Die an die Küchenwand gepinnten Architektenpläne, Zeugnis unserer gemeinsamen Zukunft, waren längst vergilbt und rollten sich an den Ecken ein.

In puncto Häuslichkeit stellten Red und ich uns gar nicht so schlecht an. Nicht daß dies dem ungeübten Auge so ohne weiteres aufgefallen wäre. Auf einer oberflächlichen Skala für gute Haushaltsführung rangierten wir ziemlich weit unten, aber wir hatten es gemütlich, und die elementaren Hygienestandards wurden eingehalten. Und ich widmete mich mit schöner Regelmäßigkeit zumindest den dringenderen infrastrukturellen Erfordernissen. An diesem Nachmittag wollte ich mir die Maximierung unserer Energieeffizienz vornehmen. Zuerst aber fischte ich ein Messer aus der Geschirrhalde in der Spüle, strich zwei Erdnußbutterbrote und klappte sie zusammen. »Mach jetzt deine Hausaufgaben«, knurrte ich.

Der Kleine verdrehte die Augen. »Ich hab noch keine Hausaufgaben, Dad. Ich bin erst in der zweiten Klasse.«

»Gut, dann darfst du fernsehen. Aber nur ein Bildungsprogramm.«

Diesen abgedroschenen Dialog spulten wir wortwörtlich jeden Nachmittag ab. Er war ebensosehr Teil unserer Routine wie Tomatensuppe aus der Dose am Sonntagabend und Reds chronische Unpünktlichkeit in der Schule. Der Junge war der beste Unfall, den ich je hatte. Ein gescheiter, angenehmer und anspruchsloser Kumpel, dazu von einer Reife, die man seinem Milchgesicht und den blonden Engelslocken gar nicht zutrauen würde. Anfangs hatte ihm Wendy sehr gefehlt, und gelegentlich ließ er es mal krachen, doch alles in allem hatte er sich an unser Strohwitwer-mit-Sohn-Dasein ganz gut gewöhnt.

Er nahm seine Brote mit ins Wohnzimmer und drehte den Fernseher an. Der Begriff Wohnzimmer ist hier sehr weit gefaßt zu verstehen. Treffender wäre er als dunkles Loch mit Dielenboden beschrieben, das sich längst damit abgefunden hatte, nie ein sonniger, energiesparender Spiel- und Eßbereich mit Fliesen im gestylten Schwarzweiß-Karomuster zu werden.

Red glotzte ›Roadrunner‹, ich schlüpfte in meinen Overall, stellte im Vorzimmer eine Leiter zur Falltür zum Dachboden auf und steckte die Nachttischlampe von Wendys Bettseite in eine Verlängerungsschnur. Dann dauerte es eine halbe Stunde, bis ich die unförmigen Glasfasermatratzen aus dem Auto gezerrt und in den Dachstuhl verfrachtet hatte. Von außen sah unser Dach zwar einigermaßen dicht aus, doch im Dämmerlicht des Dachstuhls entpuppten sich die Wellblechplatten als rostige Filigranarbeit, die nur vom Trägheitsgesetz und uralten Spinnweben notdürftig zusammengehalten wurde.

Langsam und auf allen vieren schob ich mich die staubigen Dachbalken entlang, schnitt das Isoliermaterial in Streifen und stopfte es in die unregelmäßigen Aussparungen zwischen den Traghölzern. Ständig in der Hocke zu arbeiten ging mühsamer und zäher voran als erwartet, außerdem war ich bald schweißgebadet. Winzige Glasfaserfussel mogelten sich mir in Kragen und Ärmel hinein, wo sie auf der Haut kleben blieben. Für den Fall, daß sie wirklich krebserregend waren, atmete ich nur noch durch die Nase. Prompt sammelten sich kleine rosa Faserteilchen in den Haarbüscheln meiner Nasenlöcher.

Das ist das Problem, wenn man im eigenen Auftrag arbeitet: lausige Bezahlung, beschissene Arbeitsbedingungen, und der Chef kümmert sich einen feuchten Dreck um die Sicherheit. Der Job hätte höchstens eine Stunde dauern dürfen, aber durch das ganze Gefummel mußte mir jeder Zeitsinn verlorengegangen sein. Von unten kam pausenlos das unverständliche Geschwurbel des Fernsehers.

Gerade streckte ich mich aus, um den letzten Bausch der Isolierung im schmalen Winkel unter der Dachrinne anzubringen, da schlug mir ein kalter, harter Gegenstand auf den Hinterkopf. In meinen Ohren rauschte die Woge eines akuten Schwindelgefühls, mir wurde übel, und ich fiel mit hilflos fuchtelnden Armen nach vorn. Im selben Moment legte sich ein Schraubstock aus schartigem Eisen so fest um meinen Hals, daß ich weder sitzen noch stehen konnte. Dann wurde es rundherum schwarz.

Als nächstes spürte ich, wie mein Gesicht von einer kühlen klammen Feuchtigkeit benetzt wurde. Ich blinzelte und öffnete die Augen. Um mich war immer noch alles schwarz. Die aufsteigende Panik verebbte wieder, als mir klar wurde, was geschehen war. Ich hatte das Gleichgewicht verloren, mit dem Kopf das Metalldach durchstoßen und mir dabei den Hals eingeklemmt. Die Dunkelheit war die Nacht, die unbemerkt hereingebrochen war. Von den Schultern abwärts befand ich mich in einer qualvollen Kauerstellung und war außerstande, mich zu rühren. Vom Kinn aufwärts war ich Johannes der Täufer auf dem Silbertablett. Als ich meinen Kopf in der rostigen Halskrause behutsam zur Seite wandte, konnte ich mit Mühe die Straße unter mir sehen, die bis auf ein paar geparkte Autos verlassen dalag. Die beleuchteten Kräne und himmelwärts strebenden Hochhäuser der City winkten und glitzerten am Horizont, als machten sie sich über mich lustig.

»Red«, schrie ich, so laut ich konnte. Genau in diesem Moment brachen die Schleusen, und ein Platzregen ging nieder, ein unbarmherziger und kalter Winterguß. Wasserströme rauschten sturzbachartig durch die Rillen im Wellblech und abwärts an dem undichten Korken entlang, der mein Hals war. Ich hockte hilflos da und fühlte es in meinen Overall rinnen. Durch das Trommelfeuer des Regens hörte ich die Kennmelodie der ›Dr.-Who‹-Serie, und daneben noch einen höheren, hartnäckigeren Ton: das ungeduldige Läuten des Telefons.

Ich hatte die Wahl: entweder ersaufen oder mir selbst die Kehle aufschlitzen. Ich entschied mich für die zweite Option. Mit fest zugekniffenen Augen klammerte ich mich an einen Holzbalken und riß mich mit aller Kraft nach unten, fetzte mir dabei fast die Ohren ab und jaulte laut auf, als meine Wangen von scharfen Metallkanten zerkratzt wurden.

Die kleineren Blutungen waren jedoch nichts im Vergleich zu der Stromschnelle, die sich auf das frischverlegte Isoliermaterial ergoß, sobald mein Kopf das Loch im Dach nicht mehr verschloß. Ich zog mir rasch den Overall aus, rollte ihn zu einem notdürftigen Pfropfen zusammen und stopfte damit das Loch.

Als der Wasserstrahl endlich versiegt war, kletterte ich blutend, halb erfroren und in Spinnweben gehüllt die Leiter hinunter. Red sah den Bruchteil einer Sekunde von der Glotze hoch, heftete den Blick dann aber gleich wieder auf den Bildschirm. Er hatte seinen Vater schon öfter beim Basteln gesehen.

»Wer hat angerufen?« schrie ich durch das Prasseln auf den Fensterscheiben.

Red zuckte mit den Achseln und wechselte den Sender. »Wann essen wir?« wollte er wissen. In seinem Schoß lagen sichelmondförmige Brotrinden. »Ich sterbe vor Hunger.«

Der Eisschrank offenbarte etwas Milch, fünf Fischstäbchen, zwei Kartoffeln, eine Karotte und eine halbvolle Eiswürfelbox. Ich schob die Fischdinger in den Backofen, stellte das Gemüse zum Kochen auf den Herd und ließ die Eiswürfel in eine Dosis Antiseptikum der Marke Jamesons fallen.

Der Whiskey wärmte weit mehr als das trübe Tröpfeln aus dem antiken Boiler an der Badezimmerwand. Ich seifte mich ein und lauschte dem leisen Wimmern der Rohre. Der ganze Raum fiel in das Gejammer ein, erflehte verzweifelt den Umbau zu einem luftigen Atrium mit Glasziegeln und tropischen Pflanzen. Ich trank langsam meinen Whiskey aus, wartete darauf, daß das Wasser kalt wurde, und überlegte, wo ich einen billigen Dachdecker auftreiben könnte. Es war einer der seltenen Augenblicke, in denen ich mir wünschte, Freunde in der Bauarbeitergewerkschaft zu haben.

In den Tiefen des Badezimmerschranks, hinter einem

einsamen und längst abgelaufenen Kondom, fand ich eine Flasche Jod und tupfte es auf die Kratzer an meinen Ohren, am Hals und im Gesicht. Wenn ich ein Omen für die Pannen der folgenden drei Tage nennen soll, fiele mir kein besseres Bild ein als das begossene Zebra, das mir aus dem mit Dunst beschlagenen Badezimmerspiegel entgegenstarrte. Tetanus, Krebs, unfreiwilliges Zölibat, ein Loch im Dach. Die Chancen, daß ich irgendwas davon hatte, standen prächtig.

Nach ein paar Fischstäbchen kehrte Reds Erinnerung zurück. »Ach so, Mum läßt dir ausrichten, sie hat es überall probiert, aber du bist ja nie da. Sie meinte, sie ruft morgen wieder an. Und rate mal, was sie mir gekauft hat. Einen Dino-Rider. Den mit den Laserwaffen.«

Waffen? Offenbar bekam Canberra Wendys ideologischer Strenge gar nicht gut. Nach dem Essen, einem bißchen gemeinsamen Glotzen und der üblichen Balgerei gelang es mir endlich, Red ins Bett zu bugsieren. In der Woche davor war er zufrieden damit gewesen, vor dem Einschlafen allein ein Buch zu lesen, heute aber wollte er verhätschelt werden. Harter Tag im Büro vermutlich.

Er zerrte ein großes Bilderbuch aus dem Stapel, den Wendy irgendwann mal von einem Flohmarkt im Zentrum für Chancengleichheit nach Hause geschleppt hatte, lauter bierernstes Zeug mit Titeln wie *Miranda hat zwei Mamis* und *Ja, Raoul ist anders*. An diesem Abend fiel die Wahl zum Glück auf eines der pädagogisch weniger bornierten Werke: *Volksweisheiten der Völker dieser Welt* lautete der etwas verkrampft redundante Titel. Red kuschelte sich unter seine Steppdecke, und ich schlug das

Buch an einer beliebigen Stelle auf. »Von allen Weisen der Türkei ist keiner so berühmt wie Nasreddin Hoca...«

Über dem Text befand sich eine aquarellierte Bleistiftzeichnung, das Bild eines feisten Männchens mit buschigem weißem Bart, Aladin-Schnabelschuhen und einem Turban von der Größe einer Ladung Buntwäsche. Da Red einverstanden nickte, las ich weiter.

> Eines Tages wurde Nasreddin Hoca gebeten, in der Moschee seines Dorfes die Predigt zu halten. Er stieg auf die Kanzel und fragte:
>
> »Oh, ihr wahren Gläubigen, wißt ihr, was ich euch heute sagen werde?«
>
> Die versammelten Gläubigen sahen einander verblüfft an und schüttelten die Köpfe. »Nein, wir haben keine Ahnung«, antworteten sie.
>
> »Wenn ihr keine Ahnung habt« erwiderte Nasreddin Hoca, »wozu soll ich dann zu euch sprechen?« Damit stieg er von der Kanzel und ging heim.

Beim Lesen warf ich verstohlene Blicke auf das Gesicht des Jungen und suchte nach Anzeichen von Schläfrigkeit.

> In der Woche darauf betrat er die Moschee, stieg auf die Kanzel und fragte auch diesmal seine Gemeinde: »Oh, ihr wahren Gläubigen, wißt ihr, was ich euch heute sagen werde?«
>
> »Ja«, antworteten die Gewitzteren unter ihnen.
>
> »Nun, wenn ihr es bereits wißt«, sagte Nasreddin Hoca, »wozu soll ich es euch dann noch einmal sa-

gen?« Und wieder stieg er von der Kanzel und ging heim.

Am nächsten Freitag stieg er erneut auf die Kanzel und stellte dieselbe Frage: »Oh, ihr wahren Gläubigen, wißt ihr, was ich euch heute sagen werde?«

Die versammelte Menge hatte ihre Anwort vorbereitet: »Einige unter uns wissen es, andere nicht«, riefen sie.

»In diesem Fall«, sagte Nasreddin Hoca, »sollen diejenigen unter euch, die es wissen, es denen sagen, die es nicht wissen.«

Gott allein mochte wissen, was Kinder mit derartigem Gefasel anfangen sollten. Das klang ja wie ein Positionspapier des Finanzministeriums. Glücklicherweise rief es auch eine ähnliche Wirkung hervor. Über Reds Augen legte sich allmählich ein trüber Schimmer. In bewußt monotonem Singsang las ich weiter, bis – auf halbem Weg durch das Gleichnis von der Walnuß und der Wassermelone – die Sandmännchen kamen und Red auf leisen Sohlen ins Land der Träume beförderten. Als ich das Buch weglegte und auf Zehenspitzen das Zimmer verließ, rührte er sich noch einmal, kratzte sich am Kopf und fing dann leise zu schnarchen an.

Die Sintflut im Freien war in stetes Prasseln übergegangen. Ich kletterte die Leiter hinauf und überprüfte das Dach. So weit, so gut. Meine technische Impromptulösung hielt erstaunlich dicht. Der Stöpsel aus dem eingerollten Overall war zu einer feuchten Stoffmasse aufgequollen, die wie ein Pfropfen im Loch steckte und nur sehr wenig Wasser durchließ. Um auf Nummer Sicher zu gehen, legte ich ein Brett über zwei Dachbalken und stellte einen Eimer darunter.

Dann setzte ich mich endlich hin, schraubte den Deckel von der Flasche Jamesons und öffnete die Pacific-Pastoral-Mappe. Als erstes breitete ich die Fotos auf dem Küchentisch aus und sah sie mir an. Die Leiche hatte ein Gesicht, das nur eine Mutter lieben konnte – allerdings eine sentimentale Hethitermutter mit grauem Star. Davon abgesehen, ließ sich höchstens sagen, daß dem Kerl ein Gang zu den Weight Watchers nicht geschadet hätte und daß er tot war. Ich wandte mich den Unterlagen zu.

Kein Wunder, daß Charlene die Mappe so pronto wie möglich wieder auf ihrem Tisch haben wollte. Um an diesen unscheinbaren Stapel Papier zu kommen, hatte jemand etliche Beziehungen spielen lassen und einen wahren bürokratischen Hindernislauf absolviert. Vorläufige Berichte der Ermittlungsbehörde für Arbeitsunfälle, Fotokopien interner Polizeiprotokolle und eine erste Zusammenfassung der gerichtsmedizinischen Untersuchung versammeln sich nicht einfach so in der Abgeschiedenheit eines Aktenschranks und beschließen dann von selbst, auf den Tisch des erstbesten Ministers zu flattern. Das bedauerliche Ableben Ekrem Bayraktars vor drei Tagen hatte die unsichtbare Hand eines äußerst eifrigen Papiersammlers in Bewegung gesetzt.

Soweit ich die Angelegenheit beurteilen konnte, hätte er sich die Mühe allerdings sparen können. Die Dokumente waren von einer Nüchternheit geprägt, wie sie nur der Tod fertigbrachte. Sollte hier ein Hauch von Dramatik im Spiel gewesen sein, war er inzwischen zu einer homogenen grauen Suppe aus bürokratischer Indifferenz verwässert worden, die nicht einmal den Anflug einer Meinungsverschiedenheit zwischen den einzelnen Ämtern bewies. Die beteiligten Ärzte, Polizisten, Gerichtsmediziner und Untersuchungsbeamten legten eine geradezu geharnischte Einigkeit an den Tag.

Erst mal die nackten Fakten: Bayraktar war Türke. So weit hatte ich also recht gehabt. Vor drei Jahren nach Australien gekommen, derzeitiger Status: ständige Aufenthaltsgenehmigung. Wohnhaft in der Blyth Street, Brunswick. Angehörige waren keine genannt. Bei Pacific Pastoral war er seit etwas über zwei Jahren beschäftigt gewesen und hatte als Vorarbeiter regelmäßig Zugang zu den Kühllagern des Betriebs gehabt. Am Freitagnachmittag war er irgendwann in den Kühlraum drei gegangen. Offenbar aus eigenem Antrieb, ohne jemandem davon zu erzählen und aus keinem ersichtlichen Grund. Diesen Umstand hoben alle Berichte deutlich hervor.

Etwas später hatte ein Kältetechniker namens Herbert Gardiner den Kühlraum betreten, um den Thermostat zu prüfen, und dabei Bayraktars Leiche entdeckt. Herbert Gardiner? Den Namen kannte ich doch. Ich blätterte meine Papiere durch, bis ich den Zettel fand, auf dem ich den von Bernice genannten Betriebsrat notiert hatte. Ja, das war er.

O Herb, murmelte ich laut, was haben sich deine Eltern nur gedacht, als sie dir diesen Gärtnernamen aufokulierten? Rosa und Ranunculus Gardiner und ihr kleiner Junge Herb im Herbarium. Gegen soviel Stroh war kein Kraut gewachsen.

Als Todesursache war ein Herzanfall genannt, über den genauen Zeitpunkt konnte aufgrund der niedrigen Temperaturen nur spekuliert werden. Genauigkeit schien bei diesem Fall sowieso kein bißchen gefragt zu sein, es wurde auch nirgends auf Fahrlässigkeit oder Gesetzwidrigkeiten seitens des Unternehmens getippt. Alles in allem klar wie Kloßbrühe. Bayraktar war nur ein weiterer von jährlich gut dreihundert tödlichen Arbeitsunfällen in Victoria. Unbeantwortet blieb lediglich die Frage, was der Verstorbene in einem gigantischen, bis zum Rand mit Rindfleischkisten angefüllten Gefrierschrank zu suchen gehabt hatte.

Kein Beamter, der halbwegs bei Verstand war, hätte in einem offiziellen Schriftstück Mutmaßungen über diese Frage angestellt. Seit das Gesetz für Informationsfreiheit in Kraft getreten ist, womit sämtliche Akten auf ewige Zeiten öffentlich zugänglich sind, gelten klare Aussagen als wenig ratsam. Selbst die harmloseste Bemerkung kann dereinst von einem Sensationsjournalisten oder irgendeiner unermüdlichen Interessengruppe ausgegraben werden und als Schlagzeile in den Tageszeitungen landen. Wem so was passiert, der kann sich seine Beförderungschancen an den Hut stecken.

Doch auch diese Dinge lassen sich umgehen. Auf einer gelben Haftnotiz auf dem Innendeckel der Mappe fand ich schließlich, wonach ich suchte. In einer Handschrift, die stark der Signatur auf dem vorläufigen Bericht des Untersuchungsrichters ähnelte, stand: »Laut Polizei höchstwahrscheinlich Diebstahl.« Die Jungs am Tatort hatten offenbar zwei und zwei zusammengezählt und gefolgert, daß der Verstorbene gerade im Begriff gewesen war, ein Stück erstklassiges Porterhouse-Steak unter seinem Pulli verschwinden zu lassen, als ihm der Sensenmann auf die Schulter klopfte.

Da hatten wir ja was. Nichts Offizielles wohlgemerkt, aber dennoch nützlich. Sollten Lollicato und die *Sun* beschlossen haben, sie bräuchten einen Märtyrer, würden sie vielleicht versuchen, diesen Bayraktar als zweite Mutter Teresa hinzustellen. Wenn ich mir aber von einem seiner Kollegen im Betrieb seinen Ruf als kleiner Langfinger bestätigen ließ, wäre ich Lollicato moralisch einen Zacken voraus. Relativ gesprochen.

Entscheidender war die Frage, welchen Profit Lollicato & Co. aus der Situation zu schlagen gedachten. Das hing wohl vor allem von der Einstellung der Arbeitskollegen zu dem Toten ab. Und davon, ob es im Betrieb jemanden gab, der für sie die Stimmung schürte. Das würde ich aber nicht mit der Nase in irgendwelchen Akten herauskriegen. Ich schob die Zettel wieder zusammen, kippte den letzten Rest Whiskey, kratzte mich am Kopf, gähnte und stand auf, um pinkeln zu gehen.

Wie hatte mich Agnelli nur überzeugen können, daß die Zukunft der Regierung von einem derart ausgemachten Quatsch abhing? Jetzt mußte ich diese nutzlosen Unterlagen zurück in die Stadt bringen, anschließend in einer Großfleischerei am Arsch der Welt herumschnüffeln und dann noch den Nachmittag damit vergeuden, irgendeinen Pseudobericht auszukochen. Gut zwei Tage praktisch im Eimer. Und wozu? Als ob ich nicht Wichtigeres zu tun hätte.

Reds Füße ragten aus dem Bett hervor, kalt wie Eisblöcke. Als ich die Steppdecke zurechtzog, drehte er sich um, saß plötzlich kerzengerade da, kratzte sich heftig am Kopf und sank dann in die Bewußtlosigkeit zurück.

Inzwischen konnte ich ebensogut selbst ins Bett gehen. Mit *Familienrecht leichtgemacht* – ein praktischer Ratgeber für Finanzfragen und das Gerichtsverfahren kletterte ich in die eheliche Koje. Nach zehn Seiten Juristenprosa gab ich dem Dröhnen nach, das der Regen auf dem Blechdach über mir veranstaltete, und fiel in den tiefen traumlosen Schlummer der Unschuldigen.

Na ja, vielleicht nicht ganz traumlos und auch nicht ganz unschuldig. Um vier Uhr früh war da diese Höhle mit den Schaffellen.

6

Das Industrieministerium war im vierzehnten Stock eines achteckigen taubendreckartig gesprenkelten Megaliths untergebracht, der einen Block westlich vom Parlament lag. Ich fuhr in die Tiefgarage, parkte meinen Wagen in einer laut Schild ›Nur für Stellvertretende Abteilungsleiter‹ reservierten Lücke, hetzte in den vierzehnten Stock hinauf und knallte den Umschlag auf den Schreibtisch von Charlenes Privatsekretär. Blitzschnell war ich im Aufzug zurück nach unten, wo mir ein anorektischer Jüngling mit orangen Dreadlocks und grünen Lycrashorts Gesellschaft leistete, als die bereits halb geschlossenen Türen zu rütteln anfingen und noch einmal aufgingen.

»Morgen, Murray«, sagte Agnelli mit einer Handfläche

auf dem Türknopf. »Was ist mit deinem Gesicht passiert? Streit gehabt mit der Käseraspel? Was soll Lionel Merricks bloß davon halten?«

»Mir doch egal. Hab nie von ihm gehört.« Ich machte keinerlei Anstalten, den Aufzug zu verlassen. Die Türen zitterten bei dem Versuch, sich zu schließen.

»Das ist der Vorstandsvorsitzende von Pacific Pastoral, und in einer Dreiviertelstunde erwartet er uns in seinem Büro. Hast du meine Nachricht denn nicht gekriegt?«

Mir fiel die Telefonnotiz in meiner Brusttasche ein. »Welche Nachricht?«

»Was ich dir soeben mitteile. Wir treffen uns in einer halben Stunde im Amalfi, im Foyer. Alles weitere sag ich dir dort.«

»Hey, ich dachte, die Beziehungen zur Geschäftswelt sind deine Sache? Ich bin nur hier, weil ich die Unterlagen zurückbringen wollte.«

Agnellis Kopf vollführte einen Schwenk von zweihundertsiebzig Grad. Er sprach durch fest aufeinandergepreßte Kiefer, tief und eindringlich. »Hör mal, Murray...«

»Ej, Leute, ich hätte ja durchaus Bock, hier rumzustehen und 'n bißchen zu quatschen«, meldete sich der Fahrradbote, »aber vorher muß ich noch zur Börse.«

Ich war nicht scharf darauf, mich mit Agnelli im Beisein von Boy George auseinanderzusetzen. Widerwillig verließ ich den Aufzug. Agnelli nahm die Hand vom Knopf und sagte durch die sich schließenden Türen: »Dann verpiß dich, Knallkopf«. Als er sich wieder mir zuwandte, war er ganz ölige Überredungskunst. »Dauert höchstens eine halbe Stunde.«

»Wie gesagt, Kontakte zu den Unternehmern sind dein Bier. Was soll ich dort?«

Agnelli fuhr sich mit der Zunge über die Lippen, dann legte er volles Tempo los: »Der Manager in Coolaroo hat mich abblitzen lassen. Typischer Knilch vom mittleren Management. Also dachte ich, der kleine Scheißer braucht eine Lektion. Ging bis zur Spitze. Merricks sitzt mit Charlene im Revitalisierungsausschuß für die Innenstädte, der zufällig gestern tagte, also hab ich Merricks anschließend festgenagelt. Sprach ihn auf die Story in der Zeitung an und machte einen Lärm, als stünde der Generalstreik bevor. Kam richtig ins Schwitzen, der Gute, dann habe ich ihm unsere ›Nur-mal-umsehen‹-Tour vorgeschlagen. Begeistert war er nicht, will wohl vermeiden, daß da der Falsche rumschnüffelt und der Betriebsleitung auf die Zehen tritt. Er sagte, das hänge davon ab, wer der ›Konsulent‹ sei. Hab ihn beruhigt, daß wir an einen echten Profi denken. ›Reden Sie selbst mal mit ihm‹, sag ich. ›Wenn Ihnen irgend etwas nicht behagt, lassen wir die Idee fallen.‹«

Inzwischen hatte er mich an die Wand gedrängt. »Ange«, sagte ich müde, »du siehst Gespenster. Die ganze Geschichte ist doch Quatsch. Dieser Artikel in der *Sun* gestern war reine Schaumschlägerei. In der heutigen Ausgabe ist keine Rede davon. Tu uns beiden einen Gefallen und such dir einen anderen Laufburschen.«

»Unsinn, Murray. Du vergeudest doch dein Talent da draußen im Bezirksbüro. Erledige das hier richtig, und wer weiß … Los jetzt, bring dich ein bißchen auf Vordermann. Ich treffe dich in einer halben Stunde vor dem Amalfi.« Damit verschwand er in Richtung Charlenes Büro.

Ich zog einen Schlips aus der Tasche und ging auf die Herrentoilette. Die Neonleuchte über dem Spiegel schlug zu wie eine Keule. Die Schnitte hatten aufgehört zu nässen und verschorften allmählich, in einer Woche oder so würde ich mich sogar wieder rasieren können, aber vorläufig war es wirklich nicht die Art Gesicht, das man in den Vorstandsetagen von Konzernen spazierenträgt. Ich knotete ein Knäuel in die Krawatte und bugsierte es Richtung Kragenknöpfchen. Dieser Scherzkeks Merricks mußte mich eben so nehmen, wie ich war. Und wenn nicht, um so besser. Dann wäre ich bei Agnelli von der Angel.

Das Ministerium war das Paradebeispiel eines öffentlichen Amts – ein Kaninchenbau mit kinnhohen beigefarbenen Trennwänden, die Hälfte der Schreibtische unbesetzt. Bei einem der leeren öffnete ich der Reihe nach alle Schubladen, bis ich ein Branchenbuch gefunden hatte. Die Dachdecker füllten ermutigende sechs Seiten. Zuerst aber rief ich im Bezirksbüro an und fuhr mit einem Bleistift die Namen entlang, während ich es läuten ließ. Als Trish den Hörer abnahm, konnte ich im Hintergrund einen Hund kläffen hören. Jeden Tag was Neues.

»Irgendwelche Nachrichten?«

Ja, eine ganze Menge, aber nichts Dringendes. Der tätowierte Trottel war wieder da, hatte pünktlich um neun auf der Matte gestanden. Sturer Hund. Ich sagte Trish, daß ich mich verspäten würde und daß sie Mr. Tattoo ausrichten solle, ich sei gerade bei der Polizeidienststelle für bürgernahe Knüppelhandhabung und würde wahrscheinlich ein paar von den Jungs mitbringen. »Und vergiß bitte nicht, mir die Tagesordnung für die Ortsverbandsitzung am Mittwoch vorzubereiten.« Wieder ein Bellen, diesmal aber nicht von einem Hund. »Noch was. Wenn so ein Dachdeckertyp anruft, schreib die Nummer auf und sag, ich rufe zurück.«

Dann wählte ich mir die Finger wund, fing bei ›A1-Dachdecker‹ an und hielt durch bis zum ›Ziegel-Igel‹. Zwanzig Minuten später hatte ich außer einem halben Dutzend Besetztzeichen, einer Aufforderung, später noch einmal anzurufen, vier Anrufbeantwortern, zweimal Tüdeldü-kein-Anschluß und einer Frau, die es ihrem Alten ausrichten würde, sobald er heimkam, nicht allzuviel erreicht.

Das Amalfi war der neuste und höchste Büroturm der Stadt, ein fünfzig Stock hoher Eiszapfen mit blaugetönten Scheiben, von kuwaitischen Petrodollars und steuerfreien Kapitalbegünstigungen aus dem Boden gestampft und so entworfen, daß sich die mannigfaltigen Launen des Himmels darin reflektierten. An diesem Morgen war die Stimmung entschieden wankelmütig.

Die oberen Stockwerke waren an Großkonzerne vermietet, in den unteren Gefilden siedelten diverse Regierungsämter. Es gab jeweils eigene Eingänge und Aufzüge, damit den Wirtschaftsbonzen auf ihrem Weg zur Spitze die Zumutung erspart blieb, mit androgynen Schlampen in Polyesterjäckchen auf Tuchfühlung gehen zu müssen. Die Konzernwelt betrat man durch eine Marmorhalle mit imposanten Drehtüren aus Messing in der Collins Street. Der Beamteneingang lag um die Ecke, ein offenes Vestibül, in dem sich eine Schar heimlicher Raucher um einen Haufen zertretener Kippen drängte.

Die Zentralverwaltung des Erziehungsministeriums okkupierte mehrere der unteren Etagen, und Agnelli stand am Eingang zu den Regierungsämtern und unterhielt sich mit einem Funktionär einer der Lehrergewerkschaften, einem Schwergewicht in der Fraktion. Er brach das Gespräch sofort ab und eilte auf mich zu. Bei meiner Ankunft musterte er mich von oben bis unten, machte den Mund auf, als wollte er etwas sagen, überlegte es sich aber anders und wirbelte mich wortlos durch die Drehtür in das offene Maul eines Aufzugs.

»Laß Merricks reden«, sagte er, als wir in die Stratosphäre hinaufschossen. »Und widersprich ihm um Himmels willen nicht. Diese Industriekapitäne sind von lauter Arschkriechern umgeben, die ihnen pausenlos erzählen, wie genial sie sind. Macht sie sehr empfindlich.« Er sagte noch etwas, aber da in meinen Ohren gerade Korken knallten, entging es mir.

Im neunundvierzigsten Stock stiegen wir aus und standen vor einem Empfangstisch aus schwarzem Lackfirnis, spiegelglatt poliert und mit einem Arrangement aus langstieligen exotischen Blumen, die mich an die Genitalien einer aussterbenden Spezies denken ließen. Dahinter saß eine Sekretärin mit einem Gesicht, für das es beim Estée-Lauder-Kaufhausstand einen fetten Pfandschein geben dürfte, und derart langen manikürten Fingernägeln, daß sie sich beim bloßen Anblick einer Tastatur wohl abrupt einrollen und verenden würden. Sie beäugte Agnelli kühl. Als sie meinen Anblick genossen hatte, sank die Raumtemperatur gleich um gut fünfzehn Grad.

»Mr. Merricks erwartet Sie.« Den Grund dafür konnte sie sich hörbar nicht in ihren wüstesten Träumen ausmalen. Sie führte uns über einen Teppich, der unter unseren

Schritten sanft und zärtlich gluckste, und ließ uns in einem Eckbüro allein mit einem Schreibtisch, auf dem man einen Learjet landen konnte. Zwei Wände waren vom Boden bis zur Decke aus Glas.

Die Aussicht war grandios und zog den Blick unwiderstehlich an. In südlicher Richtung erstreckte sich die getriebene Zinnplatte der vom Grün des Strandgürtels eingerahmten Port Phillip Bay bis zu einem unsichtbaren Horizont. Nach Westen hin breiteten Fabriken und Autobahnen eine schmutzige Picknickdecke aus, die ebenfalls so weit reichte, wie man sehen konnte. Unter uns lag das Rangiergelände der Spencer Street Station und erinnerte an eine Modelleisenbahn. Ostwärts, jenseits der Westgate Bridge und der kubistischen Aussage des Newport-Kraftwerks, verschwanden Ölraffinerien und Schornsteine im schmierigen Dunst. Aber vor allem war da Himmel, unbeschreiblich viel Himmel. Ein Schwarm Möwen flog auf Augenhöhe vorüber. Über der Bucht stießen hier und da himmlische Sonnenbänder durch die Wolken, deren Strahlen von einem Leuchten waren, als stünde die Himmelfahrt der Jungfrau Maria unmittelbar bevor.

Ich sank in eines der beiden blaßgrünen Sofas aus Ziegenleder. Agnelli trat mit hinter dem Rücken verschränkten Händen ans Fenster, seine Erregung kaum noch bändigend. Ein Vortrag bahnte sich an.

»Sieh dir das an.« Agnelli gestikulierte wie der Ausrufer einer Schaubude. »Industrie. Chemikalien. Kunststoffe. Fahrzeuge. Lebensmittel. Biotechnologie. Computer. Der emsigste Hafen Australiens. Alles, was in diesem Land erzeugt wird, wird hier erzeugt. Verglichen mit uns ist der

Rest des Landes eine mickrige Ananasplantage, eine beschissene Kiesgrube. Denk nur, von hier kannst du ein Viertel der Bevölkerung des Landes sehen, noch dazu das produktivste Viertel.«

Weit unten waren zwei Gestalten auszumachen, die an einem Pier ihre Angelleinen ausgeworfen hatten. Am Rande meines Blickfelds ragte das Wort ›Mobil‹ vier Stockwerke hoch in den Himmel.

»Kaum zu glauben, daß das meiste schon wieder veraltet ist.« Agnelli schüttelte den Kopf und seufzte, als wäre es nicht zu fassen, wie sehr ihn der Ausblick enttäuschte. »Der technologische Wandel, brandneue Industriezweige, Wertschöpfung – das sind die Spielregeln von heute. Da draußen warten einhundert Millionen Japsen.« Sein Zeigefinger stieß heftig in die allgemeine Richtung Afrikas. »Und jeder einzelne von denen versucht uns anderen irgendwie in den Arsch zu treten. Und wenn sie's nicht tun, dann tun's die Koreaner oder Taiwanesen. Glaub mir, Murray, wenn wir uns nicht zusammenreißen, wachen wir eines Tages auf und stellen fest, daß wir auf dem letzten Schrotthaufen am Ende des Universums sitzen.«

Von einer Anrichte mit allem möglichen Yachtkram nahm er ein in Silber gerahmtes Gruppenfoto und fuchtelte damit herum. »Und die hier, unser gutes altes, hausgemachtes Establishment, die werden sich gemütlich zurücklehnen und es geschehen lassen, wenn wir nicht aufpassen. Wir müssen diesen Inzuchtverein schnellstens in die Gegenwart befördern. Führungsqualität beweisen. Dafür sorgen, daß sie ihre gut gepolsterten Ärsche hochkriegen. Sie zu höherem Einsatz motivieren. Mit Investitionsanreizen. Innovationsförderungen. Risikokapital für Zukunftsprojekte. Rascheren Planungsgenehmigungen. Deshalb sind wir heute hier, Murray. Ich, um unserem Unternehmerfreund klarzumachen, daß die Regierung am Ball ist. Und du, damit er sieht, daß wir keine Treibjagd auf die Wirtschaft vorhaben. Benimm dich anständig, alter Junge, und wir sind im Nu wieder draußen.«

Agnellis Gesicht verzog sich urplötzlich zu so gekonnt aufgesetzter Falschheit, daß ich schon dachte, er wollte mir gleich noch eine kleine Demonstration geben. »Ah, Mr. Merricks«, schleimte er los, »wie nett von Ihnen, uns zu empfangen.«

Lionel Merricks war ein eher kurzgeratener, rotwangiger Mann von Mitte Fünfzig, der mit ungeduldiger Energie seiner ausgestreckten Hand hinterher über den Teppich auf uns zukam. Sein Auftreten in Hemdsärmeln und die leicht gerötete Gesichtsfarbe vermittelten den Eindruck, wir hätten ihn gerade dabei gestört, als er sich einen stärkenden Schuß Kapital i.v. setzen wollte. Beim Händeschütteln stellte ich entsetzt fest, daß ich bereits Schuldgefühle verspürte, weil ich dem Kerl seine kostbare Zeit stahl.

»Fünf Minuten, meine Herren.« Seine Stimme hatte einen wichtigtuerischen, halb britischen Tonfall, sehr enttäuschend. Das also war unsere Unternehmerklasse, zahn- und klauenlos. Von diesem Ton mochten sich die Aktionäre des siebtgrößten Unternehmens im Land beeindrucken lassen, ich nicht. Mein schlechtes Gewissen legte sich wieder.

»Wir von Pacific Pastoral sehen unsere Belegschaft gern als große Familie«, fing Merricks schulmeisterlich an.

»Und glauben Sie mir, niemand ist betroffener als ich, wenn es einen Trauerfall in der Familie gibt. Eine Situation wie diese darf nicht als Vorwand mißbraucht werden, um in den Betrieben Unruhe zu stiften. Oder um Jagd auf vermeintliche schwarze Schafe zu machen. Wenn Sie also Informationen haben, die für Einzelheiten unserer Unternehmensführung von Relevanz sind, bin ich gerne bereit, dies an die entsprechende Stelle weiterzuleiten. Andernfalls sehe ich für eine Einmischung von außen keine Notwendigkeit. Gehe ich recht in der Annahme, daß Sie dem Betrieb jedenfalls keinerlei Verantwortung unterstellen?«

Agnelli überschlug sich beinahe. »Aber nein, eine Beschuldigung des Unternehmens steht überhaupt nicht zur Debatte. Wir rechnen auch gar nicht mit einem spezifischen Problem, Sir.« *Sir?!* »Aber es wäre ja niemandem gedient, wenn da draußen jemand die Nerven verliert, nicht wahr? Ein entspanntes Gespräch mit ein paar von den Arbeitern kann doch nicht schaden. Den Leuten ein bißchen auf den Zahn fühlen sozusagen. Selbstverständlich alles vollkommen inoffiziell. Um bösen Überraschungen vorzubeugen, was?« Ganz kumpelhaft auf einmal.

Merricks nickte unverbindlich und wandte sich mir zu. »Wie ich höre, kommen Sie aus dem Gewerkschaftsumfeld, Mr. Whelan.« Er sprach langsam, als wäre ich etwas beschränkt. Kein Wunder nach Agnellis Auftritt.

»Ja, ich war eine Zeitlang bei den städtischen Angestellten.« War ihm ein Fremdwort. »Müllabfuhr, Straßenkehrer und so.« Merricks' Ausdruck blieb unverändert nichtssagend, aber mir war klar, daß ich ebensogut ›Mistkäfer und Bandwürmer‹ hätte sagen können.

Agnelli vernahm den Oberton einer sich anbahnenden Unverschämtheit und schritt sofort ein. »Der Werkbetrieb würde nicht im mindesten gestört. Murray wäre binnen zwei Stunden wieder draußen. Nicht wahr, Murray?«

Merricks wollte immer noch nichts davon wissen. »Unsere Unternehmenskultur ist ein offenes Buch. Aber auf Werkebene müssen bestimmte Empfindlichkeiten berücksichtigt werden – restriktive Traditionen in den Arbeitsabläufen, Demarkationskonflikte, derlei Dinge. Ihnen ist das alles sicherlich nur allzu vertraut, Murray. Daß nun ein Außenstehender gerade jetzt unbequeme Fragen stellen soll ... also, ich bin von dieser Idee nicht überzeugt.«

Ich nickte abwesend. War mir eigentlich schnuppe. Die schiere Weite der Aussicht am Fenster wirkte hypnotisierend. Als käme der ganze Himmel zu uns ins Zimmer herein. Draußen in der Bucht kamen von Westen her Gewitterwolken in endlosen Bataillonen anmarschiert. Ich fragte mich, wie lange der Overallstöpsel in meinem Dach wohl halten würde, wenn diese Wolken erst barsten. Sicher nicht die Art Problem, mit dem sich ein Lionel Merricks je herumschlagen mußte. Von seinen Dächern lief keines Gefahr, versehentliche Lecks mit einer triefenden Arbeitsmontur verstopft zu bekommen. Weder die Giebelmansarde in der Lansell Road in Toorak noch das Jugendstilkragdach auf den Klippen von Portsea und auch nicht die bemoosten Schieferschrägen seiner Farm in Macedon.

»Die Entscheidung liegt natürlich ganz bei Ihnen, Mr. Merricks«, sagte ich ruhig, »bedenken Sie aber bitte, daß ich die Angelegenheit bereits mit einem Beauftragten für betriebliche Sicherheit in der Trades Hall besprochen habe. Sie wissen ja, wie die Gewerkschaften sein können. Wenn die zu dem Schluß gelangen, daß Ihr Unternehmen Schwierigkeiten macht...«

Jetzt war Merricks an der Reihe, das meteorologische Panorama zu studieren. Die Wetterlage wurde zusehends unbeständiger. Mir gegenüber riß Agnelli warnend die Augen auf. Die Wolken kamen immer näher. Der Moment hing in der Schwebe. Merricks' Aufmerksamkeit schien einem Tanker zu gelten, der träge in der Bucht lag und auf einen Ankerplatz wartete.

»Also gut«, sagte er schließlich. »Ich werde die Betriebsleitung zur Kooperation anweisen. Aber ich muß darauf bestehen, daß Sie mit mir persönlich in Verbindung bleiben. Ihre Ergebnisse gelten als vertraulich und werden nur mir mitgeteilt. Ausschließlich mir. Ich denke, Sie haben verstanden?«

Es wurde an die Tür geklopft, die Eisprinzessin riß sie weit auf und trat ein. Merricks erhob sich und nickte verkrampft. »Verstanden?« quiekte er.

»Ich bin überzeugt, Charlene weiß Ihr Entgegenkommen zu schätzen, Mr. Merricks«, gurrte Agnelli, aber Merricks war schon verschwunden.

Ich warf einen Blick auf die Uhr. Es war elf Uhr fünfzehn. Merricks hatte sich exakt fünf Minuten lang im Zimmer aufgehalten.

Ich schüttelte den Kopf. »Kein Wort jetzt, Agnelli«, sagte ich. »Keine Scheißsilbe mehr.«

7

Coolaroo liegt im äußersten Norden des Wahlbezirks – dort, wo die Ränder der Stadt in Wiesen mit schulterhohen Disteln und den rostigen Rümpfen ausgeweideter Autowracks ausfransen. Ein Stückchen weiter, und die Wähler sind Wiederkäuer. Ich fuhr direkt vom Zentrum raus, nahm die vom Nieselregen schlüpfrige Schnellstraße und war entschlossen, die Angelegenheit ein für allemal hinter mich zu bringen.

Einen halben Kilometer nach den Ford-Werken bog ich in ein Industriegelände aus Lagerhäusern und kleinen Fabriken ein. Die Straße verjüngte sich zu einer einspurigen Asphaltfahrbahn. Aus Respekt vor den achtachsigen Sattelschleppern, dem einzigen anderen Verkehr, klebte ich eng am Straßenrand. Mein Renault verspritzte eine Mischung aus Matsch und Kiesel, bei jedem Schlagloch ächzte die Federung unter Altersbeschwerden. Wenn ich mir einen anderen Wagen leisten könnte, hätte ich die Mistkarre ja schon vor Jahren abgestoßen. Bestraft gehörten die Franzosen, nicht ich. Hatte *ich* vielleicht aus Mururoa Quiche Lorraine gemacht?

Die Pacific-Pastoral-Großfleischerei war einen Häuserblock lang und einen halben breit, drei Stockwerke hoch, umgeben von einem Maschendrahtzaun und an der Vorderseite mit einer breiten asphaltierten Einfahrt versehen. Ich fuhr auf den gegenüberliegenden Angestelltenparkplatz und parkte zwischen einem Camper mit verchromten Auspuffrohren und einem giftgrünen Datsun, den ein leuchtender Aufkleber mit den Zedern des Libanon zierte.

Durch die Wasserschlieren der Scheibenwischer hatte ich eine gute Sicht auf den nichtssagenden Ziegelkoloß auf der anderen Straßenseite.

Von irgendwelchem Ärger war nichts zu sehen. Keine Streikposten am Tor, weder Transparente noch Strickmützen, keine Hände, die sich an qualmenden Öltonnen wärmten. Wieso auch? Das alles war Quatsch, ein Produkt von Agnellis hyperaktiver Phantasie. Da war nichts außer einer Ziegelmauer, die in regelmäßigen Abständen von riesigen Einfahrten durchbrochen war, gigantischen gähnenden Schlunden, hinter denen sich schwärzeste Finsternis auftat.

Der Nieselregen hörte auf. Ein Kipplaster kam aus einem der Tore, und ein Wartungsteam in dunkelblauen Overalls machte sich daran, in die Schlaglöcher der Einfahrt dampfenden Asphalt zu schaufeln. Ich drehte meine Scheibenwischer ab. Als ich aus dem Auto stieg, versank ich mit dem rechten Schuh bis zum Knöchel in einer brackigen, von Ölschlieren durchzogenen Pfütze. Eines Tages, das schwor ich mir, würde Agnelli für diesen Dreck bezahlen.

Der Wachmann im Pförtnerhäuschen wies mich zu einem der höhlenartigen Eingänge, die groß genug waren, um selbst den riesigsten Kühllaster einzulassen. Als ich am ersten Portal vorüberkam, verlangsamte ich mein Tempo, um aus dem silbrigen Glanz des Tageslichts ins Innere der Halle zu blinzeln, aber schon nach wenigen Metern wurde die Dickenssche Düsternis darin pechschwarz. Aus der Tiefe erklangen die Motorengeräusche von Gabelstaplern und eine Stimme, die Anweisungen schrie, doch die einzigen menschlichen Wesen, die ich erspähte, waren zwei gespenstische Gestalten in Weiß, die den Fußboden abspritzten.

Kurz vor der letzten Einfahrt spürte ich plötzlich ein Kribbeln auf der Kopfhaut. Ich bin ja kein Vegetarier, mein Gefühl hatte also sicher nicht mit Ekel vor der Nähe solcher Mengen von Schlachtfleisch zu tun. Ich schüttelte den Schauer ab und trat durch das Tor in die undurchdringliche Finsternis.

Im Inneren wirkte die Fabrik sogar noch größer, ein Irrgarten aus Gängen und Untergebäuden. Es war alles älter und weniger High-Tech, als ich erwartet hatte; es roch nach abgestandenen Dieselabgasen und feuchtem Beton. Gleich neben dem Eingang führte eine steile Stahltreppe nach oben, an der ein Schild den Weg zum Büro wies. Ich stieg die Stufen hinauf und folgte auf einem offenen Laufsteg, der über einer menschenleeren Kantine verlief, dem Geklapper einer Schreibmaschine.

Die Tippse stellte sich als gutgepolsterte Frau in mittleren Jahren heraus, deren Wurstfinger unter unzähligen Ringen hervorquollen. Sie hämmerte einen Satz fertig, dann sah sie gelangweilt hoch. »Ja?« Ich fragte, ob ich hier richtig sei, um den Manager zu sehen. Die Würstchen rollten sich um einen Telefonhörer. »Da ist jemand, der Sie sprechen möchte, Mr. Apps.« Die Art, wie sie Mister sagte, ließ mich grinsen.

Der Überdruß hatte in das Gesicht der Frau tiefe Furchen gegraben, als säße sie seit Jahrzehnten hinter ihrem Trumm von Metallpult in der Falle. Neben der Schreibmaschine ließ sich ein verstaubter Philodendron mit dem

Sterben Zeit. An der Wand dahinter hing ein Schild, auf dem ›Bitte nicht rauchen‹ stand. Ich wünschte, ich hätte nicht damit aufgehört und könnte mir eine anstecken, nur um zu sehen, was dann geschah. Daneben war hinter einem Plastikrahmen das Motto der Firma zu lesen: ›Bei Pacific Pastoral sind wir eine große Familie‹.

Apps kam wie der Blitz aus einem Bürozimmer geschossen. An seinem Gürtel steckte ein Pager, auf dem langen schmalen Gesicht stand klar und deutlich ›Rindvieh‹ geschrieben, die Hände baumelten affenartig auf Kniehöhe. Eine schlängelte sich hoch, um den Hemdkragen zu lockern. Sein Adamsapfel warf einen Blick in die Welt hinaus, mochte nicht, was er sah, und kullerte wieder zurück.

»Passen Sie mal auf«, fing er an, sein Mund ein verkniffener Schlitz. »Das grenzt an Belästigung. Ihr von der Exportkontrolle glaubt wohl, ihr könntet rücksichtslos über anderer Leute Zeit verfügen. Einmal, ein einziges Mal nur knallt das amerikanische Landwirtschaftsministerium seinen Retour-Kleber auf einen unserer Container. Und schon kriecht die halbe australische Seuchenbekämpfung hier herum und will uns alle fünf Minuten eine Inspektion aufbrummen. Ich dachte, ihr steht auf unserer Seite. Wie lange soll das eigentlich noch so gehen?«

Wie mich irgend jemand mit einem Beamten der Quarantänebehörde verwechseln konnte, kapierte ich wirklich nicht. War mir ein Hut gewachsen? Ragte mir ein Strohhalm aus dem Mundwinkel?

Apps' Halsschlagader tickte wie ein Metronom. Ohne Luft zu holen, hielt er mir sein schmächtiges Handgelenk vors Gesicht und pochte auf die Uhr. »Um zwei Uhr, hieß es. Und wie spät ist es jetzt? Halb eins. Schon mal was von Höflichkeit gehört?«

Hatte ich, aber an diesen Dumpfmeister würde ich sie sicher nicht vergeuden. »Das Büro von Mr. Merricks wollte mich ankündigen«, erwiderte ich. »Mein Name ist Whelan.«

Apps warf verärgert den Kopf nach hinten, als wäre das alles meine Schuld, und verpaßte der Frau am Schreibtisch einen giftigen Blick. Ohne ihn zu beachten, nahm die Sekretärin die Schreibmaschinenfolter wieder auf. »Warum sagen Sie das nicht gleich?« fuhr er mich an. »Die in der Zentrale meinten, Sie würden sich noch einen Tag Zeit lassen.«

»Wenn der Zeitpunkt ungünstig ist...« Ich zuckte mit den Achseln.

Apps wand sich zwischen Wut und Unterwürfigkeit. »Die Parole lautete uneingeschränkte Kooperation. Also kriegen Sie auch uneingeschränkte Kooperation. Unsere Unternehmenskultur ist ein offenes Buch.«

Jedenfalls eins mit vielen Wiederholungen. Außerdem mißfiel mir der Ton, in dem er daraus vorlas. »Hab ich schon läuten hören«, sagte ich. »Ihnen wurde gesagt, daß ich mit ein paar von den Männern sprechen möchte?«

Apps tappte im dunkeln. »Daß es mit der Einstellung der Belegschaft zu dem Todesfall zu tun hat. Die Einzelheiten waren eher unklar.«

Dazu räusperte ich mich vage bestätigend.

»Die glauben doch wirklich alle, ich hätte nichts Besseres zu tun, als hier Besichtigungstouren zu veranstalten. Ich nehme an, Sie wollen sehen, wo es passiert ist?«

Der Ort war auch ohne Führung durch einen beknackten Kühlraum kalt und deprimierend genug. »Äh, eigentlich nicht«, setzte ich an, aber nicht annähernd entschlossen genug. Meine Worte gingen im Scheppern von Apps' Schritten auf dem stählernen Deck unter. Kooperation, selbst wenn sie von der mißmutigen Art ist, kann so entwaffnend sein. Ich folgte Apps in die Eingeweide der Riesenhalle, angestrengt bemüht, den Forschergeist in mir zu wecken. »Wie groß ist die Belegschaft hier?«

Apps trabte voran, ohne sich viel Mühe zu geben, seinen Ärger zu verbergen. »Eher ruhig momentan, wie Sie sehen können. Die beste Zeit für Ihre Absichten ist fünf Uhr früh. Um die Zeit kommen die Laster von den Schlachthöfen draußen im Busch.«

»Eine konkrete Zahl hätten Sie wohl nicht?«

Nennen würde er sie jedenfalls nicht so bald. »Unterschiedlich. Die Branche ist saisonabhängig. Kernbelegschaft – Lagerarbeiter, Wartungs- und Reinigungspersonal, Büroangestellte – so zwischen fünfundzwanzig und dreißig. Dazu kommen aber manchmal bis zu fünfzig Gelegenheitsarbeiter.«

Wir kamen an einem Sicherheitshinweis auf englisch, griechisch und italienisch vorbei. »Viele Italiener dabei?« fragte ich.

»Vergessen Sie's, das Schild ist zwanzig Jahre alt. Zuerst waren es vor allem Italiener und Griechen, dann Jugoslawen. Heute sind die meisten Libanesen und Türken. Sogar Vietnamesen. Wenn wir da dranbleiben wollten, müßten wir die Dinger alle fünf Minuten umschreiben.«

Wir bogen ab und befanden uns auf einer Art Straße

von LKW-Breite, die von hausgroßen Kühlräumen gesäumt war. »Ich vermute, Sie wollen den Mann sprechen, der als erster am Tatort war, sozusagen. Er muß hier irgendwo sein.«

»Gardiner?« Ich sah mich um, während ich ihm nacheilte.

»Sie sind ja wirklich gut informiert.« Das klang wie ein Vorwurf. »Ich dachte, es wäre einer vom Reinigungspersonal. Gardiner hat eine Zeitlang Urlaub genommen. Freitagabend wurde er hier bis kurz vor acht festgenagelt, um seine Aussage aufzunehmen. Blöder Papierkram. Ich sagte ihm dann, er solle sich ein paar Tage freinehmen, war ja auch ein ziemlicher Schock. Er ist kein junger Hund mehr, wie Sie sicher schon wissen. Er geht nächsten Monat in den Ruhestand.«

Hier schwamm ein Haar in der Suppe. Gardiner war mein einziger Kontaktname, und diese Werksbesichtigung gestaltete sich ohnehin als vergebliche Übung. Ohne Gardiner wurde sie vollends zwecklos. Wenn der alte Herb schon so nahe vor der Rente stand, lag der Verdacht nahe, daß Apps darauf bestanden hatte, er solle seinen angesammelten Krankenurlaub in Anspruch nehmen und der Firma ein paar Kröten Abfertigung ersparen.

»Da wären wir.«

Er warf mir einen schweren Daunenparka zu. Schlüssel rasselten, eine weiß getünchte Wand glitt zur Seite, und das gähnende Innere des Kühlraums Nummer drei saugte alle Wärme weg.

»Das ist wirklich nicht nötig«, protestierte ich, als mich der kalte Lufthauch überschwemmte wie eine Welle.

Die Worte ›macht überhaupt keine Umstände‹ formten sich im Dunst, der nun aus Apps mehligen Mund kam. Hinter uns glitt die Tür wieder zu, und er verschwand in einer Lücke zwischen den kolossalen, mit weißen Wachskartons beladenen Palettentürmen.

Der Kühlraum war groß genug, um darin verlorenzugehen. Einer war hier schon gestorben. Ich stopfte alle freiliegenden Gliedmaßen in die Jacke, zog die Kapuzenschnur fest und heftete mich Apps an die Fersen. Arschkalt für nichts und wieder nichts. Agnelli schickte mich da einfach quer durch die Antarktis von Pontius zu Pilatus. Und weit und breit keine tote Kuh in Sicht, um die Szenerie ein wenig zu beleben, bloß Reihe auf Reihe mit Paletten. Der ganze Ort war nichts als ein extrem kalter Lagerraum.

»Was die Männer angeht«, probierte ich durch das einsetzende Klappern meiner Zähne, »ich muß heute nur mit ein paar von ihnen reden.« Meine nasse Socke gefror allmählich zu Eis.

Durch eine schmale Schlucht aus bis zur Decke gestapelten Schachteln gelangten wir zu einer etwa einen Quadratmeter großen Luke in der Wand. »Notausgang«, sagte Apps mit Rauhreif vor dem Mund. »Funktionierte tadellos. Schuldfrage ausgeschlossen.«

Als er mit dem Ellenbogen gegen einen gefederten Griff drückte, schwang die kleine Tür geräuschlos nach außen auf. Er bedeutete mir, einen Blick hinauszuwerfen. Da mir nichts anderes übrigblieb, steckte ich den Kopf durch das Loch.

Die Luke führte in einen schmalen Gang, der an den

Rückwänden der Kühlräume entlanglief. Im Gang stand ein Mann und rauchte. Er trug einen weißen Overall, weiße Gummistiefel und eine weiße Duschhaube. Die Luke war so unvermutet aufgegangen, daß er erschrocken und mir halb zugewandt dastand und mich von unterhalb der Duschhaube mit dunklen, beuteltierartigen Augen anstarrte. Er war ungefähr fünfzig, auf eine gestauchte Weise untersetzt, stammte vermutlich aus dem Mittelmeerraum und hatte eine Haut von der Farbe alten Pergaments. Für den Bruchteil eines Augenblicks flackerte in seinem melancholischen Blick Trotz auf. Dann senkte sich ein Vorhang der Gleichgültigkeit darüber. Er nahm einen letzten Zug, drückte die Kippe unter der Spitze eines weißen Gummistiefels aus, drehte sich abrupt um und verschwand.

Ich zog den Kopf wieder zurück und rieb mir die Hände. »Sehr interessant, wirklich«, sagte ich. »Aber bevor ich mir den Arsch abfriere, will ich hier raus, und zwar schleunigst.« Apps grinste hämisch, als wäre mir etwas ganz Offensichtliches entgangen, dann brachte er mich zum Ausgang.

An der Tür vom Kühlraum trafen wir den Burschen im weißen Overall wieder, der langsam einen Karren mit Eimern und Wischlappen vor sich her schob. Apps legte eine Hand auf den Karren und entzifferte blinzelnd das Namensschild an der Brust des Mannes. »Ah, ja, Memo. Geh mit diesem Herrn mit, Memo. Er kommt von der Regierung.«

Memos rundes, vergrämtes Gesicht wurde grün. »Polissei?«

Apps wollte mich mit diesem Wischlappenschwinger wohl auf die Schippe nehmen, aber der kann mich mal, dachte ich. Er wußte ja nicht, daß ich es auf wen ganz anderen abgesehen hatte. Und je eher ich die Betriebsleitung los war, um so besser.

»Nicht von der Polizei«, sagte ich. »Regierung.« Wahrscheinlich ein unwesentlicher Unterschied da, wo dieses arme geknechtete Schwein herkam. Zypern, nahm ich an. Ich wandte mich nochmals an Apps. »Kann ich hier irgendwo allein mit ihm reden? Und wäre es vielleicht möglich, zwei Tassen Tee zu bekommen?«

Apps' elastischer Larynx schoß aus seinem Versteck hervor und nahm in rascher Folge etliche kuriose Formen an, aber der Trottel selbst sagte kein Wort. Er brachte mich und den Reinigungsarbeiter in die leere Kantine und deutete auf die Anrichte, wo ein Heißwasserbehälter und ein Stoß Becher aus Styropor standen.

»Anschließend muß ich mit dem Sicherheitsbeamten sprechen«, sagte ich. »Sie werden hier doch einen haben?«

Apps zog ein beleidigtes Gesicht und verschwand. Ich bedeutete Memo, sich zu setzen, und ging zu dem lauwarmen Behälter. Einer der Wegwerfbecher war zur Hälfte mit Billig-Teebeuteln angefüllt. Milch gab es keine. Ich goß zwei Becher schwarzen Tee ein und schob einen über den Tisch. Der Mann nahm ihn mit einem kurzen Nicken zur Kenntnis. Sein Blick klebte auf dem abblätternden Resopalbelag der Tischplatte. Das Gespräch wollte nicht recht in Gang kommen.

Mit meiner zerschrammten Visage und der saumäßigen Laune (weil ich mit diesem Quatsch meine Zeit verplemperte) mußte ich so schauerlich aussehen wie ein polnischer Gruselfilm. Memo hingegen ließ sich nicht anmerken, was hinter seinem leeren Blick vorging.

»Memo, aha«, sagte ich. »Griechischer Name? Kurzform für Agamemnon, stimmt's?«

Der Kerl saß da wie ein ausgestopfter Mungo, rührte seinen Tee nicht an und behielt die Hände zwischen den Knien eingeklemmt. Er überdachte die Frage ausführlich und schüttelte schließlich den Kopf.

»Nicht Griech«, sagte er. »Memo gleich wie Mehmet. Mehmet Gezen ist mein Name.« Die Worte kamen zögernd, als befürchtete er, es sei nicht die Antwort, die ich hören wollte. »Von die Türkei.«

Ein Landsmann des Toten. Gut. Nach einem ungeplanten Abstecher ins Minenfeld der griechisch-türkischen Beziehungen waren wir jetzt auf dem richtigen Weg. »So wie der Mann, der letzte Woche hier gestorben ist?«

Mehmet schien nach dem richtigen Wort zu suchen. »Ähnlich«, gestand er schließlich ein. Dem Ton nach aber nicht allzu ähnlich.

Ehrlich, sogar aus dem Wasserbehälter hätte ich mehr Informationen herausholen können. »War er Ihr Freund?«

Memo ließ sich Zeit. So lange, daß ich schon rätselte, ob er die Frage verstanden hatte. Endlich ging sein Mund auf: »Freund?«

»Ja. Freund, Kumpel, Buddy, Gefährte, Intimus, Kamerad.« Memo schüttelte den Kopf.

Soviel zum Small talk. »Gefällt es Ihnen hier, Mehmet? Guter Betrieb?« Dieses Terrain war sicherer. Memos Miene hellte sich auf.

»Kein Problem«, sagte er. »Keine Scheiß, alles klar.«

Im Mini-BAF würde man sich bestimmt freuen, daß ein repräsentativer Querschnitt der Reinigungsbranche keine unmittelbaren Beschwerden vorzubringen hatte. Nach kurzem Klopfen an die Tür wälzte sich ein blauer Overall mit Walroßschnurrbart herein. »Ich bin McGuire, der Sicherheitsbeamte.«

»Danke, Memo«, sagte ich erleichtert. »Das wäre vorläufig alles.« Der Putzmann machte ein verdutztes Gesicht, dann trollte er sich aus dem Zimmer, mindestens so erleichtert wie Stalins Barbier.

McGuire zog einen Stuhl heran und setzte sich rittlings drauf. Ich kam sofort zur Sache. »Wie nehmen die Männer hier den Tod vom letzten Freitag auf?«

»Ist ihnen total schnurz. Der Kerl war ein unsympathischer Typ, soweit ich das beurteilen kann. Ohne daß ich hier über Tote schlecht sprechen will.«

»Hatte er irgendwelche Kumpel?«

»Nicht daß ich wüßte.«

»Wie sieht's mit Gesundheits- und Sicherheitsfragen aus? Regt sich irgendwer darüber auf?«

Er kicherte. »Worüber sollten sie sich denn aufregen? Das war doch ein Herzanfall, soviel ich weiß. Der Typ war ja nicht gerade magersüchtig. Also, wenn jemand schuld war, dann er selbst, wenn Sie meine Meinung hören wollen.«

»Ich meinte: wie sieht es generell mit der Sicherheit im Betrieb aus? Irgendwelche Beschwerden?«

»Wenn Sie diese Meute dazu bringen, daß sie sich für die eigene Sicherheit interessieren, dann ziehe ich meinen Hut vor Ihnen. Bei uns wechseln wir das Personal schneller als

Frauen die Unterwäsche. Lauter neue Gesichter, sobald man kurz mal wegschaut. Einwanderer vor allem. Wollen rasch Kohle verdienen und dann *arrivederci Roma*. Ich tu, was ich kann – in der Kantine hänge ich Poster auf, ich halte sie an, die richtige Ausrüstung anzulegen, wenn ich mal wen erwische, aber was soll man machen? Es gab den einen oder anderen Unfall, kann man aber an einer Hand abzählen.«

Er hielt die rechte Hand hoch. Der Ringfinger war fast ganz ab, beim Mittelfinger fehlte die obere Hälfte. Er feixte mich durch die Lücke an. »Dreitausend hab ich für diese Babys bekommen.«

Und der wollte der Sicherheitsbeamte sein? Was für ein Saftladen. »Der Betrieb ist doch organisiert, oder?«

»Also, arbeiten dürfen hier nur Gewerkschaftsmitglieder, wenn Sie das meinen. Die Gewerkschaft kassiert ihre Beiträge und repariert den Toaster, wenn er den Geist aufgibt. Alles andere müssen Sie den Betriebsrat fragen. Herb Gardiner. Der ist für die da zuständig.« Sein Daumen zeigte nach oben in Richtung des Büros.

Eines war klar. Mochte der Laden auch ein stinkendes Loch sein, Pulverfaß war er keines. Agnelli befand sich eindeutig auf dem Holzweg. Zu meinem Leidwesen trampelte er laut und vernehmlich darauf herum und wollte noch dazu unbedingt, daß ich mitmarschierte. Was Lollicato anging, hatte er einfach einen Floh im Ohr, und bei aller Überredungskunst würde ihn nichts bewegen können, die Sache zu vergessen. Wenn ich aus dieser dämlichen Schnitzeljagd wieder aussteigen wollte, mußte ich Agnelli dazu bringen, so lange im Kreis zu rennen, bis die nächste

Schnapsidee angesagt war und er hoffentlich einen anderen Idioten zum Herumkommandieren fand.

Als ich McGuire zum Abschied die Stümpfe schüttelte, hörte ich auf dem Laufsteg über mir das Trappeln von Füßen. Ich hob den Kopf und sah Apps mit unterwürfig auf und ab wackelndem Kopf einer Frau hinterherzockeln, die ihm zwei Schritte voraus war. Sie trug einen dunklen Hosenanzug, das graue Haar war mit einer Goldspange nach hinten gerafft, und in der Hand hatte sie eine Aktentasche. Als sie am Fuß der Treppe angekommen waren, immer noch mit dem Rücken zu mir, hielt Apps die Tasche, während die Frau in die Ärmel eines weißen Staubmantels fuhr. Dann verschwanden sie im Gang zwischen den Kühlräumen.

Oben war die Dame mit den vielen Ringen damit beschäftigt, einen Stapel Arbeitszeitlisten durchzugehen. »Wenn Sie Mr. Apps suchen«, sagte sie, »der ist unten im Werk.« Sie hob das wulstige Handgelenk, an dem eine diamantenbesetzte Armbanduhr prangte. »Mit seinem Vierzehn-Uhr-Termin. Der Inspektorin.« Ihre Augen glitzerten wie Straßpailletten. »Brauchen Sie noch was, mein Bester?«

»Ich soll mir den Dienstplan vom Freitag ansehen. Und Milch, könnten Sie mir zufällig etwas Milch auftreiben?«

»Personalaufzeichnungen sind vertraulich.« Aus dem privaten Minikühlschrank in Apps' Allerheiligstem holte sie jedoch einen Karton Milch. »Da müssen Sie Seine Hoheit fragen. Und ich weiß nicht, wie lange er weg sein wird.«

Je länger, desto besser, was mich anging. »Ich bräuchte

ja nur einen Überblick über die Namen, sonst nichts«, sagte ich. »Keine persönlichen Daten.«

Sie hantierte in einer kleinen Nische beim Waschbecken mit einem elektrischen Wasserkessel. »Zucker auch? Oder nur Milch?« Mein Abwechslungswert war gering, aber besser als nichts. »Was ist mit Ihrem Gesicht passiert?«

»Eine Beutelratte«, log ich und zog einen Stuhl an den Tisch heran. »Hab oben am Fluß einen Camper stehen, das Vieh muß durch die Entlüftung rein und die ganze Woche eingesperrt gewesen sein. Kaum mach ich die Tür auf, geht es auf mich los. Wahrscheinlich war es halb verhungert.«

Nicht schlecht bei so kurzer Vorwarnung, dachte ich. Sie schnalzte mitfühlend mit der Zunge – ob das nun mir oder der Beutelratte galt, war schwer zu sagen – und stellte eine Tasse mit brauner Flüssigkeit vor mich hin. Dann zog sie die oberste Schublade auf, nahm einen gläsernen Aschenbecher heraus und plazierte ihn neben meinen Ellenbogen. Aus ihrer Handtasche holte sie ein Päckchen Mentholzigaretten und zupfte eine heraus. »Wenn Seine Lordschaft kommt, gehört die Ihnen. Okay?«

Ich grinste und schlürfte den schwachen und viel zu süßen Löskaffee, als wäre er der reinste Göttertrank. »Alles klar«, sagte ich. »Keine Sorge.«

Sie hielt die Zigarette an den Glühstab eines elektrischen Radiators, der neben ihren Füßen unter dem Tisch verstaut war. Als sie Feuer fing, nahm sie den Glimmstengel zwischen die Lippen und paffte ihn in Gang.

Ich warf ihr meinen unglückseligsten Blick zu und nickte in Richtung der Arbeitszeitlisten. »Ich bin spät dran«, sagte ich. »Könnte ich nicht…«

Sie zuckte die Achseln. »Wird schon nichts schaden. Aber beeilen Sie sich.«

Ich blätterte die Listen durch. Sie waren mit der vergangenen Woche datiert. Der Name des Arbeiters war von Hand in die linke Spalte eingetragen, die tägliche Stundenanzahl stand in einem Kästchen in der Mitte, die Unterschrift des Schichtvorarbeiters füllte die rechte Spalte. Perfekt.

Ich fing an, die linken Spalten abzuschreiben. Zwei Dutzend Namen müßten reichen, um Agnelli wochenlang wie ein wildgewordener Pavian in der Trades Hall herumrennen zu lassen, wo er die Lollicato-Connection zu enttarnen suchte. Beim Schreiben pfiff ich leise vor mich hin.

Die Namen waren ein ethnischer Grabbeltisch, Schwerpunkt Jugoslawien, wenn überhaupt. Zoltans, Zorans, Dragans, jede Menge Nachnamen endeten auf -ic. Andere waren schon rätselhafter – Amol Ratna, Zeki Muren? Italiener waren jedenfalls klar unterrepräsentiert. Das würde Agnelli auf seiner Suche nach einer italienischen Verbindung sicher enttäuschen.

Ich war mit der dritten Seite fast fertig, als mein Blick auf die Unterschrift in der rechten Spalte fiel. Es war das beinahe kindliche Blockbuchstabengekrakel einer Hand, die nur selten einen Stift hält. ›E. Bayraktar‹ stand da. Rasch blätterte ich die übrigen Zettel auf dem Tisch durch. Die Unterschrift fand sich auf allen dreien, als Gegenzeichnung für über dreißig Namen.

Agnelli wird sich freuen, dachte ich. Wenn er denn unbedingt eine Brutstätte latenter Unzufriedenheit brauchte, wo würde er sie eher finden als unter den direkten Arbeitskollegen des Verstorbenen? Ich schrieb wie wild ab. Die Namen auf Bayraktars erstem Blatt waren der übliche kosmopolitische Mischmasch, aber auf der zweiten Hälfte von Seite drei wurden sie eindeutig türkisch. Jedenfalls klangen sie so. Dursun und Orhan und Orguz waren türkische Namen, da war ich ziemlich sicher. Kartal Tibet war schon weniger eindeutig, klang nach Himalaja. Ahmet Ayik, der mußte einfach Türke sein. Dann: Nasreddin Hoca – das klang doch vertraut?

Ding dong, klang es, bimmel bimmel, klingeling. Es klingelte laut und beständig. Nasreddin. Den Namen hatte ich schon mal gesehen. Aber wo?

»Sind die hier fest angestellt?«

»Nein. Das sind die Gelegenheitsarbeiter. Die Festen kriegen ihr Geld direkt aufs Konto. Nur den wechselnden Hilfsarbeitern zahlen wir den Wochenlohn bar auf die Hand aus. Das wäre ja ein beschissener Alptraum, wenn ich jede Woche so einen Haufen Überweisungen ausfüllen müßte. Sehen Sie sich die Namen doch mal an. Die Hälfte davon kann kein Mensch richtig buchstabieren.«

»Muß ordentlich Arbeit sein, derart viele verschiedene Lohntüten vorzubereiten.«

Sie prustete den Rauch durch die Nase aus. »Ich hab auch so genug zu tun, mein Bester. Die Gehaltszahlungen werden von Armaguard vorbereitet, das gehört zum Service. Ich schicke denen die Formulare, und sie liefern jeden Freitag die Lohntüten. Die Vorarbeiter holen sie dann hier ab und teilen sie nach der Mittagspause aus. Apropos, ich muß sie heute nachmittag fertig haben, wenn Sie sich also beeilen könnten.«

»Schon erledigt.« Ich schrieb noch rasch die letzten sechs Namen auf Bayraktars Liste ab, brachte die Tasse zur Spüle und wusch sie aus. »Richten Sie bitte Seiner Selbst aus, ich bedanke mich für die Gastfreundschaft und weiß nicht, wann ich wiederkomme«, sagte ich. »Könnte jederzeit sein.« Das gefiel ihr.

Der Aschenbecher war wieder in der Schublade verschwunden, samt Kippe und allem.

»Ach ja, noch eine letzte Bitte, bevor ich gehe: Hätten Sie vielleicht Herb Gardiners Adresse für mich?«

8

Gardiner wohnte in Coburg, einem Vorort, der fünfzehn Autominuten entfernt und auf dem Rückweg ins Bezirksbüro lag. Als ich durch Broadmeadows kam, sah ich mich nach einem Mittagessen um. So weit draußen geht die Sydney Road bereits in den Hume Highway über und hat außer Schnellkostläden und Gebraucht-LKW-Plätzen nichts zu bieten. Dahinter wuchern Einfamilienhäuser in die Steppe, die den Woiworung einst zum Jagen und Sammeln gedient hatte. Die hatten vermutlich mehr Erfolg gehabt als ich. Den Brathähnchen-Colonel ließ ich links liegen und fuhr weiter.

Das vergleichsweise beinahe malerische Coburg war im Wettbewerb um das schmuckste Städtchen Victorias zweimal auf dem zweiten Platz gelandet. Es bot eine Welt cremefarbener Backsteinhäuser aus den Fünfzigern mit hölzernen Zierleisten, schnurgeraden Rasenkanten, Gartenzwergen, Rolltoren vor den Garagen, niedrigen Zäunen, Oleanderbüschen und Zitronenbäumchen. Die einheimische Botanik, die ihr Blattwerk auf die Wege fallen läßt und die Rinnsteine verstopft, wurde hier nicht geduldet. Und das Haus von Herb Gardiner war das ordentlichste in seiner Straße. Auf einem großen Schild auf dem Rasen davor stand, daß es zu verkaufen war.

Ich stieg über das schmiedeeiserne Gartentörchen und klingelte. Als im Innern eine Viertonmelodie erklang, kam ein wütend kläffender weißer Terrier um die Ecke geschossen. Ich ging schon in Verteidigungshaltung, doch im selben Moment schrie mir eine Frauenstimme ins Ohr: »Aus! Platz!«

Der zähnefletschende Schneeball schlitterte zum Stillstand und hinkte davon. Hinter dem festen Drahtgeflecht der Fliegengittertür stand eine ansehnlich aufgeputzte Frau im Alter von Charlene und wischte sich die Hände an der Schürze ab.

»Mrs. Gardiner?«

»Vera ist vor einem halben Jahr verschieden.«

»Aber das ist doch das Haus der Gardiners?«

Es sollte ja keiner auf falsche Gedanken kommen. »Ich bin die Nachbarin. Ich schaue gelegentlich herein und gehe Mr. Gardiner im Haushalt ein bißchen zur Hand. Wenn Sie sich für das Haus interessieren, tut mir leid, aber er ist gerade rausgegangen.«

Schlagartig wurde mir klar, wie ich aussehen mußte. Ich streckte den Rücken durch, strich mir mit den Fingern durchs Haar und bemühte mich um ein möglichst vielversprechendes Hauskäufergesicht. Wäre ich Hutträger, hätte ich ihn wohl abgenommen und mit der Krempe gespielt. »Ist es schon lange zu verkaufen?« erkundigte ich mich höflich.

»Nein, das Schild wurde eben erst aufgestellt.«

»Nun, dann vielleicht ein andermal.«

Das Fliegengitter schwang auf. »Herb ist sicher gleich zurück.«

Ich putzte mir eifrig die Schuhe ab und betrat den lachsrosa Teppich im Vorraum. Die Tapete war ebenfalls rosa. Ein Lilienmuster, rosa auf rosa, dazu eine Reihe Fayence-Miniaturen, Ballerinas in bonbonfarbenen Röckchen. Der Telefontisch war allerdings weiß, Stil Queen Anne, farblich auf den antiken Apparat aus Elfenbein und Messing abgestimmt. Über den Teppichboden gelangte ich ins Wohnzimmer.

Frau Nachbarin schlug sofort eine höhere Tonlage an. »Wie Sie sehen können, ist es für eine Person viel zu groß. Herb ist hier ganz allein seit...« Taktvoll ließ sie den Satz unvollendet. »Mir ging es genauso, als mein Mann von mir schied. Herb, sagte ich, man kann nicht ewig so leben, umgeben von all den Erinnerungen.«

»Das kann ich gut verstehen«, sagte ich. Und wie ich das konnte.

Herbs Erinnerungen waren pures Östrogen. Das Wohnzimmer war der Vorraum hoch zwei. Ein mit rosa Blumenmuster bespanntes Sofa und passende Zierkissen. Die Gardinenstangen über den Fenstern waren mit demselben Stoffmuster bezogen, dazu kleine Volants, die zu den gerafften Spitzenvorhängen paßten. Hinter den Glasscheiben eines Schranks aus hellem Holz starrten mehrere Reihen kleiner Porzellanpuppen mit aufgemalten rosa Backen auf den Kunstdruck eines Clowns mit traurigem Blick und Halskrause, der an der mit Rosenrankenmuster tapezierten Wand hing. Vor lauter Rosa dachte ich kurz, ich hätte einen Blutsturz in den Augen.

Auf dem Kaminsims, vor einem Spiegel mit abgeschliffenen Kanten und eingravierten Lilien, stand ein überdimensionierter Cognacschwenker, der zur Hälfte mit einem Potpourri aus Rosenblüten angefüllt war, vom Geruch her tippte ich allerdings auf dick aufgetragenes Frischluftspray. Der einzige sichtbare Beweis von menschlicher Besiedlung waren etliche Broschüren und Unterlagen, die auf der rosa getönten Glasplatte eines Beistelltischchens mit Messingkanten verstreut lagen. Daneben sah ich eine Ausgabe der Wettzeitschrift *Best Bets,* eine eindeutig männliche Fährte.

Die hilfsbereite Witwe bot mir das Sofa an. »Die Formalitäten überlasse ich lieber Herb. Es wäre mir unangenehm, jemanden durch ein Haus zu führen, das mir nicht gehört. Sie verstehen sicher.« Das war eine Erleichterung. Sachte nahm ich auf der mit Crêpe de Chine bezogenen Kante Platz.

Ich beschloß, höchstens fünf Minuten auf Gardiner zu warten. Wenn er bis dahin nicht auftauchte, würde ich mir seine Nummer geben lassen und ihn vom Büro aus anrufen. Ehrlich gestanden, war mir schleierhaft, was ich hier überhaupt suchte. Letzte Gewißheit wahrscheinlich. Immer peinlich genau und genauestens peinlich.

Die Nachbarmamsell zögerte, leicht verunsichert über das weitere Protokoll. »Schön groß, das Haus«, improvisierte sie. »Ideal für eine Familie. Einem allein wird das

Saubermachen zuviel. In Herbs neuer Wohnung ist die Bedienung eingeschlossen. Aber heiß – Queensland.«

»Queensland?« improvisierte ich zurück. »Feines Klima.«

»Kann ihn gut verstehen, noch dazu an einem Tag wie heute. Ich frage mich nur, wie er da ganz allein zurechtkommen will. Ein Mann braucht jemanden, der sich um ihn kümmert.«

Ja, so war es, gestand ich ein und verkürzte die Frist innerlich auf drei Minuten.

»Möchten Sie eine Tasse Tee, solange Sie warten? Die Küche ist mit allem ausgerüstet.« Damit waren die Gesprächsthemen erschöpft. Sie öffnete die Tür zur Küche. Der Duft nach Gebackenem strömte herein, ein angenehmer Geruch, der es mit dem ekligen Frischluftparfüm aufnahm.

In der Stille war das laute Ticken einer Kukucksuhr zu hören. Mein Magen knurrte zurück. Halb drei vorbei, und ich hatte noch nichts gegessen. Ich nahm eine Anleitung für Antragsformulare zur Hand, legte sie wieder zurück und blätterte in einer der Broschüren. Ocean Towers, Broadbeach. Direkt am Strand. Apartments mit zwei oder drei Zimmern ab zweihundertundfünfzigtausend Dollar, Betriebskosten nicht eingerechnet.

Ich warf die Hochglanzbroschüre zurück auf ein Formular, das wie eine Eigentumsurkunde aussah, und blickte mich um. Kein schlechter Tausch, ein Kurort mit Meerblick für eine Viertelmillion gegen diese selbstgehäkelte Schneuztuchschachtel, die höchstens halb soviel wert war und an deren Fenstern der Nieselregen herabrann. Der alte

Herb mußte im Laufe der Jahre einiges auf die hohe Kante gebracht haben. Warum auch nicht? Wenn man ein Leben lang mit dem Rücken auf dem Beton gelegen hatte, den Mund voller Blechschrauben und den Blick in das Innenleben eines Spundkompressors gerichtet, war Broadbeach ein netter Tausch.

Mein eigener Alter hatte etwas ganz Ähnliches getan, als sie ihm seinen Pub unter dem Hintern weggekauft und einen Drive-in-Schnapsladen daraus gemacht hatten. Nur anstelle der Hochhauswohnung im Surferparadies waren es eine Faserglashütte auf Bribie Island und ein Motorboot aus Aluminium geworden. Jedem das Seine. Gardiner hatte bei der finanziellen Planung offenbar mehr Grips. Kunst war das keine. Whelan senior hatte im Laufe von zwanzig Jahren immerhin stolze sechs Pubs verschlissen, von denen jeder kleiner gewesen war als der vorige.

Ich wollte mich gerade drücken, als ein kleiner hellbrauner Toyota Corolla in die Einfahrt bog und neben dem Haus verschwand. Der Hund kläffte kurz, dann ging die Eingangstür auf. Für einen Mann über sechzig war Herb Gardiner ausgesprochen gut erhalten, fast ein feiner Pinkel in seiner Tweedjacke von Fletcher Jones, den Cordhosen und dem dunkelblauen Rollkragenpullover. Er hatte den klumpigen Teint eines ehemaligen Boxers und die Leichtfüßigkeit eines Menschen, der soeben die Dreierwette auf der Rennbann richtig getippt hat. Sein Gesicht zierte das diebische Grinsen des kleinwüchsigen Mannes, der mit aller Welt zufrieden ist. Falls er wegen seines kürzlich verstorbenen Kollegen unter irgendeinem Trauma litt, ließ er sich jedenfalls nichts anmerken.

»Und wer sind Sie?« wollte er in dem Tonfall wissen, den man wohl selbst anschlagen würde, käme man nach Hause und fände einen Wildfremden mit verschorftem Gesicht vor, der sich auf dem Sofa lümmelt.

Als ich aufstand, um mich vorzustellen, kam die Witwe aus der Küche. »Er ist wegen dem Haus da«, sagte sie. Die Schürze war verschwunden und das Haar ein wenig aufgebauscht. Gardiner schlüpfte aus seiner Tweedjacke, strich die Regentropfen mit der peinlichen Sorgfalt eines Mannes ab, der auf sein Werkzeug achtet, und hängte sie über die Rückenlehne eines der rosa Sessel.

»Um ehrlich zu sein«, sagte ich bußfertig, »hat mich die Gewerkschaft an Sie verwiesen.«

»Soso.«

Na logisch. Gefragt war jetzt eine sehr gerade Vorhand. »Im Grunde ein Höflichkeitsbesuch, Mr. Gardiner. Mein Name ist Murray Whelan. Es geht um den, äh, Zwischenfall im Betrieb letzte Woche.«

Gardiner bremste mich mit erhobener Hand. »Deine Teekuchen riechen köstlich.« Er versprühte seinen ganzen Charme auf die Witwe und ließ dabei ein wenig auf mich verspritzen. Er hob die Broschüren vom Kaffeetisch und schob sie in eine Lücke zwischen den weißen Bänden einer Enzyklopädie, die auf dem hellbraunen Regal untergebracht war. »Ich mache nur rasch Platz. Setzen Sie sich doch, Mr. Whelan.«

»Sagen Sie ruhig Murray, bitte.«

Die noch dampfenden Teekuchen erschienen, bevor mein Allerwertester auf dem Kissen gelandet war. Gut zehn Zentimeter hoch waren sie und schwebten auf einem Tablett mit Marmelade, Schlagsahne und kleinen Leinenservietten herein. Als sich Frau Nachbarin bückte, um das Tablett abzustellen, war Gardiner wieder ganz der Herr im eigenen Haus und tätschelte ihr den Bürzel. Viel fehlte nicht, und sie hätte zu schnurren begonnen. Er warf mir hinter ihrem Rücken einen Blick zu und zwinkerte. Das war ein Mann, der es geschafft hatte und sich dessen bewußt war, und wie. Zum erstenmal an diesem Tag fing ich an, Spaß zu haben.

»Ich laß euch Jungs dann wohl besser allein?« tschilpte sie.

»Ja, besser so, Häschen. Vielen Dank.« Gardiner schob sich geziert die Ärmel hoch und langte nach der Teekanne. Unter den grauen Haarbüscheln auf seinem Unterarm kam eine alte Tätowierung hervor – eine verblichene schmachtende Meerjungfrau. »Ich übernehm das Einschenken«, sagte er.

Als die gute Witwe beschlossen hatte, herüberzukommen und Küchenfee zu spielen, war ihr der Sinn bestimmt nicht nach dem Bewirten uneingeladener Gäste gestanden, aber sie nahm es mit liebenswürdiger Fassung. Gardiner würde ja noch ein Weilchen da sein. Sie verließ das Haus durch die Küche, und ich hörte die Hintertür zuschnappen.

»Also, Kleiner, worum geht's?« fragte Gardiner freundlich.

Wir waren längst über den Punkt hinaus, an dem sich mit blödem Gerede noch irgendwas gewinnen ließ, also legte ich meine Karten aufgedeckt zwischen die eingekochten Aprikosen und die Wettscheine auf den Tisch. »Ich arbeite für Charlene Wills«, sagte ich. Gardiner nahm es mit einem Nicken zur Kenntnis. Die lokale Abgeordnete kannte man.

»Weiß nicht, ob Sie's gelesen haben«, fuhr ich fort, »aber gestern war in der *Sun* eine Anspielung, die Sache bei Pacific Pastoral könne Probleme mit der Belegschaft nach sich ziehen. Der Regierung ist es natürlich lieber, wenn so etwas nicht passiert. Ein Ausschuß im Industrieministerium hat einen Bericht verlangt. Da ich in diesem Bereich arbeite, wurde beschlossen, den Kelch bei mir haltmachen zu lassen. Und weil Sie der Gewerkschaftsvertreter sind und noch dazu gerade vor Ort waren, als die Leiche gefunden wurde, dachte ich, ich geh direkt zur Quelle.«

Gardiner hörte sich alles an, nickte nochmals und brach einen der Teekuchen entzwei. »Ich hab das alles mit der Polizei und den anderen am Freitag schon gründlich durchgekaut.«

Ich beeilte mich, ihn zu beruhigen: »Nein, nein, an dem Tod selbst bin ich nicht interessiert, lediglich daran, ob er zu Unruhen unter der Belegschaft führen könnte.«

Gardiner trug Butter auf. »Mit wem hast du noch gesprochen, Kleiner?«

»Niemand Besonderes. Lionel Merricks.« Das war nichts als erbärmliches Name-dropping. Ich wußte nicht einmal, ob er den Typen kannte.

Er hob die Augenbraue. »Gehst ja ganz schön ran, was?«

Ich winkte bescheiden ab. »Reine Routine. Mir geht es nur um die Stimmung im Werk in Coolaroo. Und darüber wissen Sie nun mal besser Bescheid als irgendein Vorstandsmitglied.«

»Was ist mit Apps?«

»Kann sein, daß ich mich täusche, aber ich hatte schwer den Eindruck, daß Mr. Apps einen drohenden Arbeitskonflikt nicht einmal dann erkennt, wenn er ihn in den Hintern tritt.«

Das wurde mit einem Glucksen belohnt. Gardiner lehnte sich gemütlich in seinem Lehnstuhl zurück, Tasse und Teller auf dem Schoß. »War wohl ein wenig verspannt, der Gute, was?«

»Ja«, erwiderte ich. »Wird der immer so schnell pampig?«

Ich schien einen guten Eindruck zu machen. Gardiner rieb sich die Nase und ließ sein Insiderwissen raus. »Vor ein paar Monaten wurde bei einer Lieferung nach Amerika irgendwas vertauscht, minderwertiges Fleisch, so was in der Art. Logisch, daß der Teufel los war: Glaubwürdigkeit der Exportindustrie in höchster Gefahr und so weiter. Apps kriegte von den Obersten ordentlich Fett ab und führt sich seither auf wie ein Bär mit Zahnschmerzen. Hast du sonst noch mit irgendwem gesprochen?«

»Nur mit einem Typen namens McGuire, dem Sicherheitsbeamten, und mit einem von der Putzbrigade namens Memo. Ich habe den Eindruck, ich jage einem Phantom hinterher.«

Ich redete viel zuviel. Wenn ich so weitermachte, würden sich diese Teekuchen vor meinen Augen in Luft auflösen. Ich schmierte mir einen und biß hungrig hinein. »Was meinen Sie denn?« murmelte ich durch die Krumen und die Schlagsahne. In meinem Mund ging der Himmel auf, warm und schmelzend.

Gardiner nahm seine Tasse und lehnte sich wieder zurück. »Also, Kleiner, das würde mich echt wundern. Ich bin seit sechzehn Jahren dabei, nachdem ich meinen Armeedienst quittiert hab, und seit damals hatten wir kein halbes Dutzend Streiks und Arbeitsniederlegungen. Und zu denen hat jedesmal die Gewerkschaft aufgerufen, um irgendwelche Forderungen zu untermauern. Die Metzger, das ist was anderes, die stehen den ganzen Tag bis zu den Knien in Glibber und Gedärmen, die schmeißen beim kleinsten Anlaß alles hin. Kann man ja verstehen. Aber unsere Leute? Druck auf die Arbeitgeber ist echt nicht ihr Stil. Die meisten kassieren lieber ihren Lohn und scheißen auf die Solidarität. Kann's mir ehrlich nicht vorstellen. Gehört hab ich auch nichts. Und eins steht fest: wenn was im Busch wäre, wüßte ich's als erster.«

Das war Musik in meinen Ohren. Ich nahm mir noch einen Teekuchen und tat den nächsten Schritt. »Und was, meinen Sie, hatte Bayraktar in diesem Kühlraum vor? Der Kerl, den Sie gefunden haben?«

»Tja, einen Sonnenbrand wollte er sich da sicher nicht holen.«

»Solche Geschichten kommen ziemlich oft vor, was?«

»Nicht öfter als sonstwo, würde ich sagen.«

»Es ist also durchaus üblich?«

»Ist doch begreiflich, daß einer, der in einem Fleischlager arbeitet, blöd wäre, wenn er sich seine Koteletts im Laden kauft. Aber nicht jeder geht am Abend mit 'ner Lammkeule unterm Arm nach Hause, wenn du das meinst.«

In dieses Fettnäpfchen war ich mit offenen Augen getreten, hatte dem Mann einfach ins Gesicht gesagt, er sei ein Dieb. Ich legte schleunigst den Rückwärtsgang ein und wechselte das Thema. »Schon ein harter Schlag. Ich meine, da erfriert der Typ nur wegen ein paar Kilo Steak zum Nulltarif.«

»Vielleicht war er ja gierig. Dürfte einen mächtigen Appetit gehabt haben, so wie der aussah.«

»Kannten Sie ihn persönlich?«

Gardiner wischte sich die Finger an einer der kleinen Servietten mit Blümchenmuster ab. »Nur vom Sehen. Die Einwanderer bleiben ziemlich unter sich.«

»Apropos«, hier holte ich die Namenliste aus der Tasche und faltete sie so, daß nur die eine Hälfte sichtbar war. »Kennen Sie einen von denen?«

Gardiner zog ein Etui aus der Tasche, setzte die Lesebrille auf und hielt den Zettel ans Licht.

»Was 'n das, das Telefonbuch von Kairo?«

»Die gehörten letzte Woche alle zu Bayraktars Schicht.«

Gardiner schüttelte den Kopf. »Tut mir leid, aber bei so ausländischen Namen muß ich passen.«

Ich trank meinen Tee aus und stand auf. »Ja, dann. Vielen Dank für alles.«

»Jederzeit. Ich helfe ja gern. Wenn du noch was brauchst, dann melde dich. Aber beeil dich. Bis zu meiner Demobilisierung dauert's nicht mehr lange. Nur noch ein paar Wochen Schichtbeginn um fünf Uhr früh, und ich bin mein eigener Herr.«

»Hab schon gehört.« Ich nahm die Liste zurück. Alles in allem keine unnütze halbe Stunde. Abgesehen vom Gratisfutter hatte der alte Herb einen weiteren Speer ins Herz von Agnellis Verschwörungstheorie getrieben, zumindest was die Rolle von Pacific Pastoral anging. Ich wechselte das Thema. »Was meinen Sie, wieviel bringt das Haus hier?«

»Der Makler meint, fünfundneunzig, fünfundneunzigfünf. Selber könnt ich's nicht sagen. Braucht ja auch noch einige Reparaturen.«

Abgesehen vom Dekor wußte ich nicht, was er meinte, aber so wie ich Gardiner einschätzte, tauschte der jede Woche die Dichtungen seiner Armaturen aus. »Dann wäre mein Haus keine fünfzig Kröten wert. Das sollten Sie mal sehen. Und von wegen Reparaturen! Als ich gestern abend unseren Dachstuhl isolieren wollte, ist mir das ganze Ding eingestürzt. Davon habe ich das hier.«

»Scheußlich«, meinte Gardiner.

»Die Schrammen sind meine geringsten Sorgen.« Ich tastete mein Gesicht ab. »Wo könnte ich wohl einen Dachdecker auftreiben, der mir einen Kostenvoranschlag macht? Hab den halben Tag herumtelefoniert.« Das würde ich jedenfalls tun, sobald ich wieder im Büro war.

Gardiner stand auf und wickelte die restlichen Teekuchen in eine Serviette. »Da, die nimmst du mit, Junge«, sagte er. »Sie macht mich zur Schnecke, wenn sie denkt, wir haben sie nicht alle verdrückt. Und inzwischen gib mir ruhig deine Adresse. Ich hab einen Kumpel beim Bau, der kann dir vielleicht helfen.«

»Sicher?« Ich zögerte nur so lange, wie es die Höflichkeit verlangte, dann stopfte ich das Bündel in meine Tasche.

»Sicher doch.« Er schrieb meine Adresse und Telefonnummer auf einen Block neben dem Telefon und öffnete die Haustür. »Ich krieg alles, was ich will.« In der Küche erklangen schon wieder Arbeitsgeräusche. »Keine Sorge, Kleiner. In jeder Hinsicht.«

Draußen hatte der Regen aufgehört. Von den Pfützen war bis auf eine schillernde Glasur nichts übriggeblieben. Wie es aussah, besserte sich die Lage. Als ich einen Blick zurückwarf, stand Gardiner immer noch in der offenen Tür, neben ihm der kleine weiße Terrier, der an seiner Hand schnüffelte. Ich nickte kurz und stieg in den Renault, eine Hand fingerte bereits nach dem Freßpaket in meiner Tasche. Noch eine knappe halbe Stunde für den Entwurf meines Berichts für den Mini-BAF-Ausschuß, und aus der Geschichte wäre der Dampf raus.

9

›Kontext‹, dachte ich. Nein, ›Hintergrund‹ ist besser. Doppelt unterstrichen. Die Worte in meinem Kopf begannen sich zu einer Präambel zusammenzufügen.

> Hintergrund.
>
> Nachdem es kürzlich im Einzugsgebiet von Melbourne zu einem Arbeitsunfall mit tödlichem Ausgang kam und dieses Ereignis in unmittelbaren Zusammenhang mit der laufenden Diskussion zur Gesetzgebung für industrielle Sicherheit gebracht wurde, erschien es ratsam, vertrauensbildende Maßnahmen im Hinblick auf diverse von der Presse in Umlauf gebrachte vermeintliche Unklarheiten zu treffen.

Keine schlechte Einleitung, dachte ich, gedanklich schon einen Schritt weiter bei der Umsetzung. Aber meine Konzentration ließ mich im Stich. Vor meinem inneren Auge tauchte immer wieder das Bild dieses pummeligen kleinen Mannes in Haremshosen auf.

Nasreddin Hoca, der Alte mit dem dicken Turban und den Schnabelschuhen. Der mit dem buschigen Bart und den kernigen Gleichnissen. Der und bei Pacific Pastoral? Dieser krumme Klugscheißer sollte in weißem Overall und Duschkappe Rinderhälften aus Kühllastern wuchten? Schwer vorstellbar. So gar nicht sein Stil. Es sei denn, der alte Esel machte mit seinen weisen Sprüchen kein Geschäft mehr.

Wenn Reds Gutenachtgeschichte stimmte und dieser Nasreddin Hoca der Held einer bekannten türkischen Sage war, sozusagen auf einer Ebene mit Pu dem Bären, hätte Bayraktar dann nicht eigentlich wissen müssen, daß er da einen fiktiven Namen gegenzeichnete? Interessant.

Da ich ohnehin unterwegs war, beschloß ich, gleich bei Bayraktars Adresse vorbeizufahren. Im Bericht der Gerichtsmedizin war, soweit ich mich erinnerte, von der Blyth Street die Rede gewesen, Nummer 363 oder 636. So oder so war es nur ein kleiner Umweg. Außerdem ermöglichten mir ein paar zusätzliche Minuten in der Einsamkeit des Autos, den Bericht in Gedanken fertig zu skizzieren.

Die Blyth Street ist ein breiter, von Ost nach West verlaufender Boulevard, der den Merri Creek mit der Sydney Road verbindet. Ich fing am Merri-Ende an und fuhr langsam an den gutbürgerlichen Anwesen vorbei, auf deren Veranden zuckerstangenartig verschnörkelte Säulen aufsaßen. Nummer 363 war eine Shell-Tankstelle, also fuhr ich weiter in Richtung Sydney Road.

Es war einmal eine Wirtschaftsblüte, da bewohnte der örtliche Geldadel dieses Ende der Stadt und erbaute dort bunte Backsteinvillen und imposante, mit verflochtenem Eisenfiligran geschmückte Reihenhäuser. Seither waren die Dinge ein gutes Stück den Bach runtergegangen, und an die einstige Pracht erinnerte allenfalls gelegentlich ein flügellahmer Wasserspeier aus Terrakotta oder der abblätternde Bogen eines Erkerfensters. Heute reihten sich hier Mietshäuser aneinander, voller schäbiger und identischer Eigentumswohnungen, wahre Pockennarben im Antlitz der Straße. Zwei Meter hohe Schrotthaufen und eine tote Schopfpalme vor den Haustüren, aus den Briefkästen quoll die Werbepost. Bayraktars Bude mußte in einem dieser Blocks sein.

Näher zur Sydney Road waren die Dinge im Aufschwung begriffen. Die mit Bauschutt angefüllten Container am Randstein vor den großen viktorianischen Häusern zeugten davon, daß bereits eifrig renoviert wurde. Messingschilder und Mercedes-Modelle ließen auf Rechtsanwälte und Pathologen schließen. Nummer 636 war jedenfalls alles, nur kein in den Sechzigern aus dem Boden gestampfter, schäbiger Sozialbau.

Die Adresse war ein klassisches italienisches Landhausplagiat, erbaut in der Boom-Zeit, zwei Stockwerke hoch, und duckte sich bescheiden hinter einen schmiedeeisernen Zaun, dem Aussehen nach Handarbeit, um Unauffälligkeit bemüht. Obenauf saß ein schmucker kleiner quadratischer Turm, über der Eingangstür war ein kutschendachartiger

Vorbau. Alles war mattweiß gestrichen, aufgepeppt vom Glanz der olivgrün lackierten Holzarbeiten und von kleinen Eisenbalkonen, die sich um die Fenster im ersten Stock wanden. Das charmante Gesamtbild wurde allerdings durch unscheinbare, an jeder Ecke unter den Dachrinnen montierte Sicherheitskameras ergänzt. Das und der im Carport geparkte, graublaue BMW verliehen dem Anwesen das diskrete, undurchdringliche Flair eines Privatcasinos an der Côte d'Azur.

Eine viel zu feine Absteige für einen Fleischpacker, selbst wenn er Vorarbeiter gewesen war. Da mußte irgendwer den Papierkram durcheinandergebracht haben. Ich verlangsamte auf Schrittempo und spähte durchs Beifahrerfenster auf das Messingschild am Gartentor. In schwarzen Gravurlettern stand dort ›Anadolu Klubu‹, darunter folgte in kleinerer Schrift ›Anatolia Club‹.

Hinter mir hupte jemand entnervt, der Lieferwagen einer Glaserei in Eile. Die Ampel an der nächsten Kreuzung schaltete soeben auf Gelb, ich trat aufs Gas, fuhr mit dem Dunkelrot um die Wette und schlitterte in die Querstraße, die zur Sydney Road hinaufführte. Vorüber zogen das Patras Emporium und der Elektro-Discount, das Court House Hotel und das Edinburgh Castle, Barnacle Bills Muschelkneipe und die schwarzen Knastmauern des Pentridge. Zwei Blocks hinter dem Bezirksbüro hielt ich am Randstein vor dem Büro der Türkischen Wohlfahrtsliga.

Die Liga war in einem ehemaligen Laden untergebracht, dessen Schaufenster auf die Sydney Road hinausging. So weit im Norden gab es hier sonst nur Kfz-Gewerbe jedweder Art. Großhändler, die runderneuerte Reifen im Direktverkauf anboten, Windschutzscheiben-ausgetauscht-im-Nu, Auspuff-Schnellwerkstätten. Und natürlich war die Straße an diesem Ende eine Rennstrecke, auf der die Autospinner ihr volles Rohr raushängen ließen.

Nicht nur wegen der niedrigen Miete hatte die Standortwahl des Büros der Liga eine gewisse Logik. Die meisten der Melbourner Türken waren Fabrikarbeiter, die man in ganzen Jumboladungen direkt an die Fließbänder von Ford oder Repco importiert hatte. Sollte also irgendwann mal ein in den letzten fünfzehn Jahren in Australien gebautes Auto aus der Kurve fliegen und durch die große Glasscheibe der Liga donnern, dann bestand eine gewisse Wahrscheinlichkeit, daß es zufällig mit dem Kerl zusammenkrachte, der seine Karosserie punktgeschweißt hatte.

Ich schloß den Renault ab, eine in dieser Gegend rein symbolische Geste, und betrat das Büro. Der vordere Raum bestand aus zwei verbeulten Aktenschränken, einem uralten Gestetner-Vervielfältigungsgerät, wohl dem letzten lebenden Exemplar, und aus drei schrundigen Schreibtischen. Die Behälter auf den Tischen quollen über von Formularen und Unterlagen und Handbüchern diverser Behörden und Wohltätigkeitsorganisationen. Plakate einer Siebdruckkooperative aus der Gegend klebten an den Wänden, und insgesamt herrschte eine Atmosphäre von kämpferischem Eifer, dem auch der vom durchgewetzten Linoleum die Wände hinaufkriechende Schimmel nichts anhaben konnte.

Um einen der Tische hockten mehrere Männer, gebückte Gestalten mit Gesichtern wie die Landkarten eines weiten braunen Landes. Allerdings nicht dieses weiten braunen Landes. Jedenfalls noch nicht. In ihrer Mitte saß Sivan der Kurde.

Keine Ahnung – heute sowenig wie damals –, ob sich Kurden äußerlich überhaupt von Türken unterscheiden. Aber jede Wette, daß Sivan alles hat, was man sich unter diesem stolzen und bedrohten Volk vorstellt. Ein Schnabel wie ein Adler, Schultern wie geschaffen für die Patronengürtel des Partisanen, einen Oberkörper von der Größe Kleinasiens und eine graue Stoppelmatte im Gesicht, die mich befangen nach meinem eigenen schütteren Wuchs der letzten dreißig Stunden tasten ließ.

Er stieß ein Rumpeln aus, den Baßton eines geologischen Grollens, das in seinem Innersten anfing und durch sein bleckendes Grinsen ausbrach. »Murray, mein Freund.« Sein Arm vollführte eine weitschweifige Geste. »Darf ich vorstellen: Bülent, Gokhan, Sayfeddin.«

Ein gutes Namensgedächtnis war unverzichtbar, wenn man wie in meinem Job einer Politikerin zur Seite stand, um ihrem Gedächtnis zur Not auf die Sprünge zu helfen. Zu meinem unendlichen Bedauern fand sich jedoch für türkische Namen nur ganz selten irgendeine Eselsbrücke. Griechen kriegte ich hin – die hießen Jim oder Con oder Nick. Italiener, kein Problem, auch nicht seit die Johnnies und Joes wieder zu Giovanni und Giuseppe zurückgekehrt waren. Und noch keiner hatte seinen Job verloren, weil er einen Araber Mohammed nannte. Irgendwo hieß er sicher so, davon konnte man ausgehen. Außer er war Christ. Dann lag man mit George oder Tony gewöhnlich nicht so falsch. Aber Bülent? Go-kart? Seifen-ding was?

»Merhaba«, murmelte ich. Giassou. Ciao. Was tut sich?

So was konnte ich in einer ganzen Palette örtlicher Fremdsprachen, einschließlich des Maltesischen, trotzdem gehöre ich zu den Leuten, die vom einigenden Einfluß des Englischen überzeugt sind, fließender würde ich also nicht werden.

»Merhaba«, antworteten sie und sahen mich erwartungsvoll an.

Ich nickte in Richtung Hinterzimmer. »Ist Ayisha da?« Ich wollte ein Gespräch unter vier Augen und keine Live-Sendung auf Radio Istanbul.

Sivan deutete auf einen schmalen Korridor, der an der Rückwand aus dem Raum führte. »Spielt Mechanikerin.«

An den Wänden im Korridor hingen Fremdenverkehrsposter vom Bosporus und Zeitungsfotos von Köpfen, die aussahen, als stammten sie von den Banknoten einer wirklich sehr fremden Währung. Ayisha kniete auf dem Boden eines Büros, das eine kleinere, muffigere Version des vorderen Raums war, und steckte den Kopf in das Innenleben eines altertümlichen Fotokopierers. Hinter ihr bildeten diverse Maschinenteile einen Halbkreis auf dem Boden. Sie hatte der Tür den Rücken zugewandt und mein Kommen gar nicht bemerkt.

Ihr Haar war mit einem Schal umwickelt, und als sie zielstrebig hinter sich griff, um irgendein Teil aufzuheben, die Hände schwarz vom Tonerpulver, wurde sie zum Inbild der Heldin der Arbeiterklasse, die im ersten Fünfjahresplan resolut ihr Soll in puncto Xerox-Reparatur übererfüllte. Mein Herz ballte sich zur Faust. Völker, hört die Signale, intonierte es still.

Am Türrahmen lehnend, beobachtete ich in stiller Bewunderung ihren Fleiß eine gute Minute lang, da zog sie plötzlich den Kopf aus dem Gerät und fuhr mich an: »Murray, verdammt! Bist du unter die Spanner gegangen?«

Gute Frage. Ich spürte, wie meine Wangen glühend rot wurden. »Der Name, den ich gestern erwähnt habe«, entgegnete ich rasch, »bist du da irgendwie weitergekommen?«

»He, du hast mir einen Scheißschrecken eingejagt«, sagte sie. »Kommst hier so angeschlichen.« Offensichtlich hatte sie es also vergessen. Sie stand auf, stieß demonstrativ mit dem Knie die Klappe des Apparats zu und schlug mit der Handfläche auf den Kopierknopf. Das Gerät surrte und fing an, Kopien auszuspucken. »Alles in Ordnung mit dir?« Plötzlich stand sie vor mir und starrte mir ins Gesicht, absichtlich viel zu nahe, als daß ich hätte cool bleiben können.

Mühsam hielt ich ihrem Blick stand. »Nur ein paar Kratzer. Ist nicht ansteckend oder so.«

»Bei diesen innerparteilichen Querelen geht's manchmal ganz schön grob zu, was?« Ihre verrußte Tatze tätschelte meine Wange. Ich fühlte mich unter der Graphitschmiere erröten. Ein Wunder, daß sie keine Verbrennungen dritten Grades davontrug.

Betreten machte ich einen Schritt zurück, dabei krachte ich mit dem Hinterkopf gegen den Türrahmen. »Du solltest mal den anderen Kerl sehen.«

Plötzlich legte sich von hinten eine Hand wie ein Schraubstock auf meine Schulter und wirbelte mich herum. »Machst du hier etwa Ayisha an?«

Es war Sivan. Er mußte meine stille Post gelesen haben.

»Das ist sinnlos«, fügte er hinzu. »Viele haben's versucht, alle sind gescheitert.«

»Halt die Klappe«, sagte Ayisha. Sie ließ sich hinter dem Schreibtisch auf einen Stuhl fallen und drehte sich eine zerknautschte Zigarette. »Freund Murray hier will was über einen Kerl wissen, den wir vielleicht kennen. Er heißt...«

»Ekrem Bayraktar.«

Sivan wiederholte den Namen, ließ ihn im Mund kreisen, als mischte er ihn zu Beton. »Bayraktar bedeutet: der die Fahne hochhält, also der Standartenträger.« Sivan war Lehrer gewesen, bevor die Armee sein Diplom in Fetzen riß und ihm Streichhölzer unter die Fingernägel trieb. Was er da sagte, war ja durchaus interessant, aber ich wollte Fakten, keine Etymologie.

»Je von dem Kerl gehört?«

Sivan schüttelte den Kopf.

»Wie steht's mit denen hier?« Ich reichte ihm die Namenliste.

Er fuhr mit einem behaarten Finger die Liste entlang, blickte Ayisha an und verzog den Mund zu einem breiten Grinsen. »Er will wissen, ob wir einen Nasreddin Hoca kennen.«

Ein schelmisches Zucken lief über Ayishas Gesicht. Als sie sah, daß ich sie beobachtete, senkte sie den Kopf, um sich die rußige Kippe anzuzünden. Sie sollte bloß nicht denken, ich wäre ein kompletter Knallkopf. »Ja ja, das Gleichnis von der Walnuß«, sagte ich blitzschnell. Ich zeigte auf den Namen darunter. »Und der da, Gazanfer Bilge?« Vielleicht hieß das ja Langfinger.

Den kannte Sivan. »Ringkämpfer«, rumpelte er. »Große Berühmtheit in den 1950ern. Kennst du türkisches Ringen? Zuerst schmieren sie sich ordentlich mit Öl ein...« Er kam mit ausgebreiteten Armen auf mich zu, offenbar um einen vernichtenden Griff an mir zu demonstrieren. Ich wehrte ihn mit dem nächsten Namen ab. »Orhan Gencebay. Auch türkisch?«

Sivan erstarrte in der Bewegung. Er rollte die Liste zu einer Röhre und hielt sie sich vor den Mund. *»Bir tesseli ver«*, jammerte er mit plötzlich seltsam hoher und gepreßter Stimme. *»Yaradanın aşkına.«* Er wippte von einer Seite zur anderen und hämmerte mit der freien Hand einen Beat auf die Tischkante.

Ich verdrehte die Augen zu Ayisha. Sie war genauso ratlos wie ich. Sivan riß die Arme weit auseinander und wechselte die Sprache. Im gleichen Tonfall sang er: »Irren ist doch menschlich.«

Jetzt kapierte ich. »Ein Popsänger?«

»Bingo«, bestätigte er. »Der Tom Jones, der Lee Marvin der Türkei...« Er bügelte das Papiermegaphon auf der Tischplatte glatt und verfiel wieder in den pädagogischen Modus. »Kennst du türkische Musik? Das Saz klingt ähnlich wie eine Bouzuki, die Trommel heißt Darbouka, das...«

»Kartal Tibet.« Ich schnappte ihm die Liste weg und las den nächsten Namen ab. »Laß mich raten, Ehegatte der berühmten Donna Kebab.«

»Knapp«, sagte Ayisha. »Ein Filmschauspieler, wenn ich mich nicht irre. Vor meiner Zeit. Eher Sivans Jahrgang.« Sivan war gerade fünfunddreißig.

»Kommerzshit«, sagte Sivan. »Aber kennst du die Filme von Yilmaz Güney? *Sürü – die Herde* zum Beispiel?«

Ein sagenumwobener Weiser, ein eingeölter Athlet, ein Schlagersänger und ein Filmstar. Die Frühschicht bei Pacific Pastoral versammelte ein bißchen viel künstlerisches Talent auf einmal. Ich unterbrach Sivans Vortrag über den modernen türkischen Film. »Je vom Anatolia Club gehört?«

Sivan verstummte und warf Ayisha einen äußerst seltsamen Blick zu. »Oh, ein böser Ort, mein Freund«, knurrte er. »Dort solltest du nicht hingehen.«

»Wieso? Was tut sich da?«

Bevor er antworten konnte, stürzte Gokhan – oder war es Sayfeddin? – zur Tür herein. Er sagte ein paar knappe Worte auf türkisch, einen hart klingenden Satz, dann machte er abrupt kehrt und verschwand.

»Scheiße!« Ayisha sprang auf und hängte sich ihre Tasche über.

»Was denn?«

Sie kam um den Schreibtisch herum, kaute nervös an ihrer Unterlippe und eilte aus dem Zimmer. Mich durchfuhr eine eisige Vorahnung, und ich rannte ihr nach. Sie schoß wie eine Rakete durch die Eingangstür, wandte sich nach links und hastete den Gehsteig entlang.

Neben meinem Renault stand ein beleibter Kerl mit Gesichtszügen aus Granit. Er trug eine Art Militärjacke und hatte den einen Stiefel provokant auf meiner vorderen Stoßstange abgestellt. Soeben wollte er den Scheibenwischer hochklappen. »He«, schrie ich ihn an. »Was soll das?«

Er drehte sich um und musterte mich mit einem kalten

und geringschätzigen Blick, überzeugt von seiner Macht. Dann hob er träge den Arm und zeigte hinter meine Schulter. Ohne hinsehen zu müssen, wußte ich, worauf er zeigte. ›Halteverbot‹ stand auf dem Schild, 16.30–18.00.

»Komm schon, Kumpel«, versuchte ich es, während ich ungläubig auf meine Uhr blickte. Es war 16.32 Uhr. Er drückte mir einen rosa Zettel in die Hand. ›Bezahlen Sie der Gemeinde Coburg vierzig Dollar. Oder sonst...‹ Weiter die Straße rauf hatte Ayisha die Tür eines ziemlich neuen metallicblauen Lasers geöffnet. Sie winkte vergnügt und fuhr ungestraft davon.

In der Mitte der Fahrbahn standen mehrere Straßenbahnen Schlange, und mein Wagen blockierte eine der beiden Spuren Richtung Norden. So weit das Auge reichte, lag der Verkehr lahm, die Hupen auf Dauerbetrieb. Eine Sekunde lang überlegte ich, ob ich die Karre einfach stehenlassen und noch mal reingehen sollte, um von Sivan mehr über den Anatolia Club zu erfahren. Der Parkbulle ließ seinen Benimmblock ein paarmal auf seinen feisten Oberschenkel schnalzen. »An deiner Stelle würde ich 'n Abgang machen«, sagte er boshaft.

Ich sperrte ohne Eile den Wagen auf und zerknüllte dabei den Strafzettel zu einer Kugel. Dann pfefferte ich die Tür zu, ließ den Motor aufheulen, lenkte den Wagen haarscharf um die Bugnase der Straßenbahn herum, knallte dem Gegenverkehr eine verbotene 180-Grad-Wende vor den Latz, streckte den Arm zum Fenster hinaus, zeigte dem städtischen Knöllchen-Nazi den Finger, trat aufs Gas und ließ die Reifen glühen. Das war zwar keine vierzig Dollar wert, aber immerhin ein Trost.

Bis dahin, das muß man zugeben, machte ich als Amateurschnüffler keine schlechte Figur. In knapp vier Stunden hatte ich nicht nur dem befürchteten Aufstand der Belegschaft von Pacific Pastoral jede Existenzgrundlage genommen, sondern auch herausgefunden, daß dort bei der Lohnauszahlung irgendein Schwindel ablief und der tote Bayraktar noch mehr Dreck am Stecken hatte, als schon der erste Blick annehmen ließ.

Als ich den Wagen hinter dem Bezirksbüro geparkt hatte und mich zur Hintertür einschlich, war ich zugegebenermaßen so zufrieden mit mir, wie es einer mit einem zerknüllten Vierzigdollarstrafzettel in der Tasche nur sein kann. Noch dazu blieben genug Fragen offen, um einen weiteren Besuch bei Ayisha zu rechtfertigen, und das sehr bald.

In meinem Verschlag war alles genau so, wie ich es verlassen hatte. Die überbordende ›Unerledigt‹-Wanne, der unvermeidliche Stapel von gelben Telefonmemos, und im Besucherstuhl der tätowierte Ochse, die Latschen Größe sechsundvierzig auf meinem Walnußfurnier geparkt.

Selbst die nervigsten Elemente unserer Kundschaft werden die kalte Schulter normalerweise nach ein paar Stunden leid und trollen sich mit ihren Beschwerden anderswohin. Zwei volle Tage stellte einen neuen Rekord dar. Nicht daß ich Mr. Ben Stur das gesteckt hätte. Hätte er womöglich als Ermunterung aufgefaßt. Statt dessen tat ich so, als wäre er gar nicht da, setzte mich und kramte die Pacific-Pastoral-Mappe hervor. Außer dem Umschlag der Gerichtsmedizin enthielt sie nur noch den Zettel, auf dem Herb Gardiners Name notiert war. Ich legte die Namensliste dazu und hakte die vier Typen ab, von denen ich wußte, daß sie buchstäblich getürkt waren.

Es gab eine ganze Reihe von Gründen, warum jemand unter falschem Namen arbeiten würde. Steuersenkung auf Null beim Zweitjob war einer. Das Geheimhalten einer Erwerbstätigkeit bei gleichzeitigem Abzocken der Arbeitslosen ein anderer. Praktisch gezwungen dazu waren illegale Einwanderer. Man brauchte ja nur in der Steuererklärung ein paar falsche Angaben einzutragen, die kein Mensch je mit den Unterlagen der Personalabteilung vergleichen würde. Die Hälfte aller Studenten des Landes taten es, sogar einige mit Ethik im Hauptfach. Scheiße, vor zehn Jahren hatte ich es selbst getan, als ich mich bei meinem Kneipenjob als Friedrich Engels ausgab. Der alberne Scherz eines Erstsemesters, leider vergaß ich dann dauernd, auf Fred zu reagieren. Dem Boss war das schnurz, Hauptsache ich machte meinen Job.

Aber das hier war etwas anderes. Ein fiktiver Name fiel nicht mal auf. Zwei wären Zufall gewesen. Vier oder mehr, und zwar alle derselben ethnischen Zugehörigkeit wie dieser Vorarbeiter, ließen allerdings auf ein ganz und gar anderes Paar Pantoffeln schließen. Entweder hatte Bayraktar bei den aufenthaltsrechtlichen Details einiger seiner Landsleute beide Augen fest zugedrückt, oder die Gratissteaks, die er sich gelegentlich unter die Jacke schob, waren nicht das einzige, was er bei Pacific Pastoral abgestaubt hatte.

Im Grunde gingen mich weder die internen Finanzen von Pacific Pastoral noch die Angelegenheiten des verstorbenen Bayraktar etwas an. Doch inzwischen entwickelten die Dinge ihre Eigendynamik, und zwar auf einer Ebene weit unterhalb des Rationalen. Ja ja, Müßiggang ist aller Pasta Anfang… wie der Italiener sagt. Jedenfalls hatte mich die Neugier gepackt.

Ich nahm den Hörer ab und rief bei *Wageline* an, einem Telefonservice des Arbeitsministeriums, der über gängige Löhne und Arbeitsbedingungen informierte. Demnach verdiente ein Teilzeit-Gelegenheitsarbeiter in der Fleischindustrie durchschnittlich neun Dollar achtzig die Stunde. Auf dem Innendeckel der Mappe rechnete ich das rasch durch. Neunachtzig mal vierzig Stunden ergab knapp vierhundert Dollar. Abzüglich der Steuer kam ein Nettolohn von rund dreifünfundzwanzig heraus. Pro Woche an die dreißig Dollar weniger als ich. Die große Kohle war das nicht unbedingt.

Alles weitere war schiere Hypothese. Eine Firma, die ihre Löhne bar auszahlte, bettelte ja geradezu danach, gelinkt zu werden. Bayraktar besaß Schlüssel. Er war in einer Vertrauensposition. Rein theoretisch: War es ihm dadurch möglich, sein Team mit mehreren Phantomen anzureichern und deren Anwesenheit samt Stundenanzahl zu bestätigen?

Den vier falschen Namen standen insgesamt dreizehnhundert Dollar pro Woche zu. Multiplizierte man das mit, sagen wir, fünfundzwanzig Wochen im Jahr, bewegte sich die Ziffer in die Nähe von zweiunddreißigtausend Dollar, einer äußerst attraktiven Umgebung. Selbst wenn der Beschiß nur einmal alle vier Wochen lief, kam immer noch ein hübscher Nebenverdienst heraus. Und alles in bar, in handlichen, dezenten Umschlägen.

Was diese Hypothese so unglaublich reizvoll machte, war nicht nur die Möglichkeit, daß ein des Lesens und Schreibens praktisch unkundiger Einwanderer diesen arroganten Fatzke Lionel Merricks um viele tausend Dollar beschiß, sondern daß er dazu Namen verwendete, die das Äquivalent von Pu der Bär, Muhammad Ali, Frank Sinatra und Robert Redford waren. Eigentlich verdiente dieser Bayraktar eine postume Auszeichnung der Handelskammer dafür, daß er über noch mehr Dreistigkeit verfügte als ein Gebrauchtwagenhändler.

Sosehr mich diese Vermutungen auch amüsierten, sie stopften nicht das Loch in meinem Dach. Ich klappte die Mappe zu, warf sie auf den ständig wachsenden Haufen in meiner Eingangswanne, schoß einen giftigen Blick auf Stur ab und wandte mich den Telefonmemos zu, die mir seit dem Vortag auf den Tisch geflattert waren.

Die meisten der kleinen gelben Zettel enthielten Anrufe wegen nicht eingehaltener Termine. Drei waren von Agnelli. Die warf ich in den Papierkorb. Zwei waren Rückrufe von Dachdeckern. Bei der ersten Nummer war besetzt. Die zweite war eine Firma ›A-OK Allweather‹ und äußerst zuvorkommend. Eine Plaudertasche von Telefonistin gab mitfühlende Geräusche von sich, schrieb alles mit und bot an, einen Arbeiter zur Beurteilung der Lage vorbeizuschicken, sobald es mir recht wäre. Ich schlug sieben Uhr am selben Abend vor, bat Sturnik, das Licht abzudrehen, wenn er ging, und war zur Hintertür hinaus, bevor Trish überhaupt gemerkt hatte, daß ich da war.

Wieder im Verkehr, fing ich an, eine Melodie zu summen, die in meinem Kopf festsaß und nicht weggehen wollte. »*Bir tesseli ver*«, schmachtete ich. Die Aussprache stimmte, da war ich ganz sicher. Aber ich konnte mich ums Verrecken nicht erinnern, was die Worte bedeuteten.

10

An den Dienstagabenden gönnten wir Whelan-Jungs uns was ganz Besonderes. Das Spezialmenü im Pizza Hut auf der Bell Street. Pizza Hawaii mit einer Extraportion Ananas und Soviel-Sie-essen-können an der Süßspeisenbar zu nur Fünffünfundneunzig.

Die Gästeschar zur Cocktail-Stunde war spärlich, eine Geburtstagsparty mit Papierhüten und an den Stuhllehnen festgemachten Luftballons. »Erstkläßler«, lautete Reds verächtlicher Kommentar, als wir uns in unsere Stammkoje mit Panoramablick über den Parkplatz zwängten. Zugegeben, die Party bestand aus lauter Knirpsen, was das Niveau des Schuppens auch nicht gerade besserte. Aber zu ihrer Ehre sei gesagt, daß sie ihre Mütter mitgebracht hatten, von denen etliche einen weitaus interessanteren Anblick boten als der Plastikfarn, der Mr. Pizzahuts Vorstellung von Dekoration entsprach.

Die Mamis, die mir zum Teil vom Schultor vage bekannt waren, drängten sich in einer Koje am anderen Ende des Lokals, rauchten, tranken Weißwein und lachten eine Spur zu laut. Als Red und ich hereinkamen, blickten sie auf und beobachteten uns beim Durchqueren des Raums. Ich nickte ein zögerliches Hallo in ihre Richtung. Sie erwiderten mein Nicken und kehrten dann zu ihrer Unterhaltung zurück.

Eine von ihnen, ein rothaariger Abklatsch der frühen Bette Midler mit Ohrringen so groß wie Satellitenschüsseln, hielt meinem Blick ein paar Sekunden länger als absolut notwendig stand. Auch ein Mitglied im Club der Alleinerzieher, kein Zweifel. Auf die Idee, daß sie sich fragen dürfte, wer wohl mein Gesicht mit einer Schmirgelmaschine in die Mangel genommen hatte, kam ich freilich nicht.

Mein Hinterteil war kaum neben Reds gelandet und mein Blick mütterwärts gerichtet, als mir die Aussicht von einer jugendlichen Kellnerin im rot-weißen Hosenanzug verstellt wurde, der sie aussehen ließ wie eine weichgekochte Zuckerstange. Sie drückte mir eine laminierte Speisekarte in die Hand und leierte dazu ein Sätzlein herunter, wonach wir die Rechnung nicht zu bezahlen bräuchten, falls unsere Bestellung nicht binnen fünf Minuten auf dem Tisch stünde.

»Ab wann genau?« wollte Red wissen.

Ich fühlte mit dem armen Mädchen mit. Irgendeine Hormoneruption hatte ihrem Gesicht die Beschaffenheit einer Karottentorte mit Kokosstreusel verliehen. Gezwungen zu sein, eine lächerliche Arbeitsuniform zu tragen, war demütigend genug, wer hatte da die Unverschämtheiten jedes altklugen Siebenjährigen nötig, der zur Tür hereinkam?

Ich stieß Red den Ellenbogen in die Rippen und gab unsere übliche Bestellung auf. Die Worte waren kaum über meine Lippen, als Red den Ärmel hochschob und auf seinem digitalen Präzisionschronometer zu vier Dollar die Stoppuhr startete. Ich stand auf und schlenderte zum Münztelefon beim Eingang; dabei wählte ich einen kleinen

Umweg, so daß ich möglichst nahe an der Frauenrunde vorbeikam. Der Rotschopf sah auf und äugelte nach mir. Kaum zu fassen, aber ich schwör's.

Ich fütterte das Telefon und rief Greg Coates im Amt für Einwanderung und ethnische Angelegenheiten an. Es war kurz vor sechs und die Bürozeit lange vorbei, aber Greg wäre nicht Stellv. Dir. geworden, hätte er zu denen gehört, die um 16.52 Uhr nach Hause gleiten. Beim zweiten Läuten nahm er den Hörer ab. Nach einer eilig hingenuschelten Nettigkeit kam ich zur Sache. »Tu mir einen Gefallen«, sagte ich, »und ruf auf deinem komischen Computer einen Namen für mich auf.«

Coates dürfte bereits mit einem Fuß zur Tür hinaus gewesen sein. »Hat das nicht Zeit bis morgen?«

Sicher doch. Aber darum ging es nicht. Schließlich verlangte ich ja kein Wunder von ihm. Er brauchte bloß ein paar Tasten zu tippen und wäre in einer Nanosekunde in der Datenbank des Ministeriums. Wenn ein anonymer Konzern, der noch nie im Leben von mir gehört hatte, sich verpflichten konnte, mir meine Pizza in unter fünf Minuten zu servieren, müßte Greggylein doch zwei, drei Knöpfchen für mich zu drücken imstande sein. Im übrigen ermöglichte mir mein Standort am Telefon eine bessere Sicht auf man-weiß-schon-wen. In aller Ruhe erinnerte ich Coates an das Sinnbild der Hand, die die andere wäscht. »Übrigens, bewirbst du dich immer noch um einen Sitz im staatlichen Verwaltungsausschuß?« fragte ich.

Die Satzungen der Partei schrieben vor, daß jedes Mitglied mindestens dreimal jährlich an den Sitzungen seines Ortsverbands teilnehmen mußte, um auf dem laufenden zu bleiben. Bis jetzt lag Coates' Anwesenheitskonto exakt bei Null. Das war auch gar nichts Außergewöhnliches. Nähme man diese Vorschrift beim Wort, wäre die Hälfte aller Funktionäre der Labor Party längst arbeitslos. Daß sie es nicht waren, verdankten sie Kumpeln wie mir, den Sekretären in den Bezirksbüros, die dafür sorgten, daß ihre Namen mit oder ohne Gesichtswäsche auf den Anwesenheitslisten standen. Das gehörte eben zu den kleinen Gefälligkeiten unter Freunden. So wie kurz mal eine Datei aufrufen.

»Kein Grund, gleich pampig zu werden«, sagte Coates. »Wie lautet der Name?«

»Bayraktar.« Ich buchstabierte. »Ekrem.« Ich nannte ihm die wenigen Details, die ich aus dem Bericht der Gerichtsmedizin wußte, und lauschte dem Klappern der Tastatur am anderen Ende der Leitung.

»Wenn du schon dran bist«, sagte er. »Was führt eigentlich dein alter Kumpel Agnelli im Schilde? Wie ich höre, läßt er die Telefone mächtig glühen, aber die Leute, mit denen er gesprochen hat, sagen kein Wort.«

Typisch Agnelli: erst schwor er mich auf Geheimhaltung seines heißen Wahltips ein und tratschte ihn dann selbst in die halbe Welt hinaus. Und seit wann war er mein ›alter Kumpel‹? Ich wollte Coates gerade erzählen, was Agnelli über Neuwahlen gesagt hatte, als eine Wunderkerzenpracht an meiner Schulter vorüberglitzerte. Die Kellnerin stellte den funkensprühenden Kuchen auf den Tisch der Erstkläßler, und durch das Restaurant trällerte ein holpriges ›Happy Birthday‹. Die Rothaarige, die glänzenden Blickes über das Geburtstagskind gebeugt stand, hob den Kopf. Unsere Blicke trafen einander. Kein Zweifel, ich hatte eine Chance.

»Zugriff nicht gestattet«, meldete sich Coates.

»Was?«

»Steht hier auf dem Bildschirm. Ich kriege zwar eine Codenummer, das heißt, der Typ ist im System gespeichert, aber ich kann seinen Datensatz nicht öffnen.«

Das war ja interessant. »Warum nicht?«

»Keine Ahnung. Vermutlich nur irgendein Bug in der Software.«

Dieser Computerkram war reinstes Chinesisch in meinen Ohren. Coates zahlte mir wahrscheinlich meine kleine Frechheit von eben heim. Mußte ja kommen. »Ich versuch's morgen früh noch mal«, bot er an. »Vorausgesetzt, du kannst so lange warten.«

Als ich an unseren Tisch zurückkam, hatte Red seine Pizza nahezu vernichtet. »Vier Minuten und zweiunddreißig Sekunden«, sagte er verdrossen. Man hätte meinen können, er bezahlte die Rechnung.

Die Geburtstagsparty war zu Ende, die letzten drängten mit ihren Lollitüten und Luftballons durch die Tür in die rasch einfallende Dunkelheit. Ich schickte Red zum Sahneautomaten und schlenderte lässig zum Geburtstagstisch hinüber, wo Mutter und Tochter die Geschenke in eine Einkaufstüte packten. Mami war um die dreißig, hatte offenbar früh angefangen. Von nahem stellte sich das rote Haar als Hennatönung heraus, eine Vorspiegelung falscher Tatsachen, aus der ich seltsamen Mut schöpfte.

»Hi«, machte ich mich bemerkbar. »Wir kennen uns doch von der Schule, oder? Ich bin der Vater von Red.« Ich zeigte auf die Frucht meiner Lenden, die einstweilen in die Konstruktion eines Kilimandscharo-Modells aus lufthaltigem Milchfett im Maßstab 1:2 vertieft war.

Hennahaar lächelte und nickte. So weit, so gut. »Das ist Alice«, sagte sie. Alice war ein richtiges kleines Fräulein. Und die Mutter hatte ein piepsiges Stimmchen, das wie eine billige Füllfeder auf einem ungedeckten Scheck klang. Aber gut, ich war ja nicht nur auf Konversation aus. Ich verbeugte mich höflich vor der Göre. »Alles Gute zum Geburtstag, Alice.« Nur ein paar Jahre aus dem Rennen, dachte ich, und das ist alles, was ich noch drauf hab?

Alice sah kurz auf und stürzte dann davon. »Daddy, Daddy«, kreischte sie. Daddy kam im Kamelhaarmantel und gestreiften Schal zur Tür herein, dem Aussehen nach beamteter Soziologe, freischaffender Reisejournalist oder so. Seinem Flammenköpfchen warf er einen dieser selbstironischen Blicke zu, auf die Frauen zu fliegen scheinen. »Liebling«, hauchte sie.

Ich schlurfte zur Süßspeisenbar rüber und stellte mich vor die Softeismaschine. Von der glatten Stahloberfläche starrte mir mein in schwitzendes Kondenswasser gebadetes Gesicht entgegen. Ein Gesicht wie ein frisch umgepflügtes Feld. Das Gesicht eines Kerls, der soeben ziemlich stümperhaft eine verheiratete Frau angemacht hatte, und das am Dienstag abend um halb sieben in einer Pizzahütte, stocktrockennüchtern noch dazu. »Puh«, teilte ich ihm mit, »das war knapp.«

›Das kannst du laut sagen‹, antwortete mein Spiegelbild und sah zu, wie ich mir zum Trost eine satte Portion Zuckermatsch zapfte.

Red stellte sich neben mich. »Nüsse«, sagte er. »Null Nüsse.« Das war also das Problem. Wir trugen das Friß-was-du-kannst in unsere Nische zurück, und ich sah Red zu, wie er mit der einen Hand mampfte und mit der anderen die Rätsel auf seiner Tischunterlage löste. Verbinde die Punkte. Finde den Fehler. Zwischen großen Löffeln mit Eis nagte er am Bleistift und kratzte sich dabei unentwegt am Kopf. »Willst du ein Rätsel hören?« fragte er. »Was ist weiß und beißt und gehört zum Kopf?«

Ich tat so, als müßte ich scharf nachdenken. »Zähne?« probierte ich.

Red krähte: »Ha, ha. Falsch. Rate noch einmal.«

Teufel auch. Daß ich nicht früher darauf gekommen war! Das Kribbeln auf meiner Kopfhaut in der Großfleischerei war also doch kein unbewußter Ekel gewesen. Ich griff nach Reds Kopf und drückte ihn mit der Wange nach unten auf die Plastikspeisekarte. Eine Sekunde lang wehrte er sich, dann wurde er schlaff und ergab sich in die Demütigung. Ich hielt seinen Kopf fest und durchstöberte ihm das Haar. Binnen Sekunden entdeckte ich die ersten winzigen weißen Punkte. »Nissen«, zischte ich.

Mist, wieso war mir das nicht längst aufgefallen? Die ständige Kratzerei in der Nacht. Und wenn Red welche hatte, hatte ich sie auch. Den ganzen Winter hindurch hatten wir im selben Bett geschlafen. Wir bezahlten die Rechnung, gingen in den Nieselregen und den Schimmer der Autoscheinwerfer, verbrachten eine halbe Stunde damit, eine rund um die Uhr geöffnete Apotheke zu finden, die uns ein Läuseshampoo zum Doppelten des empfohlenen Einzelhandelspreises verkaufte, und fuhren heim in unser dunkles und feuchtes Haus. Gerade als wir in unsere Straße einbogen, kamen im Radio die Siebenuhrnachrichten und uns entgegen ein Kleinlaster der Firma ›A-OK Allweather‹.

Ich steckte Red in die von giftigen Dioxinen aufschäumende Wanne, stopfte die Bettwäsche in die Waschmaschine und kippte eine halbe Flasche Chlorreiniger mit Aroma dazu. Dann zog ich alte Jeans und einen mottenzerfressenen Pullover an und machte mir Mut, bevor ich mir neuerlich unser Dach ansehen würde. Während der letzten vierundzwanzig Stunden hatte es immer wieder geregnet, und ich ging davon aus, daß zumindest ein paar Liter davon an meinem selbstgemachten Stöpsel vorbeigetröpfelt waren.

Erst jetzt bemerkte ich, daß die Wohnzimmerdecke die Farbe gewechselt hatte. Früher war sie mattweiß gewesen, jetzt aber eher blaßbraun, genau der Farbton, den ein heller Butterkeks annimmt, wenn man ihn in eine dampfende Tasse Tee taucht. Schlimmer noch, sie hing durch – zwar nur leicht, aber sichtbar. Ich zerrte den Küchentisch in die Mitte des Zimmers, stellte einen Stuhl drauf, kletterte an Bord, langte nach oben und drückte mit der Handfläche gegen die Stelle der Decke, die am deutlichsten nach unten gesackt war. Sie fühlte sich feucht, aber fest an. Behutsam drückte ich dagegen. Der Gips leistete Widerstand. Plötzlich brüllte Red im Badezimmer aus vollem Hals los, er habe Shampoo in die Augen bekommen und werde erblinden, wenn ich nicht auf der Stelle käme und etwas unternähme.

Nach dem Gewicht zu urteilen, beherbergte mein

Dachstuhl inzwischen ein geheimes Spaßbad, das tief genug war, daß ein kleines Säugetier darin ertrinken konnte. Freilich nicht mehr lange. Der forschende Druck meiner Handfläche, so leicht er sich auch angefühlt hatte, reichte aus, um die prekäre Hydrodynamik nachhaltig zu beeinflussen. Die exakte Menge an Wasser und durchtränktem Gips, die mir infolgedessen auf den Kopf krachte, dürfte nie bekannt werden. Wenig war es nicht. Und schwer genug, um mich aus dem Gleichgewicht zu kippen. Ich schwankte hin und her, fuchtelte in der Luft nach einem Halt und erwischte das Kabel der Deckenlampe.

Es war praktisch, aber vermutlich nicht für Tarzan beim Geräteturnen gedacht. Ein bläulicher Funken sprühte, es gab einen Knall und zischte, dann wurde es im ganzen Haus finster. Als nächstes lag ich flach auf dem Rücken auf dem Boden, um mich herum die Lampe in lauter Scherben, und von genau über mir troff ein brackiges Rinnsal in mein vor Verblüffung offenstehendes Karpfenmaul.

Im selben Moment wurde Reds Sehkraft auf wundersame Weise wiederhergestellt. Als kluges Köpfchen hatte er sofort bemerkt, daß die Lichter ausgegangen waren, und für den Fall, daß dieser Umstand seinem leicht beschränkten Vater entgangen war, beschloß er, mich darauf hinzuweisen. »Dad, Dad«, rief er. »Dad, die Lichter sind ausgegangen. Dad, Dad!«

Jetzt klingelte auch noch das Telefon. General de Gaulle soll in Hörweite seines Büros im Elysée-Palast keine Telefone geduldet haben. Den anmaßenden Befehlston einer anonymen Bimmelglocke verbannte er ganz einfach. Ich wünschte mir, ich hätte seine Unnachsichtigkeit. Triefend und zuckend wie ein halb ersoffener Labrador stolperte ich durch die Dunkelheit Reds sirenenartigem Heulen nach.

»Dad, Dad«, skandierte er. »Dad! Das Telefon läutet. Dad, Dad.«

»Schnauze, verflucht noch mal!« bellte ich beschwichtigend in die allgemeine Richtung meines einzigen Kindes und hob den Hörer ab. Ich hörte das Piepen einer Fernverbindung. Entweder war es der Premierminister, der mir einen Sitz im Kabinett anbot, oder Wendy aus Canberra.

»Ah, du bist es.« Es war Wendy.

Ich atmete tief durch, schüttelte mir ein paar Liter Schmutzwasser aus dem Ärmel und zählte bis fünf. »Red ist in der Wanne«, schnaufte ich, die Ruhe in Person. »Ich sag ihm, er soll dich anrufen, wenn er rauskommt und du dann noch da bist.« Damit meinte ich das Büro, die Wohnung oder wo sie eben gerade war. Eine vielbeschäftigte Frau ist immer auf dem Sprung.

»Was soll das heißen, wenn ich noch da bin? Du bist es doch, der nie da ist.«

»Was meinst du, nie da? Nie wo?« Lief ja prächtig.

»Ach, mach dir keine Gedanken«, sagte sie in einem Ton, der das genaue Gegenteil bedeuten sollte. »Ich weiß doch, wie gerne er badet.« Im Gegensatz zu seinem grausamen Vater, der ihn ohne mit der Wimper zu zucken ans Telefon zerren würde. »Sag ihm, wir sehen uns am Donnerstag. Ich komme ein paar Tage runter wegen der Arbeitsgruppe zur Einrichtung feministischer Identitätsräume. Und vielleicht solltest du und ich dann auch einmal miteinander reden.«

»Wir reden doch jetzt, oder?«

»Du weißt schon, was ich meine.«

Wahrscheinlich ja.

»Du mußt auf Red Rücksicht nehmen«, fügte sie zusammenhanglos hinzu. Bildete ich es mir nur ein, oder war das Methodisten-College für junge Damen in ihre Stimme zurückgekehrt, dieser tadelnde Verhörton am Ende jedes Satzes? »Und mach dir keine Sorgen, ich übernachte bei meiner Mutter.«

Jetzt war es also endlich ausgesprochen. »In Ordnung«, sagte ich lahm. Sie sollte denken, ich würfe schon das Handtuch, bevor der Kampf anfing, denn das war meine Strategie. Aber dann, beim Klang der Glocke, würde ich in den Ring steigen und es ihr zeigen.

Wendy hatte den Zweiuhrflug gebucht und teilte mir mit, sie werde Red direkt von der Schule abholen. So stellte sie sich das wenigstens vor. Wenn ich Red jetzt aus den Augen ließ, sah ich ihn das nächste Mal vermutlich bei der monatlichen Besuchserlaubnis.

Ich zündete eine Kerze an und untersuchte den Schaden. Abgesehen von dem kaputten Dach hatte ich nun auch noch ein klaffendes Loch in der Wohnzimmerdecke und einen Kurzschluß in der Lichtleitung, der sich gewaschen hatte. Nichts was ein paar tausend Dollar, die ich nicht hatte, nicht beheben konnten. Mit der Kerze in der Hand ging ich ins Bad, zog mich aus, kletterte zu Red in die Wanne, vergrub die Finger in seinem Skalp und rubbelte so lange, bis meine Fingerspitzen taub und wir beide vom hysterischen Gelächter völlig erschöpft waren. »Übermorgen kommt Mum«, sagte ich.

»Ich weiß.«

»Sie will, daß du bei ihr in Canberra wohnst.«

»Ich weiß.«

Gescheites Kerlchen. Ich fragte mich, was er sonst noch wußte, beschloß jedoch, es dabei zu belassen, zumindest für den Augenblick.

Wir saßen in Handtücher gewickelt auf der Bettkante, und er ließ zu, daß ich ihm beim Licht einer Lampe, die ich an einen zweiten Stromkreis angeschlossen hatte, die toten Nissen aus dem Haar kämmte. Eine halbe Stunde Nissenklauben förderte ein Dutzend weißer Stecknadelköpfe sowie mehrere tote Insekten zutage und versetzte den Jungen in den Entspannungszustand einer Stoffpuppe. Ich zog ihm seinen Pyjama an, legte ihn in das frisch bezogene Bett und wartete still, bis ihn der Sandmann entführte. Seine Locken, die sein schlummerndes Gesicht wie Korkenzieherkräusel einrahmten und allmählich trocken wurden, verliehen ihm das Aussehen eines Botticelli-Engels.

Meine eigene zerkratzte Visage nahm ich mit in das schwarze Loch, das unsere Wäschekammer war, rieb mir etwas von dem nach Teer stinkenden Läusemittel in den Skalp, zog frische dreckige Klamotten an und machte mich an die Arbeit.

Das Licht aus dem Schlafzimmerfenster der alten Mrs. Bagio von nebenan half mir, durch das Wohnzimmer zu navigieren und den Teppich zu einem triefenden Zylinder zusammenzurollen. Es war ein handgewebter Kelim, den Wendy lange vor unserer Zeit mal aus dem Urlaub mitgebracht hatte. Ich schleppte ihn zur Hintertür und wuchtete ihn in den Garten, wobei es mir gelang, Wendys Silbereiche auf Bodenhöhe zu kappen und gleich mitzukillen. Dann ging ich mit Zeitungspapier daran, das von der Decke tröpfelnde trübe Sabbern aufzuwischen. Gern tat ich das nicht, denn die einzigen Zeitungen, die ich finden konnte, waren etliche Dutzend alter Ausgaben der *National Times* und des *Guardian Weekly*, und die hob ich für jenen Tag auf, an dem mir ein staatliches Stipendium für meinen Lesenachholbedarf zuerkannt würde.

Hier ein kleiner Tip. Der *Guardian* ist für diese Art von Arbeit völlig ungeeignet. Das hauchdünne Luftpostpapier hat praktisch keinerlei Absorptionsfähigkeit. Die *National Times* hingegen würde bedenkenlos alles aufsaugen, was daherkommt. Es war schade um die Zeitungen, und ich arbeitete langsam, weil ich die Ausgaben im Kerzenlicht rasch überflog und die Ergebnisse des einen oder anderen Untersuchungsausschusses studierte, ehe ich schweren Herzens die Seiten zerknüllte.

Als das Schlimmste der Überschwemmung allmählich in einem zehnseitigen Dossier über die Ursprünge der Monogamie aufging, fiel mein Blick auf einen Artikel im Wirtschaftsteil vom letzten Juli. Die Überschrift lautete ›Der Markt und seine Lieblinge‹. Damit war sicher nicht der Schund- und Schnäppchenmarkt gemeint, der jeden dritten Sonntag im Autokino von Coburg stattfand. Unter der Schlagzeile prangte eine Reihe Fotos von lauter wohlfrisierten Männerköpfen, die alle einen Ausdruck in der Visage hatten, als könnte man in ihrem Mund unbesorgt Butter aufbewahren. Einen der Köpfe kannte ich – als ich ihm am Vormittag begegnet war, hatte er auf dem Rumpf von Lionel Merricks gewackelt. Ich trat mit der Zeitung ans Fenster und hielt sie ins Licht.

Laut dem einleitenden Geschwafel gehörte Lionel Merricks zu den Vertretern jener neuen Finanzkultur, die nach dem Motto ›Erst zuschlagen, dann ausweiden‹ vorging und mit ihren tollkühnen Visionen von einer zügellosen Zukunft tiefe Kerben in die Währungsmärkte schlug. Lionel und seinen Kollegen in der Kunst des Abzockens war eine ganze Doppelseite gewidmet, wobei die Begleittexte noch widerwärtiger waren als die Brühe, die aus meiner Decke sickerte. Was diese Typen für die Wirtschaft tun, weiß ich zwar nicht, aber die Medien sind total verrückt nach ihnen. Normalerweise schlug ich um derartige Artikel einen weiten Bogen. Nun aber kannte ich einen dieser Kultgegenstände persönlich, also las ich fasziniert weiter.

Der kleine Lionel, stand da, war schon in frühen Jahren ein vielversprechendes Kerlchen, absolvierte die private Eliteschule mit Auszeichnung und diente sein patriotisches Ding als Nachschuboffizier bei der Marine ab. Ein verschwommenes Foto zeigte ihn in weißen Socken und mit knorrigen Knien. Kaum hatte er die Uniform abgelegt, war er schon als aufstrebender Manager zu sehen, Generaldirektor einer Abteilung von Ayers Land and Livestock, bevor das Unternehmen mit ICU Resource zu Pacific Pastoral fusioniert hatte. Hier ein Bild des gereiften Lionel, wie er in den Vorstand vorprescht, als nächstes schon glücklich auf dem Sessel des Vorsitzenden. Schließlich folgten Lionels visionäre Pläne: er würde die Leiter hinter sich nach oben ziehen und alle Teile des Konzerns verscherbeln, die noch mit der nervigen Notwendigkeit zu tun hatten, real faßbare Produkte zu züchten, anzubauen oder zu produzieren und mit ihnen Handel zu treiben. Die

Zeit sei reif, so tönte er, die elementaren Dinge ins Auge zu fassen. Was, fragte ich mich, war wohl elementarer als das Töten und Zerlegen von Schlachttieren, um Koteletts zu produzieren?

Erst gegen Ende schlich sich ein weniger optimistischer Ton in den Text. Die Geschwindigkeit, mit der Pacific Pastoral seine Vermögenswerte liquidierte, warnte der letzte Absatz, könnte gebremst werden, da dem Wert des Fleischexports Gefahr drohte wegen… *Forts. auf S. 47.*

Seite 47 lag als durchweichter Matsch irgendwo in der Dunkelheit auf dem Fußboden. Nach kurzer Suche gab ich es auf. Hochfinanz war zu hoch für mich, und das pausenlose Trommelfeuer, das uns neuerdings die jüngsten Entwicklungen des Dow Jones und der All-Ordinaries-Kurse einhämmerte, trug auch nicht zu meiner Erleuchtung bei. Drei Milliarden, sechs Milliarden, neun Komma acht Milliarden. Die Presse war voll mit derlei nichtssagenden Zahlen. Um als Schwergewicht gefeiert zu werden, genügte es offenbar, eine Zahl unter zehn zu wählen, ein Dollarzeichen davor zu setzen und eine lange Reihe Nullen anzuhängen. Dann war einem der Applaus sicher.

Und was für ein Finanzguru er doch war, unser Mericks. Wie es aussah, hatte ein anatolischer Fettsack, der kaum den eigenen Namen schreiben konnte, seine Handkasse um durchschnittlich zwei Tausender pro Woche erleichtert, ohne daß das wem aufgefallen war. Aber genau darum ging es ja, nicht wahr? Ich meine, daß man so etwas nicht einmal bemerkte. All die kleinen Betrügereien aller Ekrem Bayraktars dieser Welt wären niemals mehr als ein Tropfen im unermeßlichen Geldmeer, auf dem Käpt'n

Merricks und seine Crew von der Eliteuniversität fröhlich dahinsegelten.

Und falls der Premierminister, Agnelli, Charlene oder sonstwer meinten, sie könnten unbemerkt an Bord dieses stolzen Schiffes Scheffelscheffel gehen und ihr soziales Fähnchen hissen, wenn keiner hinsah, dann machten sie sich was vor. Merricks und Konsorten waren keine Idioten. Die stießen doch Kostgänger von Bord, seit ihre Urgroßväter mit der Axt in der einen Hand und einer Blankobesitzurkunde in der anderen durch die Heads von Sydney gesegelt waren. Und von hoch oben in ihren gläsernen Türmen sahen sie die Angriffe schon von weitem kommen.

Ich klebte Lionel Merricks mit dem Gesicht nach unten in eine Pfütze und kletterte für eine kurze Schadenskontrolle in den Dachstuhl. Der Overall war vom Regenwasser so schwer geworden, daß das Ding herausgefallen war und den Eimer umgestoßen hatte, möglicherweise schon in der Nacht zuvor. Mit Lappen und Plastiktüten tat ich mein Bestes, dabei vertraute ich auf etwas Glück, einen Wetterumschwung und die baldige Wiederkehr der Firma A-OK Allweather. Anschließend tunkte ich den Kopf im Dunkeln in einen vollen Wäschetrog und spülte mir die Parasiten aus dem Haar. Dann ging ich zu Bett und las weiter in *Familienrecht leichtgemacht,* bis mir die Worte vor den Augen verschwammen. Ich drehte das Licht ab, rollte mich auf die Seite und parkte mein lüsternes Dromedar in der Karawanserei der nächtlichen Träume.

11

Als ich am nächsten Morgen die Tür zum Büro aufstieß, standen zwei Gesetzeshüter in Uniform vor Trishs Schreibtisch, einer männlich, der andere weiblich, beide mit den Gesichtern von Zwölfjährigen und Riesenrevolvern in Nierenhöhe. In der Nacht hatte offenbar jemand die Gitterstäbe vor dem Klofenster rausgehebelt, die Scheiben eingeschlagen, sich hindurchgezwängt und anschließend die Bude durchwühlt. Sinn und Zweck der Aktion waren schlicht nicht nachvollziehbar. Unsere wertvollsten Habseligkeiten, ein Kopierer und ein aus vier Laden bestehender Aktenschrank, standen wohlbehalten an der Wand neben Trishs Tisch.

Es fehlte nichts außer der Blechdose für Kleingeld, die ein Dutzend Inlandsbriefmarken und einen Schuldschein von der Vorwoche enthalten hatte, weil ich für ein Mittagessen kurzerhand die Kasse plündern mußte. Gesamtwert zwölf Dollar.

»Noch irgendwas?« fragte die Kindspolizistin, die einen Protokollzettel in dreifacher Ausfertigung mit den Details vollkritzelte. Ich ging nach hinten, um meine Büroklammern zu zählen. Alles, was sich zuvor auf meinem Tisch getürmt hatte, lag jetzt wie von einem Bulldozer zu einem Haufen zusammengeschoben auf dem Fußboden, die Schubladen waren geleert und mein Papierkorb auf den Kopf gestellt. Auf den ersten Blick schien nichts zu fehlen. Leider.

»Meinen Sie, daß ein politisches Motiv dahinterstecken könnte?« fragte der Kindspolizist.

»Deutlich die Handschrift der Baader-Meinhof-Bande, würde ich sagen.«

»Aha, also höchstwahrscheinlich Jugendliche«, pflichtete er mir bei.

Der MENSA-Club war's sicher nicht gewesen, das stand fest. Ich benötigte eine volle Minute, um dahinterzukommen, daß die Zeichnung auf dem Toilettenspiegel einen Pimmel darstellen sollte. Während ich in einem Scherbenhaufen davor stand, kam niemand anderer als Trottelsohn Stur-wie-Scheißbeton herein. Er stellte einen Werkzeugkasten auf den Klositz und machte sich daran, neue Scheiben aus Drahtglas in die Jalousienschlitze am Fensterrahmen einzukitten.

»Wieso ist der denn immer noch hier?« fragte ich Trish.

»Macht sich wenigstens nützlich – im Gegensatz zu dir«, blaffte sie und drückte mir einen frischen Stapel Telefonnotizen in die Pranke. Ich ließ den Fehdehandschuh liegen und verzog mich in mein Kämmerchen, wo ich so lange den Haufen auf dem Boden durchwühlte, bis ich den gelben Zettel mit der Nummer der Firma A-OK Allweather gefunden hatte. Beim Wählen hoffte ich, daß mich die verpatzte Verabredung vom Vorabend in ihren Augen nicht unpopulär gemacht hatte. Es war besetzt. Bei allen anderen ebenfalls. Kaum hatte ich den Hörer aufgelegt, läutete das Telefon. Man darf raten, wer dran war.

»Also?« fragte Agnelli.

In Anbetracht der häuslichen Katastrophen, die mir um die Ohren flogen, war meine ohnehin geringe Neugier auf Ekrem Bayraktar und die Zustände bei Pacific Pastoral inzwischen gründlich verdampft.

»Ganz wie ich's mir dachte«, teilte ich Agnelli mit. »Im Werk von Coolaroo weist nichts auf eine Verbindung zu Lollicato hin. Und selbst wenn es so wäre, herrscht in dem Laden gewerkschaftsmäßig tote Hose. Außerdem läßt da draußen niemand ein gutes Haar an dem Toten, der übrigens mindestens zwei verschiedene linke Dinger gedreht hat. Kurz und gut, eine beschissene Zeitverschwendung. Das alles wird in wohlgeformten Worten in meinem Bericht zu lesen sein, der heute noch vor Spielschluß auf deinem Tisch liegt. Ende der Geschichte. Punkt.«

Wie zu erwarten, gab sich Agnelli nicht kampflos geschlagen. »Murray, mein Bester, ein halber Tag ist doch wohl etwas wenig für eine umfassende Klärung der Angelegenheit, oder?«

Ich sank auf alle viere und stöberte im Schreibtischmüll nach der Pacific-Pastoral-Mappe. Wenn ich die Liste mit den Pseudonamen – Orhan Gänseklein, Cartoon Tibet und ihre Kumpels – fände, könnte ich Agnelli ein bißchen in der Trades Hall im Kreis rennen lassen und mich um die weitaus dringendere Reparatur meiner abbruchreifen Hazienda kümmern.

»Und was ist mit dem Begräbnis?« wollte Agnelli wissen.

»Wie?« Die verfluchte Mappe war partout nicht zu finden.

»Der Tote wird heute beerdigt. Da sollte jemand hingehen und die Stimmung der Leute erkunden. In solchen Fällen immer ein guter Hinweis.« Agnelli sah wohl zuviel fern. Echt eine bizarre Idee.

Inzwischen lag der Papierkram von sechs Monaten auf

den Teppichfliesen ausgebreitet. Die verdammte Mappe war aber immer noch nicht aufgetaucht. Schlimmer noch, ich fing an, Agnelli zuzuhören, und das war noch nie eine gute Idee gewesen. »An wen wurde die Leiche freigegeben?«

»Woher soll ich das wissen? Familie, nehme ich an.«

Soweit ich mich erinnerte, war im Bericht der Gerichtsmedizin von Angehörigen keine Rede gewesen. »Wer kümmert sich um die Beerdigung?«

»Martinelli.«

»Ich dachte, Martinelli macht nur Italiener.«

»Martinelli würde jeden begraben, glaub mir, Alter«, sagte er. Als wüßte er es genau. »Termin ist um zehn am Fawkner-Friedhof. Ruf mich nachher noch mal an, dann besprechen wir den Bericht.«

Da konnte er lange warten. Ich hatte Besseres zu tun, als im Regen auf dem Friedhof herumzulatschen und nach einer Szene aus einem sozialrealistischen Film zu suchen. Mein Schreibtisch mußte ansatzweise in Ordnung gebracht, ein Dachdecker und ein Elektriker aufgetrieben werden. Um letzteres zu tun, blätterte ich gerade im Telefonbuch, als an meine Trennwand geklopft wurde und Xenophon Xypnitos vom Kommunalen Gesundheitszentrum hereinkam und seinen Aktenkoffer öffnete.

Diese Unterredung stand seit vier Wochen in meinem Kalender, ich konnte mich also unmöglich drücken. Außerdem hatte Trish mit ihrer Bemerkung über meine zunehmend glänzende Abwesenheit ja nicht ganz unrecht. Es wurde Zeit, daß ich mich wieder den Dingen widmete, für die ich bezahlt wurde. In diesem Fall hieß das, die Eckpunkte für eine Studie zu besprechen, in der die voraussichtlichen Bedürfnisse einer umfassenden Senioren-Gesundheitsversorgung dokumentiert werden sollten. Charlene hatte die Finanzierung durchgebracht, etliche Berater kassierten ein kleines Vermögen, es ging also um die Art von Geld, die man nicht einfach rüberschiebt, es sei denn, man kennt die Ergebnisse im voraus. Ich stand vom Fußboden auf, entschuldigte mich für die Unordnung und sprach eine Weile über kommunale Dienstleistungen.

Als Xenophon seinen Aktenkoffer wieder zuklappte, war es kurz vor zehn. Der Fawkner-Friedhof lag nur ein, zwei Kilometer vom Büro entfernt. Ich rief Martinellis Bestattungsinstitut bei der Aufbahrungskapelle an und ließ mir den genauen Weg zum Grab beschreiben. Die Beisetzung, wie sie es nannten, stehe unmittelbar bevor. Meiner Frage, wer denn die Kosten übernähme, wurde höflich ausgewichen.

Bevor ich ging, entwarf ich rasch die endgültige Version meines Berichts an den Ausschuß mit dem Fazit, nichts bei Pacific Pastoral weise auf einen sich anbahnenden Arbeitskonflikt hin. Ich bat Trish, den Bericht zu tippen und per internen Kurier weiterzuleiten. Wenn Agnelli glaubte, ich würde mit diesem Quatsch mehr Zeit als absolut nötig zubringen, irrte er sich gewaltig.

Die Wettervorhersage für diesen Mittwoch lautete auf Regenschauer mit auffrischendem bis böigem Westwind, ein Vorbote des Umschwungs, dazu eine Sturmwarnung für die Küste und erhöhte Alarmbereitschaft für die Schafweiden im südlichen Distrikt und im Gebirge. Schafe zum Alarmieren hatte ich keine. Dafür nahm ich meinen Taschenschirm mit. Die dritte Abfahrt auf dem Highway enthielt einen Hinweis mit den Worten ›Mulqueen und Söhne, Bestattungsunternehmen‹. Darunter las ich ›Provinciale Servizio Italiano‹. Starben die Iren etwa nicht schnell genug? Oder waren sie alle schon tot? Sah ganz so aus. Es hatte eine Zeit gegeben, als die Mitgliederlisten von Partei und Gewerkschaft dieser Stadt sich wie das Taufregister von Ballymalarkey lasen und die Söhne Erins überall mächtig mitmischten. Doch das war lange vorbei, dank der Kirche und der Linken und rund tausend Schiffsladungen von Thrakern und Piemontesern.

Auf einem Pfeil stand ›Nekropole nächste Ausfahrt links‹. Nettes demokratisches Städtchen, dieses Nekropolis. Katholiken, Orthodoxe, Muslime, Urchristen, sie alle lagen in der wuchernden Vorstadt der Toten im selben Bett. An der Box Forest Road, wo der Wald aus Kisten längst durch die Blechschuppen preisgünstiger Monumental-Steinmetze ersetzt worden war, fand ich, wonach ich suchte. Auf einer matschigen Wiese gleich beim Bahndamm stand neben der üblichen rechteckigen Grube ein silbergrauer Leichenwagen von Martinelli. Zwei Sargträger saßen im Fahrerhaus und genehmigten sich noch rasch eine Zigarette, ehe die Trauergäste kamen.

Es wäre wirklich ein ausgesprochen trostloser Anblick gewesen, hätte sich vom gelben Ton der Erde nicht ein ungehöriger Farbklecks abgehoben: der Sarg war mit feuerrotem Tuch drapiert. Mit einer Fahne. Einer roten Fahne. Der Fahne des Volkes im tiefsten Karmin. Dem Leichentuch unserer toten Märtyrer. Auf der Fahne lag ein bescheidener Kranz aus weißen Nelken. Wie es aussah, würde Agnelli doch recht behalten: die Gewerkschaft haute hier voll auf die Pauke, und wie!

Ich fuhr noch mal im Schrittempo die kleine Ringstraße entlang und reihte mich in einen Leichenzug ein, der soeben am gegenüberliegenden Grasstreifen ankam. Unauffällig parkte ich an einer Stelle, wo ich Bayraktars Grab gut im Blick hatte. Leichter Nieselregen setzte ein, die Sargträger verschwanden neuerlich im Fahrerhaus des Leichenwagens. Ich schaltete den Motor aus und wartete.

Im Dunst, der sich auf der Innenseite meiner Windschutzscheibe gebildet hatte, schwollen Tropfen zu großen Tränen an und flossen langsam nach unten. Ich kurbelte das Fenster herunter und vernahm von der Wiese neben mir das gedämpfte Weinen mehrerer Frauen. Im Gras waren kurze Rohrstücke vertikal in den Boden versenkt und dienten als unsichtbare Vasen. Hier und da sprossen kleine bunte, noch im Zellophan steckende Blumensträuße direkt aus der Erde. Erst allmählich kapierte ich, daß hier Kindergräber lagen, und wandte erschrocken den Blick ab.

Ein Auto war nicht weit vom Leichenwagen stehengeblieben, und zwei Männer stiegen aus. Gewerkschaftler waren das keine, das sah ich auf den ersten Blick. Zunächst mal waren die Klamotten viel zu fein; teure Übergangsmäntel zum Schutz von gut geschnittenen Maßanzügen. Und dann der Wagen: ein neueres BMW-Modell, das im Regen nur so funkelte. Die beiden waren kräftig gebaut und überquerten das matschige Feld mit der Zielstrebigkeit von Geschäftsmännern. Landsleute des Verstorbenen, kein Zweifel. Und zwar von der betuchteren Sorte, ging man nach Garderobe und Gefährt.

Martinellis Leute hatten ihre Kippen fallen gelassen und sich zu respektvoller Anteilnahme aufgerichtet, als die zwei beim Grab eintrafen. Es folgten gedämpft gewechselte Worte und ein allgemeines Kopfnicken rundum. Ich beugte mich vor und wischte ein Loch ins Kondenswasser. Die Sargträger traten ein paar Schritte zurück, und die beiden dunkelhaarigen Männer standen nebeneinander, den Blick auf den Sarg gerichtet, mit dem Rücken zu mir. Plötzlich – dieser Teil ließ mich schlagartig vom Sitz hochfahren – schlugen sie die Hacken zusammen und vollführten eine Reihe rascher und gut einstudierter militärischer Ehrenbezeigungen. Danach blieben sie mit zackig abgewinkelten Ellbogen reglos im Regen stehen, vielleicht fünfzehn Sekunden lang.

Dann, als hätte es ein unsichtbares Signal gegeben, senkten sie die Arme, der kleinere der beiden bückte sich und nahm den Nelkenkranz vom Sarg. Er reichte ihn seinem Kollegen, der das Kärtchen las und das Ding wie einen Frisbee auf den grünen Teppich segeln ließ, der den Erdhaufen neben dem Grab bedeckte. Unterdessen hatte der erste Kerl einen Zipfel der Fahne gepackt und riß sie zu sich heran wie ein Kellner, der ein schmutziges Tischtuch wechselt. Als er den Stoff über seinen Arm legte, sah ich etwas Weißes aufblitzen, einen Halbmond und einen Stern. Bayraktar wurde also doch nicht unter der feuerroten Standarte der Werktätigen dieser Welt zur Ruhe gebettet, sondern unter dem Banner Atatürks.

Die Fahne wurde rasch zusammengelegt, der Sarg verschwand in der Erde. Die mysteriösen Männer marschierten schneidig zum BMW zurück und fuhren davon. Nach kaum zwei Minuten war alles vorbei. Nicht gerade ein Staatsbegräbnis, aber doch eine Art von letzter Ehre, obwohl ich gewettet hätte, daß diese Ehrung bestimmt nicht Bayraktars Diensten an der Menschheit galt.

Izmir alles schleierhaft, dachte ich, das schaust du dir genauer an. Sobald der BMW außer Sichtweite und der Leichenwagen weggefahren war, spannte ich meinen Schirm auf und stapfte durch den Matsch zur Grube hinüber. Von unten starrte mir schweigend der Sarg entgegen – nach den Silbergriffen zu urteilen auch nicht gerade die Billigvariante. Auf dem Kärtchen am Kranz stand ›Ruhe sanft – Unternehmensleitung und Belegschaft von Pacific Pastoral‹.

Soviel zum Familiensinn. Pacific Pastoral hatte nicht mal jemanden zur Beerdigung geschickt. Auch die Gewerkschaft war nicht aufgetaucht, aber gut, eine Sorge weniger. Beim Anblick der roten Fahne hatte ich befürchtet, Agnelli könne doch noch recht behalten. Andererseits war von einer Gewerkschaft wie den Fleischarbeitern, die an die zwanzigtausend Mitglieder zählte, nicht ernsthaft zu erwarten, daß sie jedesmal aufkreuzte, wenn ein Genosse ins Gras biß. Da bliebe ihnen ja keine Zeit mehr zum Arbeiten. Nicht daß das weiter auffiele. Aber wenn ein Großunternehmen wie Pacific Pastoral für die Beerdigung eines Mitarbeiters, der noch dazu am Arbeitsplatz den Löffel abgegeben hatte, Nelken zu fünfzehn Dollar schicken ließ, dann war das absolut oberschäbig. Dabei wußten sie ja nicht mal, daß er sie beschissen hatte. Nein, das war pure Geringschätzigkeit.

Bayraktar mochte ein Fettarsch mit langen Fingern und ein paar ziemlich fragwürdigen militaristischen Freunden gewesen sein. Na und? Dasselbe konnte man vom Verteidigungsminister behaupten. Hier ging es ums Prinzip: ein Mann kratzt in den Sielen ab, da kann die Unternehmensleitung ja wohl zumindest wen schicken, der sich ans Grab stellt und der möglicherweise vorhandenen Witwe die Schicklichkeit der Scheinheiligkeit erweist. Kein Mensch erwartete den Vorstandsvorsitzenden; aber für irgendeinen dritten stellvertretenden Vize-Unterboss hätte es allemal reichen sollen. Wo war zum Beispiel der spindeldürre Apps mit seiner aufdringlichen Dienstfertigkeit?

Merricks hatte verlangt, daß ich ihm meine Einschätzung der Lage mitteilte. Aber gerne doch. Einschätzen konnte ich vor allem die Unfähigkeit, mit der man im Werk von Coolaroo die Lohnlisten verwaltete. Es mochte rachsüchtig klingen, meinetwegen, aber wenigstens einer im Management von Pacific Pastoral sollte den Tag bereuen, an dem er sich nicht die eine halbe Stunde Zeit genommen hatte, um die paar Kilometer zum Friedhof zu fahren und am Sarg eines kürzlich verstorbenen Mitarbeiters ein paar Krokodilstränen zu vergießen. Ein kurzer Anruf im Büro der Firmenspitze und eine Beschreibung der Schlampereien bei der Lohnverwaltung würden Apps die Buchprüfer auf den Hals hetzen, bevor er auch nur »Leistungsindikatoren« sagen konnte.

›Grabsteine ab $395‹ verkündete ein Klappschild am Friedhofsausgang. Meine Finanzen mußten wichtigere Bedürfnisse decken. Ein Elektriker, überlegte ich, würde mich sechzig Dollar kosten, damit das Licht wieder funktionierte – eine Masse Geld, nur um eine Sicherung ausgetauscht zu kriegen und sich anhören zu müssen, daß das ganze Haus neue Leitungen brauchte. Trotzdem, wenn schon jemand vom elektrischen Schlag getroffen werden sollte, dann lieber ein qualifizierter und kaskoversicherter Handwerker. An die Kosten für ein neues Dach wollte ich gar nicht erst denken, geschweige denn daran, wie ich unter den gegenwärtigen Umständen Wendy die Hälfte dafür abknöpfen sollte.

Statt mich weiter mit dem leidigen Geld zu beschäftigen, das ich ohnehin nicht hatte, kehrte ich zu den eigenartigen Huldigungen zurück, die ich soeben an Bayraktars Grab beobachtet hatte. In Fawkner lagen einige der fast schon vergessenen Heldinnen und Helden der sozialistischen Bewegung, und man konnte sich ausmalen, was die sagen würden, wenn sie wüßten, daß ausländische Militärs hier zwischen ihren Grabsteinen den Stechschritt übten. War der graue BMW nicht übrigens derselbe, den ich unter dem Carport beim Anatolia Club gesehen hatte – jenem Ort, von dem Sivan ominös getönt hatte, man solle ihn besser meiden?

Da ich ohnehin bei der türkischen Wohlfahrtsliga vorbeifuhr, konnte ich ruhig ein paar Minuten bei ihnen reinschneien, um herauszufinden, welches Licht der enzyklopädische Kurde auf die Sache werfen konnte. Und mit etwas Glück wäre Ayisha auch da.

Sivan saß hinter seinem Schreibtisch, die Handflächen wie zur Verteidigung auf die Brust gelegt. »Ah, Murray, mein Freund.« Er sprang auf die Beine, als wäre ich die Fremdenlegion, die dem belagerten Fort zu Hilfe kam. »Darf ich vorstellen, Müesser, Hatice, Hürriyet.«

Die gute Müesser war das klassische Hutzelweib: unförmiger, bis zum Boden reichender Rock und ein Kopftuch, in dem sie aussah, als käme sie geradewegs von Schneewittchen, dem sie soeben den vergifteten Apfel gereicht hatte. Ihre beiden Mitstreiterinnen waren jünger und nicht ganz so folkloristisch gekleidet. Sie waren gekommen, um Sivan das Leben schwerzumachen, und daran würde sein durchsichtiges Ablenkungsmanöver auch nichts ändern. Ihre Litanei unterbrachen sie gerade lange genug, um mir kurz zuzunicken, und gingen sogleich wieder dazu über, durcheinanderzureden und mit amtlich wirkenden Schriftstücken in der Luft zu fuchteln. Irgendwo in der unverständlichen Kakophonie tauchte das Wort ›Finanzamt‹ auf.

Neben einer der Frauen stand ein Kinderwagen, in dem ein Kleinkind versuchte, sich den Weg in die Freiheit zu strampeln. Seine Haare waren bis auf die Haut abrasiert, die rotglühenden Bäckchen mit frischem Rotz auf Hochglanz poliert. Der arme Sivan sank in seinen Stuhl zurück, er gab sich geschlagen.

Besser du als ich, Kumpel, dachte ich. Diese Szene war das perfekte Beispiel, warum ich mich mit solcher Vehemenz für eine Förderung der Liga einsetzte. Säße Sivan nicht hier und wäre es nicht seine Aufgabe, sich in seiner Landessprache zu Tode nerven zu lassen, wären diese drei bösen Stiefschwestern einfach ein paar Blocks weitermarschiert, um in schlechtem Englisch mich zu Tode zu nerven. Dann lieber so.

Ich neigte den Kopf in Richtung von Ayishas Büro und runzelte fragend die Stirn.

»Hat einen Klienten drin«, signalisierte mir Sivan über den Lärm.

Während ich wartete, setzte ich mich an den anderen Schreibtisch, rief bei der Auskunft an und ließ mir die Nummer des Hauptquartiers von Pacific Pastoral geben. Mein Anruf dort prallte von einem Puffer zum nächsten immer weiter nach oben, bis er im neunundvierzigsten Stock angekommen war. Die Frisur der Eiskönigin sträubte sich hörbar beim Klang meiner Stimme, doch sie stellte mich anstandslos durch. Merricks war kurz angebunden, die Zeit des großen Mannes immer noch zu wertvoll, um sie mit Höflichkeit zu vergeuden. »Also?«

Das türkische Geschnatter wurde lauter. Ich steckte mir einen Finger ins Ohr. »Da ist etwas aufgetaucht, das mit meinem Auftrag zwar nichts zu tun hat«, sagte ich, »aber da Sie auf dem laufenden gehalten werden wollten, sollte ich Ihnen das wohl mitteilen.«

»Ja.« Spuck's schon aus, Mann. Zeit ist Geld.

»Es handelt sich um Unregelmäßigkeiten, die mir in Ihrem Betrieb in Coolaroo aufgefallen sind.«

Merricks nahm es an Bord und ging damit mehrmals auf Deck herum. »Unregelmäßigkeiten? Was denn für Unregelmäßigkeiten?« Sein gereizter Ton war um eine Einheit gemildert.

»Ich bin kein Buchhalter, Mr. Merricks«, sagte ich trokken.

»Aber Sie deuten irgendwelche unredliche Machenschaften an?«

»Wie gesagt, ich berichte Ihnen lediglich meine Beobachtungen«, sagte ich. Und empfand ein diebisches Vergnügen dabei.

»Passen Sie mal auf, Whelan.« Das gepreßte britische

Quieken kehrte in Merricks Stimme zurück. »Ich bekomme allmählich ernsthafte Zweifel an dieser ganzen Aktion. Weiß Ihre Ministerin eigentlich, daß Sie hier auf eigene Faust mit vagen Verdächtigungen um sich werfen?«

Ich hatte schon damit gerechnet, daß der Liebling des Marktes meiner Eröffnung, in seinem Laden laufe eine Linke ab, mit gewisser Skepsis begegnen, ja sogar meine Motive in Frage stellen würde. Aber ein bißchen mehr Interesse, worauf genau ich anspielte, wäre durchaus angebracht gewesen, bevor er diese kaum verhüllte Drohung aussprach, mich bei Charlene anzuschwärzen. Ich hätte wissen müssen, daß der Chorgeist unter Managern immer Vorrang hat. Was für ein aufgeblasenes Arschloch, dachte ich. Du kannst mich mal, du blöder Sack.

»Jetzt hören Sie mal zu, Lionel«, sagte ich und ließ jeden gespielten Respekt in den Wind fahren. »Wenn es Ihnen lieber ist, kann ich diese Angelegenheit auch gerne direkt bei den zuständigen Behörden anzeigen. Ehrlich gestanden, ist es mir so oder so scheißegal.«

Als ich schon dachte, Merricks hätte aufgelegt, sagte er doch etwas: »Ich verstehe.« Seine Worte klangen gemessen und bedeutungsschwer.

Der Kröterich im Kinderwagen hatte seine Ausbruchsversuche aufgegeben und zog sich nun an den Möbeln entlang durch den Raum. Er kam geradewegs auf mich zu, hangelte sich an allen erreichbaren Gegenständen weiter und spuckte dabei zähflüssige Schleimblasen vor sich her. Ich wehrte ihn mit einem Papiertaschentuch ab.

»Könnten Sie mir eine konkrete Summe nennen?« wollte Merricks wissen.

Bis jetzt hatte ich nur eine Liste mit den Namen türkischer Berühmtheiten, von der ich im Moment nicht einmal wußte, wo sie geblieben war. Aber Lionel Merricks würde ich das bestimmt nicht sagen. Mir wurde langsam klar, daß ich das Gespräch besser vor dem Anruf ein wenig hätte planen sollen. Außerdem kam mir allmählich das Gefühl, daß ich mir eigentlich viel zuviel Mühe gab, bloß um einem blöden Betriebsleiter einzuheizen, mit dem ich fünf Minuten lang zu tun gehabt hatte.

Andererseits steckte ich jetzt schon so tief drin, daß ich es ebensogut mit der Maurerkelle auftragen konnte. »Fünfzigtausend«, sagte ich. »Könnte auch mehr werden, je nachdem, was noch alles ans Licht kommt.«

»Also, Moment mal …« Merricks schien um die Fassung zu ringen.

In diesem Moment zerrte der Kleine das Telefonkabel aus der Dose. Riß das Ding mitsamt dem Stecker aus der Wand. Die Leitung war tot. Bis ich das Kabel seiner klebrigen Faust entrungen und wieder eingesteckt hatte, war von Lionel Merricks nur noch ein Tuten übrig. War wohl auch besser so, denn daraufhin klopfte eine der Frauen dem erbärmlichen Wurm dermaßen fest auf die Finger, daß Merricks außer einem markerschütternden Gebrüll sowieso nichts gehört hätte.

Trotz der Dezibel, die das Kind emittierte, ging Sivans Konferenz mit den Meckerschwestern ungehindert weiter. Nun tauchte immer wieder der Ausdruck ›Kinderbeihilfe‹ auf. Ich entschied mich für einen taktischen Rückzug in Ayishas Büro. Die Tür war zu. Ich pochte leise an und steckte den Kopf hinein. Ayisha war im Profimodus, saß mit auf den Tisch gestützten Ellenbogen leicht vorgebeugt da und wandte ihre ganze Aufmerksamkeit dem türkischen Wortschwall eines Mannes im Sportmantel zu, der mit dem Rücken zur Tür saß. »Tut mir leid, wenn ich so hereinplatze«, setzte ich an.

Der Mann hörte zu reden auf und wirbelte verärgert über die Störung herum. Er hatte dichtes lockiges Haar und die selbstbewußte Ausstrahlung eines Intellektuellen. Ohne Duschhaube und den weißen Overall hätte ich ihn beinahe nicht wiedererkannt. Und ohne das grelle künstliche Licht des Fleischbetriebs fehlte seinem Gesicht jetzt auch diese gespenstische gelbe Färbung. So wie er jetzt dasaß, eine billige Krawatte um den Hals geknotet und dezentes Grau an den hohen Schläfen, hätte er Professor für Geschichte sein können. Aber keine Frage, das war Wiehieß-er-noch, der Putzmann von Pacific Pastoral.

Auch er erkannte mich sofort. Und unsere kurze Unterhaltung am Vortag mußte ihn tief beeindruckt haben. Entweder das, oder er war nicht ganz dicht in der Birne. Denn was tat er? In Windeseile schlug er die Beine auseinander, stand auf, stolperte einen Schritt weg von mir und stieß dabei den Stuhl um. Sein fassungsloser Blick signalisierte Verrat und schoß wild durch den Raum.

»Tag«, sagte ich.

Der Putzmann sah Ayisha an, als wollte er sie erdolchen. Falls sie im Gegensatz zu mir wußte, was auf einmal los war, ließ sie es sich nicht anmerken. Und als eine Reaktion ihrerseits ausblieb, faßte er einen raschen Entschluß. Er entwirrte die Beine aus dem umgefallenen Stuhl, gewann seine Würde wieder, richtete sich zu ganzer Größe auf und trat auf mich zu. Als er unmittelbar vor mir stand, schloß er die Hände zu zwei Fäusten und streckte mir die aneinandergepreßten Gelenke entgegen. »Ja, ich war's«, rief er. »Ich habe Bayraktar umgebracht.«

12

Ich wußte nicht, wie ich aus der Wäsche gucken sollte. Das war doch ein Witz, oder? Dieser Besenschwinger sollte Bayraktars Mörder sein? Der war ja nicht mal eine Erwähnung in den Akten wert gewesen. Teufel auch, ich wußte gar nicht mehr seinen Namen. »Hähh?« hörte ich mich sagen.

Ich sah Ayisha an, aber sie lachte nicht. Eher schon war sie etwas grau um die Kiemen geworden. Ich sah wieder auf den Kerl im Sportmantel und suchte in seiner Miene nach irgendeinem Zeichen, einem Fitzelchen von Hinweis darauf, was dieses Theater bedeuten sollte. Der milde zurückhaltende Blick, der am Tag zuvor ein so natürlicher Ausdruck seiner Gesichtszüge gewesen war, war nun einer Intensität gewichen, die man durchaus glutvoll nennen konnte. Wieder streckte er mir die Fäuste entgegen, ich solle ihm doch endlich Handschellen anlegen.

Im Korridor hinter mir war das Plärren des verrotzten Babys zu hören und zur Untermalung Sivans keifende Kundschaft. Ich trat um die Tür herum in den Raum hinein, was den Putzmann veranlaßte, heftig nach hinten zu rudern, als befürchtete er Prügel von mir.

»Also, los!« forderte er mich auf. »Nehmen Sie mich fest, Mr. Polizei.«

Darauf folgte nun endlich ein Lacher. Ich hatte schon befürchtet, jemand hätte den Sauerstoff aus dem Raum gepumpt.

Der Lacher kam von Ayisha, ein hohes nervöses Kichern. Dann sagte sie etwas auf türkisch, ein paar knappe Worte nur, die allerdings bewirkten, daß ihr Klient auf einmal aussah, als hätte ihn ein Pferd getreten. Die unheilvolle Glut verschwand aus seinen Augen und machte einer beinahe rührenden Fassungslosigkeit Platz. Er sah auf seine Hände, als hegte er ernstliche Zweifel, daß sie überhaupt ihm gehörten. Seine Finger waren lang und schmal, die Haut weiß glänzend von vernarbtem Gewebe. Er verbarg sie rasch in den Taschen, und über seine Lippen kam ein einziges, aber aussagekräftiges Wort, das keiner Übersetzung bedurfte. »Scheiße!«

Zu spät, Alter. »Sie haben Bayraktar umgebracht?« fragte ich. »Wie denn?«

Aber die Glut war schon am Verlöschen. Der Mann machte kehrt, hob seinen Stuhl auf, setzte sich mit einem hörbaren »Hmmmpf« hin und bedeckte das Gesicht mit den Händen. Ayisha kam hinter ihrem Schreibtisch hervor und feuerte einen fragenden Blick auf mich ab. Als ich die Achseln zuckte, kniete sie sich neben seinen Ellenbogen und flüsterte auf türkisch auf ihn ein. Anfangs saß er bloß zusammengesunken da und schüttelte langsam den Kopf. Schließlich entlockte sie ihm ein paar Silben. Sie gab nicht auf und überredete ihn endlich, die Hände vom Gesicht zu nehmen. Dann setzte ein geflüsterter und beharrlicher Erklärungsschwall ein.

Seinen wiederholt seitwärts huschenden Blicken entnahm ich, daß zumindest teilweise von mir die Rede war. Wieso sie flüsterten, kapierte ich nicht recht; ich verstand ja sowieso kein Wort. Da ich immer noch mit dem Rücken zur Tür stand und mich allmählich wie ein Idiot fühlte, durchquerte ich den Raum und setzte mich an Ayishas Schreibtisch. Ich habe keine Ahnung, was sie ihm erzählte, aber es schien seinen Zweck zu erfüllen. Der Typ sah mich ein paarmal halb entschuldigend an, als wären wir zwei Fremde im Pub, wo er gerade mein Bier umgestoßen hatte, und wir warteten nun darauf, daß der Zapfer ein frisches brachte.

Da ich mich immer noch nicht rasieren konnte, hatte mein Stoppelbart inzwischen ein Stadium erreicht, in dem er höllisch juckte. Ich unterdrückte den Drang zum Kratzen und fragte mich, was zum Teufel eigentlich los war. Ayishas Tabak lag auf dem Tisch. Ich öffnete das Päckchen und drehte mir eine Zigarette, nur um mich zu beschäftigen. Aus Solidarität mit Wendy hatte ich ebenfalls zu rauchen aufgehört, als Red damals unterwegs war. Entsprechend ungeübt waren meine Finger in der Kunst des Drehens. Zum Schluß brachte ich ein klumpiges Papierknäuel zustande, aus dem lauter braune Fädchen raushingen.

Als ich damit fertig war, die losen Tabakfasern sorgfältig in die Enden zu stopfen, hatten Ayisha und der Putzmann – sein Name war Memo, erinnerte ich mich jetzt, Mehmet Gezen – bereits eine Ewigkeit aufeinander eingezischelt. Langsam fühlte ich mich ausgeschlossen. Also lehnte ich mich auf den Ellbogen vor und zündete ein Streichholz an. Es flammte dramatisch auf, explodierte quasi mitten in den türkischen Redeschwall hinein und brachte ihn zum Stillstand. »Achtet gar nicht auf mich«, sagte ich.

In Ermangelung eines ähnlich spektakulären zweiten Akts hielt ich die Flamme an die Zigarette und zog den Rauch ein – ein unanständiger, verbotener, anarchischer, belebender Geschmack. Mir schwirrte der Kopf, und meine Fingerspitzen kribbelten. »Laßt euch nicht stören.« Ich stieß den Rauch aus. »Plaudert ruhig weiter.«

Ayisha stand auf und setzte sich auf die Tischkante. »Das alles ist ein Mißverständnis, Murray«, sagte sie. »Memo hier dachte, du bist ein Bulle. Ich hab ihn aufgeklärt. Ich hab ihm gesagt, daß du in Ordnung bist und daß du ihn nicht anzeigst. Das stimmt doch, oder?«

Jeder andere hätte mich mit dieser Frage beleidigt. Memo war inzwischen wieder gefaßter, um nicht zu sagen: ausgesprochen gut gelaunt. Offenbar hatte Ayisha ihn überzeugt, daß sie den bösen Dschinn in die Flasche zurückscheuchen konnte.

»Du hast Bayraktar also doch nicht getötet?« fragte ich ihn.

Da er nun nicht mehr befürchten mußte, vom Fleck weg verhaftet zu werden, verspürte Gezen sichtlich das Bedürfnis, sein sonderbares Verhalten zu erklären. Er nahm eine Packung Winfield aus der Jackentasche, zündete sich eine an und warf mir einen Scheiß-drauf-Blick zu. »Hab ihn im Kühlraum eingesperrt, und er ging zugrunde«, platzte es halb reuevoll, halb trotzig aus ihm heraus.

Ging zugrunde? Ich wußte nicht, ob ich lachen oder ihm zur Verbesserung seines Wortschatzes in den letzten vierundzwanzig Stunden gratulieren sollte. Phantastischer

Ausdruck, dieses ›zugrunde gehen‹. So treffend. Man sah es richtig vor sich: Scott, die Antarktis, der weiße Tod. Auch Gezens Akzent war lange nicht mehr so stark.

Ayisha sprang dazwischen wie ein Winkeladvokat. »Das war ein Unfall«, fuhr sie mich an. »Außerdem war der Kerl ein Halsabschneider. Er hat den Tod verdient.«

Ich hob eine Hand. »Du brauchst mir auch gar nichts zu erzählen, Memo. Das weißt du doch.«

Er nickte, sah zu Ayisha hin, um sich Bestätigung zu holen, und nickte noch einmal, fast schon eifrig. Er brauchte nicht, aber er wollte unbedingt. Etwas plagte sein Gewissen, dem mußte er Luft machen. Er litt unter einer heftigen Attacke raskolnikowscher Schuldgefühle und würde sich weder durch mich noch durch Ayisha aufhalten lassen. »Ich war wütend«, sagte er. »Bayraktar, der hat mich Bergtürke genannt.«

Wohl kaum ein Grund, jemanden zu ermorden, sollte man meinen. Ich zog eine Augenbraue hoch. »Geht hier irgendwas in der Übersetzung verloren?«

»So nennen die Faschisten bei uns die Kurden«, erklärte Ayisha. »Memo ist Kurde.«

Soso, durchs wilde Kurdistan mußten wir also auch noch.

»Das Geld«, sagte sie gereizt, als wäre Gezen ein zurückgebliebenes Kind. »Erzähl ihm von dem Geld.«

Nachdem er nicht mehr hyperventilierte, wurde Gezen geradezu gesprächig. »Vierzig Dollar jede Woche. Er sagt, ich muß ihm jede Woche vierzig Dollar geben, oder er wird sagen, ich stehle. Ich kriege Kündigung. Gefängnis vielleicht.« Er beeilte sich hinzuzufügen: »Ich bin kein Dieb.«

Bei Pacific Pastoral? Aber woher denn?

»Er hätte es der Liga erzählen sollen«, mischte Ayisha sich ein. »Wir hätten den Scheißkerl schon auf Vordermann gebracht.« Ich bedeutete ihr zu schweigen, da ich befürchtete, sie könnte den Bann brechen. Das alles war einfach zu spannend. »Also hast du ihn im Kühlraum eingesperrt, und er ging zugrunde?«

»Nein«, erwiderte Gezen. »Ich hab immer bezahlt. Über zweitausend Dollar hat er mir weggenommen. Dann, vorige Woche, will er mehr. Jetzt fünfzig Dollar jede Woche. Wegen Inflation, sagt er. Und die ganze Zeit sagt er mir diese Beleidigungen.« Er zog den Stuhl näher an den Tisch und beugte sich vertraulich zu mir heran, denn nun sollte der würzige Teil folgen.

»Da denke ich, sperre ich ihn in den Kühlraum. Aber nicht, um ihn zu töten. Das war nicht meine …«

Nun ließ ihn sein Englisch doch im Stich. Bebend vor Ungeduld suchte er nach dem richtigen Wort. Mit einem Blick auf Ayisha sagte er ein türkisches Wort.

»Absicht«, sagte sie. Diesen Teil kannte sie offenbar schon.

»Ich wollte ihm nur angst machen. Dann ich würde ihn retten. Verstehst du?«

Eigentlich nicht. Na ja, irgendwie schon. Jedenfalls ein reichlich verquerer Weg, um jemanden zum Freund zu gewinnen oder ihm gute Manieren beizubringen, dennoch war eine Art verzweifelte Logik dahinter zu erkennen. »Aber irgendwas ging schief?« sagte ich. Die Selbstgedrehte zwischen meinen Fingern war ein schmieriger brauner Stummel geworden. Während ich sie ausdrückte, beeilte sich Gezen, mir eine frische von seinen anzubieten. Aus Höflichkeit und weil ich nicht wollte, daß er aus dem Schwung kam, nahm ich sie entgegen, zündete sie aber nicht an. Richtiger Raucher war ich ja keiner.

Gezens Absicht war mir inzwischen klar: er rekrutierte einen Verbündeten. Der Australier, der Regierungsbeamte, der ihm gegenübersaß, mußte ganz genau verstehen, was geschehen war, mußte auf seine Seite gebracht werden.

»Was ich tue, ist das: von Anfang an beobachte ich ihn. Er sieht mich nicht, aber ich beobachte genau. Ich sehe alles. Was ich sehe, ist das: jeden Freitag kurz vor Feierabend geht er in Kühlraum Nummer drei. Er paßt auf, daß niemand ihn sieht, dann geht er hinein – zwei, vielleicht drei Minuten bleibt er. Drinnen ist es sehr kalt, weißt du. Zehn Minuten und man stirbt.«

Ja, ich erinnerte mich. Kalt war gar kein Ausdruck.

»Letzten Freitag also, nach dem Lunch, ich stelle einen Gabelstapler so ab, daß er vor Notluke steht. Ist nicht erlaubt, passiert aber dauernd. Niemand merkt was. Dann, als Bayraktar reingeht«, er deutete das Zuschnappen eines Vorhängeschlosses an, »sperre ich Tür zu.«

Durch die Gegenwartsform hatte Gezens Schilderung eine lebhafte Intensität gewonnen. Mir fiel die Zigarette in meiner Hand ein, und ich zündete sie an. Sie schmeckte nach nichts, ich inhalierte trotzdem tief.

Gezen fuhr fort. »Ich warte eine Minute, zwei, drei. Bayraktar hat bestimmt große Angst. Gleich werde ich öffnen. Dann kommt die andere.«

»Welche andere?«

»Die Techniker. Die Gardine.«

Ah, jetzt nur nicht lachen. Er strengte sich so an. »Gardiner?«

»Ja. Ich denke nicht, daß kommt so bald. Er schließt die Tür auf und geht rein. Schnell fahre ich Gabelstapler weg. Immer noch Gardiner ist drinnen, er bleibt lange, sechs oder sieben Minuten. Dann geht er raus, und ich sehe mal nach. Bayraktar ist drin, zugrunde gegangen. Dann kommt Gardiner zurück mit Boss. Später kommt Ambulanz. Und Polizei. Sie fragen, ob ich was gesehen habe. Ich sage nichts.«

Gezen legte mir diese Geschichte achselzuckend zu Füßen. Nimm's oder laß es bleiben. Von der Zigarette, die in seiner Handkuppe verborgen war, stieg Rauch auf, der Filter klemmte zwischen Zeigefinger und Daumen. Er hatte die schlanken Finger eines Pianisten oder Chirurgen. Als er meinem Blick nach unten folgte, drehte er das Handgelenk nach außen, um die durchscheinenden Wülste des alten Narbengewebes zur Schau zu stellen. War das ein Appell an mein Mitgefühl oder etwa irgendwie Teil der Geschichte?

Ayisha durchbrach das Schweigen. »Selbstjustiz. Legitime Selbstverteidigung. Was meinst du, Murray?«

Was ich meinte? Je eher ich hier rauskam, um so besser. Gezens Geschichte besaß weniger innere Logik als ein Wahlkampfversprechen der Demokraten. Es war schon schwer genug zu kapieren, wer was wann wem angetan hatte – geschweige denn, eine Antwort auf die anderen Fragen zu bekommen, die sich aufdrängten. Und dann Gezen selbst: eben noch dreht er völlig durch, und im nächsten Moment zieht er in aller Ruhe an seiner Kippe.

Sagte er die Wahrheit oder spann er da eine wirre Fabel, nur um sich reinzuwaschen?

Dieses spontane Geständnis war nicht nur unverständlich, es kam noch dazu äußerst unerwünscht. Es vereitelte meine Pläne für einen strategischen Rückzug aus diesem Pacific-Pastoral-Quatsch, und zwar gründlich. Meinen kleinen Plausch mit Merricks am Telefon bereute ich auch schon. Wahrscheinlich hatte er gleich darauf Agnelli angerufen, oder sogar Charlene, um über mich herzuziehen. Als wäre Dreistigkeit gegenüber einem Industriekapitän nicht schlimm genug, verwickelte ich jetzt auch noch das Büro einer Ministerin der Krone in einen Ethno-Krimi voller Schutzgelderpressung, Rache und Mord. Scheiße, bei der *Sun* würden sie sich die Hände reiben.

Andererseits war da Ayisha. Sie saß mit verschwörerischem Glitzern in den Augen auf der Tischkante. Gespannt. Ungeduldig. Komm schon, schien ihr Blick zu sagen. Zeig mir, wie du die Situation meisterst. Regeln wir sie, du und ich gemeinsam.

Wenn ich jetzt den einbetonierten Apparatschik mimte, konnte ich mir für immer die Hoffnung abschminken, eine kleine Schlafzimmerallianz zu schmieden. »Was weißt du sonst noch darüber?« fragte ich sie.

»Nichts. Ehrenwort«, schwor sie mit dem Blick auf Gezen, damit er sie deckte. »Ich habe Memo seit Monaten nicht gesehen.« Gezen nickte zur Bestätigung. »Vor zwanzig Minuten kam er hier plötzlich reingeschneit. Sagte, die Bullen sind hinter ihm her. Den Grund wollte er nicht nennen, nur daß er sich stellen will. Dann steckst du den Kopf durch die Tür, da dreht er durch und erzählt auf einmal, er hätte wen umgebracht. Dachte, du wärst ein Bulle.« Gezen tat sein Bestes, um reumütig auszusehen, ganz gelang ihm das aber nicht. »Du mußt uns helfen, Murray«, flehte Ayisha. »Memo darf nicht ins Gefängnis. Das überlebt er nicht.«

Ich nahm eine von Gezens Zigaretten und ging im Geist alles noch mal durch. Zunächst einmal wäre kein Mensch allzu erfreut über dieses Mordgeständnis. Die offizielle Untersuchung würde zwar noch Monate auf sich warten lassen, aber wenn die Unterlagen stimmten, die Agnelli mir zugesteckt hatte, dann stand eine natürliche Todesursache so gut wie fest. Die Bullen und die Untersuchungsbeamten vom Arbeitsministerium waren sich einig. Wenn sich jetzt herausstellte, daß es Mord war, stünden die alle da wie ein Haufen Vollidioten. Im Arbeitsministerium saß wahrscheinlich längst irgendwer an einer Gesetzesänderung über zulässige Gangbreiten, Pacific Pastoral hatte dem Ex-Angestellten vor einer Stunde ›Und tschüs‹ gesagt, und zwar durch die Billigblume. Kurz und gut, ohne neue Beweise wäre kein Mensch scharf darauf, Bayraktars Tod einen neuen Hintergrund zu verleihen.

Vielleicht hatte Bayraktar verdient, was er bekam, vielleicht auch nicht. Die Vorstellung, daß er am Arbeitsplatz Schutzgeld erpreßt hatte, paßte nach allem, was ich inzwischen über ihn wußte, durchaus ins Bild. Vielleicht hatte Memo Gezen ihn umbringen wollen, vielleicht auch nicht. Er wirkte jedenfalls nicht eben wie der typische Mörder, falls es so was gibt. Und wenn er mit den Folgen seiner Handlung leben konnte, dann konnte ich es auch, wenigstens so lange, bis mir jemand alles genauer erklärte. Was der Typ brauchte, war eine anständige Rechtsberatung. »Kennst du einen guten Anwalt?« fragte ich Ayisha.

»Es gibt eine Kanzlei, die wir mit unseren Schadenersatzverfahren beauftragen«, sagte sie und kam um den Tisch herum. »Möchtest du die Nummer haben?«

Ein Experte für Schadenersatz nach Arbeitsunfällen war wirklich nicht gerade die Ideallösung, aber sie brachte mich auf eine Idee. Anwalt war immerhin Anwalt. Verschwiegenheitspflicht und so weiter. »Ich kenne einen«, sagte ich. »Spitzenmann. Er wird gerne helfen.« Das war ihm auch zu raten. Immerhin hatte er mich in diese Scheiße hineingeritten. »Aber zuerst müssen ein paar Dinge sonnenklar sein. Erstens, diese Unterhaltung hat niemals stattgefunden. Keine Silbe zu irgendwem, bis ihr wieder von mir hört. Verstanden?« Ihre Köpfe hüpften auf und ab wie zwei Korken bei steigender Flut. Ayisha genoß die Geschichte in vollen Zügen. »Und du, Gezen, keine Beichten mehr, okay?« Er senkte bedröbbelt den Kopf. »Verhalte dich normal. Geh zur Arbeit wie immer. Tu nichts, wodurch du auffallen könntest. Verhalte dich ruhig. Ruf mich nicht an. Ayisha wird sich bei dir melden. Verstehst du?«

»Aber die Polizei.«

»Mach dir deshalb keine Sorgen«, sagte ich. »Ich glaube nicht, daß die Polizei im Moment irgendeinen Verdacht hat. Und selbst wenn, muß sie erst einen Beweis gegen dich haben. Es kann nichts passieren, solange du den Mund hältst. Unschuldsvermutung und so.«

»Unschels?« sagte Gezen. »Was bedeutet das?«

»Das heißt, daß du aus dem Schneider bist, Memo«, sagte Ayisha fröhlich und sah mich herausfordernd an.

Trotzdem gab es für Gezen noch ein Problem. »Aber weshalb beobachtet mich die Polizei dann?«

Sein schlechtes Gewissen machte eindeutig Überstunden. Ihm die Polizei auszureden war mir offenbar nicht gelungen. In Gezens Augen flackerte wieder diese Glut, er schien erneut kurz vor dem Durchdrehen. Dann sprang er auf und rannte durch die Tür in den Korridor hinaus. Als wir ihn einholten, starrte er geradeaus. »Dort«, deutete er mit dem Kopf die Richtung an.

Die drei Frauen und das plärrende Kind waren gegangen. Sivan telefonierte konzentriert und machte sich vornübergebeugt Notizen. Gezen zuckte noch einmal mit dem Kopf. Ich tat einen Schritt vor und sah in der angedeuteten Richtung durch das große Fenster auf die Straße hinaus. Vor meinem Renault auf der anderen Straßenseite parkte ein Wagen. Zwei Männer in dunklen Anzügen saßen darin, der auf dem Fahrersitz gab sich große Mühe, so zu tun, als studierte er den Straßenatlas.

»Das sind keine Bullen«, sagte ich. Erstens bediente sich die Polizei des Staates Victoria bei ihren Pirschgängen keiner schnittigen europäischen Coupés. Außerdem erkannte ich die Kerle. Es waren die beiden Faschos vom Friedhof.

Ayisha drängte sich neben mich, in der Enge des Korridors standen wir eng aneinandergepreßt. Ich neigte mich zu ihr herunter und spürte ihr Haar auf meiner Wange. »Jedenfalls nicht unsere«, flüsterte ich. »Eher schon der türkische Geheimdienst, was meinst du?« Ayisha wußte, daß das nicht die Bullen waren, sie verdrehte die Augen und fand das offenbar einen ziemlich lahmen Witz.

»Was ist der Anatolia Club?« Ich sprach leise, ein geheimes Gespräch, das nur uns anging, mein Mund kam unabsichtlich an ihr Ohr und war schwer gefährdet, einen elektrischen Schlag abzukriegen. Sie runzelte die Stirn zu einer stummen Frage, ihre beiden perfekten Brauen schlangen sich zu zwei flaumigen schwarzen Raupen. »Ich glaube, Bayraktar war dort Mitglied«, flüsterte ich.

Ihr Kinn verspannte sich, kurz flammte Angst in ihrem Gesicht auf. Sie wiederholte das knappe ausdrucksstarke Wort, das Gezen anfangs geäußert hatte. »Warte«, fuhr sie mich dann an. Sie drehte sich zu Gezen um und drängte ihn unter beruhigenden türkischen Lauten rückwärts durch den schmalen Korridor, bis er in der Dunkelheit am anderen Ende verschwunden war. Gleich darauf machte sie kehrt und kam zu mir zurück. »Hör auf, den Witzbold zu spielen, Murray«, zischte sie. »Das ist bitterernst.«

Ihr Gesicht war mir so nahe, daß ich die Mischung aus Pfefferminzkaugummi und Tabak in ihrem Atem riechen konnte. Noch dichter dran, und ich könnte für nichts mehr garantieren. »Beruhige dich«, sagte ich und wich zurück. »Ich bin auf eurer Seite, das weißt du doch.«

Sivan sah vom Telefon auf, nahm unsere Anwesenheit zur Kenntnis und fuhr fort, sich Notizen zu machen.

Rasch erzählte ich ihr, daß ich am Vortag bei der Adresse in der Blyth Street vorbeigefahren war und dort einen BMW so wie den vorm Haus gesehen hatte. Als Draufgabe erzählte ich außerdem, was ich soeben auf dem Fawkner-Friedhof beobachtet hatte. Ayisha nagte an der Unterlippe und sah angespannt zum Fenster hinaus. »Das ist eine Spielhölle«, sagte sie. »Wird von rechtsextremen Verbrechern geführt. Vielleicht sogar schlimmer.«

»Schlimmer? Wie meinst du das?«

»Angeblich überwachen sie im Auftrag des Konsulats die türkischen Organisationen in der Stadt.« Sie zuckte bedeutsam mit den Schultern. »Meinst du, die sind wirklich hinter Memo her?«

Sie sagte noch etwas, aber ich war bereits zur Tür hinaus und spürte den scharfen Wind wie Messerstiche auf meiner Haut. Der Verkehr wälzte sich lärmend in beide Richtungen, und ich wieselte zwischen den Wagen hindurch auf den gelben Doppelstreifen in der Mitte der Straße zu.

Eine meiner goldenen Regeln ist es, meine Nase nicht in ethnische Angelegenheiten zu stecken. Die Gründe dürften inzwischen einleuchten. Was ich an komplizierten, verbitterten und unlösbaren Konflikten so brauchte, davon kriegte ich in der Labor Party zur Genüge. Die Toleranz hatte jedoch ihre Grenzen. Es ging nicht an, daß ein paar ausländische Dreckfinken glaubten, sie könnten in meinem Bezirk eine in jeder Hinsicht anständige Wohlfahrtsorganisation beschatten, ohne zumindest einen ordentlichen Anschiß befürchten zu müssen. Irgendwo war Schluß.

Jetzt stand ich auf dem Doppelstreifen und wartete einen Troß Sattelschlepper ab, deren Reifen einen dünnflüssigen Brei auf dem nassen Asphalt verspritzten. Durch die vorbeihuschenden Lücken zwischen den einzelnen Lastern sah ich, wie die zwei Typen in dem BMW ungerührt zu mir herüberstarrten und mich beobachteten. Glattrasierte Gesichter, steinharte Züge. Ihre Mienen sagten: ›Was guckst du so, nix Engliss spräken, ich mach dich kickbox!‹ Ich kam näher – zehn Meter, fünf, zwei – und bereute mein

Bravourstück bereits. Vielleicht wäre ein weniger konfrontativer, eher indirekter und besonnener Ansatz doch angemessener gewesen. Hallo zusammen, könnte ich sagen. Sucht ihr irgendwas? Kann ich helfen? Ayisha stand hinter mir auf dem Gehweg und nagte schon wieder an der Unterlippe.

Der BMW erbebte sanft, ließ den Blinker aufleuchten, fädelte sich in die Welle aus Stahl und Gummi ein und zischte ab Richtung Süden.

»Arschgesichter, verpißt euch!« schrie ich der entschwindenden Stoßstange nach. »Ihr seid jetzt in Australien.« Ein verhutzelter Grieche, der im Unterstand einer Straßenbahnhaltestelle saß, blickte ungerührt von seinem Stock auf. »Nicht du, Alterchen«, setzte ich rasch hinzu. »Nicht du.«

Ayisha schüttelte staunend den Kopf, klatschte in die Hände und grinste. Jetzt war auch klar, warum ich unbedingt den Helden hatte spielen müssen. Geschafft! sagte ich mir. *Avanti popolo!*

Drinnen im Büro hing Sivan immer noch hochkonzentriert am Telefon. Das hintere Büro war leer. Ich durchquerte den Hof und sah im Nebengebäude nach, aber dort fand ich Gezen auch nicht. Ayisha hatte sich einen Mantel über den Arm gehängt, ein riesiges wattiertes Ding, und stand schon wieder auf der Straße, wo sie in beiden Fahrtrichtungen Ausschau hielt. »Wir müssen reden«, sagte ich.

»Später.« Sie stieg in ein Taxi und kurbelte das Fenster hinunter. Ihr Arm kam heraus. Ich spürte die Kühle ihrer Handfläche auf meiner Wange und wie sie mit der Bewegung des anfahrenden Taxis darüberstrich. »Du warst toll. Und du wirst niemandem was erzählen, nicht wahr?«

Scheiße, nein. Wenigstens nicht, bis ich an ein Telefon kam.

13

»Hier«, sagte Stur. »Halt das mal.«

Vor zwei Tagen war diese ganze Pacific-Pastoral-Geschichte noch eine Chance für mich gewesen, bei den Mächtigen ein paar Bonuspunkte einzustreichen. Inzwischen hatte sie sich als eine wahre Schlangengrube entpuppt. Wäre ich nach diesem Begräbnis doch bloß direkt ins Bezirksbüro zurückgekehrt, ich säße jetzt friedlich am Schreibtisch, erledigte Charlenes Korrespondenz und hätte nebenbei längst eine supereffiziente Dachdeckerfirma losgeschickt, um meine häuslichen Durchlaufposten zu stopfen. Statt dessen war es bereits Mittag, und nicht nur tropfte mein Dach immer noch, sondern ich stand mit einer Handlampe unterm Arm untätig herum, während Stur auf einer umgedrehten Bierkiste meinen Schreibtisch mit Balanceakten entweihte.

Die flackernde Deckenbeleuchtung war Nummer vier auf einer Reparaturliste gewesen, die Trish dem tätowierten Querulanten an diesem Morgen in die Hand gedrückt hatte. Zuerst hatte er das von den Einbrechern demolierte Klofenster ausgetauscht, als nächstes den Mechanismus des Türschließers an der Eingangstür nachgestellt und dann das Rattern der Gasheizung an der Wand behoben.

Trish ließ sich wirklich keine Gelegenheit entgehen. »Der Arme weiß ja nicht, wo er hin soll«, teilte sie mir mit, als ich von der Liga zurückkam und ihn vorfand, wie er die Bierkiste auf meinen Tisch stellte. »Seine Freundin, diese Gail…«

»G-a-i-l.«

»Die hat ihn wirklich an die Luft gesetzt. Als ich heute früh ins Büro kam, schlief er in seinem Auto vor der Tür. ›Wenn du hier schon den ganzen Tag rumhängen mußt wie ein schlechter Geruch‹, hab ich ihm gesagt, ›dann mach dich wenigstens nützlich.‹«

Also machte er sich so scheißnützlich, daß ich nicht mal an meinen Schreibtisch kam. Wie einer in diesem Irrenhaus irgendwas erledigen, geschweige denn ein diskretes Telefonat über Mord und Totschlag führen sollte, das stand in den Sternen.

Mit der einen Hand reichte ich ihm die Leuchtstoffröhre hinauf, mit der anderen wählte ich die Nummer des Ministeriums. Agnelli war ein schlauer Hund in seinem Job, garantiert kannte er einen ähnlich talentierten Strafverteidiger. Gemeinsam sollten sie mir diesen Gezen vom Hals schaffen – und die rechtlichen Folgen gleich dazu, die sein spontanes Geständnis womöglich nach sich zog. Vorausgesetzt, er tauchte überhaupt wieder auf. Wahrscheinlich hatte er längst bereut, sein Gewissen so ungebeten erleichtert zu haben, und wartete jetzt mit seinem Gepäck in der internationalen Abflughalle von Tullamarine auf den nächsten Nonstopflug nach Ankara.

Ich versuchte noch einmal Agnellis Direktleitung. Immer noch besetzt. Irgendwie waren Ayishas Tabak und

Streichhölzer in meiner Jackentasche gelandet. Zur Beruhigung drehte ich mir eine Zigarette und rief noch einmal bei den Dachdeckern an.

»Ja?« Diesmal meldete sich eine jüngere Frau, gelangweilt und kurz angebunden.

»Ist da die Firma A-OK Allweather?«

»Einen Moment, bitte.« Aus dem Hörer plärrte geistlose Musik.

»Firma Bescheißky ist das«, sagte eine Stimme von oben. Stur schob gerade die Abdeckung wieder über die Lampe. »Hab mal einen Job für die gemacht. Auf dem Pflichtenblatt war ein Viererblech vorgeschrieben, aber die haben einfach das billigere Zwosechser genommen. Meinten, das merkt sowieso keiner. Auch wenn die Beschläge in zwanzig Jahren total im Eimer sind. Miese Arbeit, Kumpel, Ehrenwort.«

Der Jingle kreischte in meinen Gehörgängen wie eine rasende Maus, die in einem leeren Margarinebehälter in die Falle gegangen ist. »Verstehst du denn was vom Dachdecken?« Säcke nähen, das konnte ich mir vorstellen, Tüten kleben, gelegentlich mal eine Zündung kurzschließen vielleicht. Trish mochte von seiner Handwerkerei im Büro ja beeindruckt sein, aber was mich anbelangte, hatte er bis jetzt nur ein verrostetes Scharnier geölt und ein paar Glühbirnen gewechselt.

»Gelernt hab ich Gasinstallateur«, sagte Stur. »Bin aber viel rumgekommen. Metallbau. Klempnerjobs. Beton. Dächer auch. So ziemlich alles.«

Die Maus schaltete auf Heavymetal. »Wie steht's mit Heimreparaturen? Normale Einfamilienhäuser?«

Stur ließ einen schweren Gegenstand in die Werkzeugkiste fallen und kam herunter. »Philosoph bin ich vielleicht keiner, Alter, aber mit Häusern kenn ich mich echt aus.«

A-OK Allweather ließ immer noch hinter einer Parade nervtötender Hits auf sich warten. Mit Sicherheit würde ich am Ende bereuen, was ich gerade tat, aber in der Not frißt der Teufel Fliegen. »Hör mal«, sagte ich, »vielleicht hab ich einen Job für dich. Bei mir zu Hause. Wenn du willst, fahren wir schnell rüber, du siehst dir die Sache kurz an und sagst, was du denkst.«

»Du kannst mich mal«, erwiderte Stur liebenswürdig. »Willst mich ja bloß loswerden.«

»Quatsch – indem ich dir zeige, wo ich wohne? Was ist, willst du nun bezahlte Arbeit oder nicht?«

»Was für Arbeit?«

Eine Viertelstunde später standen wir vor meiner Gartentür. Es regnete gerade nicht, aber der Himmel drückte bedrohlich nach unten. Dicke Tropfen hingen an den rostigen Schlitzen in der Regenrinne, und auf dem Dach beulte sich mein Lumpenpropfen wie ein Kropf. Stur schnalzte vielsagend mit der Zunge. »Brauch 'ne Leiter«, sagte er und nahm den Weg ums Haus herum, den Blick immer wieder kopfschüttelnd nach oben gerichtet. Vermutlich stufte er mich soeben in die Kategorie faule Sau ein.

Als der Schlüssel ins Schloß glitt, drang plötzlich Lärm aus dem Haus. Schwere Schritte trampelten durch das Schlafzimmer. Ein Schatten flitzte an der Mattglasscheibe der Tür vorbei und verschwand durch den Flur nach hinten. Ich drehte gewaltsam den Schlüssel um und verfluchte das sperrige Schloß. Als die Tür endlich aufflog, hörte ich am anderen Ende des Flurs ein Krachen und gleich darauf einen erstickten Fluch. Ich stürmte durch das Haus und zur Hintertür schnurstracks wieder hinaus.

Im Garten lag Stur ausgestreckt auf dem Rücken und spuckte Blut und Zahnsplitter. Ich flankte behende über die wackligen Bretter und landete in den vesuvischen C-Körbchen von Mrs. Bagios Dessous, die auf einer Wäschespinne im Wind flatterten. Vor mir erhob sich ein zweiter Zaun aus alten Wasserrohren: Die Bohnenstangen von Mr. Bagio. Noch ein Satz, diesmal voll in mehrere Mülleimer hinein, die meinen Hechtsprung bremsten. Vor dem Haus knallte eine Autotür zu. Ich kam eben noch rechtzeitig um die Ecke, um das Heck eines frühen Falcon 500 als aquamarinblaues Blitzen um die Kurve schlittern zu sehen. Aber nicht bevor ich mir die letzten drei Ziffern des Nummernschilds eingeprägt hatte.

Als ich ins Haus zurückkehrte, saß Stur am Küchentisch. Er drückte sich ein nasses, rosa gesprenkeltes Geschirrhandtuch auf die Lippe und durchstöberte seine auf einer Untertasse ausgebreiteten Dentalfragmente – wie eine paläontologische Ausgrabung: der Oberkiefer des Homo nerviens. Als er das Tuch vom Gesicht nahm, kamen eine aufgeplatzte Lippe und die rasch anschwellende Nase zum Vorschein. »Scheiße, was war 'n das?« lispelte er. »Die Drecksau hat mir die Tür in die Fresse geknallt.«

Es schien mir nicht der richtige Zeitpunkt für einen Vortrag über sexistischen Sprachgebrauch. »Irgendein abgefuckter Junkie wahrscheinlich«, keuchte ich. »Ist mit seiner Karre über alle Berge.«

»Fehlt was?«

Ich bezweifelte es. Wer auch immer es war – denn tatsächlich gesehen hatte ich niemanden –, er hatte sich nicht so bewegt, als hätte er meinen Fernseher unterm Arm. Ich sah mich um. Nichts deutete auf Einbruch hin: keine eingeschlagene Scheibe, keine Holzsplitter an den Schlössern. Alles sah mehr oder minder so aus wie am Morgen, als ich zur Arbeit gefahren war. Bei dem Gedanken an das enttäuschte Gesicht des Pechvogels – oder Riesenidioten – von Einbrecher, der sich ausgerechnet meine Bude vornahm, mußte ich lachen. Immerhin: am anderen Ende des muffigen Teppichs aus aufgeweichten alten Zeitungen, die den Wohnzimmerboden bedeckten, stand die Stereoanlage unangetastet an ihrem Platz.

Ein paar Jahre davor war Wendy eines Tages nach Hause gekommen, und die Tür stand sperrangelweit offen. Jemand hatte die Wohnung stümperhaft auf den Kopf gestellt und das tragbare Tapedeck mitgehen lassen. Solche Einbrüche waren zwar aufreibend und ärgerlich, aber daß gelegentlich ein paar gelangweilte Jugendliche oder Junkie-Desperados die Scheibe einschlugen, war wohl unvermeidlich. Es war Teil eines unerbittlichen Prozesses, der mit dem Flaggenmast vor dem Haus und einem Ziergärtlein anfängt und darin gipfelt, daß eines Abends, während man gerade beim Abendessen sitzt, ein Wichtigtuer, der wahrscheinlich konservativ wählt, an der Tür klingelt und wissen will, ob man nicht bei einer Selbsthilfe-Wachtruppe für das Viertel mittun mag. Wer mit dem sporadischen Einbruch hier nicht leben konnte, war besser beraten, die Hütte zu verkaufen und sich in einem Hochsicherheitsbunker in Fitzroy oder einer Luxuswohnung in St. Kilda zu verbarrikadieren. Wenn man schon wie ein Aristokrat ausgeraubt wurde, sollte man auch wie einer leben. Nur benötigte man dafür rund fünfzig Riesen, die ich nicht besaß.

Das Schlafzimmer war ein Saustall, aber auch nicht mehr als sonst. Offenbar hatten wir den Einbrecher gleich zu Beginn seines Besuchs gestört. Ich ließ mir Zeit, schloß Schubladen und strich die Betten glatt – lauter kleine Gesten, die meine Anwesenheit bekräftigen sollten. Abgestreifte Socken, sowohl meine wie Reds, lagen auf dem Boden verstreut. Ich fing an, sie aufzuheben. Es war ein bißchen so, als wäre ich bei einem Autounfall mit schmutziger Unterhose ertappt worden.

Daß irgendein Witzbold durch das Haus geschlichen war, störte mich weniger – immerhin hatte ich den Sack in die Flucht geschlagen. Aber es war die Art Geschichte, die einen kleinen Jungen leicht in Angst und Schrecken versetzen konnte. Ein paar Stunden früher oder später, und unsere Hintertür hätte ebenso gut Red ins Gesicht knallen können. Am besten erwähnte ich die Geschichte gar nicht. Ich paarte die Socken und warf sie in den Schmutzwäschekorb, bis nur noch eine einzelne schwarze mit Loch in der Ferse übrig war. »Soso, es fehlt also nur die eine Socke?« konnte ich die Polizei schon fragen hören.

Ich kniete mich vor das Bett und tastete den Boden darunter ab. Socken fand ich keine, dafür eine Plastiktüte mit mehr Marihuana, als ich je zuvor auf einmal gesehen hatte. Es mußten gut sechzig Gramm sein, luftdicht zu einem kompakten Brocken verpackt. Entweder war Red wesentlich frühreifer, als ich ihm zugetraut hätte, oder unser unbekannter Eindringling hatte weniger etwas mitgenommen als was dagelassen. Ich saß auf der Bettkante, starrte das Gras an und fragte mich, was ich damit anfangen sollte.

Stur kam den Flur heraufgestampft, seine Ballonlippe wölbte sich nach oben und offenbarte eine obszön rosige Masse aus Zunge und Zahnfleisch. »Wo ist die Leiter?«

Ich ließ das Päckchen rasch in der Tasche verschwinden. Das Vorhandensein illegaler Substanzen in meinem Haus würde ich diesem tätowierten Ochsenhirn nicht unbedingt auf die Nase binden. »Ich sollte wohl die Bullen rufen und den Einbruch melden.«

»Schade um die Zeit«, brummte er. Klarer Fall, mit den Sherlocks wollte er möglichst wenig zu tun haben.

Wahrscheinlich hatte er sogar recht. Wir würden gut eine Stunde warten müssen, bis die Cops mit ihren Clipboards anmarschiert kämen, um für die rein fiktive Versicherungsmeldung ein Protokoll in dreifacher Ausfertigung aufzunehmen. Ich gäbe ihnen das Dope und die drei Ziffern vom Nummernschild des Falcon. Und sofern der Wagen nicht überhaupt geklaut war, würden sie sechs Monate später anrufen und verlangen, daß ich mir einen Tag frei nahm, um beim Bezirksgericht auszusagen, damit irgendein Wichser mit Stecknadelpupillen seine kriminellen Talente ein halbes Jahr lang auf Steuerzahlerkosten aufbessern konnte. Nein danke. Ich holte die Leiter.

Stur verschwand im Dachboden, ein blutverschmiertes Handtuch in der einen, eine Taschenlampe in der anderen Hand. Ich drehte mir eine von Ayishas Zigaretten, blieb im Dämmerlicht des Flurs stehen, starrte zur Falltür hinauf und hoffte inständig, das Richtige zu tun. Wenigstens nach Referenzen hätte ich ihn fragen sollen.

Als er wieder herunterkam, war seine Lippe zu einem verächtlichen Grinsen verzogen, ob infolge der Schwellung oder aus Geringschätzung war schwer zu sagen. »Kannste vergessen«, schnaubte er. »Völlig im Eimer. Alle Dachlatten morsch. Das Blech muß ganz ersetzt werden. Außerdem brauchst du neue Leitungen.«

»Wieviel?«

»Nur das Dach? Tausendsechshundert.«

Ich hatte keinen Schimmer, ob das viel, wenig oder total von der Rolle war. Zehn Sekunden lang dachte ich lange und angestrengt nach. Wenn ich nicht bald was unternahm, würde mir das Haus um die Ohren fliegen, ehe ich auch nur einen anständigen Kostenvoranschlag hatte. Außerdem fand ich es ein bißchen schäbig, mit einem Mann zu feilschen, der eine Kerbe von der Form meiner Hintertür mitten im Gesicht trug. »Wann kannst du anfangen?«

Stur drückte eine Sicherung in den Elektrokasten, und die Lichter gingen an. »Sobald das Wetter besser wird.«

»Rabatt, wenn ich bar zahle?«

»Sechzehnhundert ist bar. Zwei Männer für zwei Tage plus Material.«

»Versicherung? Was ist, wenn du runterfällst und dir das Genick brichst?«

»Dann schleifst du mich auf die Straße und läßt mich verrecken.«

»Mit Vergnügen.« Wir besiegelten den Deal mit Handschlag und fuhren zum nächsten Baustoffhändler. Stur gab an, was er benötigte, die Lieferung wurde für den nächsten

Morgen vereinbart. Sie akzeptierten sogar meinen Scheck. Mein Konto war zwar überzogen, aber das brauchte niemand zu wissen. Endlich schienen sich die Dinge in die richtige Richtung zu entwickeln.

Auf dem Weg zurück ins Büro fiel mir ein, daß der Einbrecher zurückkommen könnte, um sein Gras zu suchen, und daß dann womöglich Red im Haus war. Andererseits konnte ich nicht gut herumsitzen und warten, bis er noch einmal aufkreuzte. Besser wäre es, ich erwischte ihn zuerst, gäbe ihm sein Dope zurück und teilte ihm auf unmißverständliche Weise mit, er solle sich verpissen. Natürlich konnte ich so etwas nicht selbst erledigen. Aber der Mann, der es konnte, saß direkt neben mir.

Immer schön der Reihe nach. Erst mal brauchte Stur neue Zähne, und ich mußte herausfinden, wem das blaue Schwuchtelgefährt gehörte. Ich ließ Stur an einer Straßenbahnhaltestelle an der Sydney Road aussteigen, gab ihm zwanzig Dollar und beschrieb ihm den Weg zur Uniklinik für Zahnheilkunde. Dort kriegte man seine Dritten umsonst, sofern man nichts dagegen hatte, daß die Studenten an einem übten. Das mit den Studenten verschwieg ich wohlweislich.

Vor rund einem Jahr war Trish mal mit einem Kerl zusammengewesen, der beim Verkehrsamt arbeitete. Er kam zu unserer Weihnachtsfeier, schüttete sich total zu und kotzte irgendwann eine Portion Taramá quer über meinen Schreibtisch. Kurz darauf hatten die beiden sich wieder getrennt, wenn auch nicht deshalb. Als ich ins Büro kam, war Trish gerade in der Mittagspause. Loverboys Nummer stand noch in ihrer Telefonkartei.

»Ich rufe aus dem Büro von Ministerin Charlene Wills an«, meldete ich mich. War ja nur halb gelogen. »Trish meinte, ich sollte mich an Sie wenden.« Er war schuld an der Trennung gewesen, also löste ihre Erwähnung vielleicht schlechtes Gewissen aus. »Sie sagte, wenn mir jemand weiterhelfen kann, dann Sie. Folgendes: Mrs. Wills machte am Wochenende ihre Einkäufe und jemand verbeulte ihren Wagen. Hat ihr das Rücklicht ruiniert und gleich einen Teil der Chromverkleidung abgefetzt. Und sich dann verpißt, ohne ciao zu sagen. Zum Glück hat jemand das Ganze beobachtet, Automarke und Modell des Täters sowie die halbe Nummer notiert und den Zettel unter den Scheibenwischer gesteckt. Mrs. Wills will klarerweise keine Staatsaffäre daraus machen, aber ich wüßte gern, ob man den Besitzer irgendwie ausfindig machen kann.«

»Da wenden Sie sich am besten an das Nachforschungsbüro.« Der Schnösel hatte Besseres zu tun, als dem Arbeitskollegen einer fast vergessenen Freundin einen Gefallen zu tun. »Sie müssen sich ausweisen, ein Formular ausfüllen und eine Gebühr für die Auskunft bezahlen. Nach etwa einer Woche werden Sie dann verständigt.«

»Oh«, sagte ich. Nicht das ohnmächtige »Oh« des mit einem anonymen und mitleidlosen Amtsschimmel konfrontierten Bürgers, sondern das »Oh« eines Machers und Aufmischers, der gerade feststellt, daß er mit einem Spatzenhirn spricht. Es folgte ein fast unmerklicher Einstellungswandel, ein winziges Absinken des barometrischen Drucks. »Es war ein Falcon 500«, fuhr ich fort. »Aquamarinblau, älteres Modell. Nummer: drei Ziffern unbekannt, und dann acht sechs fünf.«

»Da muß ich erst mal runtergehen«, sagte er, damit ich auch wußte, welche Mühen er auf sich nahm. »Ich rufe zurück.«

Ich legte auf und wählte die Nummer der Liga.

»Nein, Ayisha ist noch nicht wieder da.« Sivan klang nicht weiter besorgt. »Ich dachte, sie ist vielleicht mit dir zusammen«, fügte er vielsagend hinzu.

»Der Klient, der bei ihr war – hast du ihn noch mal gesehen?«

»Was für 'n Klient?«

»Der mit den Locken. War vor ungefähr zwei Stunden bei Ayisha im Büro.«

»Memo Gezen?« Sivan hatte ihn nicht gesehen, wußte aber, wen ich meinte. »Ein führender Antifa-Kämpfer. Und unermüdlicher PKK-Aktivist.«

PKK – die kurdische Separatistenpartei? »Nein, der, den ich meine, ist nur Reinigungsarbeiter.«

»Echt gute Tarnung, was? Wußtest du, daß seit dem Putsch zigtausend Menschen verhaftet wurden? Es gehört zur Politik des Regimes, daß …«

Viele Einwanderer blieben auch fern ihrer Heimat politisch aktiv. An sich nichts Ungewöhnliches. Eine Menge Italiener waren Mitglieder und teilweise sogar Funktionäre der Kommunistischen Partei Italiens. Der Typ aus El Salvador, der unseren Bürokopierer reparierte, saß angeblich im Zentralkomitee der Befreiungsfront Farabundo Marti. Was ich da über Memo Gezens politisches Engagement erfuhr, ließ bei mir gleich mehrere Groschen auf einmal fallen.

Ich unterbrach Sivan in seinen Elendsstatistiken: »Hör

mal, Ayisha soll mich anrufen, sobald sie zurück ist, okay? Und noch was: sieh bitte mal zum Fenster raus und sag mir, ob auf der anderen Straßenseite ein BMW parkt.«

»Ich sehe keinen. Warum?«

»Nur so. Ayisha soll mich anrufen, okay?«

»Ich sag's ihr, Murray. Du magst sie gern, hm?«

Ich hatte sie sogar noch lieber gemocht, bevor ich anfing das Gefühl zu haben, an der Nase herumgeführt zu werden. Einer der gelben Zettel auf meinem Tisch vermeldete, Greg Coates habe in meiner Abwesenheit angerufen. Das Kästchen für ›Dringend‹ war angehakt. Ayishas Tabak bestand nur noch aus Krümelpulver. Beim Wählen drehte ich einhändig, inzwischen wieder ganz gut in Form.

»Du Scheißkerl«, sagte Coates. »Was hast du dir eigentlich dabei gedacht?« Er hatte noch nie so sauer geklungen.

»Was ist denn los?«

»Na, dein Türke, dieser Bayraktar. Der Bursche ist brandheiß. Heute früh wollte ich wie versprochen seine Datei noch mal aufrufen und bekam auch diesmal keinen Zugriff. Fünf Minuten später stehen zwei von unseren Sicherheitstypen auf der Matte und wollen wissen, wieso ich mich denn für den so interessiere. Ich mußte einen echten Steptanz aufführen, bis sie mir geglaubt haben, daß es nur ein Tippfehler war. Die sind ganz scharf darauf, den Kerl persönlich kennenzulernen. Ich finde, ich sollte wissen, warum du dich für ihn interessierst.«

Da würde Coates warten müssen, bis sich die Wogen geglättet hatten. Egal was ich ihm jetzt erzählte, es machte garantiert in kürzester Zeit die Runde, wie Herpes im Akutstadium. Daß er plauderte, war logisch, ich hätte es nicht anders gehalten. »Da gibt's wenig zu berichten. Der Name stand am Montag in einem Artikel der *Sun*, der Charlene mit einem möglichen Arbeitskonflikt in Verbindung brachte. Dem bin ich bloß nachgegangen.«

»Weißt du, wo der Typ ist?«

»Ich denke schon. Was hat er denn ausgefressen?«

»Offenbar so ziemlich alles, außer den eigenen Hund zu vögeln. In Deutschland hat er ein Vorstrafenregister so lang wie dein Arm: schwere Körperverletzung, Drogenhandel, alles was dazugehört. Die Krauts haben ihn rausgeschmissen. Danach ist er bei uns durchgeschlüpft. Reiste mit einer befristeten Aufenthaltsgenehmigung ein, angeblich um für den Anatolia Club zu arbeiten, das ist so ein Schwindelverein mit Kulturaustausch in den Statuten. Als Beruf gab er Keramikkünstler an, ist doch nicht zu fassen, was? Der dreht alles mögliche, aber bestimmt keine Tonvasen. Falls du also weißt, wo er ist...«

»Versuch's doch mal am Fawkner-Friedhof«, sagte ich.

»Ist er tot?«

»Meines Wissens begraben sie einen dort nur äußerst ungern lebendig. Sag deinen Sicherheitsheinis, sie können das alles in der erwähnten *Sun* vom Montag nachlesen. Todesursache war laut Bericht Herzinfarkt.«

Damit war Coates' gute Laune wiederhergestellt. Die Pluspunkte, die er dafür bekäme, würden für Jahre reichen. Es ging doch nichts über ein bißchen gegenseitiges Trittbrettfahren, um auf den Gleisen zu bleiben. »Hör mal«, nutzte ich die Gunst des Augenblicks. »Da gibt's noch einen anderen Türken, über den ich was bräuchte.«

»Kommt nicht in Frage«, erwiderte er. »Zuerst muß

wieder Ruhe einkehren. Ich kann hier nicht dauernd Sicherheitsanfragen abfeuern, Alter. Aber wie wär's, wenn zur Abwechslung mal du was rausläßt? Du hast mir noch gar nicht fertig erzählt, was Agnelli so plaudert.«

»Ich mußte ihm schwören, nichts weiterzusagen.« Es lohnt sich immer, den Wert einer Information leicht zu übertreiben. »Also: im Kabinett geht das Gerücht, daß die Wahlen vorgezogen werden. Noch vor Weihnachten. Anfang Dezember wahrscheinlich.«

»Scheiße, bis dahin sind's ja nicht mal mehr zehn Wochen. Das ist doch Quatsch.«

»So hat er's mir jedenfalls gesagt. Und wenn es stimmt, daß er die Telefonleitungen heißlaufen läßt, bin ich wohl nicht der einzige, den er einweiht.«

»Am Ende könnte er aber auch wie ein Vollidiot dastehen. Der Verwaltungsausschuß der Partei steckt doch gerade bis zum Hals in einer Reform der Wahlkampftaktik, das weiß ich genau. Jetzt Wahlen auszurufen, wenn der halbe Apparat auf dem Trockendock liegt, wäre geradezu eine Schnapsidee. Aber gut, vielleicht ist ja trotzdem was dran. Lohnt sich jedenfalls, die Ohren offenzuhalten.«

»Halt mich auf dem laufenden.«

»Und du vergiß nicht, mich heute abend bei der Sitzung zu entschuldigen.«

Der Gedanke, daß Agnelli mit der Möglichkeit bevorstehender Neuwahlen falschliegen könnte, überraschte mich gar nicht. Was ich seit gestern nachmittag alles über diese mutmaßliche Lollicato/Pacific-Pastoral-Connection erfahren hatte, zog seine Glaubwürdigkeit ebenfalls schwer in Zweifel.

Eines stand jedoch fest: der Dreck an Bayraktars Stecken war hochinteressant. Er bestätigte Gezens Erpressungsgeschichte und auch den Verdacht der Polizei, daß im Kühlraum Nummer drei geklaut wurde. Die Verbindung zum Anatolia Club war echt ein Grund zur Sorge. Offenbar ein organisierter Mob von rechtsextremen Paramilitärs, die möglicherweise für eine ausländische Regierung arbeiteten und aus einem gut gesicherten Haus mitten in Melbourne ebenso politische Machenschaften und zugleich eine kriminelle Schutzgeldoperation leiteten. Und ich hatte sie gerade in aller Öffentlichkeit bloßgestellt.

Das Telefon läutete. Loverboy vom Verkehrsamt war dran. »Haben Sie was zum Schreiben?« sagte er. »Ist ein ziemlicher Zungenbrecher. Der Wagen läuft auf einen gewissen Ekrem Bayraktar. Ich buchstabiere: B-A-Y-R-A-K-T-A-R. Verstanden?«

Nein, nicht die Bohne. Ich verstand überhaupt nichts mehr.

14

Bayraktar war tot. Ich hatte doch die Fotos gesehen und in ein Erdloch auf die Silbergriffe seines Deluxe-Rosenholzsargs von Martinelli hinabgestarrt. Wer zum Teufel war da durch mein Haus getrampelt und hatte dabei eine Cannabisspur hinterlassen? Gab es hier etwa eine innere Logik, die mir entging?

Der chaotische Berg aus Akten und Post, den der Einbrecher in der Nacht zuvor auf den Boden meines Büros befördert hatte, breitete sich unterdessen auf meinem Tisch aus, ein schlampiger Haufen, der zur Hälfte unter den gelben, wie Konfetti verstreuten Telefonnachrichten verborgen lag. Zu allem Überfluß wollte mich offenbar auch noch das halbe bewohnte Universum sprechen. Ich fing an, den Misthaufen systematisch zu sortieren, und hoffte, diese oberflächliche Wiederherstellung der Ordnung würde mir helfen, das Durcheinander in meinem Kopf zu entwirren.

Unter den Anrufen waren mehrere Mitglieder des Labor-Ortsverbands. Die wollten sicher nur wissen, ob die Tagesordnung für die Sitzung am Abend interessant genug war, um sie hinter dem Ofen hervorzulocken. Gavin Mullane, Sohn des örtlichen Unterhausabgeordneten, bestätigte seinen Vier-Uhr-Termin mit mir. Die Dachdecker riefen jetzt der Reihe nach zurück, als müßten sie das Axiom bestätigen, daß es wenn, dann immer gleich knüppeldick kommt. Maestro Picone wollte über Charlenes Auftritt als Ehrengast beim Ball des Carboni Clubs mit mir reden. Dieser banalen Hausarbeit im Büro war ein gewisser Reiz nicht abzusprechen, vor allem wenn man sie mit den Dramen verglich, die sich anderswo in meinem Wahlbezirk abspielten.

Als ich die Zettelwirtschaft durchgearbeitet hatte, stand mit Sicherheit fest, daß die Pacific-Pastoral-Mappe verschwunden war. Am vorigen Nachmittag hatte sie ganz oben auf der unerledigten Post gelegen. Trish war sie auch nicht untergekommen, wenigstens signalisierte sie mir das, während sie am Telefon mit ihrer Mutter plauderte.

Ich rief Agnelli an. Er machte gerade Mittagspause. Auch mir würden eine Kleinigkeit zu essen und der Genuß einer Zigarette vielleicht geistig auf die Sprünge helfen, also gab ich Trish ein Zeichen, ich käme bald wieder zurück, und machte mich auf den Weg zu den Läden. In der Freßmeile angekommen, setzte ich mich mit einem Pappeimer voll Pommes auf eine Bank, riß eine Packung Winfield auf und versuchte zu ergründen, welcher Zusammenhang zwischen dem Wagen eines Toten, dem verpfuschten Einbruch in mein Haus und der fehlenden Mappe bestehen mochte. Da paßte nichts zusammen. Es ergab einfach keinen Sinn.

Einmal abgesehen von der Frage, warum jemand, der an Pacific Pastoral interessiert war, außerdem noch unsere Kleingelddose klauen und mit Filzstift einen Penis auf den Klospiegel schmieren sollte, war die Mappe völlig wertlos. Sie enthielt nichts außer einer Liste der Namen, die Bayraktars Schicht angehört hatten – Namen, die im Werk von Coolaroo für jedermann frei zugänglich waren –, diversen Notizen und einem handschriftlichen Entwurf des ersten Absatzes für meinen Bericht an den Ausschuß. So etwas zu stehlen, wäre rundweg idiotisch. Die Mappe, so schloß ich, mußte noch irgendwo im Büro liegen, wo sie mir wahrscheinlich praktisch ins Gesicht starrte.

Der Falcon deutete auf zwei Möglichkeiten hin. Die eine war nicht recht plausibel und die andere ausgesprochen erschreckend. Entweder hatte ihn jemand geklaut und rein zufällig bei dem Einbruch in mein Haus verwendet. Oder Bayraktars Kumpel vom Anatolia Club hatten ihn jetzt, und ich steckte bis zum Hals in irgendeiner mörderischen türkisch-kurdischen Sippenfehde.

Laut Coates war der Anatolia Club in Bayraktars Akte

als dessen Arbeitgeber genannt, die Ermittler von der Einwanderungsbehörde dürften ihn also schon sicherheitsmäßig überprüft haben. Also waren die Schnüffler zu dem Schluß gelangt, daß dieser Verein mit Bayraktars kriminellen Machenschaften nichts zu tun hatte, oder sie spielten ihr eigenes abgekartetes Spiel. Aber was faselte ich mir denn da zusammen? Die hatten ja nicht mal gewußt, daß Bayraktar tot war. Wahrscheinlich waren diese Typen sowieso viel zu beschäftigt damit, alten griechischen Omas Schwindeleien mit fingierten Rentenansprüchen anzuhängen, um mir irgendeine Hilfe zu sein.

Blieben also nur die Cops, entweder die vom Revier um die Ecke oder die Jungs von der Kripo in der Innenstadt. Aber ich konnte mir nicht recht vorstellen, daß die anbeißen würden, es sei denn, ich legte eine einigermaßen überzeugende Nummer hin. Wenn ich dabei Charlenes Name fallenließ, würde ich vielleicht einen erstickten Ausruf der Begeisterung auslösen, riskierte aber zugleich, in den Schlagzeilen zu landen: ›Polit-Berater einer Abgeordneten der Labor Party in ethnischen Konflikt mit tödlichem Ausgang verwickelt‹, so was in der Art. Außerdem wäre ein Gespräch mit den Bullen letztlich nur dann sinnvoll, wenn ich über Memo Gezens Rolle bei der Sache plauderte, und das wäre ein Vertrauensbruch. Schlimmer noch, es wäre die todsichere Garantie, daß ich meinen weiteren Aussichten bei Ayisha Celik *güle güle* sagen könnte.

Paßte Memo Gezen denn überhaupt ins Bild? Seine Geschichte, er sei von Bayraktar erpreßt worden, ging ja noch an, alles andere aber wirkte entschieden unglaubwürdig. Der Typ war irgendwie undurchschaubar: eben noch ausgeglichen und entgegenkommend, im nächsten Moment mit dem Blick eines Irren, dem die Funken aus der Birne sprühten. Und zu allem Überfluß war da seine Verbindung zu den militanten Kurden.

Das Problem war, daß ich nichts in der Hand hatte, was mich wirklich weiterbrachte. Mir blieb keine Wahl, ich mußte Greg Coates umstimmen und mir Gezens Einwanderungsakte beschaffen. Vielleicht wurde daraus ein bißchen klarer, was hier eigentlich ablief. Mir fiel noch etwas ein: womöglich war Gezen ja gar nicht freiwillig verschwunden. Sivan hatte telefoniert, Ayisha auf der Straße meinem Anfall von Pseudoheldentum zugesehen – konnte jemand in das Büro eingedrungen sein und ihn durch die Hintertür verschleppt haben? Jetzt mal halblang, riet ich mir, hier zappeln auch so schon genug an den Haaren herbeigezogene Ideen herum.

Auf halbem Weg zurück ins Büro begann ein ergiebiger Landregen. Ich zog mir die Jacke über den Kopf und nahm die Abkürzung durch eines der Seitengäßchen. Nach wenigen Schritten in dem schmalen granitgepflasterten Durchgang zwischen den Zäunen hörte ich hinter mir das heisere Hochfahren eines frisierten Motors. In dieser Gegend gehören ein abgesenktes Fahrgestell, fette Weißwandreifen und *Basso-profundo*-Motorengeräusche für weite Teile der männlichen Bevölkerung quasi zur Grundausstattung. Wenn ich mich also jedesmal umdrehte, sobald einer seine Karre aufheulen ließ und ein bißchen Gummi gab, hätte ich einen steifen Nacken, bevor man auch nur »obenliegende Nockenwelle mit Einspritzung« sagen konnte.

Als ich aber unmittelbar hinter mir eine Ölwanne über

die Bordsteinkante schaben hörte, wirbelte ich instinktiv herum. Ein meerblauer Blitz aus Chrom und Glanzlack schoß mit brüllendem Motor auf mich zu, die Windschutzscheibe vom Regen verschliert. Ich machte kehrt und rannte los, so schnell mich die Beine trugen.

Hundert Meter vor mir ging der schmale Weg in eine Seitenstraße über, aber bis dahin würde ich es niemals schaffen. Zu beiden Seiten reihten sich die Tore zu den Hinterhöfen der Läden und Häuser aneinander, leider keins davon offen. Mit der Schulter voran warf ich mich gegen das erstbeste, einen morschen Bretterverschlag, der allerdings solider war, als er aussah. Als ich zurückprallte, verlor ich den Halt unter den Füßen und schlug hart auf den verwitterten Pflastersteinen auf. Ich rappelte mich auf die Knie und sah zwischen meinen Beinen den heranrasenden Kühlergrill und die Ziffern von Bayraktars Nummernschild darunter sehr rasch größer werden.

Mein Blick fiel auf die andere Seite des Durchgangs, wo durch die Lücke zwischen den beiden von einer durchhängenden schweren Kette locker zusammengehaltenen Blechflügeln von Ciccios Gartentor ein Berg leerer Tonicflaschen zu sehen war. Ich katapultierte mich knapp vor dem Falcon hinüber und hechtete mit dem Kopf voran durch den Spalt, wobei ich zum Himmel flehte, daß er sich weit genug aufdrücken ließ. Die Kettenglieder peitschten mir auf den Nacken, in meinen Ohren dröhnte das Kreischen der Scharniere.

Glasgeschepper erhob sich zu meinem Empfang, und eine Lawine aus Leerflaschen schlitterte über den nassen Beton im Hof. Aus dem Augenwinkel sah ich den blauen

Wagen vorübersausen. Im nächsten Moment hatte ich eine der Flaschen in der Hand und sah dann zu, wie sie sich mehrmals in der Luft überschlug und ihren Zeitlupenflug in einem milchig weißen Splitterregen beendete, als sie dem Falcon die Heckscheibe zerschmetterte. Das Geräusch des berstenden Glases kehrte wie ein Echo zu mir zurück, gefolgt vom rasch leiser werdenden Reifenquietschen des entschwindenden Wagens.

Mein Herz schlug heftig und schnell, aufgeputscht vom Adrenalin, das in meinen Adern tobte. Das war kein Witz mehr. Etwas weiter hinten auf der Straße lag wie zum Beweis für die mörderische Absicht des Fahrers meine plattgedrückte Packung Winfield. So eine Zumutung! Da entgeht man mit knapper Not einem Mordanschlag und hat nicht den blassesten Schimmer, wer's war oder warum.

Ciccio war an die Hintertür gekommen, er wischte sich gemächlich die Hände ab, während hinter ihm die alten Kartenspieler neugierig die Hälse reckten. Ich schob mich an ihnen vorbei und bestellte mit heiserer Stimme: »*Coretto.*« Ich brauchte einen Drink, und zwar *presto.*

Ciccio kramte eine Flasche Grappa unter der Bar hervor. Er schüttete einen kräftigen Schuß davon in einen starken schwarzen Kaffee und sah mir zu, wie ich die Brühe in einem Zug austrank. Er hätte fast gereicht, um das Zittern meiner Hände zu stoppen. Aber nicht ganz. Das zweite und dritte Glas kippte ich unverdünnt.

»Saukerle«, sagte er. »Müßte Gesetz geben.«

Ich hatte die Schnauze voll. Die Geschichte war zu haarig geworden, da machte ich nicht mehr mit. Außerdem entsprach sie nicht meiner Arbeitsplatzbeschreibung. Eine

Versammlung soll bis auf den letzten Platz besetzt werden? Sie brauchen eine Wählerstromanalyse nach Bevölkerungsschichten oder Wohngebieten? Kein Problem, ich bin Ihr Mann. Sie wollen wissen, wo man die Wahlanleitung am billigsten gedruckt kriegt? Kommen Sie zu mir. Aber mich umlegen lassen? Dafür war ich nicht ausgebildet.

Ich genehmigte mir einen letzten Schuß Grappa, drückte eine frische Packung Fluppen aus Ciccios Automat und beorderte meine Gummibeine zur Tür hinaus zum Bullenrevier um die Ecke. Dort angekommen, hatte ich meine Hände immerhin wieder soweit unter Kontrolle, daß ich das Zellophan von der Packung bekam. »Jemand hat gerade versucht, mich umzubringen«, sagte ich.

Der uniformierte Knüppelträger hinter dem Schalter, ein Schwarzenegger-Typ von Ende Zwanzig, hatte ein ganzseitiges Kreuzworträtsel der Zeitschrift *People* vor sich liegen. Er blickte auf, als nähme er die Störung übel. »Tatsächlich, Sir?« meinte er, wobei er mich von oben bis unten musterte, angefangen bei meinem Dreitagebart, über die schief sitzende Krawatte bis zu den feuchten Flecken auf meiner Hose, die von den Pfützen in Ciccios Hinterhof stammten.

»Allerdings«, erwiderte ich. »Zuerst sind sie in mein Haus eingebrochen, dann wollten sie mich überfahren.« Der Grappa zeigte endlich Wirkung und beruhigte meine Nerven. Ich schaffte es sogar, eine der Kippen aus der Packung zu fummeln und sie mir zwischen die Lippen zu stecken.

»Und wer, wenn ich fragen darf, könnte das wohl gewesen sein?« Als nächstes würde er mir noch mit ›wir sind Ihr Freund und Helfer‹ kommen.

»Deshalb bin ich ja hier. Sie sollen das rauskriegen.«

Er nahm einen Kuli aus seiner Brusttasche und ließ ihn bedeutsam klicken. »Ihr Name?«

Ich überlegte angestrengt, welche Nummer der Falcon gehabt hatte. Das Bild ließ sich einfach nicht scharf stellen. Hmm-hmm, acht sechs fünf. Dabei bewegte ich vermutlich die Lippen, jedenfalls fiel die Zigarette zu Boden. Ich bückte mich danach, und als ich mich wieder aufrichtete, lehnte der Bulle quer über seinem Schalter und verfolgte mit gerunzelter Nase meine Bemühungen.

»Haben wir heute vielleicht schon etwas getrunken, Sir?«

»Nein«, sagte ich. »Das heißt, ja, aber…« Ich konnte die Streichhölzer nicht finden. »Haben Sie vielleicht Feuer?«

Der Bulle warf mir einen schelmischen Blick zu und bog die Ecken eines kleinen Stehkärtchens gerade, auf dem ›Danke fürs Nichtrauchen‹ zu lesen war. Warum stand auf diesen Dingern nicht gleich ›Rauchen verboten‹? Als ich meine Taschen abklopfte, spürte ich etwas in der Innentasche meines Jacketts: einen Klumpen Gras, der groß genug war, um mich nicht nur wegen Besitzes, sondern auch wegen Handels hoppzunehmen. Nein, so schloß ich, das mit den Bullen war keine gute Idee gewesen.

Von wegen schlechter Eindruck: bei diesem Lümmel hatte ich mich bereits so weit ins Abseits befördert, daß ich ihm schon die ganze Wahrheit auftischen müßte, wenn ich ihn überzeugen wollte. Und selbst dann würde er mir nicht glauben, geschweige denn seinen Arsch nutzbringend in Bewegung setzen. Ein unbekannter Angreifer, kein erkennbares Motiv, keine Verletzungen, keine Zeugen, und das Opfer ein halbbesoffener Clown mit einer ganzen Tasche voller Gackergras. Ich machte kehrt und schlenderte zur Tür hinaus. Von nun an würde ich mich auf mein eigenes Talent verlassen. Was nicht eben viel war. Für den Anfang schnorrte ich einen Passanten um Feuer an.

Trish hatte das Büro abgesperrt und eine Karte mit den Worten ›Zurück in 5 Minuten‹ in die Tür gesteckt. Ich ließ die Karte an ihrem Platz, schloß mich im Büro ein und rief noch einmal Greg Coates an. »Könntest du mir nicht doch den kleinen Gefallen tun?« säuselte ich. »Nur eine klitzekleine Info. Noch ein Türke. Name: Memo Gezen.«

»Himmel Herrgott, nicht schon wieder«, sagte er. »Solange es nicht offiziell ist, kann ich dir nicht helfen, wenigstens vorläufig nicht. Für heute reicht's mir, ich halte meinen Kopf nicht noch mal für dich hin. Außerdem, wenn ich du wäre, würde ich mich lieber dafür interessieren, was ein gewisser Italiener aus unserem gemeinsamen Bekanntenkreis im Schilde führt.«

»Agnelli? Was hat der damit zu tun?«

»Komm auf den Boden, Alter. Ich hab ein paar Kumpel in der Parteizentrale gegrillt, obwohl die keineswegs gesprächig waren. Jedenfalls ruft Agnelli nicht Gott und die Welt an, um irgendwelchen Tratsch zu verhökern. Nein, er sammelt Unterstützung für einen Karrieresprung.«

Was sollte daran überraschend sein? Agnelli wäre nicht der erste Anwalt, der sich gern als Gesetzgeber sähe, zumal er sämtliche dafür erforderlichen Persönlichkeitsmerkmale besaß – Eitelkeit, Ehrgeiz und Unzuverlässigkeit. Es war nur eine Frage der Zeit gewesen, bis seine Lust auf eine Parlamentskarriere an die Oberfläche kam. »Ach ja? Auf wessen Sitz soll er es denn abgesehen haben?« Schwer vorstellbar, daß Agnelli mit einem Hinterbänklerposten vorliebnehmen würde.

»Eben da waren meine Informanten plötzlich sehr kurz angebunden. Aber an deiner Stelle würde ich mir jemanden mit Rock und flachen Schuhen vorstellen.«

Das war doch ausgemachter Schwachsinn. Agnelli war unmöglich so blöd, Charlene ihren Sitz abjagen zu wollen. Und die Fraktion würde unmöglich zulassen, daß eine beliebte Politikerin zugunsten eines Ekels wie Agnelli den Hut nehmen mußte. Ich flehte Coates an, mir seine Gewährsleute in der Zentrale zu nennen, doch da war nichts zu machen. Ich beschuldigte ihn sogar, mich zu verarschen, weil er mir seinen Stress wegen der Bayraktar-Datei heimzahlen wollte. Aber als wir auflegten, war ich auch überzeugt, daß er recht hatte.

Es ging ja nicht nur darum, ob seine Behauptung der Wahrheit entsprach oder nicht. Spekulationen dieser Art neigten dazu, sehr rasch ein Eigenleben zu entwickeln. Außerdem gab es, wie Agnelli selbst gesagt hatte, einige Presseorgane, die sich an solche Gerüchte nur zu gern anhängen würden. Ganz zu schweigen von der tollen Story, daß da ausgerechnet einer von Charlenes wichtigsten Mitarbeitern die Klinge wetzte. Wenn ich diese Geschichte nicht *presto* im Keim erstickte, dann wäre es in der ganzen Stadt bekannt, ehe man auch nur ›Messer im Rücken‹ sagen konnte.

Es dauerte eine halbe Stunde, aber dann hatte ich Agnelli in der Leitung. Alles, was ich brauchte, um Coates' Verdacht aus der Welt zu schaffen, war ein schlichtes Nein von ihm. Na ja, und einen heiligen Eid auf die Seele seiner Mutter. »Es ist was Wichtiges passiert. Wir müssen uns unterhalten.«

»Ich bin gerade in einer Besprechung.« Im Hintergrund waren Stimmen zu hören. Agnelli legte die Hand auf den Hörer und sagte etwas. Als er sie wieder wegnahm, hatten die Nebengeräusche aufgehört.

»Ich fahre rein«, sagte ich. »In zehn Minuten kann ich hier weg.« Ich wollte Agnelli ins Gesicht sehen, wenn er mit mir redete. Sobald das mit seinen Zukunftsplänen geklärt war, könnten wir Memo Gezens Geständnis und dessen rechtliche Folgen besprechen. »In einer halben Stunde bin ich da.«

»Nein!« Agnelli sprang mir beinahe durchs Telefon an die Kehle. Er legte jedoch sofort den Rückwärtsgang ein und fügte besänftigend hinzu: »Ich ruf dich zurück, in Ordnung?« Klick. Das Arschloch hatte einfach aufgelegt.

Na gut, du Wichser, dachte ich, kannst du haben. Ich rief noch einmal im Parlament an, verlangte Charlene und wurde mit dem Parteibüro verbunden. Sie sei gerade in einer Kammersitzung, wurde mir mitgeteilt, bei der letzten Anhörung des Versicherungsgesetzes. Eigentlich eine Erleichterung. Dieser Anruf war ein unbedachter Impuls gewesen. Charlene mit dem einstweilen unbestätigten Gerücht zu behelligen, einer ihrer wichtigsten Vertrauten plane einen kleinen Königinnenmord, stank nach mangelndem Urteilsvermögen. Vor mir auf dem Tisch lag Ennio Picones Bitte um Rückruf. Ich beschloß, das Netzwerk der *Signori seniori* zu aktivieren.

»Maestro!« rief ich. »Entschuldigen Sie vielmals, daß ich erst jetzt zurückrufe.« Ich überstürzte nichts, sagte Charlenes Auftritt beim Ball des Carboni Clubs zu und gab die richtigen Geräusche von mir, während der Alte sich endlos über die Catering-Vorkehrungen ausließ. Schließlich stellte ich beiläufig meine Frage.

»Wegen Angelo Agnelli«, sagte ich. »Hat gräßliche Manieren, ich weiß, aber Charlene findet ihn ganz nützlich. Nur habe ich den Eindruck, er sucht nach einem neuen Job. Sie haben nicht zufällig was läuten hören?«

Maestro Picone zuckte hörbar die Achseln.

»Und Mrs. Agnelli senior? Könnten Sie nicht mal mit ihr ein Wörtchen reden? Mir zuliebe? Da wäre ich Ihnen sehr verbunden.«

Falls Agnellis Großmutter nicht wußte, was er im Schilde führte, würde Picone sich so lange durch den Familienstammbaum arbeiten, bis er jemanden fand, der es wußte. Diese Art Schnüffelei lag exakt auf seiner Autostrada und machte ihn bestimmt tagelang glücklich. Natürlich würde er eine Gegenleistung erwarten. Aber damit konnte ich mich herumschlagen, wenn es soweit war.

Während ich mit Picone telefonierte, war Trish mit einem Stoß Kopien zurückgekommen, den Unterlagen für die Sitzung am Abend. Der Vorsitz bei den Versammlungen des Ortsverbands war ein quasi-offizieller Teil meiner Arbeit und meist eine Fleißaufgabe der mühsameren Sorte. Es ermöglichte mir aber, meine Verbindung zur Basis aufrechtzuerhalten, und im Falle einer Vorwahl benötigte ein neuer Kandidat die massive Unterstützung der lokalen Mitglieder. Sollte Agnelli also eine Herausforderung planen, dann mußte er seine Absichten früher oder später den Eingeborenen bekanntgeben. Und spätestens dann würde ich zwangsläufig davon erfahren.

Trish verteilte die Kopien in ordentlichen, aber noch unsortierten Stapeln auf meinem Tisch. Die Tagesordnung, das Protokoll der letzten Versammlung, mehrere Resolutionsentwürfe, ein Diskussionspapier über die Entwicklung der Budgetpolitik auf Bundesebene. Solcherart war die Munition, mit der die Basis den ewigen Krieg gegen den Pragmatismus ihrer gewählten Abgeordneten im Parlament führte. Es mochte eine endlose und oft aussichtslose Schlacht sein, aber die dabei eingesetzten Mittel waren Worte, nicht Fäuste oder Mordversuche. Im Gegensatz zu manchen anderen Orten, die mir einfielen – Sydney zum Beispiel, oder auch ein Durchgang abseits der Sydney Road.

Meine Gedanken standen mir wohl ins Gesicht geschrieben. Als ich den Blick hob, sah ich, wie Trish mich über den Tisch hinweg prüfend anblinzelte. »Du siehst einem Typen ähnlich, der hier mal gearbeitet hat«, sagte sie. »Er war aber öfter da als du und sah auch nicht wie 'n Penner aus.« Sie hatte recht. Ich ähnelte allmählich unseren unliebsameren Kunden. Schuldbewußt drückte ich die Zigarette an der Innenseite des Papierkorbs aus. »Und er hätte auch nicht versucht, die Bude in Brand zu stecken.« Sie ließ nicht locker. »Bring dich mal auf Vordermann, Murray. Dein Vieruhrtermin ist da.«

Gavin Mullane war von Beruf Sohn und bekleidete einen nicht näher definierten Fuzziposten bei der Gewerkschaft für sonstige Erwerbstätige. Sein Vater war seit undenklichen Zeiten der Unterhausabgeordnete unseres Bezirks, und in der Fraktion galt es längst als beschlossene Sache, daß ihm Junior nachrücken würde, sobald Daddy irgendwann seine Abgeordnetenpension antrat. Ich machte mich ein bißchen manierlich und ging hinaus, um ihn zu begrüßen. »Schön, dich zu sehen, Gavin«, sagte ich und lud das arme Schwein nach nebenan auf einen Kaffee ein. Als wir an Trish vorbeikamen, vollführte sie hinter seinem Rücken mit der Hand mehrere Streichelbewegungen und machte mit Daumen und Zeigefinger das Zeichen für Geld.

Klein-Gavin war im Schatten seines Vaters aufgewachsen, offensichtlich eine recht deprimierende Erfahrung. Die Familie neigte zu schmalen Lippen, presbyterianischen Nasen und jener Art von unantastbarer Würde, die eine Türklinke ins Koma versetzen konnte. Daß Junior zwar hoch in die Dreißiger ging, aber noch bei den Eltern wohnte, paßte gut ins Bild. Ich sah sie direkt vor mir, wie sie zusammensaßen, in den Protokollen der Parlamentsdebatten schmökerten und dem Rundfunkgerät lauschten. Ohne mit der Wimper zu zucken, ließ mich Gavin den Kaffee bezahlen.

Die Vorstellung einer dynastischen Nachfolge innerhalb der Labor-Aristokratie widersprach zwar meinem demokratischen Empfinden, aber in Mullanes Fall konnte ich die Vorteile durchaus nachvollziehen. Bis er sein Erbe antrat, ging der Thronfolger zum Zeitvertreib im Bezirksrat von Coburg in die politische Lehre. Doch selbst im öden Milieu einer Kommunalregierung offenbarte er einen derart eklatanten Mangel an Talent, daß man sich allseits einig war, je eher er anderswohin kam, desto besser. Zur Not auch auf die hinterste Bank der staatlichen Gesetzgebung.

Die Natur würde schließlich ihren Lauf nehmen, Mullane senior und seine ebenfalls in die Jahre kommenden Gefolgsleute segneten irgendwann das Zeitliche, und der kleine Kronprinz endete parteiintern auf dem Schinderkarren Richtung Guillotine. Doch noch war der Moment nicht gekommen, und es wäre keine gute Idee, Daddy zu verärgern. Im übrigen war der alte Herr immer noch teuflisch gut informiert über die kleinen Intrigen im Innern der Parteizentrale. Und wer wußte schon, was sich die Mullanes beim Abendessen so für Geschichten erzählten? Junior hatte schon mehrmals unabsichtlich die Katze aus dem Sack gelassen. Mullane wartete, bis Ciccio den Kaffee gebracht hatte, dann beugte er sich mit Grabesmiene über den Tisch. »Jemand wird getötet werden«, sagte er. »Sehr bald.«

Ich erstarrte mitten im Schluck.

»So wie die immer den Hügel runterrasen, ist es nur eine Frage der Zeit, bis dort einmal Blut fließt.«

Erleichtert stellte ich fest, daß Mullane bloß mit seinem momentanen Lieblingsprojekt hausieren ging, der Privatkampagne für einen Fußgängerübergang zum Edwardes Lake, einer öffentlichen Grünanlage mit Teich mitten im Zentrum seines Wahlbezirks.

»Meinst du, du könntest Charlene nerven, damit sie den Transportminister nervt, damit der sein Ministerium nervt, damit es die Verkehrsbehörden nervt, und zwar möglichst bald?«

»Ohne Generve«, sagte ich. »Wenigstens was Charlene anbelangt. Sie steht hundertfünfzig Prozent hinter dir.«

In Wahrheit würde Charlene nicht einmal in Begleitung eines drei Meter großen Kroaten in die Nähe des Transportministers gehen. Außerdem hatte sie längst mit dem Finanzminister unter vier Augen vereinbart, daß in einer Gegend mit so gut ausgebauter Infrastruktur die Straßenbaumittel für dringendere Bedürfnisse umgeleitet werden sollten und viel besser im Dienste der sozialen Entwicklung angelegt wären – den beträchtlichen Baukosten für den Carboni Club zum Beispiel.

»Das Problem dürften die bornierten Sesselpuper im Transportministerium sein«, gab ich zu bedenken und beschwor so die verschlungenen Wege politischer Entscheidungsprozesse herauf. »Aber besorg uns die Munition«, sagte ich, »und Charlene wird sie abfeuern.«

Als nächstes ließ Mullane irgendeinen Stuß über Verkehrsdichtezahlen vom Stapel, während ich auf eine Gelegenheit wartete, um das Thema zu wechseln. »Hast du das Gerede über vorgezogene Wahlen gehört?«

»Ich bin fest überzeugt, die Führung hat die Zügel fest in der Hand«, tönte der Streber Mullane. Die Tendenz zur schwülstigen Platitüde war noch so ein familiärer Zug, den er früh übernommen hatte.

»Angelo Agnelli schätzt Anfang Dezember.«

Mullane öffnete den Mund, um etwas zu erwidern, überlegte es sich aber anders und ließ die Beißerchen wieder zuschnappen. Dieses Gesicht war für Täuschungsmanöver denkbar ungeeignet. Seine Kiefer mahlten angestrengt. Etwas gab sich große Mühe, nicht herauszuplatzen. »Ich bin kein Freund von müßigen Spekulationen.« Er schob seinen Stuhl zurück und stand auf. »Praktische Dinge, ja, das ist etwas anderes. Dinge, die im Alltag der Menschen eine Rolle spielen – die Verkehrssicherheit zum Beispiel.«

Ich drängte ihn dezent zur Tür, ehe er wieder damit anfing. »Du hast völlig recht, Gavin.«

Nach einem letzten Händedruck machte Mullane mit der Miene eines Mannes kehrt, dessen Team eine Viertelstunde vor Schluß sechs Tore Vorsprung hat. Seine Selbstzufriedenheit stand allerdings in keinem Verhältnis zu den fadenscheinigen Zusicherungen, die er gerade für seinen dämlichen Zebrastreifen bekommen hatte.

Inzwischen war es halb fünf. Seit ich Ayisha und Gezen aus den Augen verloren hatte, waren über fünf Stunden vergangen. Ich rief bei der Liga an. Ein Mann mit starkem Akzent hob ab, vermutlich einer der freiwilligen Mitarbeiter. Ayisha sei nicht da, teilte er mir mit. Und Sivan auch nicht. Ich hinterließ meine Adresse und Telefonnummer zu Hause und die Nachricht, einer der beiden möge mich dringend zurückrufen. Es war ein mühsamer Prozeß, der sorgfältige Aussprache, zähes Buchstabieren und mehrmaliges Wiederholen sämtlicher Angaben erforderte. Selbst dann fragte ich mich, ob er wirklich alles verstanden hatte.

Die Unterlagen zur Tagesordnung waren noch vorzubereiten, und in knapp zehn Minuten mußte ich los, um Red abzuholen. Ich überredete Trish mit Charme und schönen Worten, mir zu helfen – eine Geste, die zur Wiederherstellung eines harmonischen Arbeitsklimas beitragen sollte. Sie schloß das Büro ab, ich breitete die Papiere auf dem Boden des Eingangsbereichs aus und reichte Trish die fertigen Stapel zum Heften. Als wir gerade schön in Schwung kamen, wurde an die Fensterscheibe gepocht.

Draußen auf dem Gehsteig stand Herb Gardiner und griente wie ein Kobold, vergnügt und fröhlich wie immer. Ich schloß die Tür auf, bat ihn aber nicht herein. »War zufällig in der Nähe, Kleiner«, sagte er, warf einen wissenden Blick auf Trish und zwinkerte mir zu.

Viele von diesen Alterchen kurz vor der Rente wissen mit ihrer vielen Zeit nichts anzufangen. Auf einmal brauchen sie dringend ein Hobby. Aber das letzte, was ich jetzt brauchen konnte, war ein alter Gockel, der mich unter seine Fittiche nahm. »Hallo, Herb, bin gerade sehr beschäftigt«, teilte ich ihm mit.

Er beäugte die Zettel auf dem Boden und senkte die Stimme. »Ist das da dein Bericht?«

Ich schüttelte müde den Kopf. Ich war nicht in Stimmung für vertrauliche Mitteilungen über die Schiebereien bei Pacific Pastoral. Gardiner zögerte, er wußte nicht so recht, was er sagen sollte und schien darauf zu warten, daß ich zuerst sprach. Mir kam der Verdacht, daß er wegen seiner Bemerkungen über die Klauroutine in Coolaroo Bedenken bekommen hatte. Wer möchte schon gern als Petze in amtliche Rapports eingehen? Mit einem Blick auf Trish ging er zunächst auf Nummer Sicher, ob sie uns hören konnte, aber sie heftete geräuschvoll die Stapel zusammen. »Also, dieser Bericht …« begann er.

Ich kam ihm zuvor. »Ach, der behandelt nur die Arbeitnehmer-Arbeitgeber-Beziehungen im Betrieb«, sagte ich. »Alles andere ist bei mir gut aufgehoben, keine Sorge.«

Das war es offenbar, was Gardiner hören wollte. »Recht hast du, Kleiner. Machst es schon richtig.« Dann schwieg er bedeutungsvoll, als wartete er ab, ob ich weiterreden würde.

Was gab es da noch zu sagen? Beinahe hätte ich ihn gefragt, ob er Memo Gezen kannte, hielt es aber dann eher für unwahrscheinlich – nach allem, was er über Zuwanderer gesagt hatte, die lieber unter sich blieben. Und selbst wenn er ihn kannte, über welche nützlichen Informationen konnte er schon verfügen?

Gardiner warf immer wieder verstohlene Blicke auf Trish, dann trippelte er ein paar Schritte zurück, als wollte er, daß ich mit ihm vor die Tür ging. Ich hatte für diese Art von Getue keine Zeit. Wenn ich nicht bald losfuhr, würde Red mutterseelenallein vor seiner Schule stehen und Angst bekommen, er müsse die ganze Nacht dort verbringen. »Was macht die Arbeit bei Pacific?« fragte ich mit der deutlichen Absicht, das Gespräch bald zu beenden.

»Morgen bei Tagesanbruch geht's wieder los«, sagte er. Plötzlich schien ihm eine Idee zu kommen. »Eigentlich bin ich ja wegen deinem Dach hier. Ein Bauarbeiterkumpel von mir meint, er kann sich's heute abend mal ansehen. Bist du da zu Hause?« Das sagte er ziemlich laut, als sollte Trish es auch hören.

Hier war ein unerklärliches Gesetz des mechanischen Determinismus am Werk. Man kauft etwas, und fünf Minuten später findet man dasselbe irgendwo anders – nicht nur besser, sondern auch viel billiger. Wenn dieser Kumpel vom Bau auch so ein Typ war wie der alte Herb, dürfte er ein Spitzenhandwerker sein. »So ein Pech aber auch«, sagte ich, »jetzt hab ich schon jemanden.«

Etwas säuerlich, als wäre ihm jemand auf den Schlips getreten, preßte Gardiner hervor: »Nur nichts überstürzen, du könntest es noch bereuen.« Junge, wieso wurde der denn auf einmal so emotional?

Er sollte mich aber nicht für undankbar halten. »Trotzdem, jedenfalls nett gemeint«, sagte ich. »Heute abend wäre es aber sowieso nicht gegangen. Monatssitzung des Ortsverbands der Labor Party. Da werd ich mir im Hinterzimmer des Lakeview Hotel den Hintern abfrieren. Vor zehn komm ich da garantiert nicht raus.«

Der alte Herb schüttelte ungläubig den Kopf, als wäre es ihm schier unbegreiflich, wie ich ein so gutes Angebot ausschlagen konnte. »Du weißt also, worauf du dich einläßt?«

Ich sagte ihm, das wisse ich sehr wohl und daß ich keine Zeit mehr hätte. Er trat einen Schritt zurück, sah mich mit fragender Miene an und hob die Hände. »Wie du meinst«, schien er zu sagen. Als ich schon wieder mit der Tagesordnung beschäftigt war, räusperte Trish sich geräuschvoll und verdrehte die Augen seitwärts zum Fenster. Gardiner stand immer noch draußen. Er deutete mit dem Daumen über die Schulter und wollte mich offenbar zu sich hinauslocken.

Ich hatte keine Zeit für solche Spielchen, deshalb beachtete ich ihn nicht und wandte mich meiner Arbeit zu. Als ich eine Minute später einen verstohlenen Blick wagte, war er fort.

15

Red zog einen Umschlag mit dem Logo des Gesundheitsministeriums aus der Schultasche.

> Bei einer schulärztlichen Untersuchung hat sich heute herausgestellt, daß Ihr Kind von Kopfläusen befallen ist. Bis zum Abschluß einer entsprechenden Behandlung darf er/sie den Unterricht nicht mehr besuchen.

Beigelegt war eine Hochglanzbroschüre. »Kopfläuse«, so stand da zu lesen, »nisten gleichermaßen gern bei Reich und Arm, sauberen und schmutzigen Menschen, sie kümmern sich weder um Alter noch um Beruf oder Schichtzugehörigkeit.« Mochten unsere kleinen Hausfreunde hier auch erfrischend egalitär dargestellt sein, eines war klar: sollte Wendy dahinterkommen, daß Red Läuse hatte und deshalb nicht zur Schule ging, bekäme ich ihre Vorwürfe bis ans Ende meiner Tage zu hören. Das hohe moralische Podest unter ihren Füßen würde sich zur uneinnehmbaren Schanze erheben. Aber worin bestand die entsprechende Behandlung?

In einem Haarschnitt, beschlossen wir, und einer gründlichen Kopfwäsche. Der Friseur, zu dem ihn Wendy früher immer gebracht hatte, lag in der High Street in Northcote. Snipz Unisex Salon, Spezialität Kinderfrisuren. Bloß war das inzwischen ein Geschäft namens Voala-Moden, ein nach versengten Katzen riechender Laden, in dem sich platinblonde Matronen in hautengen Tigertrikots mit Schulterpölsterchen und aufgenähten Ziermünzen tummelten.

Wir gingen weiter den Hügel hinauf, ich behielt den langsam stadtauswärts kriechenden Verkehr im Blick. In einem der Schaufenster waren Rasierpinsel aus Dachsborsten, Bruyèrepfeifen und ein Schwarzweißposter von Tony Curtis ausgestellt. »Schmink's dir ab, Pop.« Red schüttelte den Kopf, also gingen wir weiter, vorbei an einem Zeitungskiosk mit erfreulich billigen Zigaretten.

Das Gewerbeklima veränderte sich allmählich. Einrichtungszentren und Secondhand-Geschäfte machten indischen Restaurants, hippen Plattenläden und teuren Boutiquen Platz. Der nächste Friseur nannte sich Hair-o-Inn, ein Retrohorror mit Lavalampen, kegelförmigen Stühlen und all dem sonstigen Kram, dem jeder über Dreißig zeit seiner Jugend zu entkommen versucht hat. Wir traten ein und wurden von einem überheblich grinsenden Halbstarken in Schwarz empfangen, der hinter etwas hervorkam, das die nierenförmige Kellerbar von seinem Daddy hätte sein können. Red sah sich um, als befände er sich im Museum, er schlug ein englisches Modemagazin auf, wohl die neusten Trends der Stammeskultur.

»Er braucht einen Haarschnitt«, beauftragte ich den Coiffeur, schlüpfte zur Tür hinaus und eilte zum Kiosk zurück. Beim Mittwochslotto gab es diesmal einen Jackpot von fünf Millionen zu gewinnen, und die Kioskbesitzer nahmen mit routinierter Eile den Ansturm später Systemspieler und die letzten Gruppentips entgegen. Mich anzustellen schien kaum der Mühe wert, da ich eigentlich gar nicht rauchte. Ich wartete trotzdem.

Als ich in den Friseurladen zurückkam, lagen Reds Botticellilocken in zertrampelten Häufchen auf dem Boden.

Ein Tuch flog schwungvoll wie ein Zaubermantel durch die Luft, und der Junge, der vom Stuhl stieg, war wie verwandelt. Kein aufwärts gewandtes Mondgesicht, kein Babyface mehr. Das neue Gesicht strahlte eine lebhafte Wachsamkeit aus, es war ein Gesicht, das sich selbst genügte, das Gesicht eines richtigen Jungen. Mein Sohn als Jockey-Lehrling mit einem Cameoschnitt, der ihm mehrere Nummern zu klein schien.

»Das wirst du bereuen«, grollte der Fremde mit einem anklagenden Blick auf die Zigarette in meinem Mund.

»Wenn dich Wendy sieht, bringt sie mich sowieso um«, sagte ich und bohrte die Zigarette mit der Schuhspitze in das Linoleum. Verstohlen hob ich eins von Reds ausrangierten Ringellöckchen auf, ein Relikt der verlorenen Kindheit meines Kleinen. »Für seine Mutter«, murmelte ich, wobei ich in der gefallenen Haarpracht auf dem Boden eine lebende Laus erspähte.

Danach erledigten wir ein paar Einkäufe und luden sie in den Wagen. Ich war schreckhaft, zuckte beim Scheppern der Einkaufswagen zusammen und suchte nervös die fast menschenleeren Gänge im Supermarkt mit Blicken ab. Nach der Dramatik des Tages sollte dieses alltägliche Ritual meine Nerven eigentlich beruhigen, statt dessen wurde ich immer ängstlicher. Reds Anwesenheit machte es nur noch schlimmer. Und das Päckchen Dope brannte mir langsam ein Loch in die Tasche.

Ein Soldatenbegräbnis, Gezens Geständnis und sein anschließendes Verschwinden, der Einbruch in unser Haus, eine wilde Verfolgungsjagd über Gartenzäune, die Geschichte mit Bayraktars Wagen – all das summierte sich zu einem Rätsel, das zu lösen ich mich außerstande sah, dessen bösartige Bedrohung ich aber überall spürte. Als uns in der Corn-flakes-Abteilung ein dunkelhäutiger Mann entgegenkam, legte ich schützend den Arm um Reds Schultern. Der Typ suchte aber bloß die Coco-Pops. In einem unbeobachteten Moment ließ ich das Marihuana in der Tiefe eines Müsliregals verschwinden. Ein kleiner Bonus für die Regalbetreuer der Spätschicht.

War ich eigentlich Schweinchen Schlau oder was? Da ließ ich den Tugendritter raushängen und legte mich mit Bayraktars kriminellen Brüdern der Schwergewichtsklasse an, nur um bei Ayisha Eindruck zu schinden, die mir von Anfang an verheimlicht hatte, daß Gezen nicht die ganze Wahrheit erzählte. Und nun war sie auf Nimmerwiedersehen verschwunden und ließ mich als Bauernopfer im Stich – in einem Spiel, dessen Regeln ich nicht mal ansatzweise erahnte. Die Kleine entpuppte sich als ziemlich üble Nummer.

Als ich den Renault rückwärts aus der Lücke auf dem Supermarktparkplatz setzte, sah ich aus dem Augenwinkel etwas Blaues aufblitzen. Ich verriß das Lenkrad in einem Bogen, der mir beinahe den Arm ausgekugelt hätte, und verrenkte mir um ein Haar den Hals. Du jagst Gespenstern nach, sagte ich mir. Zwei Blocks von unserem Haus hob ich an einem Stoppschild den Blick und entdeckte im rechteckigen Rahmen des Rückspiegels wieder einen leuchtendblauen Fleck: einen aquamarinblauen Falcon, dessen Windschutzscheibe im Halogenschimmer der gerade angesprungenen Straßenbeleuchtung undurchsichtig war. Ich bellte Red an, er solle sich nicht von der Stelle rühren, und stieg aus dem Wagen.

Das Maul des Falcon war wieder zu dieser gräßlichen Fratze verzogen, doch sonst schien er kaum merklich verändert. Die Lackpolitur war glänzender, aus der Motorhaube wuchs ein Saugstutzen, die Reifen waren überbreit. Das Nummernschild war ein Wunschkennzeichen und lautete VROOM. Das Fenster auf der Fahrerseite kam herunter, und es ertönte Van Halen. Laut. Dann ein Kopf, Typ Adonis mit Akne. »Paßt dir was nicht, du Arschlatte?« schrie er mich an.

Gute Frage. Bevor mir eine markige Retourkutsche einfiel, war der Schädel wieder verschwunden und der Falcon haarscharf an mir vorbeigedonnert, wobei seine Hupe die ersten beiden Takte des Dixiemarsches trompetete. »Blöder Affe«, sagte Red. Ich fragte lieber nicht, wen er meinte.

Am Ende unserer Straße stand ein weißer Commodore, in dem zwei Männer in Anzügen saßen. Es waren die beiden Zivilbullen von neulich in Ciccios Café. Ich parkte vor dem Haus, die beiden stiegen aus und kamen auf uns zu, wobei sie an ihren Gürteln nestelten. Als sie zwei Häuser entfernt waren, kramte ich eine Zweidollarnote hervor. »Hol noch rasch Milch«, sagte ich zu Red. Ginge es nach Wendy, war er noch zu klein, um allein zum Laden an der Ecke zu gehen. »Das Wechselgeld darfst du ausgeben.« Er grinste breit und trottete davon. Mit dieser Kohle in der Hand würde er eine halbe Stunde vor dem Süßwarentresen stehen.

Ich zerrte die Einkaufstüte aus dem Auto und hielt den Bullen das Tor auf. »Murray Whelan?« fragte der ältere. Er war von gedrungener Massigkeit und hatte eine aggressive Knollennase, sein Ton war aber höflich. »Ich bin Detective Sergeant Dalziel. Und das ist Detective Constable York.« York kannte Fitnessstudios von innen. Er nickte, so richtig nett.

»Auf einer anonymen Fährte, meine Herren?«

York verschwand ums Haus herum. Ich steckte den Schlüssel ins Schloß und rüttelte daran. »Haben Sie einen Durchsuchungsbefehl?«

»Brauchen wir denn einen?« erwiderte Dalziel liebenswürdig. Ich drückte die Tür auf und ließ ihn vorgehen. Ich konnte nur hoffen, daß mir in der Zwischenzeit nicht wieder jemand ein faules Ei gelegt hatte. Wir durchquerten die Küche. Durch das Fenster sah ich Mr. Muskelprotz draußen über Wendys Teppich steigen und den Kopf in den Werkzeugschuppen stecken. Dalziel blickte sich um, als würden seine schlimmsten Befürchtungen bestätigt. »Es überrascht Sie offenbar nicht, uns zu sehen«, sagte er.

»In meinem Job lernt man, mit Überraschungen zu leben«, erwiderte ich und stellte die Tüte auf der Bank ab.

Die Hände in den Taschen, ging er auf und ab und nahm alles ungeniert in Augenschein. »Und was genau ist Ihr Job?«

Als ich es ihm sagte, zeigte er keine Reaktion, aber ich meinte beim Versuch, mich einzuordnen, seine Zahnräder knirschen zu hören. »Die Leute denken, ihr Wahlkreisabgeordneter zückt bloß den Zauberstab – und schon sind sie ihre Probleme los«, sagte ich. »Und wenn sie ihren Willen mal nicht kriegen, bin immer ich schuld. Manche stoßen wüste Drohungen aus. Anonyme Anzeige, nicht wahr?« Ich hatte die Tüte geleert und fing an, die Einkäufe im Kühlschrank zu verstauen.

»Es ist unsere Pflicht, diesen Dingen nachzugehen«, sagte er. »Das verstehen Sie sicher.«

»Und was ist es diesmal?« fragte ich müde. Ich zog den Verschluß von einer Bierflasche und reichte sie in seine ungefähre Richtung. »Kinderpornographie? Mißhandlung der Ehefrau? Drogen?«

Der Bulle ignorierte das Bier. Er pochte ans Fenster und winkte York zur Eingangstür zurück. »Haben Sie eine Ahnung, wer solche Anschuldigungen gegen Sie erheben könnte?«

»Nein. Aber wenn Sie's rausfinden, wüßte ich gern, wie der Scheißkerl heißt.«

Dalziel reichte mir seine Karte. »Ich glaube nicht, daß wir Sie noch länger stören müssen«, sagte er.

Als Funktionär der regierenden Partei stand ich auf seiten der Polizei, aus ihrer Perspektive wenigstens. Aus meiner Sicht änderten jedoch derlei politische Zufälligkeiten nichts an der Tatsache, daß jeder Bulle – durch Veranlagung und Training – so lange ein Schwein blieb, bis der Gegenbeweis erbracht war. Das hatte ich schon als Kind geahnt, wenn mein Vater nach dem Getümmel zur Sperrstunde um sechs Uhr abends die Saloonbar abschloß. Bringt nichts, sich mit dem Gesetz anzulegen, murmelte er dann. Eines Nachmittags in meinem ersten Jahr an der Uni wurde meine Ambivalenz dann gewaltsam bestätigt.

Es war bei einer Kundgebung. Ich weiß nicht mal mehr, worum es ging. Damals wurde ja praktisch im Minutentakt demonstriert. Jedenfalls war es nichts Wichtiges, kein Protest gegen die südafrikanische Rugbymannschaft, keine Versammlung vor dem amerikanischen Konsulat. Ein paar rote Fahnen und mehrere Raus-aus-dem-Commonwealth-Transparente. Ein-, zweihundert skandierende Langhaarige. Ich selber ging aus reiner Neugierde mit. Die extreme Linke war meiner Ansicht nach eine Bande von Hirnwichsern, oberschlaue Kids aus der Mittelschicht, die zeigen wollten, wie ungezogen sie waren und wieviel Bier sie vertrugen. Aber da war dieses Mädchen, Georgina Soundso, bei der ich landen wollte. Sie ging ganz vorne mit und hielt das erste Transparent.

Kurz bevor wir wieder beim Campus ankamen, gerieten wir in den Hinterhalt. Auf einer Anhöhe tauchten plötzlich Hunderte von blauen Uniformen auf, sie waren weit in der Überzahl. Ein Inspektor mit weißen Epauletten bellte irgendwas Unverständliches in sein Megaphon. Den Befehl zum Auflösen wahrscheinlich. Aber da war nichts, wohin wir uns auflösen konnten. Und dann schlugen sie los. Fuhren durch uns hindurch wie ein Abführmittel. Knüppel, Pferde, alles dabei. Ihre Dienstnummern hatten sie abgenommen, damit sie feste zuhauen konnten, ohne befürchten zu müssen, daß man sie später identifizierte. Und sie verstanden es wirklich, sich königlich zu amüsieren.

Ein baumlanger Sergeant nahm mich in den Schwitzkasten, während zwei seiner Kumpel abwechselnd auf mich eindroschen. Ich verlor zwei Zähne und wäre fast an meinem eigenen Blut erstickt, bevor ihr Interesse nachließ und sie sich den nächsten vornahmen. Georginas Freund bekam das Schlüsselbein gebrochen; von meiner Warte war also alles völlig umsonst gewesen. Zehn Jahre später sah ich diesen Sergeant dann wieder, inzwischen war er stellvertretender Einsatzleiter oder so was geworden. Er saß gemeinsam mit Charlene auf einem Podium.

Aber es bringt bekanntlich nichts, mit der Vergangenheit zu hadern. Die Bullen waren fort, und Red war mit einer Schokozigarre und einer Packung Kaugummi nach Hause gekommen. Große Blasen, keine Phrasen. Ich setzte ihn mit der aufgewärmten Hühnerpastete, die wir als Ablaufware an der Gebäcktheke im Supermarkt erstanden hatten, vor den Fernseher, krempelte die Ärmel hoch und stürzte mich in die Hausarbeit. Wendy traf am nächsten Tag ein. Bis dahin war noch einiges zu tun. Die Läusepanik war schlimm genug, aber wenn sie jetzt auch noch das Haus als abbruchreifen Schweinestall vorfand, könnte ich mir ebensogut die Kugel geben.

Ich legte den Wohnzimmersumpf trocken, spülte das Geschirr, saugte die Böden und hängte die feuchte Wäsche zum Trocknen auf. Auch wenn ich mir dabei einigermaßen albern vorkam, das Haus herauszuputzen, in dem ich sieben Jahre lang mit Wendy gelebt hatte, lautete das Gebot der Stunde, daß sie keinen Hinweis finden durfte, ich würde eventuell mit meinen elterlichen Pflichten nicht fertig, nicht den leisesten Anlaß zu der Beschwerde, das Wohlergehen ihres Kindes sei in den Händen seines Vaters in Gefahr. Besonders viel Mühe gab ich mir mit dem Klo. Nach meiner Erfahrung läßt sich die Verbindung zwischen Toilettenhygiene und weiblicher Psyche unmöglich überbewerten.

Bei dieser hirnlosen Tätigkeit hatte ich viel Zeit zum Nachdenken. Jemand brach in mein Haus ein, versteckte dort heimlich Drogen und rief dann bei den Cops an. Derselbe Jemand versuchte, mich zu überfahren. Es war nur schwer vorstellbar, daß das alles nichts mit Memo Gezen und den Rowdys im grauen BMW zu tun hatte. Aber woher wußten die, wo ich wohnte? Und was wollten sie mit alledem erreichen? Und wenn sie nun zurückkamen? War Red in Gefahr? Vielleicht wäre es doch besser, er bliebe ein paar Tage bei Wendy. Wenigstens so lange, bis ich diese Geschichte geklärt hatte.

Ich kniete gerade auf dem Boden, die Bürste im Siphon, als das Telefon klingelte. In der Annahme, daß es Wendy war, zuckte ich zusammen. Es war aber der alte Maestro Picone. Agnellis Onkel hatte einen Schwager, der eine Gemüsegärtnerei in Werribee besaß und am Sonntag bei den Picones zum Mittagessen gewesen war. Beim *vitello tonnato* hatte sich das Gespräch darum gedreht, daß Agnelli nach den nächsten Wahlen definitiv im Parlament zu sitzen erwartete.

Ich rief sofort bei Charlene an. Sie war weder in ihrem Büro noch in der Kammer. Ich ließ mich mit dem Speisezimmer für die Abgeordneten verbinden. Es meldete sich der Oberkellner, der mich an der Stimme erkannte und mir mitteilte, Charlene habe einen Kollaps gehabt und sei von einem Kollegen ins Krankenhaus gebracht worden, er wußte aber nicht, in welches. Ich versuchte es im Royal Melbourne, in der Frauenklinik, im Queen Victoria und im St. Andrews, das dem Parlament am nächsten liegt. Sie war in keinem aufgenommen worden. Und bei ihr zu Hause ging nur der Anrufbeantworter dran.

Da der Regen aufgehört hatte, goß ich mir ein Marmeladenglas mit Jamesons-Whiskey ein, nahm es in den Garten mit und setzte mehrere Tabakstauden in Brand. Wenn ich so darüber nachdachte, hatte Charlene in den letzten zwei Jahren ziemlich Vollgas gegeben. Die gewonnene Wahl, die Euphorie, mit der sie sich nach so vielen Jahren in der Wildnis in ihr Amt gestürzt hatte, die Wiederbelebung eines maroden Ministeriums, die ambitionierten Gesetzesreformen, die sie oft mit Gewalt durch die Kammer gepeitscht hatte, all das mußte irgendwann seinen Tribut fordern. Ich hätte besser auf sie aufpassen, sie mehr entlasten sollen.

Als sie unsere letzten beiden planmäßigen Besprechungen im Bezirksbüro abgesagt hatte, die einzige Chance, uns alle zwei Wochen gegenseitig auf dem laufenden zu halten, hatte ich nicht einmal nach dem Grund gefragt. Vollauf damit beschäftigt, für Red zu sorgen, das Haus instand zu halten und wegen Wendy im eigenen Saft zu schmoren, war ich sogar froh darüber gewesen. Nicht daß sie meine Erkundigungen nach ihrer Gesundheit mit mehr als einem mürrischen ›Gut‹ beantwortet hätte. Sie war viel zu stolz auf ihren Ruf als zähes altes Huhn, um Mitgefühl einzufordern. Was mich aber nicht daran hätte hindern sollen, sie wenigstens zu fragen.

Der Whiskey und das Nikotin mußten mich aufgeputscht haben. Der Drang, etwas zu unternehmen, ganz egal was, nagte an mir. Diese Bayraktar-Geschichte nervte mich total. Als hätte ich nicht genug am Hals, mußte ich mich jetzt auch noch alle fünf Minuten wegen der Jungs vom Anatolia Club umdrehen. Aber solange Ayisha oder Gezen nicht auftauchte, blieb mir nichts anderes übrig, als zu warten. Oder?

Ich blätterte im Telefonbuch: fünfzehn Celiks, zehn davon in nächster Umgebung, aber keiner mit einem A davor. Gezens gab es überhaupt keine, und unter Anatolia Club war auch nichts zu finden. Ayisha hatte den Laden eine Spielhölle genannt. Vielleicht zäumte ich das Pferd beim Schwanz auf, indem ich mich an dem Auto festklammerte. Mit der Vernunft war ich bis jetzt sowieso keinen Schritt weitergekommen. Den verschlungenen Gedanken von türkischen Rechtsextremen auf die Spur zu kommen, konnte leicht eine Ewigkeit dauern. Es war an der Zeit für konkretes Handeln, auch auf die Gefahr hin, daß ich einen Schlag ins Wasser landete.

Unter ›Polizei‹ fand sich im Telefonbuch ein Eintrag für das Glücksspieldezernat. Dort meldete sich ein Anrufbeantworter und bat um meine Wortspende. Ich legte auf, sammelte meine Gedanken, rief nochmals an. Jetzt würde ich es auch mal mit einer anonymen Anzeige probieren. Mein Akzent klang grauenhaft, eher Bombay als Bosporus, verschärft durch den Bleistift zwischen meinen Mahlzähnen. Vielleicht hielten sie mich für einen Spinner, andererseits bekamen sie bestimmt nicht oft den Anruf eines Gefangenen im Anatolia Club, 636 Blyth Street, Brunswick, der sie anflehte, ihn zu retten, bevor man ihn wegen seiner Spielschulden kastrierte. Und der Bulle hatte ja selbst gesagt, sie seien verpflichtet, solchen Dingen nachzugehen.

Es war ein Schuß ins Dunkle, aber mit etwas Anfängerglück würde in den nächsten Tagen ein neugieriger Beamter an die grün lackierte Tür pochen und Bayraktars Kumpeln ein paar unangenehme Fragen stellen. Ob das ausreichte, um ihnen etwas mehr Rücksicht im Straßenverkehr beizubringen, würde sich zeigen. Meine Herren, dachte ich beim Auflegen. Was als schlichte Vorsichtsmaßnahme begonnen hatte, um der Regierung eine Blamage zu ersparen, verwandelte sich langsam in ein mieses Schmierentheater.

Die Sitzungen des Ortsverbands begannen um acht. Als Erzeugnis zweier eingefleischter Sitzungsteilnehmer hatte Red schon als Kleinkind gelernt, daß es ganz normal war, mindestens einmal pro Woche bei Diskussionsgruppen, Vorstandssitzungen oder Arbeitskreisen den Abend mit seinen Buntstiften unter einem Tisch zu verbringen. Um halb acht sagte ich ihm, er solle seinen Mantel holen.

»Ich geh da nicht mehr mit«, weigerte er sich standhaft. Ihm war wohl sein cooler neuer Haarschnitt zu Kopf gestiegen.

Ich bot ihm einen Dollar. Was ihn kaltließ. Eine drekkige braune Banknote und ein Glas Himbeersaft waren eine lausige Entschädigung für zwei Stunden tödlicher Langeweile, während sein lieber Daddy die Basis belaberte.

Nur gab es keine Alternativen. Mein alter Herr war in Queensland – nicht daß er sich weiter nützlich gemacht hätte, selbst wenn er in der Nähe lebte. Wendys Eltern kamen in die Jahre, wohnten in Camberwell und hatten sich noch nie als Babysitter angeboten. Außerdem wählten sie die Konservativen. Sollte ich die etwa anrufen und ihnen erklären, ich müsse dringend den Vorsitz bei einer lokalen Verbandssitzung der Labor Party führen?

Red fing an zu heulen. Na großartig. Da zankten wir uns an unserem möglicherweise letzten gemeinsamen

Junggesellenabend, bevor Wendy antanzte und ihr Sorgerecht einmahnte. Mir blieb keine andere Wahl, als auf beinhart zu machen und den gestrengen Patriarchen zu geben. »Okay, fünf Dollar«, sagte ich. »Und dazu eine Tüte Chips.«

In diesem Moment läutete es an der Tür. Red, dem die Unterbrechung sehr gelegen kam, flog durch den Flur zur Tür und riß sie auf. »Es ist eine Lady«, brüllte er.

Lady war das keine. Es war Ayisha, die in ihrem gefütterten Mantel nonchalant am Verandapfosten lehnte. »Sivan hat erzählt, du willst mich sehen«, sagte sie, als hätte sie keine Ahnung, wieso. »Was ist denn los?«

Ihr unverhofftes Auftauchen auf meiner Türschwelle nahm mir den Wind aus den Segeln. Derartig ertappt zu werden – ein Geschirrtuch über die Schulter drapiert und als autoritärer Vater – war nicht eben förderlich für mein Image. Wie sollte ich mich jetzt noch als intellektueller Kosmopolit ausgeben, der abends seinen Gramsci las? Aber mal langsam, was dachte sie sich eigentlich bei diesem lässigen Auftritt, als wäre nichts gewesen? Ich stopfte das Geschirrtuch in meine Gesäßtasche. »Was los ist?« fuhr ich sie an. »Scheiße, vielleicht sagst du mir das mal!«

Mein Ausbruch verblüffte sie einigermaßen. »Alles in Ordnung?«

»Nein, überhaupt nicht. Ich bin stinksauer. Verarschen könnt ihr wen anders. Du hättest mich anständigerweise wenigstens darüber aufklären können, in was ich mich da einlasse.«

Red war ganz Ohr; meine Anspannung war ihm nicht entgangen, und er beobachtete, wie ich auf diese fremde

Frau reagierte. Er schmiegte sich an meinen Oberschenkel, damit ja kein Zweifel aufkam, wem ich vor allem und zuerst gehörte.

Ayisha legte den Kopf zur Seite. »Du warst bei der Polizei, stimmt's?«

Bei dem Wort ›Polizei‹ spürte ich, daß Red vor Aufregung plötzlich wie unter Strom stand.

»Wo warst du den ganzen Tag?« wollte ich wissen, ganz der eifersüchtige Ehemann. »Und was ist mit deinem Genossen Gezen?«

»Ich war auf dem College«, sagte sie. »Warum?«

»College? Was machst du auf dem College?«

»Ich studiere Buchhaltung.«

Buchhaltung? Meine Güte! Und wo blieb die Revolution? Wenigstens war ihr nichts zugestoßen. »Wir müssen reden. Im Ernst«, sagte ich. Aber nicht solange der Junge dabei war. »Aber jetzt müssen Red und ich los zu einer Sitzung, wir sind schon spät dran.«

Red erkannte seine Chance. »Sind wir gar nicht«, trällerte er fröhlich. »Komm doch rein.« Er ließ mein Bein los und rannte den Flur zurück. Ayisha ließ sich nicht zweimal bitten, schob sich an mir vorbei und folgte ihm.

»Du warst bei den Bullen, nicht wahr?« fragte sie vorwurfsvoll. »Ich dachte, du wolltest uns helfen.«

Ich heftete mich an ihre Fersen. Die Wäsche auf der Leine, eben noch ein so heimeliger Anblick und Zeichen meiner Tüchtigkeit, wirkte jetzt irgendwie jämmerlich. Red hatte den Fernseher angeworfen und lümmelte sich auf dem Sofa. Ich packte Ayisha am Ellbogen und beförderte sie aus seiner Hörweite. In der Küche sah sie sich um und faßte meine häuslichen Fähigkeiten zusammen. Ich konnte ihr geradezu ansehen, wie sie mich in eine Schublade verfrachtete.

»Meine Frau, das heißt, meine Ex-Frau sozusagen, also, die lebt in Canberra und...«, stammelte ich und trat verlegen von einem Fuß auf den anderen.

»Murray«, sagte sie. »Was um Himmels willen ist bloß los mit dir?«

»Komm mir jetzt nicht als naive Landpomeranze«, fauchte ich, inzwischen wieder im Vollbesitz meiner Empörung. »Zuerst verschwindet Gezen, als nächstes haust du ab, dann erfahre ich noch von Gezens politischem Hintergrund, und dann...«

Sie ließ mich nicht ausreden. »Gezen? Politischer Hintergrund? Wovon redest du?«

»PKK oder so, die kurdische Guerilla jedenfalls. Ich weiß es von Sivan. Keine Sorge, ich hab ihm nichts von der Bayraktar-Geschichte erzählt.«

»Sivan hat dir erzählt, daß Memo bei der PKK ist?« Das pfiffige Grinsen kehrte in ihr Gesicht zurück. »Und das hast du ihm geglaubt?«

»Na klar.« Inzwischen ahnte ich schon, daß das ein Fehler gewesen war.

»Mein Gott, Murray«, lachte sie. »Memo Gezen hat sechs Kinder und einen chronischen Bandscheibenschaden. Er wohnt in einer Zweizimmerwohnung in East Keilor. Mit der PKK hat er soviel zu tun wie der Mann im Mond. Sivan hat dich auf den Arm genommen.«

Natürlich. Klar hatte er das. Und ich hatte angebissen – volles Rohr. »Warum tut er so was?« schmollte ich.

»Ach, woher soll ich das wissen? Sivan ist der geborene Scherzkeks. Vielleicht dachte er, du spielst immer noch Personenraten mit ihm, so wie gestern. Und daß du schon merkst, wenn er dich veräppelt.«

»Aber als Gezen heute morgen verschwand, dachte ich, diese Typen im BMW …« Um ehrlich zu sein, wußte ich überhaupt nichts mehr.

»Memo ist keineswegs verschwunden«, sagte Ayisha. »Er ist einfach wieder zur Arbeit gegangen. Als er in der Liga aufkreuzte und einen Anwalt verlangte, hatte er gerade Mittagspause. Dann hast du ihm geraten, er soll seinen Job tun wie immer und ja keine Aufmerksamkeit auf sich lenken. Als klar war, daß in dem Wagen da draußen nicht die Polizei auf ihn wartete, hab ich ihm gesagt, er soll sich vertschüssen, und zwar pronto. Durch die Hintertür hinaus und zurück zur Arbeit, bevor ihn da wer vermißt.«

»Und wieso beobachten ihn diese BMW-Typen vom Anatolia Club?«

»Das«, sagte sie, »frage ich mich auch schon den ganzen Tag.«

»Auf dem College?«

»Ja.«

»Aber warum warst du genauso schnell weg wie er? Sivan hat mit keinem Wort was von einem College erwähnt.«

»Klar«, antwortete sie. »Normalerweise gehe ich auch nur donnerstags und freitags hin. Aber zur Zeit sind schriftliche Prüfungen. Heute nachmittag stand ein dreistündiger Statistiktest an. Mit Memo hatte ich überhaupt nicht gerechnet, verstehst du? Dann mußten wir seine Geschichte auch noch zweimal durchgehen, einmal auf türkisch und dann noch mal für dich auf englisch. Als wir alles durch hatten, war ich verdammt spät dran. Die Sache hat mich auch ziemlich aus dem Gleis geworfen. Kann gut sein, daß ich den Test versiebt habe. Jedenfalls gingen wir danach noch alle in die Kneipe, und deine Nachricht bekam ich erst, als ich vor einer halben Stunde nach Hause bin. Woher hätte ich wissen sollen, daß du mich gesucht hast?«

»Willst du denn nicht wissen, weshalb ich dich gesucht habe?«

»Klar doch.« Inzwischen saßen wir am Küchentisch. Ganz offensichtlich wußte sie mit ihrer Zeit nichts Besseres anzufangen. »Dafür bin ich ja hier.«

Ich erzählte ihr alles, angefangen von dem überraschten Einbrecher und so weiter. Meinen Gang zum Polizeirevier in der Bell Street und den Anruf bei der Glücksspieltruppe ließ ich lieber unerwähnt. Sivans Räuberpistole hatte mich schon genug zum Idioten gestempelt. Diesmal unterbrach sie mich nicht und stellte auch keine Fragen, stand nur irgendwann auf, um sich am Herd eine Zigarette anzuzünden. Danach lief sie in der Küche auf und ab wie ein Tier im Käfig. »Ich wollte die Geschichte erst mit dir besprechen«, schloß ich, »ehe ich damit zur Polizei gehe. Auf keinen Fall will ich Memo in den Rücken fallen, aber ich muß auch an mein Kind denken.«

Durch die Tür zum Wohnzimmer konnte ich Red sehen, der sich immer tiefer vor der Glotze eingrub. »Du drehst jetzt augenblicklich den verdammten Fernseher ab!« schrie ich. »Wir sind spät dran.« Ich dachte daran, im Ortsverband anzurufen, damit sie schon mal ohne mich anfingen.

Aber wie sollte das gehen? Alle Unterlagen für die Sitzung befanden sich auf dem Rücksitz meines Wagens.

»Ist ja nicht zu fassen«, sagte Ayisha. »Greifen die dich am hellichten Tag an. Das ist doch verrückt.«

»Denkst du etwa, ich hab das erfunden?«

»Nein, nein. Ich meine nur…« Sie strich sich das Haar aus der Stirn, als würde durch diese Geste deutlicher, was sie meinte.

»Reden wir später weiter, ja?« sagte ich. »Ich muß jetzt wirklich los.« Im Wohnzimmer hatte Red sich nicht von der Stelle gerührt.

Ayisha ging an mir vorbei zu ihm hinüber und hockte sich auf die Sofalehne. Red sah kurz zur Seite, nahm ihre Anwesenheit zur Kenntnis und saugte sich sofort wieder am Bildschirm fest. Ein Mann mit blauen Gummihandschuhen arbeitete sich durch irgendein Dickicht und flüsterte dabei in verschwörerischem Ton in die Kamera.

»Da kommt jetzt gleich der Gorilla, oder?« fragte sie.

Red grunzte bejahend, wohl eine Art Erkennungssignal zwischen eingefleischten Videojunkies.

»Darf ich hierbleiben und zugucken, solange dein Dad bei der Sitzung ist?« Sie setzte sich neben ihn auf das Sofa und zog dabei die Arme aus dem ballonartigen Mantel.

Durfte sie was? »Mh-hm«, sagte er. »Der beste Teil kommt gleich.«

»Murray, kannst du noch ein paar Stunden warten, bevor du die Du-weißt-schon anrufst?« Red rutschte ein Stück zur Seite, um ihr Platz zu machen. »Und keine Sorge«, beeilte sie sich, mich zu beruhigen, »ich weiß, wie's läuft. Ich habe fünf kleine Brüder.«

Widerstand war zwecklos. Ich war soeben von der schnellsten Koalition in der Geschichte ausgetrickst worden. Eine vereinte Front, eine unwiderstehliche Anziehungskraft und ein unbewegliches Objekt.

16

Das Lakeview Hotel, ein ausufernder, als Ranch gestylter Bierschuppen, liegt eine halbe Meile von der Sydney Road entfernt mitten in einer Wohngegend. Dort hatte ich mit neunzehn unter dem Decknamen Freddie Engels gejobbt, Tabletts voller Bierkrüge gewuchtet und gelegentlich eine Serviererin abgeschleppt. Auf der anderen Straßenseite, hinter einer Reihe knorriger Kasuarinen, lag der Edwardes Lake, eine geflutete Kiesgrube, die sich ein Landschaftsgestalter vorgenommen hatte: Radwege, gebührenpflichtige Grillbrenner und Abenteuerspielplätze.

Der Ortsverband versammelte sich im Mehrzweckraum, dessen so ziemlich einziger Zweck darin bestand, den Abstellplatz für mehrere kaputte Pooltische und einen mietfreien Versammlungsraum für Parteisitzungen herzugeben. Wie immer hatte Laurie, der Kneipenwirt, für uns über einen der Pooltische eine Spanplatte gelegt, den Wandradiator angedreht und auf dem preußisch blauen Wollfaserteppich dreißig Stühle aufgestellt. Laurie war Labor-Mitglied seit den Zeiten vor der Spaltung und unverbesserlicher Optimist. Zu dieser Jahreszeit konnten wir von Glück reden, wenn ein Dutzend Leute kamen, und tatsächlich waren nicht viel mehr da, als ich um Viertel nach acht in den Saal hastete. »Okay«, sagte ich. »Fangen wir an. Wir wollen ja nicht den ganzen Abend hier rumhocken.«

Als erstes erledigten wir die Anwesenheitsliste samt Entschuldigungen, wobei ich für Charlene, Greg Coates und sechs andere die Hand hob. Dreizehn Anwesende und fünfzehn Entschuldigungen bei siebenundsechzig eingetragenen Mitgliedern. Tatsächlich gekommen waren die üblichen Verdächtigen – wahre Gläubige, unerschütterliche Anhänger von Altpremier Whitlam, zuverlässige Urnenauszähler, Verteiler von Wahlanleitungen, abgetakelte Granden und aufstrebende Möchtegerns. Lauries Sohn Barry, ein siebenundvierzigjähriger Junggeselle und Konstruktionszeichner beim staatlichen Elektrizitätsunternehmen, führte Protokoll auf einem Packen Endlospapier, den er aus dem Recycling-Container seines E-Werks gerettet hatte.

Gavin Mullane, der Kronprinz, war auch da und fest entschlossen, seinen Zebrastreifen ins trockene zu bringen und ein wachsames Auge auf die North West Melbourne Progress Association zu haben – ein kinderloses Ehepaar in den Mittfünfzigern, das ihm in allen lokalen Angelegenheiten nach Möglichkeit die Schau stahl. Dann war da unser hauseigener Ex-Trotzkist, ein Lehrer namens Vernon Tibbett. Vern hatte seine Jugend damit vergeudet, im Morgengrauen vor den Fabriktoren zu stehen, um die *Direct Action* zu verkaufen, und jetzt ließ er den Rest seines Lebens andere dafür büßen. Hinter ihm saß Sam Righi, Verwaltungschef bei der Rechtsberatung von Broadmeadows, wo auch Joe Lollicato arbeitete. Es war das erste Mal seit Monaten, daß er erschien. Den würde ich nach der Sitzung mal anzapfen. Ein paar frische Gesichter leisteten ihre

Neulingspflicht ab, ehe sie die Hände für einen Job hoben. Die übrigen waren immer schon dagewesen: sympathische alte Käuze, fest im Glauben, die alten Feindschaften immer im Gedächtnis, und ansonsten weise schweigend, wie es sich für Stammesälteste gehörte.

Griechen waren zum Glück keine gekommen. Die Erfinder der Demokratie hatten ihre eigene Sektion, wo sie ungestört und die halbe Ewigkeit im hellenischen Volksmund der Dialektik huldigen konnten, während uns anderen die Tortur erspart blieb. »Punkt eins«, ging ich energisch zur Tagesordnung über. »Anstehende Angelegenheiten.«

Tibbett war sofort auf den Beinen. »Genosse Vorsitzender. Antrag zur Tagesordnung: ich beantrage eine Änderung der Abfolge und die Vorziehung von Punkt sechzehn, einer Resolution zur schamlosen Mißachtung der Parteilinie durch die Bundesregierung beim Abbau und Export von Uran.«

»In Ordnung«, sagte ich. »Wer unterstützt den Antrag?«

Keiner rührte einen Muskel mit Ausnahme einer lebenslustigen Altenpflegerin und Betriebsrätin bei der Gewerkschaft des Krankenhauspersonals namens Maggie Alcott. Sie sog aber nur hörbar die Luft ein und vergrub die Unterarme noch tiefer in den Ärmeln ihrer grobgestrickten Weste. Ich zählte innerlich langsam bis zehn. »Antrag mangels Unterstützung abgelehnt. Also ...«

Die nächsten fünfzehn Punkte haspelten wir in exakt eindreiviertel Stunden ab, einschließlich der zwanzig gehirnamputierenden Minuten, die Gavin Mullanes hypothetischem Fußgängerübergang gewidmet waren – »… keine zweihundert Meter von dem Ort entfernt, an dem wir uns in diesem Moment befinden«. Tibbetts Antrag kam als letzter Punkt.

Bei aller äußerlichen Effizienz war mein Vorsitz vor allem von einer wachsenden inneren Ungeduld und Unruhe angetrieben. Wie konnte ich nach allem, was an diesem Tag passiert war, Red einfach der erstbesten Babysitterin anvertrauen? Ayishas fünf kleine Brüder, ihre Empfehlung für den Job, was bewiesen die schon – außer der Fruchtbarkeit ihrer Mutter? Man sah diese Einwandererfamilien überall, wie sie ohne Sicherheitsgurte durch die Gegend gondelten, auf dem Rücksitz ganze Rudel von stehenden Kindern, die nur einen winzigen Rempler davon entfernt waren, sich durch die Windschutzscheibe zu katapultieren. Was wußte ich denn in Wirklichkeit über Ayisha Celik, außer daß ich verrückt darauf war, sie ins Bett zu kriegen?

Die Debatte über Vern Tibbetts Resolution dauerte eine lähmende halbe Stunde; die Versammlung mußte den Text unbedingt bis zur grammatikalischen Inkohärenz abändern, den diversen Fraktionslinien anpassen und mir schließlich den Auftrag erteilen, diesen Standpunkt vor dem Staatssekretär und dem zuständigen Ministerium zu vertreten. Als ich mich bei den Teilnehmern bedankte und die Versammlung für beendet erklärte, standen die Zeiger der Dewars-Whiskey-Uhr über der Bar auf zwanzig nach zehn.

Nachdem ich Barry geholfen hatte, die Stühle zu stapeln und die Heizung abzuschalten, ging ich in die Bar rüber, um das eigentliche Geschäft des Abends zu erledigen. Mullane sah mich kommen, leerte rasch sein Glas, nickte zum Abschied und duckte sich zur Tür hinaus. Als ob ich mit dem einen trinken wollte. Die alten Genossen soffen im Rudel. Ich ließ eine Runde springen und erkundigte mich nach etlichen Enkelkindern. Niemand sprach von sich aus über Charlene, also wußten sie noch nichts. Sam Righi sah zu mir her und hob zwei Finger für eine weitere Runde – eine Einladung, die sich schwer ausschlagen ließ. Ich entschuldigte mich und ging zu ihm hinüber.

Das Bier war wäßrig, außerdem hatte ich noch anderes zu erledigen, aber seit Greg Coates' Anspielungen am Nachmittag nagte eine Frage in meinem Hinterkopf. Ich setzte das Glas an die Lippen und schmierte meine vom vielen Qualmen angeschlagene Kehle ein weiteres Mal. »Wie läuft's denn bei der Rechtsberatung? Schmeißt Joe Lollicato den Laden noch?« fragte ich beiläufig.

»Dir entgeht nicht allzuviel, was?« grinste Righi.

Ich zündete mir eine Fluppe an. »Nicht wenn ich's verhindern kann.«

»Dieser Lolly«, sagte er. »Manche fallen eben immer auf die Füße. Ich wünsch ihm jedenfalls Glück.«

Er sagte es, aber er meinte es ganz anders. Righis Ärger war viel zu dicht an der Oberfläche, um unsichtbar zu bleiben. Offenbar hatte Lollicato bei irgend etwas Glück gehabt, und Righi wollte dieser Mitteilung seinen eigenen Dreh geben. »Tja, Lucky Lolly«, erwiderte ich trocken, wie um zu sagen, daß ich ihn auch noch nie leiden konnte.

Righi war schon anzusehen, daß er den Glückspilz nach Strich und Faden durch den Dreck ziehen würde. »Diese

Dumpfbacke wird eine Visitenkarte von der Größe eines Surfbretts brauchen.«

Ich stachelte ihn an. »Ach ja?«

»Er will schon seit Monaten aussteigen. Hat auch nie ein Geheimnis daraus gemacht. Und dann, wumm, aus heiterem Himmel so ein Angebot.« Beim Sprechen breitete er die Hände aus wie ein Angler sein Latein. »Ordinarius für vergleichende Rechtswissenschaften, Fakultät für multikulturelle Forschungsdisziplinen, University of New England, Armidale, New South Wales.«

Ich stieß einen Pfiff aus und wackelte anerkennend mit den Augenbrauen. Lollicato beabsichtigte also, die Stadt zu verlassen. Für einen, der es angeblich auf einen Abgeordnetensitz abgesehen hatte, kein eben kluger Schachzug. »Ach was«, sagte ich. »Aber sieh es mal von der Warte: toller Titel, beschissene Bezahlung.«

Righi bestellte noch zwei Bier, diesmal auf meine Rechnung. Lollicato war nur die Vorspeise gewesen, er hatte noch was auf dem Herzen. »Schätze, wegen der Nachwahl hast du dir noch keine Gedanken gemacht?«

»Wie meinen?«

»Wenn Joe in einen anderen Bundesstaat verschwindet, muß doch ein Ersatz für ihn gewählt werden.« Das war es also. Righi wollte Lollys Sitz im Bezirksrat von Broadmeadows.

Es war zwanzig vor elf. Die eingehende Diskussion von Sam Righis Ambitionen würde warten müssen. Ich legte den Kopf zurück und ließ mir die bittere Flüssigkeit über die Zunge rinnen. Als ich das Glas absetzte, fiel mein Blick auf die Durchreiche, die den Blick in den Kneipenraum freigab. Bis auf einen einzelnen Gast, der am äußersten Ende des Tresens und mit dem Rücken zur Durchreiche um seinen Drink gewickelt saß, war er verlassen. Etwas an der Haltung des Mannes zog an einem losen Faden in meinem Gedächtnis. Als ich den Blick des Wirts auffing, wies ich mit dem Kinn in seine Richtung. »Stammgast?«

Er schüttelte den Kopf. »Nuckelt an dem Drink da schon seit 'ner halben Stunde. Trinkt jetzt mal langsam aus, sonst bin ich meine Lizenz los.«

Ich stand auf und legte eine Hand auf Righis Schulter. »Wenn dir ein geeigneter Kandidat einfällt, laß es mich wissen. Frisches Blut tut euch in Broadie sicher gut.«

Der Kerl im Drive-in-Schnapsladen nebenan war am Abschließen, er zog gerade an den Ketten, um den schweren Rolladen herunterzulassen. Ich bat ihn um eine Flasche Weißwein. »Hat der Herr einen besonderen Wunsch?« fragte er, als wäre er der Kellermeister im Château Lafite.

»Eine Flasche Ewiger Hoffnungsquell«, sagte ich. »Aber wenn Sie den nicht da haben, ist mir alles unter acht Dollar recht.« Der überdachte Fußweg zum Parkplatz führte an der Hotelbar vorbei. Im Vorbeigehen warf ich einen Blick durchs Fenster, doch bis auf den Wirt, der die Stühle verkehrt herum auf die Tische stellte, lag die Bar verlassen da. Ich zuckte die Achseln und ließ Barrys Protokoll in einem Mülleimer landen, weil ich es am nächsten Morgen sowieso noch einmal ordentlich schreiben wollte. Den Uran-Antrag müßte ich überhaupt neu formulieren. Ich würde jedenfalls nicht riskieren, daß mir der Bundesminister für Bodenschätze die Hölle heiß machte, nur weil ihm unser lieber Tibbett mangelnde Linientreue unterstellte.

Righis nettes Histörchen über Lollicato, dazu das, was Coates gesagt hatte, und meine eigenen mühsam aufgelesenen Informationen – allmählich bestand kaum noch ein Zweifel, daß mir Agnelli beim Essen am Montag einen monumentalen Mist aufgetischt hatte. Während ich den Parkplatz überquerte, versuchte ich mir Agnellis genaue Worte ins Gedächtnis zu rufen, erinnerte mich aber nur an Bruchstücke. Rückblickend fiel mir immerhin ein, daß Agnelli ständig kleine Wenns und Abers und Vielleichts hatte einfließen lassen, was dem Gespräch die von ihm gewünschte Richtung gab, meine Bedenken zerstreute und mich zu haufenweise voreiligen Schlüssen veranlaßte, die mittlerweile reichlich fadenscheinig aussahen. Denn Lollicato hegte eindeutig weder damals noch sonst irgendwann ernsthafte parlamentarische Absichten. Und die Wahrscheinlichkeit für einen Arbeitskonflikt bei Pacific Pastoral war genauso aus der Luft gegriffen. Entweder war Agnelli falsch informiert, tatsächlich ahnungslos, oder er hatte mir absichtlich Sand in die Augen gestreut, die dritte Möglichkeit schien mir die wahrscheinlichste.

Agnelli war ein abgebrühter Zocker; wenn er es tatsächlich auf Charlenes Sitz abgesehen hatte, wußte er genau, daß er mich entweder als Verbündeten gewinnen oder feste auf Trab halten mußte, während er sich in Position brachte. Er kannte außerdem meine große Loyalität zu Charlene, und ihm war klar, daß mich jeder Annäherungsversuch in Alarmbereitschaft versetzt hätte. Ihm blieb gar keine Wahl: er mußte mich so lange in die Wüste schicken, bis er seine Karten ausspielen konnte. Und wie konnte er am besten meine Aufmerksamkeit vom Spieltisch ablenken, während die Deals gemacht wurden? Indem er mich auf eine falsche Fährte setzte. Deshalb hatte er mir diesen Quatsch über Pacific Pastoral aufgetischt. Im Mandarin Palace hatten also vor allem Enten auf dem Speiseplan gestanden.

Meine Güte, hatte ich mich da aufs Kreuz legen lassen. Wahrscheinlich war sogar die Story in der *Sun* auf seinem Mist gewachsen. Agnelli war Stammgast im Hotel Windsor, wo er mit den politischen Redakteuren einen hob und ihnen immer dann wohlüberlegte Insiderinfos steckte, wenn die Regierung in umstrittenen Angelegenheiten einen Versuchsballon steigen lassen wollte. Man muß nur genug Blödsinn zusammenreden, sagte er gern, früher oder später wird's gedruckt.

Der Parkplatz schimmerte als seichtes Pfützenmeer. Ich steuerte den Renault auf die Straße. Die Scheinwerfer drangen durch eine Lücke zwischen den Bäumen und glitten über die Wasseroberfläche des Sees. Ein Windstoß rührte die Dunkelheit auf, und im selben Moment prasselten schwere Regentropfen gegen die Windschutzscheibe. Als ich den Hügel hinauffuhr, fing es ernsthaft an zu regnen, der Sturm goß das Wasser herab wie aus überschwappenden Eimern, pfiff an den Fensterdichtungen entlang und rüttelte mit solcher Kraft an dem kleinen Gefährt, daß die Scheibenwischer immer wieder mitten im Schwenk stillstanden. Der Regen strömte über die Windschutzscheibe wie ein glänzendes Wasserbrett, ich sah kaum weiter als bis zur Motorhaube.

Ich drehte die Scheibenwischer auf Hochtouren, beugte mich vor und spähte durch ihr kraftloses Fächeln hindurch.

Meine Knöchel wurden weiß vor Anspannung, das Lenkrad quetschte ich fast zu Matsch. Ich steuerte praktisch ein U-Boot den Niagarafall hinauf. Schneckenartig kroch ich Zentimeter um Zentimeter weiter. Oben auf der Anhöhe kam ein Kreisverkehr, dann fiel die Straße wieder ab und überquerte das untere Ende des Sees, wo er von einem Damm aufgestaut wurde und in einen Bach mündete, der so unbedeutend war, daß er nicht mal einen Namen hatte. Dort wollte Mullane seine Fußgängerampel haben.

Das Unwetter jagte das Wasser der überlasteten und übergehenden Abzugsrinnen wie einen Wildbach über den Asphalt. Kurz vor dem Kreisverkehr spotzte der Motor, und es schien, als würde er abwürgen, bis zu den Radnaben im Wasser. Ich schaltete herunter, trat das Gaspedal durch und spürte das Beben des Renaults, als die Räder die Fluten mit einer Wucht gegen den Unterboden spritzten wie Wasserwerfer bei einer Demo.

Als ich in den Kreisverkehr einfuhr, blitzte zu meiner Rechten plötzlich ein gleißendes Licht auf. Ein anderer Wagen kam aus der Querstraße geschossen, er hatte voll aufgeblendet und sah mich offenbar nicht. Mich durchzuckte der Gedanke, daß ich ohne Licht fuhr. Ich tastete nach dem Schalter. Unsinn, selbstverständlich war es an. Wie sonst hätte ich es bis hierher geschafft? Nein, der andere mußte mich gesehen haben. Ich hockte im Scheinwerferlicht da wie ein Hase.

Der Wagen näherte sich als Wand aus weißem Licht und schob das Wasser mit den Vorderreifen in hohen Garben zur Seite. Mullane hatte also doch recht: in dieser Gegend gab es eindeutig ein paar durchgeknallte Raser. Ich verriß nach links, trat verzweifelt in die Klötzer, aber bremsen war auf einmal völlig sinnlos. Der Renault schlitterte unkontrollierbar vorwärts. Es blitzte bläulich, und ich erkannte den Falcon in dem Moment, in dem mein Renault auf die leicht geschwungene Bordsteinkante auftraf, vom Boden abhob und eine Lücke zwischen den Leitplanken anpeilte.

Ich flog mit ihm durch die Luft, mein Hintern hob sich buchstäblich vom Sitz, ehe der Zug des Gurts mich wieder zurückriß. Dann, als sich die Vorderräder in den weichen Boden des Rasenstreifens am Straßenrand eingruben, wurde ich nochmals in die Höhe geworfen. Der vordere Teil des Wagens kam dabei nämlich so abrupt zum Stillstand, daß das immer noch fahrende Heck durch den eigenen Antrieb zum Überschlag ansetzte und mir einen akrobatischen Schleudergang verpaßte, bei dem ich die Hände wie in Leichenstarre um das Lenkrad gekrallt hielt.

Das war's dann wohl, dachte ich und verzerrte das Gesicht in Erwartung meines Endes. Der Renault schlug auf dem Dach auf, bebte kurz und kam zur Ruhe. In meinem Kopf dröhnte das Brüllen des Sturms, und am Rande meines Bewußtseins blitzten leuchtende Formen auf. Etwas Nasses floß mein Gesicht hinauf, tröpfelte mir in die Nase und sammelte sich in einer Vertiefung im Nacken. Ich mußte niesen, wovon mir die Augen aufgingen, und ich erkannte, daß ich kopfüber in den Gurten hing und mein Gesicht mit der Wange auf dem kalten Vinyl des Autodachs klebte. Von oben, durch das Fahrgestell, rann Wasser herein. Also, man kann es unmöglich so unbequem haben und gleichzeitig tot sein, sagte ich mir.

Mit der Linken tastete ich nach dem Öffner des Sicherheitsgurts, irgendwie sprang er auch auf, und ich fiel wie ein eingerollter Fötus in mich zusammen. Meine rechte Hand suchte vergeblich nach dem Türgriff. Erst als ich mich an der Unterkante des Armaturenbretts festkrallte, gelang es mir, mich aufzurichten und auch die Schultern aus dem Gurt zu schälen. Ein scharrendes Geräusch setzte ein. Der Wagen bewegte sich jetzt wieder, er rutschte die glitschige Uferböschung hinunter und wurde immer schneller. Der stählerne Schild des Autodachs kreischte schrill auf, als der Renault über den Betonweg am Seeufer schlitterte. Danach kippte er nach vorn, verharrte kurz in der Schwebe und glitt dann mit dem Heck voran ins Wasser.

Der See war grauenhaft naß, grauenhaft schwarz. Er legte sich um die Außenhülle des Autos und zog es nach unten. Die Tür ging auf, und Wasser strömte herein. Noch nie im Leben hatte ich mich so lebendig gefühlt. Als mir das eisige Wasser in den Mund drang, trat ich in blinder Panik mit den Füßen gegen das Armaturenbrett.

Dann war ich irgendwie draußen, schoß aufwärts und durch die Wasseroberfläche, schnappte nach Luft, mein Atem ging rasselnd und asthmatisch. Die Regengüsse peitschten das Wasser ringsherum auf. Meine Kleider waren wie Fesseln, die mich nach unten zerrten. Ich atmete in kurzen hysterischen Stößen. Die Kälte quetschte mir die Brust zusammen. Über mir erhob sich, dunkel auf dunkel, die Böschung. Irgendwo wanderte ein Lichtschimmer auf und ab, kam näher. Ich schlug mit den Füßen aus und peilte das Ufer an.

Ein schleimiges Ding streifte mein Gesicht, dann noch eins und noch eins, was bei mir gleich den nächsten Schub an Krämpfen, Panik und Kälte auslöste. Was war das jetzt für ein Horror? Ein Greifarm schwappte in meinen Mund, schuppig und steif. Ich spie ihn aus, doch da waren noch mehr, Dutzende von ihnen; sie strichen mir mit glitschigen Tentakeln über Lippen und Ohren. Meine Arme schlugen auf das Wasser, droschen grabschend um sich, bis meine Finger eines der schlüpfrigen und biegsamen Objekte zu fassen bekamen.

Mein Oberkörper hob sich aus dem Wasser, und unter meinen Füßen war fester Grund. Ich stand auf, etwas verblüfft, daß das Wasser nicht mal einen Meter tief war. Das Ding in meiner Hand entpuppte sich als herabbaumelnder Zweig einer Trauerweide. Von meinem Renault war nichts mehr zu sehen. Ich steckte mit den Füßen in unsichtbarem Schlamm, ins Gesicht peitschte mir der Regensturm, eiskaltes Wasser ging mir bis zu den Schenkeln – dennoch stieß ich ein unfreiwilliges Stöhnen der Erleichterung aus.

Das auf und ab hüpfende Licht auf der Böschung über mir kam jetzt näher. Eine gedrungene Gestalt, halb Mensch, halb Regenschirm, trotzte dem Unwetter und ließ den Strahl einer starken Taschenlampe über den See schweifen. Ich öffnete den Mund zum Schrei und biß mir dabei fast die Zunge ab, so unkontrolliert klapperten meine Zähne. Ein mattes, tierisches Wimmern entrang sich der Tiefe meiner Brust. Mehr brachte ich nicht zustande. Der Wind warf den Ton zurück in die Schwärze hinter mir. Ich klammerte mich an die baumelnden Seile der Weidenzweige, zog die Schuhe aus dem Schlamm und schlurfte ans Ufer. Der Mann mit der

Taschenlampe, Gott segne ihn, würde mich gleich sehen. Teufel auch, war mir kalt.

Das Ufer war eine schulterhohe Schanze aus glitschigem Schlamm, über die der Regen strömte wie ein Wasserfall. Ich versuchte noch einmal zu rufen, doch wieder wurde es nur das Wimmern eines waidwunden Tiers, das sich im brüllenden Regen und im Kastagnettengeklapper meiner Zähne verlor. Eins wußte ich mit Sicherheit: wenn ich nicht bald hier rauskam, würde ich an Ort und Stelle erfrieren.

Inzwischen war das Licht keine zwanzig Meter mehr entfernt, bald nahe genug zum Anfassen. Die Gestalt, die es hielt, duckte sich unter der Glocke des Regenschirms und blickte angestrengt dem Lichtstrahl nach, wobei sie ihn methodisch über das brodelnde Wasser streichen ließ. Aber die Lampe wies in die falsche Richtung, ihr Schein blitzte sinnlos über die Stelle, wo mein Wagen untergegangen war. Wer auch immer es war, er würde weitergehen, ohne mich zu bemerken, halb ertrunken und dies buchstäblich zu seinen Füßen. Ich klammerte mich an ein Weidenbüschel und hievte mich daran nach oben in sein Blickfeld.

Meine Finger waren steif vor Kälte, die triefenden Kleider eine riesige Last. Der Weidenzweig bog sich weit nach unten und brach ab. Ich lag wieder im Wasser, die Füße strampelten nach Halt, ohne welchen zu finden. Mein Anzug war wie ein Bleilaken, das die Beine umhüllte und mich unter Wasser zog. Das Licht bewegte sich jetzt fort, verschwand die Böschung hinauf zur Straße. Ich riß den Mund auf und wollte aus der Tiefe meiner Körperhöhle einen Schrei herauspressen, doch ich schluckte Wasser, und außer einem pfeifenden Husten brachte ich keinen Ton hervor. Dann erfaßte mich die Strömung.

Der Regen, der aus allen Richtungen in den See floß, hatte den Pegel über die Höhe des Damms anschwellen lassen. Ein tosendes Wasserbrett schoß über die Lippe des nur wenige Meter von mir entfernten Abflußkanals. Ich spürte, wie es mich mitriß und der Sog immer stärker wurde. Dann prallte ich mit der Schulter gegen die glatte, aus dem Dunkel hervorkragende Betonkante, flog über die Wand des Damms und wirbelte durch den offenen Schacht der Überschwemmungsrinne abwärts. Weiße Gischt peitschte von allen Seiten auf mich ein. Weiter vorn, an der Spitze des Schachts, öffnete sich das schwarze Maul eines Hochwasserabflusses. Ich konnte nicht einmal mehr schreien, bevor ich in seinen schäumenden Strudel gezogen wurde.

17

Verdreckt von Unrat jeder Art und Unart brauste die Sturmflut durch den Schacht und schleuderte mich unaufhaltsam mit den Füßen voran ins Nichts. Meine Kiefer waren gegen das Wasser fest aufeinandergepreßt, doch das half nichts gegen das donnernde Tosen in meinen Ohren, während ich durch die Abflußröhre gerissen und mit dem Kopf immer wieder gegen die glatte Betonwand geschleudert wurde.

Als meine Lungen schon fast zu platzen drohten, wurde ich ausgespuckt wie ein Orangenkern und flog strampelnd in das Bett des namenlosen Baches. Zuerst krachten meine Füße mit derartiger Härte auf dem Geröll auf, daß ich es in sämtlichen Knochen spürte, gleich darauf fiel ich mit dem Gesicht voran in den Strom. Wieder wurde ich mitgerissen, zusammen mit all dem übrigen vom Regen angespülten Ekelmüll – einer toxischen Minestrone aus fauligen Fusselbällen, glitschigen Schokokeksverpackungen, Hundekacke und dem Abfall Tausender Haushalte. Die dichten Brombeersträucher an beiden Ufern fetzten an meinen Kleidern, während ich an ihnen vorüberwirbelte, ohne jedoch mein Tempo irgendwie zu bremsen.

Ein paarmal gelang es mir, mich aufzurappeln, doch das holprige Bachbett war von schlüpfrigen Steinen und Mauerwerk bedeckt und die Strömung so gewaltig, daß ich sofort wieder den Halt verlor, weitergeschwemmt wurde und nur mit Mühe den Kopf über der widerlichen Brühe halten konnte.

Dann tauchte vor mir ein glänzender Gegenstand auf: eine alte weiße Badewanne, die umgedreht in den Bach ragte, der Boden vom Rost durchlöchert wie ein Kochsieb. Ich klammerte mich an die glitschige Emailkante, und obwohl mich die Strömung mit aller Macht wieder mitreißen wollte, fanden meine Knie plötzlich festen Boden. Ich kam schwankend auf die Beine, warf mich der Länge nach ans Ufer und flog mitten in ein dichtes Brombeergestrüpp. Noch ein, zwei, drei Schritte, dann stieß ich gegen einen durchhängenden Drahtzaun. Ich kletterte daran hoch, krallte die Finger in die Maschen hinein, wollte nur weg von dem wirbelnden Strudel hinter mir, bis ich den Zaun überwunden hatte und auf einen Haufen grüner Plastikmüllsäcke plumpste, die mich weich und federnd aufnahmen.

So plötzlich, wie es begonnen hatte, ließ das Unwetter nach. Der Regen hörte nicht auf, ging aber in ein ätherisches, beinahe barmherziges Nieseln über. Ich drehte mich auf den Bauch und lauschte dem Rasen meines Herzens. Der glatte Kunststoff strich sanft über meine Wange. Seine gepolsterte Weichheit schmiegte sich an meinen Körper. Mein ganzes Dasein schien reduziert auf ein dumpfes pulsierendes Pumpen, das hinter meinen geschlossenen Augen wie ein bösartiger Oktopus auf und ab waberte.

Mir war kalt, das sagte mir mein Zähneklappern – doch verglichen mit dem spastischen Scheppern von vorhin war es jetzt ein ruhigeres, beinahe rhythmisches Vibrato. Wie eine dieser Spezialmaschinen zum Polieren von Steinen. Damit konnte ich leben, wenn nur die Kopfschmerzen aufhören würden. Ja, mir war kalt, aber erst mal mußte ich mich ausruhen, das Grauen in meinem Innern abklingen lassen. Alle Muskeln taten mir weh, jeder Nerv lag bloß.

Vom Hügelkamm drang fernes, leises Verkehrsgebrumm zu mir. Ich wußte, wenn ich den Blick hob, würde ich eine Müllhalde sehen und oberhalb der Böschung die Rückseite mehrerer kleiner Werkstätten und Fabriken. Doch dazu müßte ich den Kopf heben. Und die Aussicht lohnte die Mühe einfach nicht.

Ich kannte diesen Platz. Auf dem Papier stand seit langem fest, daß er in ein kommunales Freizeitgelände umgestaltet werden sollte, doch es fehlten die Mittel. Im Rathaus hatten die Pläne mal am Schwarzen Brett gehangen – proper arrangiertes Strauchwerk, Strichmännchen-Bürger an Picknicktischen. Die Öffentlichkeit war zur Mitgestaltung eingeladen worden. Einstweilen war nichts passiert, bis auf die Errichtung eines Zauns am Hügelkamm hinter dem Industriegelände und die Aufstellung von Verbotsschildern gegen das Müllabkippen. Doch derlei Blockaden fordern ja nur die Findigen heraus. Höchst unerquicklicher, vielfältigster Müll war unbemerkt über die Maschendrahtgrenze gelangt und den Hang hinuntergerutscht. Lackdosen, verbogene Fahrradräder, verzogenes und gesplittertes Furnierholz, Gartenabfälle, Ramsch und Unrat aller Art verschmutzten den Hang, auf dem ich lag.

Aber immerhin war es trockenes Land, trockener jedenfalls als der Bach. Nicht eben fester Boden, aber doch eine matschige Matratze, die sich weich und warm an meinen Körper schmiegte. Ich streckte die Hand aus und strich über das geschmeidige Plastikpolster unter mir, erspürte mit den Fingern eine Wärme, als wäre das Innere der Erde aufgestiegen, um mich zu trösten.

Die sanfte Hitze wärmte mir nicht nur das Gesicht und die Finger, sondern auch Brust und Schenkel, ja, ich fühlte sie sogar durch den triefenden Stoff meines Anzugs hindurch. Ich rollte mich zusammen und zog eine dreckstarrende Lage Linoleum als Decke über mich. Schon bei dieser leisen Bewegung tobte ein rötlicher Schmerz hinter meinen Augen. Still gelegen, befahl mir mein Hirn.

Ein Geruch hüllte mich ebenso ein wie die Wärme: der würzige Gestank nach vermodernder Vegetation. Gemähtes Gras, wurde mir klar. Ich bohrte ein Loch in den Sack, er gab ein duftendes Seufzen von sich, wie ein gasiger Atemstoß. Er war mit halbverfaultem Rasenschnitt angefüllt, von einem Wochenendgärtner feucht gemäht, fest hineingepackt und dann hier abgeladen, weil der Typ zu faul oder zu schweinigelig war, um zur Deponie zu fahren und seine drei Dollar zu zahlen. Im luftleeren Plastik gefangen, hatte das Gras zu fermentieren begonnen und glomm jetzt mit derselben fiebrigen Hitze, die manchmal zur plötzlichen Entzündung ganzer Heuhaufen führt.

Ich versuchte das schrille Geschrei des Giftkraken in meinem Kopf zu ignorieren, umfing das Kissen und schmiegte mich noch enger in die gedunsene Weichheit. Seine Umarmung verschmolz mit der Wärme, die von meinem Körper ausging, und linderte den Schmerz in mir. Erschaudernd stieß ich ein leises Grunzen aus und sog das dampfende Aroma einer frischgewässerten Sommerwiese ein.

Der Biergarten des Pier Hotel war die erste richtige Wiese meines Lebens gewesen. Davor hatten wir im Obergeschoß des ›Carters Arms‹ gewohnt, und ich hatte die anderen Kinder um ihre Gärten beneidet, jene Räume für Ballspiele und behagliche Baumhäuser. Als ich die Wiese hinter dem Pier Hotel zum ersten Mal sah, beschloß ich, diese Matte aus Gras und Quecken, die für einen Anlauf und wuchtigen Wurf gerade lang genug war, würde mir gehören. Um meinen Besitz abzustecken, hämmerte ich Torstäbe in den Boden und versah sie mit Querhölzern.

Von mir aus, hatte mein Vater gesagt. Du willst die Wiese, dann mäh sie auch. Und hatte auf den Schuppen gezeigt, wo hinter den leeren Fässern und Ersatzschläuchen ein Handrasenmäher stand. Mit meinen acht Jahren konnte ich das Ding kaum schieben; die Klingentrommel und die traktorartigen Eisenräder waren vom Alter und vom Rost steif geworden. Dann aber, nachdem er die vielen Monate der Nutzlosigkeit abgeschüttelt hatte, war der Mäher mit einem Satz zu surrendem Leben erwacht und hatte in hohem Bogen grünes Konfetti hinter sich geworfen, zuerst grob und kratzend auf den nackten Schienbeinen, dann weich und elastisch unter den bloßen Füßen. Ein smaragdener Regenbogen in der Sommersonne, gesprenkelt vom flirrenden Licht – wie Rücklichter, die im Regen verschwinden, wie das Schwenken eines Taschenlampenstrahls über die aufgewühlte Wasseroberfläche.

Bald würde die Polizei hier sein. Am Himmel würde knatternd ein Hubschrauber auftauchen, mit seinem großen Suchlicht über das dunkle Gewässer fahren und der Bachlinie folgen. Flutlichter und Generatoren. Froschmänner, die im Schlamm wühlten, dann Ketten an der Winde eines Abschleppwagens befestigten und den triefenden Renault ans Ufer zogen. Die Böschung würde mit orangeroten Bändern abgesperrt, und die Schnüffler vom Unfallkommando gingen in ihren weißen Regenmänteln von Tür zu Tür. Haben Sie irgendwas beobachtet, Madam? Diese Schlauberger.

Ich hab's euch ja gesagt, würde ich sagen. Gar nichts wäre passiert, wenn ihr rechtzeitig eure Ärsche hochgekriegt hättet. Ein Autofahrer vorsätzlich von der Straße abgedrängt, sein Wagen in zehn Meter Tiefe unter Wasser. Kann man ja wohl kaum noch als harmlosen Schabernack bezeichnen. Versuchter Mord war das. Das würde Anfragen im Parlament setzen. Und eine Anzeige. Verlegene Gesichter ringsherum. Geschah ihnen recht. Versuchter Mord. Das war ein Fall für die Kripo in der Russell Street.

Ein viel zu großes Ding für unser Popelrevier. Mal sehen, was Bayraktars Kumpel zu sagen hatten, wenn bei ihrem feinen Anatolia Club die Mordkommission an die Tür pochte.

Vor drei Tagen hatte ich von diesem Bayraktar noch nie gehört, jetzt wollte mich jemand mit seinem Wagen umnieten. Aber wieso? Weil ich über die Straße gegangen war mit der Absicht, ein paar Fragen zu stellen? Die Faust auf der Straße schütteln war ja kaum ein Kapitalverbrechen. Von wegen Morgenländer.

Gezen war der Schlüssel. Die ganze Scheiße hatte angefangen, als Gezen beschloß, mir sein Herz auszuschütten. Gezen mit dem Doppelleben. Der schüchterne kleine Schrubberschwinger, mit diesen Augen, die einen leersaugten. Wie hatte er noch gesagt? »Ich sehe alles.« Vielleicht war es das. Vielleicht hatte er etwas gesehen, das er nicht sehen sollte. Vielleicht hatten ein paar Leute gedacht, er hätte sie verpfiffen. Und vielleicht dachten sie, er hätte mir etwas erzählt, worüber er besser geschwiegen hätte.

Bayraktar konnte nicht allein gearbeitet haben. Der Mann konnte nicht mal seinen Namen richtig schreiben, geschweige denn ein Lohnsteuerformular frisieren. Führte er bloß Befehle aus, während ein anderer das Gehirn abgab? Vielleicht war das ja auch alles Quatsch: Gezens Geständnis und die ganze Räuberpistole von der Erpressung. Ayisha hatte sich von Gezen überzeugen lassen, das stand fest. Oder steckte sie etwa auch mit drin? Das ganze Geraune und Getuschel auf türkisch, bevor mir Gezen seine Geschichte aufgetischt hatte – worum ging es dabei? Nein, Ayisha würde ihren alten Kumpel Murray doch nicht anführen, oder? Sie mochte mich doch. Obwohl mir der Schädel dröhnte und ich mich wie ausgekotzt fühlte, sie hatte mich gern.

Warum würde sie denn sonst neben mir liegen, hier auf dieser Müllhalde, das Hinterteil in meinen Bauch gekuschelt, ihr Haar kitzelnd an meinem Hals, den Atemrhythmus auf meinen abgestimmt? Sie würde nicht lügen, nicht sie, deren Mund jetzt den meinen fand, deren pelzige, fleischige Lippen die meinen liebkosten, deren rauhe Zunge meine Wange leckte und deren Kehle ein wollüstiges Stöhnen ausstieß.

Ich öffnete die Augen. Ein schwarzer Hund mit gelben Zähnen – ein sabberndes, aus dem Maul stinkendes, krummbeiniges fettes Vieh mit Hängetitten wie eine Ziehharmonika – geiferte mir das Gesicht voll. Ich stolperte auf die Beine und schleuderte das Linoleum weg. Meine Schuhe quietschten vor Nässe. Der Kopf fühlte sich an, als wäre er in einen experimentellen Werkstoff gegipst, den der Hersteller demnächst vom Markt zurücknehmen würde. Der Nachthimmel war klar, relativ hell und sehr hoch. Am fernen Horizont flogen ein paar letzte Blumenkohlwölkchen der Brise davon. Durch das gesprungene Glas meiner Uhr entzifferte ich, daß es kurz vor halb zwei war. Oder gewesen war, als die Uhr stehenblieb. Ich schüttelte ungläubig den Kopf, was hinter meinen Augen ein Feuerwerk nach dem anderen explodieren ließ. Das rasende Pochen ging langsam in bloßen Schmerz über.

Es war nicht zu fassen. Von der Straße abgedrängt, Auto hin, ich fast ertrunken, von der Flut mitgerissen, und was tat ich? Schlief ein wie ein Baby, das Gesicht über drei Stunden in einem Komposthaufen vergraben. Von weiter oben kam das Geräusch eines Motors und verschwand wieder.

»Komm schon«, sagte ich. Die Vibration meiner Stimme löste in meinem Kopf eine weitere Kettenreaktion aus. Ich tastete mich durch Glasscherben und Bauschutt. Ein Geschmack nach Galle und schalem Bier kam mir hoch. Die Innenseiten meiner Schenkel wurden von meinen Hosenbeinen wund gerieben. Ich zitterte – wieder so ein Krampfanfall.

Das Tor aus geschweißtem Rohr oben auf der Anhöhe war versperrt, doch die Kette ließ genug Spielraum, um mich durch die Lücke zwischen den beiden Flügeln hindurchzuzwängen. Die geduckte Reihe der rohen Ziegelbauten – eine Blechschlosserei, eine Druckerei, eine Fliesenfirma – lag dunkel und verlassen da. Alles Orte für tagsüber. In der einen Richtung beschrieb die Straße eine Kurve zu ein paar Häusern, in der anderen fiel sie zum See hin ab. In mir blinkten Schmerz und Übelkeit wie eine Neonleuchte, und ich war in kalten Schweiß gebadet. Die Hündin lief verspielt neben mir her, ein schwachsinniges Vieh.

»Langsam, meine Gute«, bat ich. Ich mußte meine eigene Stimme hören. Sie war schrill und kurz vor dem Kippen. Ich fragte mich, wo ich die Energie dafür hernahm. Der See gelangte ins Blickfeld, eine gekräuselte Fläche aus schwarzem Samt. Ich ging die menschenleere Straße hinab, passierte das Lakeview Hotel und den Rolladen des Drive-in-Schnapsladens. Das einzige vernehmbare Geräusch war das leise Säuseln der Baumwipfel.

Kein Rettungsteam. Kein gar nichts. Vielleicht bin ich

noch gar nicht aufgewacht, dachte ich. Am Damm floß ein glitzerndes Rinnsal friedlich über die Lippe des Abzugkanals, etwa so unruhig wie ein frisch gemachtes Bett. Unten an der Böschung waren die Gräser, die der auf dem Dach schlitternde Renault platt gedrückt hatte, schon im Begriff, sich wiederaufzurichten. Die durch meinen Abgang verursachten Spuren im Boden waren zu unregelmäßigen Schlammfurchen geworden. Vom Uferweg um den See spähte ich ins Wasser und beschwor den untergegangenen Wagen, sich zu zeigen. Mein nicht kaskoversichertes Froggiemobil im Wert von zwei Riesen war futschikato.

Nirgends der geringste Hinweis, daß hier etwas Ungewöhnliches passiert war. Vielleicht war ich am Ende doch tot? Vielleicht lag ich da draußen unter Wasser und sah mir zu, dem einzigen Zeugen meines eigenen Todes. Der Hund winselte, packte mit den Zähnen sanft meine Hand und zog mich weiter. Aber wenn ich tot bin, dachte ich, wer bist dann du? Kerberos, der Wachhund der Unterwelt? »Nicht genug Köpfe«, sagte ich laut. »Du brauchst mehr Köpfe.« Ich versuchte mich zu erinnern, wie viele, aber davon tat mir nur der eigene noch mehr weh.

Die Häuser hinter den stummen Vorgärten auf der anderen Straßenseite schliefen ahnungslos weiter, warm und wirklichkeitsnah. Ich überlegte, ob ich einfach durch eines der Gartentore gehen und an die Tür klopfen sollte. »Entschuldigen Sie die späte Störung. Jemand hat versucht, mich umzubringen, aber dann bin ich eingeschlafen. Dürfte ich eben mal Ihr Telefon benutzen? Und hätten Sie freundlicherweise einen Kaffee für mich, solange ich warte?« Ein kackeverkrusteter Irrer mit einem räudigen Köter im Schlepptau. Allein die Vorstellung genügte, um meine Kopfschmerzen zu verschlimmern. Ich drehte mich zum See und übergab mich, eine Mischung aus bierigen Brokken und gewürfelten Karotten. Wo kamen denn die bloß her? Wieso sind beim Kotzen immer gewürfelte Karotten dabei?

Ein Auto kam den Hügel herauf. Ich erschrak und humpelte in den Schatten eines Baums. Ein kleiner Japaner tuckerte durch den Kreisverkehr, verschwand zwischen den Häusern und hinterließ das leiser werdende Scheppern seines Auspuffrohrs. Paranoia, dachte ich. Der Beweis dafür, daß ich lebte.

Und was war aus dem guten Samariter geworden, dem Typ mit Taschenlampe und Regenschirm? Was mußte das für ein Mensch sein, der einen Wagen in den See stürzen sieht, bei Sturm und Regen durch die Gegend stapft, um nach Überlebenden zu suchen, und dann einfach nach Hause geht, ohne den Unfall zu melden? Scheiße, vielleicht war die Polizei ja auch schon dagewesen. Kam vorbei, sah nichts und zog wieder ab.

Ich tastete meinen Skalp nach Haarrissen ab, traute plötzlich dem eigenen Gedächtnis nicht mehr. Wie sollte man denn auch denken können nach alledem: um alle fünf Sinne geprügelt und mit pochendem Kopf und Ohrensausen? Die Prellungen in meinem Nacken schwollen zu schmerzhaften Höckern an. Ich mußte mich noch einmal übergeben: Ich kotze, also bin ich.

Wieder näherte sich ein Auto. Auf dem Dach hatte es ein Leuchtschild. »Taxi«, krächzte ich. Das Wort hing in der Luft, als bestätigte es meine Existenz. Ich hob die Hand und kramte in meinen Hosentaschen nach Banknoten und Münzen. Fünf durchgeweichte Scheine, ein Zehner, ein bißchen Kleingeld. Genug. Ich hielt meine Dollars hoch und wedelte damit. Das Taxi wurde langsamer. Ich sah das Bild, das ich bot, im steinernen Blick des Fahrers: ein Penner mit irren Augen, der in seiner Kotze steht und mit zerknüllten Geldscheinen winkt, dazu ein räudiger Hund. Das Taxi rollte an mir vorbei und beschleunigte wieder. Ebensogut hätte er aussteigen und mir in den Hintern treten können.

»Was ist nur los mit diesem Land?« fragte ich die Promenadenmischung. Wenn sie es wußte, sagte sie es jedenfalls nicht. Halbherzig warf ich eine Handvoll Kieselsteine in ihre Richtung. »Kusch. Hau ab!« Das Vieh wackelte davon, hielt dann inne und kam auf dem Bauch zu mir zurückgekrochen. Womit hatte ich das verdient? »Na schön«, ließ ich mich erweichen. »Also dann, komm mit.«

Mit wohin? Als ich aufgestanden war, hatte ich mir ausgemalt, von Rettungsmannschaften erwartet und in Sicherheit gebracht zu werden. In Decken gehüllt. Eine dampfende Tasse Tee in der Hand. Eine Polizistin säße mit einem Clipboard neben mir im Rettungswagen. Tja, inzwischen war ziemlich klar, daß nichts dergleichen geschehen würde. Ich dachte an Red, und mein Magen krampfte sich zusammen. Ich mußte dringend zu Hause anrufen. Erst zu Hause, dann die Polizei.

Hinter dem Kreisverkehr, ein Stück den Hügel hinauf, kam eine kleine Ladenkette – eine Apotheke, eine Milchbar, eine Reparaturwerkstatt für Haushaltsgeräte. Und eine Telefonzelle. Ich schlurfte weiter, der Köter watschelte neben mir her, alles verziehen, alles verzeihend. Mein Schüttelfrost wurde immer schlimmer, und meine Schenkel waren wund gescheuert. Am liebsten hätte ich mich angepißt, nur um es wärmer zu haben, wie ein Surfer im Neoprenanzug. Als wir an den ordentlichen Vorgärten und den vom Sturm um ihre Blüten gebrachten Bäumen vorüberkamen, fragte ich mich, ob ich hier irgendwen gut genug kannte, um ihn zu wecken. Die Häuser schnarchten praktisch vor sich hin. Kein Licht war zu sehen, kein Fernseher flackerte hinter den Jalousien. Gab es in den Vorstädten denn keine Schlaflosen mehr? Irgend jemand mußte doch wach sein. Immerhin war das mein Gebiet hier. Ich war ja nicht im Ausland.

Besiege die Kopfschmerzen, besiege die Übelkeit, lautete mein Mantra. Jetzt war es nicht mehr weit. Denk nach. Muß zu Hause anrufen, ob Red in Ordnung ist. Ayisha Bescheid geben. Scheiße, wer mir das hier angetan hatte, war vielleicht auch auf Red losgegangen. Aber Ruhe jetzt. Einem Kind würden sie nichts tun. Warum sollten sie so etwas machen? Aber weshalb zogen sie überhaupt so einen Mist ab? Es ergab einfach keinen Sinn. Der Falcon im Regen, das war doch derselbe Wagen gewesen, oder? Gesehen hatte ich praktisch nichts. Es mußte Hunderte blaue Limousinen in der Stadt geben. Vielleicht war es ja ein ganz normaler Unfall gewesen. Weiter vorn tippte sich ein Mann auf einem Pferd an den Hut und grüßte mich: der Marlboro-Mann ritt über die Plakatwand der Milchbar. Ich schloß die Faust um die Münzen in meiner Tasche und bog um die Ecke. In einer der sechs Parklücken direkt vor der Telefonzelle stand, mit der Nase zum Bordstein, Bayraktars Falcon.

Die Heckscheibe fehlte, statt dessen war eine schwere Plastikfolie mit blauem Isolierband über das Fenster geklebt. Sie hob und senkte sich sanft im Wind, wie eine atmende Lunge. Ich erstarrte und drückte mich gegen das Pferd des Cowboys. Ansonsten regte sich nichts. In der Tiefe der Milchbar hielt eine von hinten angestrahlte Reihe Flaschen Wache in einem Kühlschrank mit Glastür. Der Falcon war leer.

Ich packte den Chromgriff und riß die Fahrertür auf, mir war schon alles wurscht jetzt. Nichts. Kein perfider Türke lauerte im Innern, um mir ins Gesicht zu springen. Nicht einmal irgendwelcher Müll lag herum. Aber der Zündschlüssel steckte, und man roch den ozonartigen Duft von frisch geputztem Vinyl. Der Hund würde das bald ändern, er sprang an mir vorbei auf den Beifahrersitz.

Das gute Tier erledigte offenbar das Denken für mich. Mit dem Wagen wäre ich in zehn Minuten zu Hause. Und wüßte, ob Red in Sicherheit war. Rief ich dagegen die Polizei von der Zelle an, könnte die Streife zwanzig Minuten brauchen, bis sie überhaupt hier war. Dann kämen Erklärungen, Fragen und noch mehr Erklärungen. Ich müßte sie den Hügel hinabführen, ihnen die kaum noch erkennbaren Rutschspuren zeigen, sie überzeugen, daß ich nicht geistesgestört war. Scheiß drauf! Das alles war ohnehin ihre Schuld. Ich würde von zu Hause aus anrufen.

Ich machte eine Runde um das Auto. Kauerte mich hin, mit völlig steifen Gelenken, und spähte darunter. Ließ die Haube aufspringen und musterte die ölige Höhle des Motorraums. Wonach suchte ich eigentlich? Nach einem Bündel Plastiksprengstoff, einer Kupferdrahtspule, einer tikkenden Uhr? Der Motorblock fühlte sich kalt an. Ich stieg ein. Der Sitz war viel zu weit vorn, er drückte mich gegen das Lenkrad. Der vorige Fahrer war kleiner gewesen. Ich beugte mich vor und fand den Sitzhebel. Der Boden war von einer Schlammschliere bedeckt, die gerade trocknete. Der Sitz glitt nach hinten, und ich drehte den Schlüssel. Der Sechszylindermotor sprang schnurrend an. Fingerabdrücke, dachte ich, zuckte dann bloß die Achseln und umklammerte das Lenkrad. Sollten die Bullen das auseinanderklamüsern.

Über mir blitzten die Straßenlampen stroboskopartig auf, was den epileptischen Oktopus in meinem Kopf aufweckte und vor Wut rasen ließ. Die Polsterung verströmte einen ekelhaft süßen Putzmittelgeruch, von dem mir übel wurde. Ich fuhr nur auf Nebenstraßen und war in fünfzehn Minuten zu Hause. Den Wagen parkte ich ein Stück entfernt und ließ den Schlüssel stecken. »Platz«, befahl ich dem Hund. Hundeentführung. Was denn noch alles?

Die anderen Autos in der Straße waren alle vertraut. Keine BMWs. Ayishas Laser parkte vor meinem Haus, an derselben Stelle wie zuvor. Aus dem Küchenfenster schimmerte ein schwaches Licht. Ich stand auf der Veranda, klopfte meine Taschen ab und fragte den toxischen Oktopus, wo ich meine Schlüssel hingetan hatte, als die Eingangstür aufging. Aus dem Sumpf in meinem Innern quakte ein Frosch. »Red«, sagte er.

Ayisha tauchte auf, eingehüllt in ein Meer von Licht. Aus diesem Heiligenschein schwebte sie auf mich zu. Die Madonna der Matschköpfe. »Verfluchte Scheiße!« sagte sie.

Dann nichts. Gar nichts.

18

Sie hatte mich auf dem Schlafzimmerboden und zog mir die Hose aus. In meiner Unterhose regte sich etwas. O nein, nicht jetzt, bitte nicht jetzt! Dann lag ich unter der Decke, warm und trocken. Der Krake klappte eines meiner Augenlider hoch, und Ayishas Gesicht wurde scharf. »Buchhaltung?« lallte ich mit schwerer Zunge.

»Wer was erreichen will, muß was draufhaben.« Sie wollte mich aufheitern. Ihre Hand lag auf meiner Stirn, und sie kaute ständig auf der Unterlippe. »Vor allem Budgetplanung«, sagte sie mit der beruhigenden Grimasse, die bei den Pflegeberufen als Lächeln gilt. Mir wäre lieber gewesen, sie hätte mich in den Arm genommen. »Du bleibst liegen. Ich rufe einen Arzt.«

Meine nassen Kleider waren durch Jogginghosen und eine Windjacke ersetzt worden. Nichts drunter, wie ich bemerkte. Ich stemmte mich hoch und schwang die Beine über die Bettkante. Mein Mund funktionierte immer noch nicht richtig. »Pinkeln«, stammelte ich. Pipi. Allein dieser Einsatz versetzte meinen Kopf in den Schleudergang. Ayisha schob mir eine Hand unter die Achsel. Ich schüttelte sie ab, wollte selbst wissen, wie hinüber ich wirklich war. Ganz schön hinüber. An der Tür wandte ich mich nicht zum Badezimmer, sondern ging zu Red hinein. Ein spitzknochiges Häuflein aus Knien und Ellbogen atmete gleichmäßig unter einer vertrauten Decke. »Hab ihn fernsehen lassen, bis er umgekippt ist«, sagte Ayisha entschuldigend. »In Ordnung?«

Sie blieb die ganze Zeit vor der Klotür stehen. Ich klang

wie ein Brauereipferd, das in einen Blecheimer pißt. »Wo warst du bloß so lange? Ich war halb krank vor Sorge.« Man hätte meinen können, wir wären seit Jahren verheiratet. Die Flitterwochen mußte ich dann wohl verschlafen haben. »Du hast am ganzen Körper blaue Flecken. Es ist fast drei Uhr früh. Deine Klamotten sind klatschnaß und total zerfetzt. Was ist passiert? Murray! Sag doch was.«

Sie hörte nicht mal zu reden auf, als ihre Stimme im Rauschen der Klospülung unterging, die Gute. Als ich die Tür öffnete, legte sie mir noch einmal die Handfläche auf die Stirn und zog zuerst ein Augenlid, dann das andere hoch. Sehr selbstsicher, als wüßte sie genau, was sie tat. »Du brauchst einen Arzt«, lautete die Diagnose.

»Sieh mal im Schrank nach«, sagte ich. Mein Mund führte immer noch eine Art Eigenleben. »Vielleicht findest du irgendwo Aspirin für mich.«

Sie legte mir zwei Tabletten auf die Zunge und hob ein Glas Wasser an meine Lippen. Mein Körper fühlte sich an, als hätte ich beim Australian Football in der Endrunde als Stürmer gespielt und mit meiner Mannschaft alle drei Finalspiele hintereinander verloren. Auf dem Küchentisch lag die Wäsche, gefaltet und ordentlich im Wäschekorb gestapelt. Das Geschirr war auch gespült. Scheiße, ich fühlte meine Chancen auf Erotik schwinden.

Ayisha hantierte mit dem Wasserkessel und goß Tee ein. »Ich hab um elf im Hotel angerufen. Da sagten sie, du wärst schon gegangen. Weißt du noch, was danach passiert ist?«

Die Tentakeln tappten schon wieder erbost durch meine Gehirnwindungen und zerquetschten jede streunende Zelle, die ihren Weg kreuzte.

»Ich dachte mir, daß es vielleicht mit dem Unwetter zu tun hat, ein Unfall oder so. Der Regen war echt schlimm. Das ganze Wasser, das hier durchs Dach gekommen ist.« Auf dem Wohnzimmerboden reihten sich Töpfe aneinander. »Jedenfalls hab ich in allen Krankenhäusern angerufen, aber es war niemand eingeliefert worden, auf den deine Beschreibung paßte. Ich stand kurz davor, die Polizei anzurufen. Dann hörte ich draußen ein Geräusch. Das warst du. Du bist vor der Tür zusammengebrochen. Ehrlich, ich dachte schon, du stirbst. Ich bin echt ausgeflippt deinetwegen.«

Bildete ich mir das nur ein, oder war diese Frau wirklich eine Wucht? Leise, um den Kraken nicht zu verärgern, lachte ich. Aus ihrer Schilderung schöpfte ich genug Kraft, um zum Schrank zu taumeln und den Deckel von der Jamesons-Flasche zu schrauben. Dabei fiel mir der Wein ein, der jetzt schön gekühlt auf dem Grund des Sees lag. Ayisha schüttelte tadelnd den Kopf. Ach, diese Muslime, die hatten ja keine Ahnung von der heilenden Wirkung edlen Feuerwassers. Ich goß ein Schlückchen in jede unserer Tassen und modellierte ein Knäuel ihres Tabaks zu einem mickrigen Zylinder. All diese Bewegungstherapie tat mir gut. Meine Gedankengänge kämpften sich allmählich frei. Ich vollführte wieder mal den Streichholztrick, um auf mich aufmerksam zu machen. Deshalb rauchen Leute. So viele Klischees, und alle so einfach bei der Hand.

»Das war wieder der blaue Falcon«, sagte ich. »Bayraktars Wagen. Hat mich von der Straße abgedrängt. Mitten in den Edwardes Lake rein. Am Ende bin ich in einem beschissenen Bach gelandet. Und dann hab ich die halbe

Nacht versucht, ein Taxi anzuhalten.« Mir ging die Kraft aus, das Reden war zu anstrengend. Ich versuchte irgendwie meine Gedanken zu ordnen.

»Scheiße noch mal!« rief sie aus. »Das darf doch alles nicht wahr sein. Du mußt die Bullen anrufen.«

Ich schüttelte den Kopf. Was ziemlich weh tat. »Sinnlos«, sagte ich schmerzverzerrt. »Außer ich erzähle ihnen von Memo. Und damit würde ich der Glaubwürdigkeit der Liga schaden – und deiner auch. Schließlich hast du ihn überzeugt, er könne mir vertrauen.« Ehrlich gesagt war mir Gezen inzwischen scheißegal.

Sie sah mich an wie einen Vollidioten. »Meine Glaubwürdigkeit? Ja, Murray, spinnst du denn? Jemand will dich umbringen, und du sorgst dich um meine Glaubwürdigkeit?«

Ist sie nicht umwerfend, dachte ich. Der heiße Tee und der Whiskey taten in der Tiefe meines Magens ihre heilende Wirkung. Ich schraubte den Deckel der Whiskeyflasche wieder auf. Aber Ayisha entrang sie meinen schlaffen Händen. »Ruf sofort die Polizei an!« befahl sie. Was an mir, fragte ich mich, bringt bloß bei Frauen immer diesen Befehlston hervor?

»Würde ich ja«, sagte ich, »wenn ich wüßte, daß es was bringt. Aber das ist wie mit euren dämlichen Petitionen. Ohne Beweise tut die Polizei nichts. Und wenn sie was unternimmt, dauert es zu lange. Oder ist zu spät.« Sie wußte natürlich nichts von meinen bisherigen Unterhaltungen mit den Gesetzeshütern. »Verflucht, ich hab ja selbst null Schimmer, warum das alles passiert. Du vielleicht?«

Das brachte sie zum Schweigen. Gott sei Dank, kommentierte der Krake. Die Untertasse auf dem Tisch war voller Kippen, ihren und meinen. Sollte ich am Leben bleiben, müßte ich wohl einen Aschenbecher anschaffen. »Weißt du, ich frage mich allmählich, ob nicht Gezen den Falcon gefahren hat. Vielleicht bereut er sein Geständnis und hat beschlossen, er muß diejenigen, die dabei waren, aus dem Weg räumen.«

Sie dachte, ich meinte es ernst. »Das ist doch Quatsch.« Dabei sprang sie auf und zündete sich eine Zigarette an der Gasflamme an. »Memo ist etwas seltsam, zugegeben, aber du kannst ihn doch nicht ernsthaft für einen Killer halten.«

Ich spürte, wie der alte Oktopus seine acht Arme streckte; er fuhr die grauen gallertigen Membranen aus und blies einen dunklen Ballon auf, der im Wasser träge auf mich zutrieb. Eine kühle schwarze Tintenwolke, die das Licht, den Lärm und die lauten Stimmen in meinem Kopf abdämpfte. Die Welt war irgendwo da draußen, in weiter Ferne und nur noch durch einen rotschimmernden Schlitz sichtbar. Ich dachte sie mir weg.

Ayisha rüttelte an meiner Schulter. »Bist du okay?« Ich schreckte hoch. War wohl eingedöst. So ging das nicht. Wie sollte ich in diesem Zustand nachdenken? Logisch, daß Gezens Rührstück bei jemandem wie Ayisha alle denkbaren Mitleidsregister zog. »Bist du okay?« fragte sie noch einmal.

Ich war okay. Red war okay. Mein ständiger Begleiter, der Krake, war so verflucht okay und putzmunter, daß er auf meinem Vorderhirn einen Schuhplattler aufführte. Ich mußte nachdenken. Der einzige greifbare Beweis für die

Ereignisse war der draußen geparkte Falcon. Und für sich genommen bewies das Auto gar nichts. Jede Wette, die einzigen Fingerabdrücke darin waren meine eigenen, die ich auf Lenkrad, Türen und Motorhaube gepatscht hatte. Ich konnte mir sogar vorstellen, warum er mit steckendem Schlüssel abgestellt war. Wer ein Auto verschwinden lassen will, läßt es am besten irgendwo stehen, wo gelangweilte Kids rumhängen, die damit eine Weile durch die Gegend gondeln und es dann meilenweit weg in den Graben fahren.

Nein. Das Auto eines Toten, eine haarsträubende Geschichte und meine unbeweisbare Hypothese von Erpressung und Rache reichten nie im Leben aus, um die Bullen in Bewegung zu setzen. Bis die ihren kollektiven Zeigefinger aus der Nase nahmen, konnte ich tot sein. Tröstlich war nur, daß der Typ, der mich von der Straße gedrängt hatte, wahrscheinlich dachte, ich wäre es bereits. »Der Anatolia Club«, sagte ich. »Da sollte ich mal vorbeischauen. Ihnen ein bißchen auf die Pelle rücken. Vielleicht kann ich was rausfinden.« Aber nicht allein. »Meinst du, Sivan würde mitkommen?«

»Der wird sich nur schwer daran hindern lassen«, erwiderte Ayisha grinsend. Sie war ganz nahe, ihre Gegenwart brachte mich um alle Sinne. Ich konnte sie riechen, schmekken. Sie gähnte, war außerstande, ihre Müdigkeit noch länger zu verbergen. Ich machte meinen Schachzug.

»Du fährst jetzt nach Hause«, drängte ich sie. »Danke, daß du auf Red aufgepaßt hast. Danke für alles. Morgen früh rede ich mit Sivan, und mit Memo auch, dann klärt sich die Sache vielleicht.« Mit der Hand formte ich eine

Knarre. »Kein faschistischer Angriff wird unerwidert bleiben«, zitierte ich, ohne mich zu erinnern, woher das war.

Nicht gerade ein brillanter Plan, aber sie nickte. Sie war müde und resigniert. Die Uhr auf dem Herd klickte. 3:35 Uhr. Dann schüttelte sie den Kopf. »Nein, zuerst mußt du zum Arzt. Was ist, wenn du eine Gehirnerschütterung hast? Du könntest ins Koma fallen oder so was.«

»Gleich morgen früh«, versprach ich. Der pelzige Belag auf meiner Zunge vermischte sich mit dem Geschmack von Tee und Whiskey. Ich unterdrückte einen Brechreiz. Beschissenes Timing, sagte ich mir, aber in diesem Zustand war einfach nichts zu machen.

»Es ist schon fast morgen früh. Hast du Decken? Ich schlafe auf dem Sofa. Für alle Fälle.«

»Nein«, beharrte ich, dabei wollte ich nichts mehr als das. Ihre Hand bewegte sich, radierte durch die Luft zwischen uns, wischte meinen Einwand beiseite. Zum Glück hatte ich das Bett frisch bezogen. Ich ging im Flur voraus zum Schlafzimmer und bemühte mich, dabei nicht umzukippen.

Sie stand mit dem Rücken zum Bett, während ich mich nach den Gästedecken ausstreckte, die fest gestapelt im obersten Fach des Kleiderschranks verstaut lagen. Ich zerrte an der kratzigen Wolle, auf Zehenspitzen stehend und leicht schwindlig von der Höhe. Ein paar Decken kamen frei, und ich schwankte auf Ayisha zu wie ein Mann, der gegen den Sturm ankämpft. Dann ließ der Wind plötzlich nach, und ich kippte nach vorn. Ayishas Arme streckten sich mir mühelos entgegen, nahmen mich auf, umfingen mich. Ihr Hals und meine Stirn, bemerkte ich wie aus weiter Ferne, paßten perfekt ineinander. Bewegungslos, meinen Eierkopf an ihren Hals geschmiegt, wurde sie zu einem bodenlosen Brunnen, in den ich mich kopfüber und im freien Fall hineinstürzte.

»Ojojoj«, meldeten etliche Schlüsselsysteme meines Körpers, die einen Vorteil erkennen, wenn sie einen sehen. »Ein richtiger Mann ist eben nicht unterzukriegen.« Ist er aber doch, wie ich dankbar anmerken kann. Ich spürte die Wärme, die von ihr ausging und mich einhüllte. Wärme, ja – aber keine Hitze. Und Hitze würde es nie welche geben, begriff ich jetzt. Trotz der Endgültigkeit dieser Erkenntnis vermochte ich mich nicht zu rühren, sondern blieb stehen und ließ mich von ihren Armen schaukeln. Was ich an Energie noch besaß, brauchte ich, um nicht vor Dankbarkeit zu weinen.

Auf einmal kam Red ins Zimmer, und ich hüpfte wie von der Tarantel gestochen in die Luft. Einen langen Moment stand er da, sah mich mit schweren Lidern und leerem Blick an. Dann schnappte er den Gummibund seiner Pyjamahose, zog ihn hoch, drehte sich um und schlafwandelte weiter ins Bad.

Nachtschwester Ayisha, die sich selbst nur noch mit äußerster Mühe wach hielt, hob mit beiden Händen die Dekken auf und faltete sie über den Arm. »Dabei fällt mir ein«, gähnte sie. »Deine Frau hat angerufen, kurz nachdem du gegangen bist. Sie sagte, sie nimmt die Frühmaschine – du wüßtest schon, was das heißt. Sie klang richtig nett.«

Na sicher doch.

»Und dann rief noch einer an, Angelo Annoletti oder so. Du sollst ihn dringend zurückrufen, sobald du kommst.«

Charlene! Er mußte wegen Charlene angerufen haben! Mein Gott, an sie hatte ich seit der Versammlung überhaupt nicht mehr gedacht. Am Morgen, gleich nach dem Aufstehen, würde ich anrufen. Später, später, viel später. Zuerst schlafen. »Nimm du das Bett«, sagte ich. »Ich bin die Couch gewöhnt.« Schamlos bis zuletzt.

Ayisha bugsierte mich zum Sofa, deckte mich zu, drehte das Licht ab und ließ mich allein, damit ich in Frieden sterben konnte. Himmlische Stille legte sich über mich. Die Dunkelheit tat gut. Niemand würde mich hier finden. Ich könnte mich ewig verstecken, ganz allein im unendlichen Raum, und weit, weit weg zwischen den wirbelnden Überresten von vor Ewigkeiten explodierten Galaxien. Die Dunkelheit tat gut. Die Dunkelheit und das Ticken der Moleküle. Wasserstoff und Sauerstoff, sie verbinden sich, schwellen an, schweben aufeinander zu, stoßen zusammen, zerfallen. Tick, unendliche Pause, tick, unendliche Pause, tick.

Das verdammte Dach leckte. In langen Abständen klatschte Tropfen auf Tropfen in einen der Töpfe, die Ayisha auf dem Fußboden plaziert hatte. Ich schraubte meine Ohren so fest wie möglich zu, ohne den Oktopus zu stören, und zog mich in den schalldichten Irrgarten meines Denkens zurück.

Irgendwo hatten meine Überlegungen die falsche Weiche genommen und waren entgleist. Bis jetzt war ich überzeugt gewesen, daß die Verbindung zwischen mir und Bayraktar über Gezen lief. Der Einbruch, der Falcon, all das hatte angefangen, nachdem Gezen seine Beichte ablegte. Also gab es da einen Zusammenhang. Aber falls dem nicht so war, fehlten in meiner Kette von Ursache und Wirkung mehrere ziemlich wichtige Glieder. Je länger ich darüber nachdachte, um so mehr wurde meine Theorie zu einer nach allen Seiten ausfransenden Aneinanderreihung zweifelhafter Vermutungen und unwahrscheinlicher Zufälle. Das muß sich doch lösen lassen, dachte ich. Stell dir selbst die entscheidende Frage: wer würde von deinem Tod profitieren?

Die Typen vom Anatolia Club vielleicht? Selbst wenn das rechtsextreme Psychopathen waren, warum verbissen die sich gerade in mich? Wieso nicht in einen ihrer finsteren Landsmänner? Hatte ich etwa am Friedhof etwas gesehen, das ich nicht sehen sollte? Wenn ja, rempelten sie dann auch die zwei Mitarbeiter von Martinellis Bestattungsinstitut von der Fahrbahn? Das war wohl kaum anzunehmen. Außerdem hatten sie mich auf dem Friedhof ja nicht mal bemerkt. Okay, ich war aus dem Büro der Liga gerannt und hatte ihnen mit der Faust gedroht – na und? Deshalb mußte man mich doch nicht gleich umbringen – und wie kamen sie deshalb auf einen Zusammenhang zwischen mir und Gezen? Und selbst wenn, wie hatten sie eigentlich Gezen mit Bayraktars Tod in Verbindung gebracht? Ich war ja nicht mal sicher, ob es derselbe BMW gewesen war, den ich unter dem Carport beim Anatolia Club gesehen hatte.

Gezen behauptete zwar, sie verfolgten ihn, aber er hatte auch mich für einen Bullen gehalten. Sein schlechtes Gewissen setzte ihm offenbar mächtig zu. Doch sie konnten ihn ja gar nicht verfolgt haben, wenn sie eine Viertelstunde vorher am Grab ihres Kumpels am Fawkner-Friedhof den Stechschritt geübt hatten. Jetzt, da ich darüber nachdachte, war die Vorstellung, ich sei versehentlich in einen blutigen Volksgruppenkonflikt geraten, überhaupt nicht mehr plausibel. Schlimmer noch, ich hatte mich einer eklatanten ethnischen Stereotypisierung schuldig gemacht. Typische Falle, in die sonst nur Anfänger tappen. Fehlte nur, daß ich mir noch einbildete, die Mafia wäre hinter mir her.

Es mußte eine logische Erklärung geben. Konnte außer Bayraktars Tod noch etwas anderes dahinterstecken? Etwas, das ich wußte, ohne zu wissen, daß ich es wußte? Etwas, für dessen Vertuschung es sich lohnte, mich zu töten? Also: wer sonst wußte überhaupt noch von meinem Interesse an dem Betrieb in Coolaroo? Wer könnte durch das plötzliche Auftauchen eines Schnüfflers die Nerven verloren haben? Und wer hätte Zugriff auf den Wagen des Toten?

Könnte Apps, dieses menschliche Schachtelmännchen, herausgefunden haben, daß ich ihn wegen seiner schlampigen Buchführung beim Boss angeschwärzt hatte, und sich rächen wollen? Drastische Vorgehensweise, aber immerhin denkbar. Nervös genug war er ja.

Und der Boss selbst, Merricks? Der kam nicht in Frage. Zum einen war er ja mit der Untersuchung einverstanden gewesen. Vor allem aber war schwer vorstellbar, daß er mit seiner Krawatte vom Melbourne Cricket Club am Steuer eines grellblauen Falcon 500 saß. Nicht sein Stil.

Dann war da noch Agnelli, der Anfang allen Übels. Agnelli, der jedenfalls Gründe haben konnte, mich für eine Weile aus dem Weg zu räumen. Aber aus dem Weg ins Krankenhaus? Oder ins Jenseits? Mist, vielleicht war's ja doch die Scheißmafia? Und diese Drogengeschichte? Das Dope in meinem Haus war ganz klar in der Absicht ausgelegt worden, mich zu diffamieren. Und soviel Gras auf einmal ließ eine kriminelle Verbindung vermuten, was mich wieder zurück zum Anatolia Club brachte. Vor Verwirrung drehte sich mir schon wieder der Kopf.

Und schließlich die verschwundene Mappe. Hatte ich sie doch bloß verlegt? Oder war jemand so besorgt, daß er das ganze Parteibüro auf den Kopf stellte, nur um meine Notizen zu klauen und danach eine Unordnung anzurichten, die den Einbruch wie die Aktion künstlerisch total talentloser Vandalen aussehen ließ? Aber wozu? Es sei denn, jemand dachte, ich wüßte mehr, als es in Wirklichkeit der Fall war. In der Mappe stand ja nichts außer der Liste mit Bayraktars Pseudonamen, einem Entwurf der Einleitung zu meinem Bericht an den Ausschuß, ein paar groben Berechnungen und dem Zettel, auf dem der Name Herb Gardiner stand.

Wie hatte Gezen noch gesagt? »Dann kommt die andere. Die Techniker. Die Gardine. Ich denke nicht, daß kommt so bald.« Und das hieß was genau? Laut Gardiners eigenen Worten war er nur rein zufällig in den Kühlraum gegangen. Aus dem spontanen Entschluß, den Thermostat zu überprüfen. »Sechs oder sieben Minuten er ist drinnen.« Wie lange braucht man, um so ein Ding zu prüfen?

Old Herb wußte, daß ich die Liste mit den getürkten Namen hatte. Meine Aktivitäten interessierten ihn so sehr, daß er mich im Büro aufsuchte. Seltsam aufgeregt noch dazu. Er kannte meinen Arbeitsplatz, meine Wohnung und meine Pläne für den Abend. Und sein Haus war keine

Million Meilen vom Edwardes Lake entfernt. Ebensowenig von der Hotelbar im Lakeview Hotel. Man brauchte auch nicht der Komplize eines Gangsters zu sein, um an seine Autoschlüssel zu kommen. Es genügte, sie von seinem Schlüsselring zu nehmen, wenn man im Kühlraum seine Leiche fand. Allerdings erklärte nichts davon, warum ein Mann wie Gardiner meinen Tod wünschte. Das war alles zu phantastisch, zu paranoid.

Dann, in der endlosen Zeitspanne zwischen zwei Wassertropfen, fiel bei mir endlich und unerbittlich der Groschen. Und genau in diesem Moment setzte das Bellen ein. Das wilde, kehlige, mondsüchtige Heulen einer gefangenen Hündin.

19

Der Himmel war kristallklar, wolkenlos, unbeschreiblich weit. Die Nacht war in diese vollkommene Stille eingetreten, die dem Vogelgezwitscher vorausgeht. Mal abgesehen von der im Falcon eingeschlossenen Töle, die laut genug jaulte, um die ganze Nachbarschaft aufzuwecken. Kaum hatte ich die Tür zum Fahrersitz geöffnet, schwieg sie, trommelte ein paarmal mit dem Schwanz auf den Kunststoff, saß still da und sah mich an. Wollte Aufmerksamkeit, bekam welche, und dann wußte sie nichts damit anzufangen. Genau wie manche Menschen.

Ich ließ die Tür offen, während ich mir die Flickarbeit an der geborstenen Heckscheibe des Wagens genauer ansah. Ein echtes Kunstwerk: die durchsichtige Plastikfolie perfekt zugeschnitten und wasserdicht mit hellblauem Isolierband abgeklebt. Die Folie dreifach gelegt, die Ecken formvollendet abgerundet wie bei einem Würfel. Alles *picobello*. Ich dachte an einen Marinesoldaten, an Bruchstücke einer Unterhaltung, an Dinge, die ich gesehen hatte, ohne sie wahrzunehmen, und das alles kam nun zusammen, um sich wie bei der rückwärts laufenden Filmaufnahme einer Explosion eins ins andere zu fügen.

Die Dächer im Umkreis lagen in durchscheinendem Schimmer da, wie Perlmuttknöpfe, die jeden Moment aufgehen und das darunter verborgene grelle Tageslicht offenbaren würden. Noch war nicht alles deutlich zu sehen, aber mit jeder Sekunde ließen sich mehr Einzelheiten ausmachen, wurden die verschwommenen Umrisse schärfer.

Nur unter äußerster Willensanstrengung gelang es mir, die Teile des Puzzles gedanklich zusammenzuhalten. Die Geschichte existierte nur so lange, wie ich sie mir immer wieder vorsagte. Sobald ich aufhörte, darüber nachzugrübeln, und sei es nur für einen Moment, würde sich alles in wirre Verdächtigungen und Mutmaßungen auflösen, nichts als die Phantasien eines erschütterten Gehirns. Wenn ich auch nur einen Augenblick lang davon abließ, würde nichts mehr einen Sinn ergeben. Ich könnte mich selbst nie wieder überzeugen, geschweige denn jemand anderen. Sprang ich aber mit dem Kopf voran in diesen Sumpf hinein, müßten mir die anderen folgen. Statt weiterhin das Jagdopfer zu sein, würde dann ich die Spielregeln vorgeben. Es war also an der Zeit, selbst aktiv zu werden. Ich drehte den Zündschlüssel und spürte, wie mir die PS-Stärke des Falcon Energie verlieh.

Zuvor im Haus, als ich mir die Schuhe anzog, hatte ich kurz in den Spiegel gesehen. Mein Haar war zu klebrigen, nach allen Seiten abstehenden Strähnen getrocknet, ein Gestrüpp voller Gras und Schlamm, eine Horrorperücke. Der Horror selbst war mein Gesicht: Stoppelbart, wilder Blick und Schrammen, die sich langsam schälten und rosa Streifen zurückließen. Verschrumpelte graue Jogginghosen und eine alte rotbraune, mit Farbflecken übersäte Windjacke, Marke *Le coq sportif.* Die schwarzen Schnürschuhe noch ein paar Nummern größer, dazu eine Fliege mit großen bunten Tupfen, und das Clownkostüm wäre vollkommen.

Als ich auf Zehenspitzen an der Schlafzimmertür vorüberkam, hatte ich einen kurzen Blick auf Ayisha geworfen, die endlich in meinem Bett lag und dort wie ein Klotz schlief, während sie aufpaßte, daß ich nicht ins Koma fiel. So wie sie dalag, die Knie unter der Decke bis an die Brust hinaufgezogen, lieferte sie sich vollkommen aus und war zugleich absolut unzugänglich. Wie ich jemals hatte denken können, daß sie etwas von mir wollte, war mir schleierhaft.

Doch jetzt, unterwegs nach Norden, fanden meine Gedanken ebenso zielsicher aus der Dunkelheit ans Licht wie das hellgraue Band am Horizont, das im Seitenfenster in den Himmel wuchs. Der Hund lag neben mir und knetete mit den Pfoten den Beifahrersitz. Verglichen mit meiner alten Froggie-Schrottkiste, diesem fahrbaren Rasenmäher, flitzte der Falcon mit der Geschmeidigkeit einer echten Limousine dahin. Sogar der Zigarettenanzünder funktionierte. Beim Fahren drehte ich mir einhändig einen Glimmstengel. Die alte Fingerfertigkeit war wieder da.

Auch das Radio ging. Der Sprecher der Frühmorgenschicht salbaderte seine Ansagen im sanften Singsang einer Kinderkrippentante, sehr nett von ihm. Laut den Fünf-Uhr-Nachrichten waren Polizei und Katastrophendienst immer noch damit beschäftigt, den Rekordregen der vergangenen Nacht in den Griff zu bekommen. Ein leerer Wohnwagen war in den Elwood-Kanal geschwemmt worden. Na, wie furchtbar! Die Wettervorhersage versprach bis übers Wochenende einen wolkenlosen Himmel. Das Schlimmste war angeblich vorbei.

Wir fuhren weiter, schweigend und nachdenklich. Also, ich jedenfalls. Der Hund knetete weiter die Polsterung. Die Einzelheiten waren noch etwas verschwommen, aber wenn ich ein paar Schritte zurück tat, erkannte ich das Gesamtbild. Wie bei diesen modernen Gesamtkunstwerken.

Bayraktar war ein ungebildeter Brutalo. Eine Gehaltsliste frisieren, offizielle Unterlagen fälschen – zu so was wäre der nie fähig gewesen. Nein, es mußte ihm jemand gezeigt haben, wie das ging. Jemand, der wußte, wie der Laden lief. Jemand, der den Betrieb gut kannte. Jemand wie Herb Gardiner. Jeden Freitag, ein paar Stunden nach dem Eintreffen der Lohntüten, waren die beiden unabhängig voneinander in den gleichen Kühlraum gegangen. Für Gardiner ein praktischer Treffpunkt, um seinen allwöchentlichen Anteil am Lohnschwindel entgegenzunehmen. Aber letzte Woche hatte Gardiner das Drehbuch geändert. Er tauchte früher auf, und nachher war Bayraktar tot.

Gezen hatte behauptet, Gardiner sei lange im Kühlraum geblieben, sechs oder sieben Minuten. Viel länger als nötig jedenfalls, um ein Meßgerät abzulesen. Und als er eintraf, hatte Bayraktar schon genug Zeit gehabt, um zu kapieren, daß er eingesperrt war. Wenn Bayraktar aber, wie Gezen ja annahm, in seiner Panik bereits einen Herzanfall bekommen hatte, wieso hatte es dann so lange gedauert, bis Gardiner wieder herauskam und Alarm schlug? Nein, im Kühlraum drei war noch etwas anderes passiert. Womöglich eine kleine Änderung des Verteilungsplans? Zoff unter Abzockern?

Wie auch immer, Gardiner hatte es höchst erfolgreich vertuscht. Bayraktar war mit den Füßen voran hinausgetragen worden, für alle Welt nichts weiter als ein kleiner Gauner, der Pech gehabt hatte, in erster Linie aber eine kalte Leiche. Die Bullen und die Untersuchungskommission gaben sich damit zufrieden, der Lohnzettelbeschiß blieb weiterhin unaufgedeckt.

Freilich nicht allzulange. Auf einmal läuft was schief. Denn da taucht dieser Komiker Whelan auf und stellt eine Menge lästiger Fragen. Er ist keine fünf Minuten im Laden, schon stolpert er über den einzigen losen Faden: Bayraktars fingierte Lohnlisten. Er hat zwar keine Ahnung, was die bedeuten, aber er wird verdammt neugierig. Der Himmel allein weiß, was er noch alles aufdecken könnte. Also muß man ihn kopfscheu machen, diskreditieren und vor allem abschrecken. Von der Bildfläche verschwinden lassen, auf die eine oder andere Art. Und das Beweisstück, über das er bereits verfügt – Bayraktars Namenliste –, muß beseitigt werden, ehe er merkt, wie heiß es ist.

Zum Glück ist der Kerl ein Idiot. Noch dazu ein vertrauensseliger Idiot, der bereitwillig seine Adresse nennt und seine nächsten Schritte ausplaudert. Zuerst wird in sein Büro eingebrochen und die Liste geklaut. Als nächstes bekommt er Drogen untergeschoben. Dann, nachdem man ihm ernsthaft Angst eingejagt hat, schlägt er das Angebot für ein klärendes Gespräch aus. Also werden die Absichten tödlich.

Aber wo kam das Gras her? Und warum gleich bis zum Mordversuch gehen? Was konnte schon passieren, wenn Murray Whelan ein bißchen neugierig wurde? Wieso ein derart hoher Einsatz? Der Betrug ließe sich einstweilen ja kaum beweisen, der Totschlag an Bayraktar noch viel weniger. Wozu also der ganze Aufwand, um jemanden umzubringen, der nicht einmal Tatzeuge war? Warum saß er es nicht aus und wartete ab? Und genoß inzwischen die Aussicht auf den Pazifik vom Balkon seiner Eigentumswohnung in Broadbeach? Ließ sich die Sonne von Queensland auf den Bauch scheinen und unternahm vorläufig gar nichts? Warum wollte er mich unbedingt töten? Und riskierte dabei, den Rest seiner Rente in einer drei mal vier Meter großen Zelle im Pentridge-Knast Ihrer Majestät mit Blick auf den Handballplatz zu verbringen?

Das alles waren Fragen, die man am besten persönlich stellte. An Gardiners Tür hämmern, ihn laut und vernehmlich vor versammelter Nachbarschaft ausfragen. Ein wenig Krach im Musterstädtchen schlagen. Der Polizei mal Feuer unterm Hintern machen. Und wenn ich mich nun irrte? Wenn der gute alte Herb doch nur das rührige Alterchen war, nach dem er aussah? Was dann? Dann war eben Murray Whelan auch nur das, wonach er aussah – ein leicht benommenes, delirierendes Autounfallopfer, gehirnerschüttert, durcheinander und mit dem dringenden Bedürfnis nach ein paar Stunden Schlaf.

Es war jetzt fast Tag. Hinter dem Verkaufsschild lag Gardiners Haus verschlafen da. Etwas weiter die Straße hinauf brannten in einem einzelnen Fenster die Lichter eines Frühaufstehers. Ich stieg über das schmiedeeiserne Tor und trat zwischen das Haus und die hellbraune Ziegelwand der Garage. Hinter mir, auf dem Grasstreifen der Einfahrt, erledigte der schwarze Hund, was Hunde an solchen Orten eben erledigen.

Durch das Glas des Lamellenfensters war das Innere der Garage in Mattschwarz getaucht. Ich legte die Handflächen an mein Gesicht und paßte meine Augen an das Zwielicht an. Aus der Finsternis tauchten Boden, Wände und eine Werkbank auf. Darüber schwebten irgendwelche Gegenstände, schwarze Silhouetten, die vor dem helleren Hintergrund hervortraten – eine Eisensäge, mehrere G-förmige Schraubzwingen, die Umrisse von Werkzeugen auf einem Hängebrett. Kein Auto drin, der hellbraune Corolla weg. Auf dem Boden reflektierte diamantenes Glitzern das blasse Licht des neuen Tages.

Die Tür war abgeschlossen. Ich trat sie mit dem Absatz auf und warf den Lichtschalter an. Neben einer halbhohen Abfalltonne türmte sich ein Scherbenhaufen, die Überreste einer geborstenen Autoscheibe, zu einer ordentlichen Pyramide zusammengekehrt. In der Tonne lagen ein paar Reste durchsichtiger Plastikfolie mit messerscharf geschnittenen Kanten. Auf der Ablage über der Werkbank standen Einmachgläser mit Schrauben, Muttern und Bolzen – Blechschrauben, Senkschrauben, Halbrundköpfe.

Über den Gläsern hingen mehrere Rollen Isolierband: rot, grün, hellblau. Ein feuchter Regenschirm lehnte an der Wand. Daneben, auf einer Zeitung, trocknete ein Paar schlammverkrustete feste Schuhe. Musterstädtchen, Musterwerkstatt, Mustermann.

Bis dahin war ich ein Seiltänzer gewesen, der auf einem dünnen roten Faden aus reinen Vermutungen dahingetorkelt war. Jetzt aber hatte ich festen Boden unter den Füßen. Das hier waren handfeste Beweise. Drüben im Werk würde es noch mehr geben, zumindest für den Lohntütenbeschiß. Und damit hätten wir dann auch das Motiv.

Ich preßte den Daumen auf die Türklingel, ließ ihn dort liegen und versetzte im Haus einen elektrischen Quasimodo in spastische Zuckungen. »Komm raus, Gardiner«, schrie ich. »Ich muß mit dir reden.« Meine Handfläche knallte gegen die Fliegengittertür und ließ den Aluminiumrahmen scheppern. Hinter der Tür explodierte lautes Gekläff, das vom Grasstreifen her erwidert wurde. Mein Hund klang viel gefährlicher.

Über der Tür ging eine Kutschenlaterne an, und Kopf und Schultern der Frau Nachbarin tauchten auf. Sie zog an der Kordel ihres Schlafrocks und hielt sich im Schatten, hin- und hergerissen zwischen ihrer Neugier und der Panik, als Gardiners Betthäschen entlarvt zu werden. »Was wollen Sie denn?«

Die Hunde führten einen unbeschreiblichen Lärm auf. Ich mußte lauter sprechen. »Wo ist Gardiner?« blaffte ich. Das fühlte sich gut an, so direkt aus dem Bauch.

Die lustige Witwe wich vor meiner Entschiedenheit zurück. »Er ist in die Arbeit gefahren.«

Ich rüttelte am Türknopf. Die Tür war verschlossen, trotzdem zog sich die Frau ängstlich den Kragen fester um den Hals und trat einen Schritt nach hinten, noch weiter in den Schutz der Dunkelheit hinein. Eigentlich war ich nicht gekommen, um alte Damen zu erschrecken. Ihre Hand lag auf dem weißen Telefonhörer. »Ich rufe jetzt die Polizei.«

»Das tun Sie mal«, erwiderte ich.

Als ich den Falcon anließ, bellten die Hunde sich immer noch durch die verriegelte Tür an. Schnapp und Knurr und Grrrr. Auf der Straße gingen nun überall die Lichter an. Ich stieß die Beifahrertür auf und pfiff. Red löcherte mich seit Jahren wegen eines Hundes. Das Mädchen hier gefiel mir. Ich mochte ihre Einstellung.

20

Von der Autobahn aus war der Qualm weit weg und nicht mehr als eine öliggraue Schliere auf dem babyblauen Gesicht des neuen Tages. Erst als ich mich den Sattelschleppern näherte, die auf dem Asphaltstreifen vor dem Pacific-Pastoral-Werk aufgereiht standen, wurde mir klar, wo er herkam. Vom Dach des Gebäudes, in dessen höhlenartige Öffnungen riesige Kühlwagen ein- und ausfuhren, ringelte sich eine schmutziggraue Schlange in den Himmel.

Ich ließ den Falcon mit dem Hund drin auf dem Parkplatz stehen und lief an einem verlassenen Wärterhaus vorbei. Dünne graue Rauchfäden kräuselten sich wie Löckchen aus dem oberen Rand des Eingangs zu den Büros. Gerade als ich durch das riesige Tor trat, schrillten plötzlich die Alarmglocken los, laut, ernst und metallisch, eine nach der anderen bis tief in das Gebäude hinein. Ein scharfer Geruch nach brennendem Lack hing in der Luft. Die Stechuhr zeigte 5:23. Gardiners Karte steckte brav abgelegt im G-Schlitz – er hatte um 5:01 die Arbeit angetreten.

Apps hüpfte am Fuß der Treppe zu seinem Büro herum, in der Hand einen Feuerlöscher, der nach unten baumelte und seinen Schaum versprühte. Sein Kehlkopf tanzte einen Cha-Cha-Cha, und etliche andere seiner Körperteile sahen überhaupt so aus, als probierten sie gerade die endgültige Abspaltung. Der obere Treppenabsatz spie dichten Rauch aus, und durch die Fenster der Kantine waren orangegelbe Zungen zu sehen, die an den Wänden leckten.

»Wie oft hab ich der blöden Kuh schon gesagt, daß der Heizkörper eine Gefahr ist«, kreischte Apps hysterisch.

Erstes Gebot für Manager: schnell einen Sündenbock suchen. Am Rand meines Blickfelds hasteten Gestalten vorbei. Schreie und Motorengeräusche setzten einen Kontrapunkt zum unaufhörlichen Gellen der Alarmglocken. Apps, der mich inzwischen erkannt hatte, kehrte dem Qualm den Rücken zu und packte meinen Ärmel. »Was machen Sie denn hier?« bellte er mich an.

Einen Moment lang fragte ich mich, ob vielleicht Apps und nicht Gardiner den Brand gelegt hatte. Viel gelegener konnte er ja wohl beiden nicht kommen. Aber nein, dazu fehlte Apps einfach die Phantasie. »Sie haben doch selbst gesagt, daß es um diese Tageszeit viel interessanter ist«, sagte ich. »Stimmt übrigens.« Ich riß meinen Arm los. Apps legte den Kopf schief, er kapierte überhaupt nichts, und mein Aussehen verwirrte ihn vollends. Er wollte wieder nach meinem Arm greifen. »Ich trage dafür keinerlei Verantwortung…«

Ich tänzelte aus seiner Reichweite und verschwand in der Fabrikhalle. Apps konnte mich mal. Ich war wegen Gardiner hier. Aber wo war der Kerl? Oben an der Decke sammelte sich schmieriger schwarzer Qualm, es stank nach verbranntem Gummi. Das Feuer breitete sich rasch aus. In das schrille Getöse der Alarmglocken mischte sich ein bedrohliches Zischen. Gott allein wußte, welche tödlichen Dämpfe da die Luft verpesteten. Ich trabte dem Feuer davon, gelangte immer weiter in den Komplex hinein und hielt an jeder Abzweigung Ausschau nach Gardiners gedrungener Gestalt.

Herb Gardiner war nicht nur methodisch, er legte für sein Alter auch noch eine beachtliche Energie an den Tag. Wie es aussah, würden nicht nur die Aufzeichnungen im Büro, sondern das halbe Werk eine verkohlte Ruine sein, ehe die Feuerwehr ihre glänzendroten Vehikel auch nur aus der Garage bewegte.

Ich lief weiter, schwindlig von der Anstrengung und etwas durcheinander. So hatte ich mir das nicht vorgestellt. Der Plan war gewesen, Gardiner zur Rede zu stellen, ihm meine Hypothese vor den Latz zu knallen, einen Aufstand zu machen. Statt dessen war Gardiner bereits einen Schritt weiter und schuf immer mehr Abstand zwischen sich und den Indizien. Hatten sich die Aufzeichnungen erst einmal in Rauch aufgelöst, wäre schon ein Geständnis nötig, um noch irgendwen zu überzeugen. Wahrscheinlich, so überlegte ich, peilte Gardiner inzwischen einen der Ausgänge an, um sich in der allgemeinen Verwirrung und Aufregung unter seine Arbeitskollegen zu mischen. Dann würde er als einer von vielen auf dem Asphaltplatz vor dem Werk stehen und staunend dem Spektakel zusehen, die Unschuld in Person.

Ich machte kehrt und steuerte auf das blasse Rechteck eines der Tore zu. Gestalten in weißen und blauen Overalls bewegten sich in dieselbe Richtung. Einer hatte sich ein ganzes Lamm über die Schulter geworfen – erstaunlich, was der Mensch so aus dem Feuer rettet. Ich fiel in raschen Trab, um sie einzuholen. Der ätzende Rauch brannte in meiner Lunge. Plötzlich fing es an zu regnen. Irgendwo hoch oben war das Rohrgeflecht der Sprinkleranlage angegangen. Mit eingezogenem Kopf hastete ich weiter und achtete darauf, auf dem nun schlüpfrigen Boden nicht auszurutschen. In letzter Zeit war ich öfter als nötig klatschnaß geworden, vielen Dank.

Unmittelbar vor mir tauchte aus einem der schmalen Gänge auf einmal Gardiner auf und lief in Richtung Ausgang. Ich holte ihn ein, und er warf einen Blick zur Seite. »Hallo, Kleiner«, sagte er, offenbar nie um seine Selbstbeherrschung verlegen.

»Ich wollte dich mal was fragen«, schrie ich über das überirdische Getöse hinweg. »Wo kriegt ein alter Knacker wie du eigentlich Dope her?«

Gardiner ging langsamer und sah mich fragend an. Ich spürte instinktiv, daß ich einen schweren Fehler begangen hatte. Der Abstand zwischen uns und der davoneilenden Menge weiter vorn wurde größer. Gardiner sagte irgendwas. Ich beugte mich zu ihm vor. »Wie?«

Er legte mir eine Hand an den Ellenbogen und näherte den Mund meinem Ohr, als wollte er mir etwas anvertrauen. »Bayraktar, dieses Schwein«, sagte er, »der hat das Zeug im Betrieb verschoben.« Während er sprach, packte er mein Handgelenk, trat mit einem Schritt hinter mich und drehte mir blitzschnell den rechten Arm auf den Rükken. Gleichzeitig zog er einen langen, schweren Schraubenzieher aus der Seitentasche seines Overalls und drückte mir die Spitze an die Kehle.

Einen Moment lang war ich sogar stolz darauf, richtig vermutet zu haben, die Eitelkeit war jedoch von kurzer Dauer. Für jemanden seines Alters war Gardiner hart wie ein Felsen. Der alte Scheißer futterte wohl feste Vollkornbrot. Die Spitze des Schraubenziehers bohrte sich mir in die weiche Haut zwischen Unterkiefer und Luftröhre. Ein fester Stoß, und dreißig Zentimeter kaltgeformter Stahl würden mir zur Schädeldecke wieder herauskommen.

Der Schmerz in meiner Schulter zwang mir eine leicht vorgebückte Haltung auf, die mich noch fester in den Schraubenzieher hineindrückte und mir Tränen in die Augen trieb. Durch den künstlichen Regenschauer sah ich die letzten Arbeiter aus der Halle verschwinden. Mit der freien Hand boxte ich wild zur Seite, traf aber nur ins Leere. Das geschliffene Metall biß mitfühlend in meine Haut. »Muß dich mal kurz unter vier Augen sprechen, Kleiner, wenn du nichts dagegen hast«, sagte Gardiner.

Er dirigierte mich seitwärts, dann drängte er mich mit dem Druck seines Körpers weiter. Bei jedem Versuch, mich zu befreien oder ihn wenigstens mit der linken Hand zu fassen zu kriegen, drehte er mir den Arm halb aus dem

Gelenk, bis mich der Schmerz bändigte. »Das ist verrückt«, keuchte ich und spürte, wie meine Halsschlagader gegen den kalten Stahl pochte. Gardiner brachte mich mit einem kurzen Schlag zum Schweigen und trieb mich vorwärts.

Völlig unvermutet stellte er mir ein Bein, so daß ich das Gleichgewicht verlor. Der Sturz kugelte mir fast die Schulter aus, und ich schrie auf vor Schmerz. Als ich auf den Boden krachte, spürte ich, wie der Schraubenzieher an meiner Kehle verschwand. Er tauchte aber gleich wieder auf und bohrte sich in die weiche Grube im Nacken. Meine Stirn klebte auf dem nassen Boden, mit den Lippen küßte ich kalten Beton, ein Vorgeschmack der Gruft. Gardiners Fuß stand auf meinem Kreuzbein und drückte mich nach unten. »Hat dir denn nie jemand beigebracht, wie unsympathisch Klugscheißer sind, Kleiner?«

Ich leistete schwachen Widerstand, der Schmerz in meiner Schulter und die Angst, aufgespießt zu werden, hielten mich von Extratouren ab. Der Oktopus war auch wieder da und schwer genervt. Mit dieser Entwicklung hatte ich nicht gerechnet. Aber was hatte ich mir eigentlich gedacht, als ich kopflos in das brennende Gebäude hineinrannte, getrieben von nichts als meiner Oberschlauheit und dem Drang, mich wichtig zu machen?

Gardiner dagegen wußte genau, was er tat. Er arbeitete routiniert und hatte sein Werkzeug immer griffbereit. Ohne den Druck zu verringern, verlagerte er seine Haltung und zog dabei meinen Arm nach unten. Der Schmerz ließ sofort nach, was mich allerdings nur vorübergehend erleichterte. Gardiner setzte mir jetzt den Fuß in den Nakken und drückte mich mit seinem vollen Körpergewicht zu Boden. Dann nahm er ein festes Klebeband und fesselte mir mit flinken, geschickten Bewegungen die Handgelenke aneinander.

»Schwein hast du ja, das muß man dir lassen.« Gardiner gehörte zu den Leuten, die bei der Arbeit gerne plaudern. »Als deine Karre ins Wasser ging, war ich hundert Prozent sicher, du wärst hin.« Er riß prüfend am Klebeband, zerrte mich dann auf die Beine, preßte mir wieder den Schraubenzieher an die Gurgel und stieß mich weiter. Wir setzten unseren Weg entlang der Kühlräume fort, inzwischen beide bis auf die Haut durchnäßt. Gardiner schien das nichts auszumachen. Ich schlotterte vor Kälte.

Vor einer der Kühlraumtüren zwang mich Gardiner wieder zu Boden und pflanzte mir einen Fuß fest zwischen die Schulterblätter. Schlüssel klirrten, dann wurde ich emporgerissen und in das höhlenartige Innere gestoßen. Ich stolperte, stieß gegen eine Wand aus Kartons und wirbelte herum. Die Tür glitt hinter Gardiner zu. Einen Arm hatte er bereits im Ärmel eines Daunenparkas, den Schraubenzieher hielt er ausgestreckt wie ein Bajonett. Er ließ mich keine Sekunde aus den Augen, während er die Waffe in die andere Hand nahm und den Reißverschluß der Jacke hochzog. Eisige Luft hüllte mich ein und drang bereits durch meine nassen Klamotten. Im allerbesten Fall käme ich aus dieser Sache mit einer bösen Erkältung davon.

Ich strauchelte bedenklich, wäre beinahe gestürzt und zerrte dabei an dem Klebeband. Dadurch preßte es sich aber nur noch tiefer ins Fleisch meiner Handgelenke. Von meiner Beweglichkeit offenbar unbeeindruckt, zog sich

Gardiner zuerst einen Pelzhandschuh und dann den anderen an. Dabei stampfte er mit den Füßen, tänzelte wie ein Boxer und schwenkte seinen stählernen Speer in kleinen Kreisbewegungen, wie um mich zu ermuntern, auf ihn loszugehen. Fast rechnete ich damit, daß er mich aufforderte, es doch zu versuchen. So standen wir uns gegenüber, zwei stampfende und dampfende Tanzpartner in einem makabren Twist.

»Ganz schön eisig, was?« sagte Gardiner ohne jede Bosheit. Die Worte wirbelten auf weißen Dunstwölkchen aus seinem Mund. »Der Thermostat ist ganz unten. Macht in zwanzig Minuten eine Schachtel Rindfleisch zur Granitplatte. Ein fitter junger Bursche wie du, der noch voll im Saft steht, braucht vielleicht etwas länger. Da bist du aber schon lange vorher bewußtlos. Bei Bayraktar ging's unglaublich schnell. Andererseits war der ja auch miserabel in Form.«

Eisig war ein Euphemismus. Der Luftzug, der mit uns hereingekommen war, wickelte sich um unsere Füße wie ein Nebelschleier. Obwohl wir noch keine Minute drin waren, glänzte auf der durchnäßten Vorderseite meiner Jacke schon weißer Rauhreif. Ich zitterte am ganzen Körper. Schreien war völlig sinnlos. Selbst wenn noch irgend jemand draußen wäre und durch den Lärm des Feueralarms überhaupt etwas hören könnte, durch die dick isolierten Wände des Kühlraums würde bestimmt kein Laut dringen.

Gardiners Absicht war inzwischen mehr als klar: er würde mich so lange in dieser Eishölle gefangenhalten, bis ich von der Kälte das Bewußtsein verlor, dann das Klebeband entfernen und mich meinem sicheren Tod überlassen. Oder sogar meine Leiche danach wieder rausschleppen und beim Feuer auftauen lassen. Wenn man so was mit Hähnchen macht, sind die Salmonellen vorprogrammiert. Schöne Aussichten: entweder tiefgekühlt, gegrillt oder eine flambierte Eisbombe.

Ich sah mich um. Außer daß es hier noch mehr Minusgrade hatte, war dieser Kühlraum mit jenem identisch, den Apps mir neulich unbedingt zeigen mußte. Unzählige Gänge aus gewachsten Kartonschachteln führten in sein Inneres. Nirgends ein Ausweg, nirgends ein Versteck.

»Och, keine Sorge«, fuhr Gardiner fort und spitzte die Lippen gegen die beißende Kälte. »Du spürst gar nichts, außer daß es am Anfang wohl ein bißchen frisch wird.«

Beim Reden zog er den Reißverschluß seiner Jacke weit genug auf, um mit dem Handschuh hineinzulangen und aus der Innentasche eine Zigarettenpackung und ein Plastikfeuerzeug zu holen. Mit dem Mund klaubte er eine Kippe aus der Packung, brachte das Feuerzeug nach mehreren Anläufen in Brand, zündete sie an und packte alles wieder ein. Dabei wandte er keinen Blick von mir. »Schon schlimm, was einem so passieren kann, der keine Ahnung hat und an einem Ort wie dem hier planlos durch die Gegend wandert.«

Ich starrte gierig auf das glimmende Ende seiner Zigarette. Dachte sogar daran, ihn um eine anzuschnorren, quasi der letzte Wunsch eines Todgeweihten. Aber schon das Luftholen fiel mir schwer. Jeder Atemzug war eine eisige Flamme, die mir die Lunge versengte. »Damit kommst du niemals durch.« Mein Schüttelfrost war kaum noch kontrollierbar und meine Stimme ein erbärmliches Säuseln hinter aufeinandergepreßten Zähnen.

Gardiner zuckte ungerührt die Achseln, klatschte in die dicken Handschuhe, zwischen denen der Schraubenzieher steckte, und machte dabei ein dumpfes, selbstsicheres Geräusch. »Wieso eigentlich nicht? Beim letztenmal hat's doch auch geklappt.«

Meine Beine zuckten krampfhaft. Die Vorderseite meiner Hose war zu einer knisternden Eisschicht gefroren.

Gardiner salbaderte weiter, was seinen Worten eine hypnotische Wirkung verlieh. »Auch wenn du diese Namen, die Bayraktar benutzt hat, noch woanders notiert hast, sind sie ohne die Lohnlisten total bedeutungslos. Und das Lohnlisten-Problem wird gerade von dem kleinen Lagerfeuer da draußen erledigt. Ehrlich gesagt, denke ich schon länger daran, diese Indizien aus der Welt zu schaffen. Sollte dir eigentlich dankbar sein, daß du mich zur Eile antreibst.«

Das war es also, was Gardiner wollte. Ich sollte hier so lange stehenbleiben und ihm zuhören, bis mir die Beine einknickten. Lag ich erst am Boden, würde ich nicht mehr aufstehen. Durch das wilde Klappern meiner Kiefer bettelte ich: »Bitte. Ich will noch nicht sterben. Nicht für einen miesen kleinen Beschiß.«

Gardiner hörte auf, auf der Stelle zu joggen, und trat in gekünstelter Empörung einen Schritt zurück. »Mieser kleiner Beschiß? Spricht man denn so über das Lebenswerk eines Mannes? Ich hab diesen Betrieb hier im Laufe der Jahre um eine knappe Million erleichtert, nur damit du Bescheid weißt. Und das nennst du mies und klein?«

Ich schüttelte den Kopf, oder vielmehr: er schüttelte mich. Durch mein immer heftiger werdendes Zittern wakkelte er ruckartig und unkontrolliert herum. Ich dachte an die Notluke und überlegte, wie weit ich wohl mit auf den Rücken gefesselten Händen käme und wohin ich mich wenden mußte. Ich brauchte meine ganze Energie, um nur die Worte hinauszupressen: »Ich tu alles, was du willst.« Außer sterben. Ich wippte auf den Fersen auf und ab und traf meine Vorbereitungen. Wenn ich schon abtreten mußte, konnte ich ebensogut vorher noch einen Versuch riskieren. Rechts in den Gang da, beschloß ich, und mal sehen, wie weit ich komme.

»Daran hättest du mal denken sollen, bevor du einem Typen wie Lionel Merricks das Messer ansetzt«, erwiderte Gardiner.

Der Befehl an meine Beine ging auf halbem Weg baden. Wie bitte? Was hatte der gerade gesagt?

»Schneid hast du ja«, fuhr Gardiner fort. »Das muß man dir lassen. Rufst einfach an, rotzfrech. Inoffiziell. Vertraulich. Das wird Sie fünzig Riesen kosten, Mr. Merricks, und besten Dank auch. Ganz schön unverschämt. Aber auch sehr dumm. Lionel mag es nicht, wenn man ihn in die Enge treibt, jetzt schon gar nicht. Regle du das, sagt er zu mir. Bring Ordnung in die Sache. Und was machst du, als ich vorbeikomme und das mit dir klären will? Schickst mich einfach weg. Nicht sehr höflich von dir, was?«

Von der Hüfte abwärts tanzte ich auf der Stelle, meine Beine waren halb aus Gummi und erst halb bereit zum Lossprinten. Das Zittern wurde ständig schlimmer. Zugleich ging das Denken immer langsamer, es schleppte sich

Schritt für Schritt und wie besoffen über eine endlose Schneewüste. Wäre doch nett, überlegte ich schläfrig, das Ende von Gardiners Geschichte zu hören, zu erfahren, wohin diese jüngste unerwartete Wendung noch führte. Und danach legst du dich hin und schläfst ein bißchen. Aus dem Zwerchfell beförderte ich einen Atemzug nach oben und drückte ihn durch die Nase hinaus. »Um…wumm.«

Das gefiel Gardiner ausgesprochen gut. »Du meinst Unsinn, oder?« Er musterte mich scharf. »Hab ich's doch gewußt«, verkündete er fröhlich. »Ich hab Merricks gleich gesagt, daß du bloß bluffst. Fünfzehn Jahre arbeiten wir schon zusammen: er setzt irgendwelche Nieten als Manager ein, ich kümmere mich um die Details. Niemals auch nur die Spur eines Problems. Sogar die Amis dachten, es handele sich lediglich um einen harmlosen Irrtum. Und auch bei dir war uns vollkommen schleierhaft, wie du den Schwindel so schnell rausgekriegt hast. Dabei hattest du also auch keine Ahnung.« Er stieß ein Gackern aus, ein grausiges, selbstverliebtes Lachen, und mir wurde klar, daß der Typ ein Irrer war.

Mein Hirn kämpfte sich durch einen verschwommenen Nebel, um den Sinn dessen zu kapieren, was ich da hörte. Ich verstand nur, daß ich wegen eines Mißverständnisses umgebracht wurde. »Laß… mich… gehen«, bettelte ich. »Einigen uns… irgendwie.« Meine Worte waren ein gegrunztes Staccato, sie klangen wie ein spotzender Motor kurz vor dem endgültigen Verrecken. »Wozu bescheißt… Merricks eigene… Firma?«

Gardiner sah mich hinter seiner glühenden Zigarette geringschätzig an, als wäre es ganz allein meine Schuld, daß er mich jetzt unangenehmerweise ermorden mußte. »Mannomann, Kleiner, du blickst ja überhaupt nicht durch, was? Merricks greift doch nicht in die Kasse. Das ist nur mein eigener kleiner Nebenverdienst. Nur hatte ich mir leider den falschen Geschäftspartner ausgesucht. Mein beschissener Kumpel Bayraktar kriegte den Hals nicht voll und beschloß, hier nebenbei noch Gras zu verticken. Hat sich das Zeug lastwagenweise reinbringen lassen. Und damit die ganze Aktion gefährdet, das blöde Schwein.«

Er sollte wissen, daß ich nicht vollkommen ahnungslos war. »Dazu noch... Erpressung...«

Das war neu für Gardiner. »Ach ja?« sagte er versonnen. Er ließ seine Zigarette zu Boden fallen und drückte sie mit dem Absatz aus. »Aber jetzt ja nicht mehr, was, Kleiner?« Er ging in die Knie, um die zertretene Kippe aufzuklauben, griff mit den dicken Handschuhfingern aber immer wieder daneben. Seine Augen flackerten kurz nach unten.

Ich rannte los. Meine Beine, brave Soldaten, rissen mich nach rechts und stampften dann auf und nieder. Auf eisigen Sohlen schlitterte ich in eine Lücke, die sich zwischen zwei Kartontürmen auftat. Die Kälte war wie zähe Melasse und widersetzte sich meinen Anstrengungen, vorwärts zu kommen. Ich bewegte mich im Zeitlupentempo, die Luft schmeckte nach nassem Blech und brannte mir in der Lunge. Wild schwankend und ständig um mein Gleichgewicht ringend, prallte ich von den Wänden ab.

Irgendwo hinter mir hörte ich Gardiner lachen. »Nur zu, Kleiner, renn ruhig«, rief er. »Bayraktar, das gierige Schwein, hat's auch versucht. Los doch, mach's wie er. Renn, bis dir das Herz rausfliegt.«

Ich stolperte immer weiter in den Irrgarten aus Kartonagen hinein. Pelzgedämpfter Applaus begleitete meine Flucht. Während ich weitertorkelte, rieb ich mechanisch die Handgelenke auf dem Rücken auf und ab und registrierte vage, daß ich jedes Gefühl in ihnen verloren hatte. Beeinträchtigte das Klebeband die Durchblutung, oder waren das schon die ersten Erfrierungen? Von dem Kraftaufwand wurde mir schwindlig. Dann krachte ich in eine Mauer, drehte eine halbe Pirouette und blieb stehen. Am Ende des Gangs tauchte Gardiner auf und schlenderte gemächlich und jovial auf mich zu.

Ich brachte meine Hände zwischen den Schulterblättern zusammen und drückte dann die Ellbogen nach außen, zitternd vor Anstrengung und mit aller Kraft, die ich noch aufbringen konnte. Mein Puls dröhnte mir in den Ohren wie der Ozean. Der Oktopus bäumte sich auf. Gardiner kam näher, der Schraubenzieher baumelte unbeteiligt und kreisend an seinem Hosenbein, während sich sein Beutelrattengesicht in Falten legte und erste Zeichen von Ungeduld zeigte. Meine Arme kamen explosionsartig frei, und ich geriet wieder ins Schwanken. Von den Handgelenken baumelte mir das Klebeband. Nun war Gardiner sichtlich irritiert, verschwand aber sogleich aus meinem Blickfeld, da ich mich umdrehte, durch einen baumelnden Vorhang aus Rinderhälften davonstolperte und dabei das ganze Gestell zum Schwingen brachte.

Ich steckte in einer Sackgasse: Vor mir blockierte die Mauer meinen Weg. Ich suchte nach der Notluke, während Gardiners Schritte immer näher kamen. Da war die Luke, in Brusthöhe. Ich stürzte darauf zu und packte den Griff.

Der Verschluß öffnete sich, die Luke schwang nach außen auf und zog meine Handfläche mit, die wie mit Superklebstoff an dem Metall festhaftete. Draußen tat sich ein Ofen voll Lärm und Qualm auf. Die warme Luft schlug mir ins Gesicht wie Balsam, schwer von Rauch und chemischem Gestank. Ich saugte sie gierig ein, schöpfte Kraft aus der Hitze.

Gardiners Arm legte sich um meinen Hals und zerrte mich zurück. Meine Hand wurde losgerissen, die Haut abgefetzt, und ich fiel zu Boden. Gardiner trat mir ein paarmal kräftig in die Rippen. Meine Knie schnellten schützend nach oben und rollten mich zu einem Ball zusammen. Gardiner stand über mir, von der Luke eingerahmt wie ein Dämon, und blockierte die Hitze des draußen wütenden Feuers. »Gute Idee«, grunzte er und hielt den Atem an. Er wandte sich halb nach hinten und tat so, als wollte er sich die Hände wärmen. »In meinem Alter spürt man die Kälte erst so richtig.« Dann bückte er sich und wagte einen Blick nach draußen, sichtlich beeindruckt von der eigenen Arbeit. »Breitet sich ja ziemlich schnell aus. Keine Zeit mehr zu verlieren.«

Dann, ohne mich eine Sekunde aus den Augen zu lassen, verlagerte er den Schraubenzieher in die linke Hand und streckte die rechte auf der Suche nach dem Lukengriff nach hinten aus. Das Türchen war bis zum Anschlag der Scharniere aufgeschwungen. Er tappte mit seinem Handschuh in der Luft, der Griff lag offenbar knapp außer Reichweite. »Auf dich muß man ja richtig aufpassen«, murmelte er und stocherte mit dem Schraubenzieher demonstrativ in meine Richtung.

An der Wand strömte schon das Kondenswasser in kleinen Rinnsalen herab. Gardiner rutschte rasch auf den Knien nach vorn, steckte Kopf und Schultern durch die Luke und tastete nach dem Lukengriff. Währenddessen erhob ich mich aus meiner Kauerstellung in die Hocke eines Sprinters am Start und verlagerte das ganze Gewicht auf die Spitzen meiner gespreizten Finger. Gardiner drehte sich leicht in der Hüfte und zog dann mit halb abgewandtem Gesicht die Luke nach innen.

Da rammte ich ihn um. Kopfstoß in die Nüsse.

Ich knallte ihm mit aller Kraft den Schädel zwischen die Beine. Der Schmerz ließ den Oberkörper nach vorn schnellen wie ein Klappmesser, wodurch seine Stirn mit voller Wucht gegen die Außenkante der Luke krachte. »Ommmpppff«, machte er, dann schnalzte sein Kopf wie von einem Peitschenschlag getroffen wieder nach unten. Inzwischen hatte ich die Arme um seine Knie geschoben, hob ihn hoch und stieß ihn rückwärts zur Luke hinaus. Ich weiß nicht genau, ob er da schon tot war, denn ich war zu sehr damit beschäftigt, einem Lungenstich mit dem Schraubenzieher auszuweichen. Gardiner wurde jedoch schon spürbar schlaff, und als er mit der Schädeldecke aufschlug, hörte ich sogar im Heidenlärm der Alarmglocken sein Genick knakken. Ich streckte den Kopf durch die Luke und sah den Schraubenzieher zu Boden scheppern.

Als ich den Blick hob, sah ich Memo Gezen vor mir. Er stand bloß da, die Lippen fest aufeinandergepreßt, und starrte mich an. Wasser rann ihm über die weiße Duschhaube und weiter über sein langes trauriges Gesicht. Gardiner hing als verkehrtes L vom Rand der Luke, wie ein

Riesenbaby auf der Reckstange. Ich schnappte seine Knöchel und warf ihn vollends hinaus in den Gang. Sein Kopf fiel zur Seite, und die Zunge ploppte ihm aus dem Mund.

Ich holte ein paarmal tief Luft, dann kroch ich ebenfalls durch die Luke. »Hier«, sagte ich. »Halt mal.« Ich reichte Gezen den Schraubenzieher, knallte die Lukentür zu und wandte mich in Richtung Ausgang. Im Gehen fetzte ich mir das restliche Klebeband von den Handgelenken und warf es in den Abfluß.

21

Draußen im hellen Tageslicht ging alles drunter und drüber. Überall Feuerwehrwagen. Mit Atemschutzmasken vor dem Gesicht brüllten die Einsatzleiter ihre Anweisungen. Schläuche waren ausgerollt, aufgebläht und zuckend wie vollgefressene Pythonschlangen. Ein Ambulanzentrio stand dicht nebeneinander, die Doppeltüren weit geöffnet, Tragbahren griffbereit. Die Sanitäter versorgten die von der Sprinkleranlage durchnäßten Flüchtlinge mit Decken. Niemand achtete auch nur im geringsten auf mich.

In einiger Entfernung vom allgemeinen Chaos bildeten die großen LKWs eine solide Wand. Die Fahrer standen in Dreier- und Verergruppen beieinander und sahen dem Spektakel mit verschränkten Armen zu. Ich wollte zum Parkplatz und schlüpfte zwischen zwei Sattelschleppern hindurch. Ein kräftiger Kerl tauchte aus einer der Fahrerkabinen auf, schwang sich herunter und verstellte mir den Weg. »Wirst dir noch den Tod holen, Alter«, sagte er und drückte mir ein altes Paar ölverschmierte Jeans und eine speckige marineblaue Windjacke in die Hand.

Ich murmelte ein Dankeschön und zog mich an Ort und Stelle um. Der Fahrer wandte diskret den Blick ab und meinte, ich könne die Sachen gern behalten, dann trottete er zu seinen Kumpeln zurück. Die Hose war mir gut drei Nummern zu groß, Gürtel war keiner da. Notausrüstung. Nicht daß ich undankbar gewesen wäre. Ich schob den Kopf durch die Windjacke, hielt die Hosen mit der Hand fest und watschelte über die Straße. Der Parkplatz lag verlassen da. Ich ließ den Falcon an und fuhr los, Richtung Autobahn. Ein Konvoi von Streifenwagen kam mir entgegen, ihre Reifen verspritzten Kiesel, die Alarmlichter blinkten.

Ich lenkte einhändig. Meine linke Handfläche war vom tiefgefrorenen Metall des Lukengriffs zu einem üblen kleinen Wundmal gehäutet worden. Ich hatte noch nie einen Menschen getötet. Wie sollte man sich danach eigentlich fühlen? Ich kurbelte das Fenster herunter und ließ mir von der kühlen Luft das Gesicht massieren. Der Tag ließ sich an wie ein Traum. Das Unwetter der Nacht zuvor und alles, was danach noch passiert war, gehörte bereits der Geschichte an. Am fernen Horizont ragten die Wolkenkratzer der City in den Dunst. Die Autobahn war ein Pfeil, der geradewegs auf den höchsten und beeindruckendsten von allen gerichtet war: das Amalfi, strahlend und frisch geputzt.

Das Bild war zwar teilweise schärfer geworden, aber zugleich vergrößerte es sich ständig, die Leinwand wurde von Mal zu Mal breiter. Ich fragte mich, ob ich es je in seiner

Gesamtheit erkennen, geschweige denn verstehen könnte. Laut Gardiner steckte Merricks hinter allem. »Regle du das, sagt er zu mir.« So hatte der Tote gesprochen. Und Tote quatschen keine Karos, oder doch? Aber was hatte er damit gemeint? Diese Frage stellte ich Merricks am besten persönlich.

Aber nicht jetzt. Nicht so. Nicht in einem geklauten Wagen mit einem fröhlich furzenden Müllkippenköter auf dem Beifahrersitz. Nicht in der Hose eines Fettsacks, die nur von meiner blutverschmierten Hand zusammengehalten wurden. Nicht in einer Lumpenjacke aus der Kleiderspende, auch wenn sie den Aufdruck ›Co-op Kreditunion – die Vertrauensbank der Polizei‹ trug. Nicht mit Dreitagebart und nassen Schuhen und Kompost im Haar. Wenn das so weitergeht, dachte ich, sehe ich bald aus wie Joe Cocker.

Merricks war keiner, der freiwillig ein Geständnis ablegen würde. Mein unbedachter Anruf bei ihm hatte mich nicht nur fast das Leben gekostet, er hatte ihn wachsam gemacht. Merricks standen vermutlich mehr Ressourcen zur Verfügung, als ich mir vorstellen konnte. Dem Typen sollte ich nur mit äußerster Vorsicht und nach reiflicher Planung gegenübertreten. Vorausgesetzt, ich war bis dahin überhaupt noch in der Lage dazu – und nicht selbst in Untersuchungshaft. Also ab jetzt keine Spontanaktionen mehr. Ich würde nicht wieder mit dem Kopf durch die Wand gehen. Abgesehen davon hatte ich momentan dringendere Sorgen.

Ich schaltete das Radio ein, erfuhr die Zeit, schaltete es wieder aus. Für Frohsinn am Frühstückstisch war ich nicht in Stimmung. Es war sieben Uhr vorbei. Ayisha würde hoffentlich noch schlafen. Ich könnte wieder auf dem Sofa liegen, ehe sie aufwachte. Ich parkte ein paar Blocks vom Haus entfernt und ließ den Schlüssel stecken. In der Nähe befand sich eine Highschool. Mit etwas Glück wäre der Falcon am Ende der großen Pause schon drei Vorstädte weit weg von hier. Das Hundevieh stieg aus und folgte, die Krallen ticketi-tickten hinter mir her. Sie brauchten eine Maniküre. Außerdem gehörte das Tier dringend gebadet. Und entwurmt. Und gegen Tollwut geimpft. Dann mußte ich eine Hundehütte zusammenzimmern, sonst würde Red ihn bestimmt mit ins Bett nehmen. Ein Name wäre auch ganz nützlich. Ich war noch am Leben, Kerberos kam also nicht mehr in Frage. Red würde ihn wohl ohnehin selbst aussuchen wollen. Wahrscheinlich Voltron oder so was.

Weiter vorn hörte ich ein hohles, schepperndes Krachen. Als ich in meine Straße einbog, kam gerade Ayisha in ihrem wattierten Monster von Mantel aus dem Haus und überquerte die Straße zu ihrem Wagen. Ich legte einen Zahn zu und schlurfte so rasch ich konnte auf sie zu, dabei raffte ich mir mit beiden Händen den Hosenbund. Sie öffnete ihre Tasche, kramte nach dem Schlüssel und sah mich kommen. Der Lärm wurde immer lauter, es war ein dämonisches Böllern und Poltern. Mir wurde klar, daß es von meinem Haus kam. Ayisha hatte inzwischen ihre Schlüssel gefunden, öffnete die Autotür und glitt hinter das Steuer.

Als ich bei ihr ankam, steigerte sich der Krach zu wütendem Kreischen. Ich sah, wie mein Dach sich als Ganzes streckte und dehnte und offenbar kurz vor dem völligen Zerfall in seine Bestandteile stand. Mit einem Mal hörte der Lärm auf. Die Wellblechplatten schienen zur Ruhe gekommen zu sein. Dann setzte ein leises metallisches Quietschen ein. Eines nach dem anderen fingen die Bleche abwärts zu gleiten an, gewannen an Tempo, verhedderten sich und zerrten einander mit. Nach einem Moment fast vollkommener Stille kippte der ganze Blechsalat über die Dachrinne, landete mit ohrenbetäubendem Krachen im Garten und begrub Wendys abgeknickte Silbereiche unter einem häßlichen Misthaufen aus verbogenen, rostigen Metallplatten.

Auf dem jetzt kahlen Firstbalken tauchte Stur auf. Er stieß einen irren Juchzer aus und fuchtelte triumphierend mit einem Stemmeisen herum. Er trug ein blaues Unterhemd, ausgefranste Jeans, schwere Arbeitsschuhe, eine Sonnenbrille. Der Typ sah aus wie der typische speedzerfressene Motorradfreak aus der Hölle. Als er mich erblickte, winkte er, schob die Oberlippe zurück, um mir seine neuen Beißerchen zu zeigen, und reckte beide Daumen in die Höhe. Inzwischen war die alte Mrs. Bagio vor ihr Haus getreten und stand mit dem Besen in der Hand an der Gartentür. Andere Nachbarn kamen ebenfalls heraus, um nachzusehen, was da los war.

Ayisha kurbelte das Seitenfenster herunter. Ihr Haar war zerrauft, die müden Augen von breiten Maskaraschmierern umrandet. Sie sah aus wie ein schlechtgelaunter Pandabär. »Alles in Ordnung?«

»Ja«, sagte ich. »Denke schon.«

Sie ließ den Motor an. »Von nun an«, sagte sie, »sollten

wir unseren Umgang auf strikt beruflicher Ebene belassen, meinst du nicht?« Sie sah durch mich hindurch.

»Ich, ähm.« Auf der anderen Straßenseite ging die Haustür auf, und Wendy erschien. Sie war als Manager-Amazone aufgemacht – volle Kriegsbemalung, dazu eine doppelte Perlenkette, ausgerechnet. Abgesehen davon, daß sie an ihre Mutter erinnerte, hatte sie niemals besser ausgesehen. Sie zeigte große Freude, mich zu treffen. Allerdings war es die Freude, die ein Tiger verspürt, wenn er eine Ziege am Strick vor sich hat.

Ayisha wartete immer noch, daß ich zu Ende sprach. Wendy trat auf die Veranda hinaus. An einer Hand hielt sie Red, in der anderen trug sie seine Reisetasche. Ein Taxi bog in die Straße ein und rollte langsam auf uns zu. »Ich, ähm«, sagte ich noch einmal. Zu mehr schien ich nicht imstande. Wendy stapfte mit Red im Schlepptau über den Wellblechhaufen. Sie winkte dem Taxi. Der Ford Laser setzte sich in Bewegung. »Wir sehn uns«, sagte Ayisha. Das bezweifelte ich.

Wendy hatte inzwischen den Gehweg erreicht. »Hallo«, begrüßte ich sie. »Schön, daß du schon so früh kommen konntest.«

Sie sprang mir sofort an die Gurgel. »Versuch erst gar nicht, dich aus dieser Sache irgendwie rauszureden, Murray.« Sie ließ mich stehen, zerrte die Tür des Taxis auf und schleuderte die Tasche auf den Rücksitz. »Ich nehme extra den Frühflug, damit ich Red zur Schule bringen kann. Und was finde ich vor?«

Stur kam ums Haus herum, erfaßte mit einem Blick, was los war, und duckte sich sofort wieder außer Sichtweite. Wendy ließ Reds Hand los, schnappte ihren kleinen Finger und schüttelte ihn. Meine Verbrechen würden einzeln aufgezählt werden. »Erstens, du bist nicht zu Hause. Du läßt das schlafende Kind einfach allein und verschwindest. Wohin, kann man bestenfalls raten. Kein Mensch weiß es, nicht mal« – sie ging zum nächsten Finger über – »die fremde Frau in meinem Bett.«

Arme Ayisha. *Omen IV – Das Erwachen* war ein Dreck dagegen. Außerdem fand ich die Betonung auf ›meinem‹ nicht ganz fair – immerhin hatte Wendy in den letzten sechs Monaten keine sechsmal darin geschlafen.

»Ayisha«, sagte Red genervt. »Ich hab dir doch gesagt, sie heißt Ayisha.«

»Ja, Liebling.« Sie legte dem Kind besitzergreifend die Hand auf den Kopf, zog sie aber gleich wieder zurück und ging zum dritten Finger über. »Er hat Schulverbot wegen Läusebefalls, erzählt er mir. Und was tust du? Läßt ihm eine grauenhafte Frisur verpassen.« Red, der miese Verräter, traf keinerlei Anstalten, ihr zu widersprechen. Schlimmer noch, er spielte den armen kleinen Jungen, wandte den Blick ab und fummelte an einem Plastikspielzeug herum, einem Mittelding aus Stegosaurus und Schützenpanzer. Dabei fiel mir der Hund ein, und ich sah mich nach ihm um. Auch er hatte sich verdrückt. Dieser kurzfristige Mangel an Aufmerksamkeit wurde der Vernachlässigung elterlicher Aufsichtspflichten meinerseits sofort aufaddiert. Wendy sah aus, als wollte sie mir am liebsten beide Arme abbeißen. Gleich darauf ging ihre Miene in ehrliche Verletztheit über. »Und mein schöner Teppich. Ich hab das Ding damals den ganzen Weg von Srinagar nach Hause geschleppt.«

»Das Dach hatte ein Leck«, lenkte ich lahm ein.

Das verschlimmerte die Sache nur. Sie ließ ihre Hand lange genug los, um mit dem Daumen über die Schulter zu deuten. »Wenn du meinst, ich zahle auch nur einen Cent dafür, hast du die Rechnung ohne den Wirt gemacht. Keine Ausgaben ohne vorherige Absprache.« Da ihr nun die Finger ausgegangen waren, wirbelte sie Red in das Taxi, stieg ebenfalls ein und hantierte mit seinem Sicherheitsgurt. Sie knallte entschlossen die Tür zu und ließ das Fenster herunter. »Und hast du noch nie was von Passivrauchen gehört?« fragte sie. »Das Haus ist ja ein einziger Aschenbecher.« Damit tippte sie dem Fahrer auf die Schulter, und sie rollten los. Sie hatte nicht einmal gefragt, was mit meinem Gesicht passiert war.

Ich stand auf dem Fußweg und sah ihnen nach, bis sie verschwunden waren. Wendy hatte natürlich recht: Red einfach allein zu lassen, war nicht okay gewesen. Für den bevorstehenden Sorgerechtsstreit verhieß diese Aktion nichts Gutes. Stur kam aus seinem Versteck und stellte sich neben mich. »Meine Güte«, sagte er. »Was für ein Scheißdrachen.« Aus der Nähe sahen seine neuen Zähne aus, als hätte er sich in der Adresse geirrt und wäre bei den Tierärzten gelandet.

»Ich wäre dir dankbar, wenn du über die Mutter meines Kindes nicht so sprechen würdest«, erwiderte ich.

Ein Pritschenwagen bog in die Einfahrt, hinter dem Steuer ein Teenager mit zugedröhntem Blick und einer Wollmütze auf dem Kopf. »Das ist Trevor«, erklärte Stur. »Mein Assistent.« Trevor sah aus, als wäre er auf Freigang vom Heim für Schwererziehbare. Wenigstens hatte er kein einziges Tattoo. Da ich ihm fünfundzwanzig Dollar die Stunde bezahlte, cash auf die Kralle, beruhigte mich das ein wenig. Er und Stur fingen an, das Altmetall auf die Ladefläche des Lasters zu schmeißen, und ich ging ins Haus.

Während Ayisha auf meine Rückkehr von der Versammlung gewartet hatte, mußte sie sich aus lauter Nervosität eine Zigarette nach der anderen angezündet haben. Viele ihrer Kippen waren nur zur Hälfte geraucht. Ich drückte eine davon wieder gerade und steckte sie mir an. Der Rauch erreichte meine Magengrube und löste dort augenblicklich Heißhunger aus.

Ich füllte eine Schüssel mit Corn-flakes und aß, während ich rauchte. Danach machte ich mir noch zwei Schüsseln. Demnächst müßte ich den im See versunkenen Renault melden. Bei dem Unwetter hatte es sicher eine Menge Unfälle gegeben. Ein richtiger Glückstag.

Ich drehte die Dusche voll auf und wusch mir mit dem restlichen Läuseshampoo den Schlamm und das Gras aus den Haaren. Das Blut an meinen Händen war vor allem metaphorisch, viel ließ sich also nicht dagegen tun. Trotzdem schrubbte ich sie, was das Zeug hielt. Der eigentliche Dreck war das, was Gezen von mir wußte. Ich fragte mich, wieviel er gesehen hatte, und entschied, daß es nicht sehr viel sein konnte. Außerdem war schwer vorstellbar, daß er zur Polizei rennen würde. Wenn er vorher bloß nervös gewesen war, schiß er sich jetzt garantiert in die Hose. Davon mal abgesehen waren wir quitt. Jeder kannte des anderen Geheimnis.

Rasieren tat teuflisch weh, mehrere Krusten gingen ab und bluteten wieder. Ich sah das als gerechte Strafe für meine eigene Blödheit. Stur und sein Handlanger waren zurück auf dem Dach, rissen die Überreste der Regenrinnen los und warfen sie herunter. Sie arbeiteten zum gellenden Sound eines grauenhaft verblödeten Hitsenders. Gerade kamen die Neun-Uhr-Nachrichten, mit dem Brand als Spitzenmeldung. Es hatte eine Dreiviertelstunde gedauert, das Feuer unter Kontrolle zu bringen, man schätzte den Schaden auf über eine Million. Das wurde aber erst später berichtet. Zuerst kam die Polizeimeldung, wonach in der ausgebrannten Werkhalle eine unidentifizierte Leiche aufgefunden worden sei. Der Verkehr auf dem Tullamarine-Highway und den Autobahnen im Osten und Südosten war frei von Staus. Und nun zurück zu den Top Twenties. ›Wake me up before you go-go‹. Weck mich, bevor du gehst. Sehr passend.

Meinen Neunundneunzig-Dollar-Anzug konnte ich abschreiben. Ich fand ein Paar hellbraune Kordhosen, ein weißes Hemd und einen sauberen Pullover. Die Labor Party hat noch nie wen rausgeworfen, nur weil er schlecht angezogen war. Wenigstens würde ich nicht mehr wie ein Werwolf herumspazieren. Mein Plan, wenn man ihn so nennen konnte, bestand darin, als erstes herauszufinden, was mit Charlene los war. Dann würde ich Agnelli zur Rede stellen und ihm frank und frei die Meinung sagen. Ich vermutete allerdings, Charlenes Gesundheitszustand würde Agnellis Ränkespiele ein wenig bremsen. Und falls ihm selbst noch nicht klar sein sollte, daß es seinem Image schaden könnte, einer kranken Frau das Messer in den Rücken zu rammen, würde ich ihn mit Vergnügen darauf hinweisen.

Die feuchten Scheine in der Tasche meines Jacketts reichten gerade für ein Taxi in die Stadt. Ich rief eines und ging vors Haus, um den Schaden zu begutachten. Das Dach war so ratzekahl abgeräumt wie ein Ministerialbudget am Abend vor dem Jahresabschluß. Draußen entluden Stur, Trevor und ein Lieferant vom Baumarkt neue Wellbleche. Der Garten war ruiniert, aber das kümmerte mich am allerwenigsten. Der Hund war wieder aufgetaucht und klebte wie eine Klette an Trevors Fersen. Ich pfiff nach ihm, keine Reaktion. Ein Auto bog in die Einfahrt und blieb hinter dem Laster des Baustoffhändlers stehen, typische Limousine der Beamtenflotte. Agnelli stieg aus, strich sich die Rockaufschläge glatt und wartete darauf, daß ich zu ihm kam. Er blickte entschieden freudlos aus der Wäsche.

»Diesmal hast du wirklich Scheiße gebaut, du beschissener Miesling«, fing er an. Bei dieser Ausdrucksweise grenzte es an ein Wunder, daß er noch kein ehrenwertes Mitglied des Kabinetts war. »Steig ein. Charlene will dich sprechen.« Beim Losfahren drückte er kurz auf die Hupe. Vermutlich seine Version von Solidarität mit der Arbeiterklasse. Ich schloß die Augen und sank in den Beifahrersitz zurück. Agnelli hatte den Oktopus aufgeweckt. Er war schon Geschichte gewesen, doch jetzt kehrte er zurück. Seine Saugarme setzten sich an meine Augäpfel und zerrten sie nach innen in die Schädelhöhle.

Beim Fahren griff Agnelli in die Innentasche seines Jakketts. »Dir ist wohl nicht ganz klar, wie tief du in der politischen Nahrungskette schon gesunken bist, Alter. Whelan die Wildsau, was? Da hätte ja jeder dressierte Affe bessere Arbeit geleistet.« Er hatte ein Blatt in der Hand. Meinen Bericht an den Ausschuß. »Kein unmittelbarer

Grund zur Besorgnis ... Pressemeldungen entbehren jedweder Grundlage.« Hämisch zitierte er meinen letzten Absatz und schlug mir das Papier ins Gesicht, während er die Spur wechselte. »Du wolltest mich doch absichtlich vor dem Ausschuß wie einen Vollidioten dastehen lassen, was? ›Kein Grund zur Besorgnis.‹ Gestern gab's nur eine Leiche, heute sind's schon zwei, und wenn das so weitergeht, haben wir bald noch mehr.«

Er stopfte den Bericht wieder in die Tasche. Anscheinend sollte ich beeindruckt sein von alledem. Der Wagen war überheizt und stickig, und ich hatte eine höllische Nacht hinter mir. Ich schloß die Augen, überließ mich einer wohligen Trägheit und konzentrierte mich darauf, meinen Oktopus wieder schlafen zu schicken. Möglicherweise gähnte ich sogar. Das kam nicht gut an.

»Du findest das wohl witzig, was?« schrie Agnelli. »Noch ehe der Hahn kräht, habe ich heute früh Merricks in der Leitung, der schreit sich die Lunge aus dem Leib von wegen Unfähigkeit der Regierung, und du findest das offenbar noch komisch. Die halbe Pacific-Bude brennt ab, und die andere Hälfte ist bis auf weiteres außer Betrieb. Wenn du auch nur einen Funken von Anstand hättest, würdest du auf der Stelle von deinem Amt zurücktreten. Du würdest darauf bestehen, daß ich hier und jetzt anhalte und dich aussteigen lasse. Du würdest kündigen und damit Charlene und uns anderen weitere Blamagen ersparen.« Er bremste tatsächlich ab, als könnte ich seinen Vorschlag ernst nehmen und mich aus dem fahrenden Auto werfen. »Mann, du steckst tiefer in der Scheiße als ein Surfer im Sturm.«

Auf dem Handschuhfach bedankte sich ein Aufkleber bei mir, daß ich nicht rauchte. Ich versuchte, ihn abzupulen. Er war aber aus einem Material, das abriß, wenn man daran zog. ›Sie nicht rauchen‹, stand da jetzt. »Eins kapier ich nicht«, sagte ich. »Die Story in der *Sun* am Montag. Wie hast du das gemacht?«

Agnelli gab sich keine Blöße durch verdächtige Pausen. Das mußte man ihm lassen. »Keine Ahnung, wovon du redest.«

»Das war doch alles Quatsch, oder?« sagte ich. »Lollicato ist niemals auf eine Herausforderung aus gewesen. Du hast mir von Anfang an Scheiße erzählt und dafür gesorgt, daß ich eine Zeitlang im Kreis renne.«

Auf einmal widmete Agnelli seine ganze Konzentration dem Straßenverkehr. Das Sprechen schien ihm schwerzufallen, solange er innerlich kurz vor der Kernschmelze stand. »Warum sollte ich so etwas tun?«

»Weil du's selbst auf Charlenes Posten abgesehen hast.«

»Aha?« kam sein aufsteigend intonierter Kommentar. Viel mehr würde er bestimmt nicht zugeben, das war mir klar.

»Und Charlene?« fragte ich.

»Charlene?«

»Ja, die Frau, der du so gern in den Rücken fallen würdest. Wie geht es ihr?«

Er zuckte die Achseln. »Frag sie selbst.«

Inzwischen waren wir in der Royal Parade angekommen und fuhren durch den Schattentunnel, den die großen Bäume über der breiten Straße bildeten. Ich schloß die Augen und tat so, als wäre ich eingeschlafen. Nach einer

Weile wurde Agnelli die Stille zu viel, und er schaltete das Radio ein. Staatlicher Rundfunk. Brabbel-brabbel. Bla-bla-blabla. Dann kamen die Zehn-Uhr-Nachrichten. Der Hochkommissar der Krone war verärgert, weil der Name Britanniens durch den Dreck gezogen worden war. Es gab also doch nicht nur schlechte Nachrichten.

Nach fünf Minuten war ich wirklich fast eingeschlafen. Dann kamen die Lokalnachrichten. Der Brand war bereits von aktuelleren Meldungen verdrängt worden. In einer gemeinsamen Aktion von Stadt- und Bundespolizei war in der Nacht in Brunswick illegales Glücksspielgerät beschlagnahmt worden. Außerdem sollte Anklage wegen diverser Vergehen gegen die Einwanderungsbestimmungen erhoben werden. Danach mußte ich endgültig eingedöst sein, denn als nächstes registrierte ich, daß Agnelli vor dem Peter MacCallum Institute in eine Parklücke einbog. Ich wurde abrupt hellwach. Das Peter-Mac ist eine Spezialklinik für Krebserkrankungen. »Was wollen wir hier?«

»Mit Charlene reden.« Mehr wollte er nicht sagen.

»Es geht ihr doch gut, oder?«

»Du bist doch so verflucht clever«, sagte er. »Sag du's mir.« Er ging voran, im Flur roch es wie in den dreißiger Jahren nach Bohnerwachs und Borax. Vor ihrem Zimmer angekommen, wurde er sanfter. »Sie wollte erst persönlich mit dir sprechen.«

Charlene hatte ein Einzelzimmer und lag in einem Bett mit zu vielen Kissen, einer Aussicht auf die Rückseite des Grundbuchamts und unheilvollen Armaturen. Sie lehnte in den Kissen, aus ihrem Arm kam ein Schlauch, ein zweiter aus ihrer Nase. Es war das erstemal, daß ich sie ohne

Make-up sah. Ihr Teint wirkte wie aus Pergament, als hätte das Gesicht wichtigeren Stoffwechselfunktionen zuliebe auf seine Vorrangstellung verzichtet. Die Dauerwelle, die ihr normalerweise wie ein Helm vom Kopf abstand, war zu einer leblosen Matte plattgeklatscht. Sie sah aus wie hundert. Was auch mit ihr geschah, es geschah rasch.

Sie studierte gerade ein Dokument. Die Lesebrille war ihr auf die Nasenspitze vorgerutscht, und sie blickte uns über den Rand hinweg entgegen. Ein gewaltiger Strauß Gladiolen war an den hintersten Rand des Nachttisches geschoben worden, um Platz für mehrere Aktenordner zu schaffen. Arthur, der Chauffeur, stand am Fußende des Betts und betrachtete eingehend seine Schuhe.

»Schön«, flüsterte sie. »In Ordnung.« Sie unterschrieb das Papier, reichte es Arthur und sank in die Kissen zurück. Arthur nickte uns beim Hinausgehen zu, viel zu mitfühlend, wie ich fand.

Wortlos gingen Agnelli und ich auseinander und stellten uns zu beiden Seiten des Betts auf. Charlene nahm die Brille ab und legte sie weg. Die kleine Bewegung ließ sie zusammenzucken, aber sie versuchte sich nichts anmerken zu lassen. »Setzt euch«, befahl sie. Die Stimme war nur das zittrige Echo ihrer früheren Eindringlichkeit.

Die Besucherstühle waren aus Stahlrohr und Furnierholz und irgendwann zu Zeiten der Krimkriege mattweiß gestrichen worden. Meiner quietschte, als ich ihn heranzog. Ich zog ein gequältes Gesicht und setzte mich so behutsam wie möglich hin.

»Sind nur ein paar Tests«, sagte Charlene. »Tut nicht so, als wär's der Weltuntergang.« Ihre Zerbrechlichkeit ließ sie paradoxerweise noch mächtiger erscheinen. »Angelo hat es dir gesagt?« fragte sie mich.

»Was gesagt?«

»Gut«, sagte sie. »Ich wollte nicht, daß du auf falsche Gedanken kommst.«

»Was ist los, Charlene?« sagte ich. »Du siehst schlimm aus.« Ich nahm an, daß ich ihr das sagen konnte, da sie es ohnehin selbst wußte.

»Ein kleiner Tumor«, sagte sie. »Gute Gelegenheit, meine Prioritäten neu zu ordnen.«

Ihre Hand lag auf der Bettdecke wie eine mit Ringen geschmückte Hühnerkralle. Sie ließ zu, daß ich sie nahm. Die Hand war eiskalt. Während sie sprach, massierte ich sie mit meinen Handflächen. Sie schien aber nicht wärmer zu werden.

»Ich trete zurück«, sagte sie. »Der Premierminister weiß Bescheid. Und noch ein, zwei andere Leute. Jetzt sag ich es dir.« Zu meiner ewigen Schande dachte ich zuerst an mich. Charlene las meine Gedanken. »Es ist alles geregelt«, sagte sie. »Angelo.«

Agnelli sprang auf, schlenderte zum Fußende und legte beide Hände auf das Metallgeländer des Betts. Wie mir bei seiner Ansprache bewußt wurde, übte er bereits seine neue Rolle. »Charlene und die Fraktionsspitze haben vereinbart, daß ich Melbourne Upper übernehmen soll«, verkündete er, wobei er gerade lange genug innehielt, um Charlenes Schweigen dazu als Bestätigung werten zu können.

»Wie du weißt«, fuhr Agnelli fort, den Blick auf das Krankenblatt über Charlenes Kopf gerichtet, »gibt es auf lokaler Ebene immer einzelne, denen es schwerfällt, derartige Beschlüsse von oben mit der ansonsten üblichen Vorgehensweise und zugleich den persönlichen Ambitionen zu vereinbaren.«

Charlene rührte sich ungeduldig unter den Laken. »Quatsch nicht so ein Blech, Angelo. Noch bist du nicht im Parlament.« Sie neigte den Kopf in meine Richtung und sprach so leise, daß ich mich zu ihr hinabbeugen mußte. Damit wollte sie wohl Agnelli ärgern. »In Wirklichkeit, Murray, können wir uns so kurz vor den Wahlen einfach keine Kampfabstimmung in der Fraktion leisten. Angelo ist sozusagen« – hier schwieg sie und tat, als suchte sie nach dem richtigen Wort – »akzeptabel für die Rechte wie für die Linke.«

»Akzeptabel?« erwiderte ich. »Das kommt ja ziemlich überraschend.« Agnelli konnte sich einen triumphierenden Blick nicht verkneifen. »Und da werden bestimmt die Fetzen fliegen.« Agnelli legte seine Überheblichkeit vorläufig wieder auf Eis. Ich fuhr fort: »Ihr setzt der Basis einen Quereinsteiger vor die Nase, der nur mit seinen guten Verbindungen nach ganz oben prahlen kann, und von den Ortsverbänden erwartet ihr, daß sie ihn unterstützen. So was kommt gar nicht gut an.«

»Vollkommen richtig«, sagte Charlene zweideutig. »Deshalb sollst du ja auch für einen reibungslosen Übergang sorgen. Und Angelo helfen, die Unterstützung zu bekommen, die er im Wahlkreis benötigt. Du weißt schon.«

Agnelli die Drecksarbeit abnehmen? Der konnte mich mal. »Dabei hat mir Ange eben erst erzählt, wie wenig Vertrauen er in mich hat«, sagte ich.

»Na, na, wer wird denn gleich so empfindlich sein«, erwiderte Agnelli. »Meinst du etwa, ich würde dich haben wollen, wenn ich dich wirklich für ungeeignet hielte?«

»Und«, brachte Charlene die Sache auf den Punkt, »nicht außerdem jemanden bräuchtest, der im Wahlkreis bestens bekannt ist und deine Kandidatur vom Anfang bis zum Ende mit dir durchsteht.«

Offenbar war eine sofortige Antwort gefragt. Ich wußte nicht, was ich sagen sollte, also hielt ich erst mal den Mund. Vielleicht nahm Charlene mein Schweigen als Vorwurf. Aber sie tat so, wenigstens hoffte ich das, als versuchte ich, meine Verhandlungsposition zu verbessern.

»Als Gegenleistung für meine Unterstützung«, sagte sie, »und als persönlichen Gefallen mir gegenüber ist Angelo einverstanden, dich zumindest für die Dauer der nächsten Legislaturperiode als Leiter des Bezirksbüros zu behalten, egal ob wir die Wahlen gewinnen oder nicht. Und diese Zusage ist aktenkundig, nicht wahr, Angelo?«

»Ganz recht«, sagte die miese Schlange, die mich vor nicht mal einer halben Stunde noch überreden wollte, aus dem Wagen zu springen.

Die Versuchung war groß, Agnelli zu sagen, er möge sich seinen Großmut sonstwohin schieben. Aber offenbar hatte Charlene einige Mühe auf sich genommen, um mich versorgt zu wissen, und zwar sogar unabhängig davon, welche Intrigen Agnelli noch auskochen würde. Und um ehrlich zu sein, wäre es für mich zu diesem Zeitpunkt nicht eben ideal gewesen, ohne Job dazustehen. Das Familiengericht hatte für die Sorgerechtsansprüche arbeitsloser Väter nicht viel übrig. Agnellis Adjutant war zwar nicht gerade der Botschafterposten in Irland, aber immerhin ein Job. Ich brachte es nicht fertig, ja zu sagen, also nickte ich nur.

»Guter Junge«, sagte Charlene und drückte meine Hand. »Verzeihst du mir?«

Was sie damit meinte, sollte ich nie erfahren. Eine nilpferdgesichtige Koryphäe im weißen Mantel stürmte zur Tür herein, gefolgt von einem Schwarm kinnloser Assistenzärzte, und man warf mich und Agnelli hinaus. Das kommt davon, wenn man nicht die richtigen Schulen besucht hat.

Wenn sie meinte, ob ich ihr verzieh, daß sie mich an Angelo Agnellis politische Zukunft gekettet hatte, ist die Antwort ein Ja. Es war meine Entscheidung, und ich übernehme die Verantwortung dafür.

Wenn sie meinte, ob ich ihr verzieh, daß sie mich in Absprache mit Agnelli hinter einem Phantom hatte herjagen lassen, lautet die Antwort wohl: Ich weiß es nicht. Ich weiß es deshalb nicht, weil ich es nie fertiggebracht habe, den Mistkerl zu fragen, ob Charlene eingeweiht war. Noch wollte ich mich je über sämtliche Feinheiten des Deals erkundigen, denen Agnelli seine Kandidatur für Melbourne Upper verdankte. Letzten Endes läßt man manche Dinge besser im dunkeln. Manchmal genügt es schon zu wissen, daß man noch zur Mannschaft gehört. Ich streckte Agnelli die Hand hin. »Glückwunsch«, sagte ich, »Genosse.«

22

Der Rest ist, wie manche so schön sagen, konklusiver Kontext. Die spezifischen Parameter will ich aber auch nicht vorenthalten.

Charlene wurde am nächsten Tag aus dem Krankenhaus entlassen, gerade rechtzeitig, um ihr Gesetz für Gesundheit und Sicherheit am Arbeitsplatz mit zu verabschieden und das Ende der Frühjahrssession des Parlaments zu erleben. Drei Tage später gab sie ihren Rücktritt bekannt, eine Woche darauf erging der Erlaß für Neuwahlen im Bundesstaat Victoria. Währenddessen hatte ich schlaflose Nächte, weil ich dauernd damit rechnete, von den Bullen aus dem Bett geholt zu werden. Als nach einem Monat immer noch nichts dergleichen passierte, war mir klar, daß sie wohl niemals auftauchen würden.

Allen Bemühungen der *Sun* zum Trotz gewannen wir die Wahl mit einer satten Mehrheit. Sogar in Melbourne Upper schafften wir einen geringen Stimmenzuwachs, allerdings nur in den vorwiegend italienisch dominierten Wahlkreisen. Fünf Monate später war Charlene tot. Wir bereiteten ihr einen wunderbaren Abschied und begruben sie draußen auf dem Fawkner-Friedhof. Den Stammwählern verpflichtet bis in die Ewigkeit, hätte sie gesagt.

Als ich diesmal hinausfuhr und an den Gräbern vorbeikam, die aufgereiht standen wie eine Miniaturkulisse für irgendein Schwert- und Sandalenepos, fielen mir die beiden Spinner und ihr militärisches Salutiergehabe an Bayraktars Sarg wieder ein. Inzwischen wußte ich, was da abgelaufen war, oder glaubte es zumindest. Coates und ich hatten die meisten Teilchen zusammengestückelt, den Rest der Geschichte reimte ich mir aus dem zusammen, was Agnelli vor Gericht so an Gerüchten aufschnappte, als der Glücksspielprozeß gegen den Anatolia Club verhandelt wurde.

Äußerlichkeiten können ja so trügerisch sein. Daß der Anatolia Club für mich auf den ersten Blick wie ein kleines Privatkasino ausgesehen hatte, ließ mich lange Zeit einfach nicht daran glauben, daß er tatsächlich nichts anderes war. Nun brauchen Kasinos eine ganz bestimmte Sorte Personal. Und hier kam Bayraktar ins Spiel.

Die Eigentümer, darunter die beiden Faschos vom Friedhof, hatten Bayraktar aus Deutschland importiert, damit er die Schulden für sie eintrieb. Es waren ehemalige hochrangige Militärs der türkischen Armee, und Bayraktar war früher Unteroffizier gewesen, wahrscheinlich kannten sie ihn daher. Vielleicht war er auch nur von ihren Gangsterkollegen in Deutschland empfohlen worden. Jedenfalls erwies er sich als ziemlicher Klotz am Bein, da er dazu neigte, die Taschen der Klientel lieber auf eigene Rechnung zu leeren. Statt das Problem ein für allemal zu lösen – wie es Gardiner schließlich tat –, legten sie ihm nahe, sich einen anderen Job zu suchen. Aber sie ließen ihn in einer kleinen Wohnung hinten im Haus wohnen, wohl eine Art stillschweigende Drohung an Gäste, die meinten, sie könnten sich vor ihren Spielschulden drücken.

So war Bayraktar vorübergehend gezwungen, für seinen Lebensunterhalt zu arbeiten, fiel aber prompt auf die Füße: Gardiner nahm ihn als Strohmann für die gefälschten Lohnzettel unter Vertrag. Dann fing er an, einige seiner Arbeitskollegen zu erpressen. Und schließlich rechnete er sich aus, daß Pacific Pastoral der ideale Verschiebebahnhof für landesweite Drogengeschäfte war. Als Gardiner von den außerplanmäßigen Possen irgendwann die Schnauze voll bekam und ihm eine Tiefkühlkur verpaßte, fühlten sich die Jungs im Anatolia Club wahrscheinlich sogar erleichtert.

Aber er war ein Waffenbruder gewesen, und die Ehre verlangte, daß sein Tod nicht ohne Zeremoniell über die Bühne ging. Seine einstigen Partner vom Club übernahmen die Leiche, machten was locker für einen mittelteuren Rosenholzmantel von Martinelli und standen zwei Minuten lang im Regen stramm. Ich kann nur hoffen, daß irgendwer für mich soviel Aufwand treibt, wenn die Zeit mal gekommen ist.

Die gerichtliche Untersuchung brachte von alledem selbstverständlich nichts ans Licht. Es wurden keine neuen Beweise vorgelegt, um die ursprüngliche Annahme zu entkräften, daß dem Fettsack das Herz stehengeblieben war, als er gerade seine Wochenendration Filetsteaks klaute. Der Gerichtsmediziner entschied also auf natürliche Todesursache und nutzte die Gelegenheit, um sich weitschweifig über die Notwendigkeit sicherer Arbeitsbedingungen in der Kühlhausbranche zu verbreiten. Das Arbeitsministerium reagierte mit einer Pressemitteilung, wonach man im Begriff sei, die Bestimmungen bezüglich der zulässigen Gangbreite abzuändern.

Den einzigen kleinen Schönheitsfehler bei der gerichtsmedizinischen Anhörung stellte die unvermeidliche Abwesenheit des wichtigsten Zeugen dar: des Mannes, der auf die Leiche gestoßen war. Dafür bekam Herb Gardiner knapp eine Woche nach Bayraktar seine eigene Untersuchung. Aus dem Umstand, daß er Schutzkleidung trug, der Aussage des Feuerwehrmannes, der seine Leiche gefunden hatte, sowie den medizinischen Befunden zog man den Schluß, daß Gardiner in einem der Kühlräume gewesen war, als der Feueralarm losging. Als er das Gebäude in letzter Minute verlassen wollte, rutschte er auf dem nassen Boden aus, blieb mit gebrochenem Genick bewußtlos liegen und erstickte an den Rauchgasen.

Dieser letzte Teil überraschte mich. Ich war ehrlich sicher gewesen, daß er bereits tot war, als ich ihn dort liegen ließ. Ein Mißgeschick, befand der Gerichtsmediziner. Da konnte ich nur beipflichten. Noch ein Beweis, falls überhaupt noch einer nötig ist, daß man manchmal eben echt Pech haben kann. Als Brandursache mußte ein elektrisches Heizgerät herhalten, das angeblich im Bürotrakt aus Versehen die ganze Nacht eingeschaltet war. Vermutungen, es sei Brandstiftung im Spiel gewesen, wurden von Unternehmensleitung und Polizei als unbegründet verworfen. Die Versicherung übernahm den Schaden in voller Höhe.

Herb Gardiner hinterließ ein Erbe, das sich auf gut zwei Millionen Dollar belief, darunter eine Eigentumswohnung in Broadbeach, ein Motel in Adelaide und Anteile einer Macadamia-Plantage. Womit prächtig bewiesen war, wie weit man es mit harter Arbeit, ein wenig Sparsamkeit und einer bemerkenswerten, fünfzehn Jahre lang anhaltenden Glückssträhne beim Pferderennen bringen kann. Seine Wettgewinne gingen aus penibel geführten Aufzeichnungen hervor, die man in seinem Bücherregal fand – Datum, Rennplatz, Nummer des Rennens, Name des Pferdes, Höhe des Gewinns. Falls das Finanzamt mal nachgefragt hätte, schätze ich.

Da niemand Anspruch auf das Erbe erhob, ging alles an den öffentlichen Nachlaßverwalter, der es im Laufe der nächsten hundertfünfzig Jahre garantiert und gründlich auf Null runterverwalten wird.

Auf dem Heimweg von Charlenes Beerdigung kam ich an der Blyth Street 636 vorbei. Seit der Schließung des Anatolia Clubs war das Haus bereits zweimal verkauft worden; man renovierte es gerade für Hochzeitsempfänge der maltesischen Bevölkerungsgruppe. Soweit ich weiß, dient es dazu noch heute. Muß direkt mal nachsehen, wenn ich wieder in der Gegend unterwegs bin.

Das könnte aber noch eine Weile dauern. Melbourne Upper ist heutzutage nur ein kleiner Teil des Gebiets, das ich in meiner Funktion als politischer Berater von Angelo Agnelli, Minister für ethnische Angelegenheiten und Mitglied der Legislativkammer, betreue. Zum Glück – zu meinem wenigstens – ist Angelo außerdem noch Minister für Kommunalverwaltung, ein anspruchsvolles Portefeuille, das ihn so viel Energie kostet, daß ihm keine Zeit bleibt, den Interessen jener geschätzten Mitglieder unserer Gemeinschaft zu schaden, die den eher nichtenglischsprachigen Gegenden der Erde entstammen. Tatsächlich ist die Kommunalverwaltung sogar ein derart undankbarer Geschäftsbereich, daß ich den Verdacht nicht loswerde, der alte Ange könnte auf seinem Weg nach oben ein paar wichtigen Leuten auf die Zehen getreten sein. Mullane senior, um nur einen zu nennen. Angeblich hatte Ange nämlich als Gegenleistung für die Unterstützung des Alten bei den Vorwahlen seinem kleinen Gavin meinen Job versprochen. Zur Zeit ist Ange draußen im Busch unterwegs, wo er irgendeine halbautonome lokale Einrichtung davon überzeugen muß, sich freiwillig auf dem Altar der Effizienz zu opfern.

Was mich angeht, versuche ich den Kopf unten und die Brust hinausgestreckt zu halten, aber es wäre gelogen, wenn ich behauptete, überarbeitet zu sein. Ethnische Angelegenheiten – das bedeutet vor allem, Wege zu finden, wie man Regierungsanhängern mit komischen Nachnamen ein wenig unter die Arme greift. Und da wir schon beim Thema sind – vor ein paar Tagen traf ich bei einer Ratskonferenz der ethnischen Gemeinschaften mal wieder auf Ayisha Celik. Es war unsere erste Begegnung seit dem großen Ereignis. Jemand wollte uns miteinander bekannt machen. Ayisha unterbrach ihn, lachte mit den Augen, so hinreißend wie eh und je, und fragte: »Na, warst du schon beim Arzt?«

»Nicht nötig«, erwiderte ich. »Die Schwellung ist ja wieder abgeklungen.«

»Murray hatte beim letztenmal einen scheußlichen Ausschlag«, erklärte sie unserem Bekannten.

»Aha, ich verstehe«, sagte er wissend. »So ist das also, hm?« Nein, so war es nicht, aber Ayisha schien es nicht zu stören, wenn er das dachte. Dann wippten wir alle eine Zeitlang schweigend auf unseren Fersen, bis der Typ endlich kapierte und einen Abgang machte.

»Keine Ahnung, was zwischen dir und Memo Gezen gelaufen ist«, sagte sie, »und ich will's auch gar nicht wissen. Aber jedenfalls hat es funktioniert. Er ist in die Türkei zurück. Mit Kind und Kegel. Danke.«

Ich sagte, keine Ursache und das wäre ja wohl das beste für ihn, und sie gratulierte mir zu meinem neuen Job. Dann war die Kaffeepause zu Ende und wir mußten beide los, um unsere jeweiligen Workshops zu leiten. Einen kurzen Moment lang überlegte ich, ob ich es nicht doch noch mal bei ihr probieren sollte, entschied mich aber dagegen. Geheimnisse konnte Ayisha zwar gut für sich behalten. Aber besser nicht den Schlamm aufrühren.

Neuerdings soll sie in der engeren Auswahl für den Koordinationsposten im Migrationsfonds sein. Die Routine in den Beratungszentren kennt sie aus dem Effeff, und ihr Magister im Bereich öffentliche Verwaltung dürfte auch nicht schaden. Sollte mich mal jemand fragen, werde ich sagen, daß ich mir keine Bessere für den Job vorstellen könne, auch wenn sie sich inzwischen mit einem mazedonischen Muttersöhnchen aus Pascoe Vale verlobt hat.

Gezen ist nicht der einzige, der umgezogen ist. Red lebt jetzt die meiste Zeit in Canberra. Soll ja prima für Kinder sein. Er kann zu Fuß zur Schule gehen, und Wendy erlaubt ihm sogar, mit dem Rad einkaufen zu fahren. Die Frau, mit der Wendy zusammenlebt, hat eine zwei Jahre ältere Tochter, Familienleben kriegt er also genug. Ein Wochenende pro Monat fliegt er nach Melbourne runter, mehr kann ich mir momentan nicht leisten, und mehr würde sein soziales Leben auch gar nicht zulassen. In den Ferien bekomme ich ihn auch, obwohl er letztens lieber mit Wendy nach Samoa fuhr, wo sie auf einer Konferenz über Frauen und die Zukunft der Arbeit im Pazifikraum ein Referat hielt. Eine Chance, die sie sich nicht entgehen lassen konnten.

Wahrscheinlich schaffen wir es demnächst, unsere Scheidung über die Bühne zu bringen. Nicht daß Grund zur Eile bestünde. Wendy erklärte sich schließlich doch bereit, die halben Kosten für das neue Dach zu übernehmen, obwohl sich herausstellte, daß Stur den Durchschnittstarif um fünfhundert Dollar überboten und außerdem einiges vom Material geklaut hatte. Hauptgrund für ihren Gesinnungswandel war wohl die Wertsteigerung unserer Bruchbude um fünfundzwanzig Riesen, als ich sie verkaufte. Meine Hälfte investierte ich in die Anzahlung auf ein nettes kleines Reihenhaus in Fitzroy, komplett renoviert und schon deshalb bequem, weil ich zu Fuß zur Arbeit gehen und mir die mörderische Parkplatzsuche in dieser Gegend ersparen kann.

Im Vergleich zum Bezirksbüro ist es hier in der Victoria Parade natürlich eher ruhig. Laufkundschaft haben wir so gut wie keine. Wer auch nur mit mir reden will, muß sich beim Portier im Foyer anmelden, den Aufzug in den achten Stock nehmen und an zwei Sekretärinnen und einem Verwaltungsbeamten vorbeikommen. Aber bitte, deshalb habe ich noch lange nicht meinen Finger am Puls der Zeit verloren. Bei mir hier oben herrscht striktes Rauchverbot, wenn ich also schnell mal eine paffen möchte, fahre ich runter ins Erdgeschoß und mische mich unter die anderen Desperados. Nebenan liegt das Amt für Ressourcen und Technologie, in dessen Foyer man unweigerlich auf die unverbesserlichen Qualmer trifft, und es ist erstaunlich, was man da so alles für Infos aufschnappt. Und manchmal begegne ich dort auch dieser Frau von der Informationsabteilung im vierten Stock. Antoinette Aboud heißt sie. Aus dem Libanon, glaube ich. Faszinierendes Volk, die Libanesen. So viel Geschichte, so wenig Land.

Außerdem weiß man ja nie, was passiert, nicht? In Springvale zum Beispiel wird möglicherweise vor den nächsten Wahlen ein todsicherer Sitz frei. Das ist zwar am anderen Ende der Stadt, und ich müßte wohl das eine oder andere Wort Vietnamesisch lernen, aber so, wie die Dinge stehen, kann ich auf die grundsätzliche Unterstützung der Fraktion vertrauen und den Einsatz wagen. Klar, zuerst müssen die lokalen Anwärter aus dem Rennen geworfen werden, und der Leiter im Bezirksbüro soll auch ein ziemlicher Brocken sein, aber ich finde, daß ich in diesen Dingen doch eine gewisse Expertise besitze. Und dieser Tage ist Expertise die Devise.

Vielleicht bleibe ich aber auch in meinem netten kleinen Büro im obersten Stock. Ich hab mein eigenes Fenster und eine Aussicht über die Baumwipfel der Fitzroy Gardens und die Turmspitze der Kathedrale hinweg auf die City mit ihren vielen Kränen und neuen Bürotürmen. Die Skyline hat fast täglich was Neues zu bieten. Wenn das so weitergeht, wird die Stadt bald nicht wiederzuerkennen sein. In den letzten Monaten gilt meine Aufmerksamkeit einem ganz speziellen Hochhaus, einer Kombination aus Medizentrum und Hotel, das ein Konsortium mit Lionel Merricks an der Spitze hochzieht.

Dieser Tage übt Lionel nicht annähernd so viel Kritik an der Regierung wie in den ersten Tagen nach dem Brand. Und seit ich Gelegenheit für eine kleine Unterredung mit ihm gefunden habe. Ein paarmal rief ich an, um einen Termin zu vereinbaren, ganz anständig und zivilisiert, kam aber nie an der Eisprinzessin vorbei. Lionel hatte also auf meine Anrufe offenbar keine gesteigerte Lust mehr. Als dann wieder einmal der städtische Revitalisierungsausschuß tagte, lungerte ich im Flur vor der Tür herum und fing ihn während der Kaffeepause ab. Da er keine Szene wollte, erklärte er sich zu einem privaten Tête-à-tête im Treppenhaus bereit. Natürlich versuchte er es wieder mit Einschüchterungen und diversen Winkelzügen. Aber diesmal spürte ich, daß ich ihm überlegen war, noch dazu im neuen Anzug, mit verheiltem Gesicht und ein paar fundierten Fakten im Ärmel.

Die Kollegen vom Landwirtschaftsministerium hatten sich als höchst hilfsbereit erwiesen. Sie erklärten mir, wieviel Schwarzgeld sich mit einer Großfleischerei, einer Exportlizenz, etwas Diskretion, einem langen Atem und vor allem einer gewissen Verächtlichkeit gegenüber dem Gesetz abzweigen läßt. Dazu klatscht man einfach das Etikett für Qualitätsrindfleisch auf irgendwas anderes drauf. Auf Eselfleisch zum Beispiel, bringt satte Gewinnspannen. Känguruhs sind auch nicht übel. Bergen jedoch gewisse Risiken. Doch selbst bei minderwertigem Rindfleisch kommt noch ein netter Reibach heraus.

Nur erwischen lassen darf man sich nicht. Und wenn's mal passiert, redet man sich eben auf einen Irrtum heraus. Wenn auch der Werksleiter überzeugt ist, daß es wirklich einer war, hilft das sehr. Und da solche Dinge den Ruf der Exportindustrie des Landes beträchtlich beeinträchtigen können, verspüren die Beamten von der Qualitätsprüfung kein Bedürfnis, einen systematischen Mißbrauch aufzudecken. Zum Glück für Pacific Pastoral wurde diese Frage auch nie gestellt. Der Brand lieferte dem Unternehmen zudem den längst fälligen Vorwand, sein Warenexportgeschäft gänzlich abzustoßen. Das Werk wurde an eine japanische Tierfutterfirma mit Sitz in Queensland verscherbelt und mit dem Erlös die Verlagerung auf die Branchen Fremdenverkehr, Medien und Immobilien finanziert, was sich in der Wirtschaft Victorias als wahre Goldgrube herausgestellt hat. Nicht daß in meiner kleinen Unterhaltung mit Merricks die Finanzen ihr häßliches Haupt erhoben. In dieser Hinsicht war ich äußerst vorsichtig.

»Herb Gardiner hat mir alles erzählt«, kam ich gleich zur Sache, mit dem Rücken an die Tür gelehnt. »Er verspürte das dringende Bedürfnis, noch schnell sein Gewissen zu erleichtern.«

»Ich kannte den Mann nicht einmal«, plusterte Merricks sich auf. »Wir haben ja Tausende von Mitarbeitern.«

»Stimmt«, sagte ich. »Aber wie viele von denen haben noch zusammen mit Ihnen auf der Wyndham gedient?«

Noch eine Sache, in der ich Agnelli recht geben muß: diese Industriekapitäne sind ein total abgeschottetes Völkchen, und einem so taktlosen Menschen wie mir war Merricks wahrscheinlich im ganzen Leben noch nie begegnet. Für den Umgang mit ungehobelten Rüpeln meiner Sorte beschäftigte er Personal. Ihm selbst fehlten die erforderlichen Fähigkeiten. »Eine Fregatte«, sagte ich. »Also kein besonders großes Boot, was? Nicht zu vergleichen mit einem Flugzeugträger oder so was.«

»Die Wyndham war kein Boot«, blökte er. »Das war ein Schiff.« Da wußte ich, daß ich ihn am Wickel hatte.

Auch gut, zumal ich ja bloß blind getippt hatte, daß er Gardiner bei der Marine begegnet war. Das Marinearchiv rückt nämlich keine Personaldaten heraus – den Namen des Schiffes, auf dem Lionel gedient hatte, wußte ich von der Journalistin, die den Jubelartikel in der *National Times* über ihn geschrieben hatte. Ich hatte sie einfach angerufen und ihr aufgetischt, ich bräuchte Hintergrundinfos über Merricks, weil die Regierung ihm eine Auszeichnung verleihen wolle. Die Wyndham hatte er im Laufe des Interviews mal erwähnt, also zählte ich zwei und zwei zusammen. Allerdings war es reinste Quantenmathematik, daß am Ende auch vier herauskam, denn über Gardiners Militärdienst ließ sich genauso wenig in Erfahrung bringen.

Da die H.M.A.S. Wyndham nun schon mal vor unserem geistigen Auge kreuzte, besserte sich Merricks' Erinnerungsvermögen plötzlich doch ein wenig, und er räumte sogar ein, es könnte damals einen Mechaniker namens Gardiner an Bord gegeben haben. Er wollte auch die Möglichkeit nicht gänzlich ausschließen, daß ebenjener Gardiner just zu dem Zeitpunkt in Coolaroo angestellt wurde, als er selbst gerade seinen Aufstieg im Management des Werks begann. Allerdings werde es mir äußerst schwerfallen zu beweisen, daß er mit diesem Mann je persönlich zu tun gehabt habe, sagte er. Und die Verdächtigung, die beiden hätten miteinander in kriminellen Machenschaften konspiriert, sei geradezu anmaßend. Und würde mich, sollte ich sie etwa in der Öffentlichkeit wiederholen, *stante pede* vor Gericht bringen.

Daran zweifelte ich keine Sekunde. Dennoch war es eine leere Drohung. Ich hatte nicht die geringste Absicht, mich mit Merricks anzulegen. Die Verleumdungsgesetze dienen schließlich dazu, die Reichen zu schützen, und die Vorstellung, bei Pacific Pastoral würde man interne Aufzeichnungen herausrücken, um dem eigenen Vorstandsvorsitzenden nachzuweisen, daß er das Unternehmen seit vielen Jahren systematisch betrog, war schlichtweg lächerlich. Bei meinem kleinen Plausch mit Merricks wollte ich bloß ein paar Dinge klären. Eine rein persönliche Angelegenheit. Bei unserem letzten Gespräch hatte Merricks geglaubt, ich hätte vor, ihn zu erpressen. In Anbetracht all dessen, was seither geschehen war, wollte ich ihn nicht in der irrigen Annahme belassen, er sei mir vom moralischen Standpunkt her überlegen.

»Tja, Fleisch zu vertauschen ist ja nicht wirklich ein Verbrechen, denke ich mal«, sagte ich. »Eher noch eine gerissene Geschäftspraxis, nicht wahr? Die Mängelprüfungspflicht liegt beim Käufer und so weiter. Aber wie steht's mit dem Lohnbetrug, mit der Erpressung, mit den Drogen? Sie und Gardiner haben die Verbraucher beschissen, Gardiner und Bayraktar die Firma, und dann hat Bayraktar noch seine Kollegen ausgepreßt und mit den Werks-LKWs lastwagenweise Dope verschoben. Nette Gesellschaft, in der Sie sich da befinden, mein Bester.«

Von alledem war er so aufrichtig schockiert, daß ich unfallträchtiges Verhalten im Straßenverkehr und versuchten Mord gleich gar nicht mehr erwähnte. Ich ließ ihn im Treppenhaus stehen und warf die Tür hinter mir zu.

Im Zweifelsfall würde ich Merricks nicht schuldig sprechen, weil ich nicht glaube, daß er tatsächlich an Mord dachte, als er Gardiner beauftragte, sich um mich zu kümmern. Vermutlich dachte er eher an eine großzügige Abfindung. Lionel ist ein Typ, der Probleme gern mit einem breiten Pinselstrich aus der Welt schafft, aber eigentlich kein von Natur aus gewalttätiger Mensch. Im Gegensatz zu Herb Gardiner, dem die Aussicht den Verstand geraubt hatte, die still und heimlich angehäuften Früchte von fünfzehn Jahren Gaunerei einfach im Gully verschwinden zu sehen, und das ausgerechnet zwei Wochen, ehe er seine illegalen Ersparnisse im wohlverdienten Ruhestand genießen konnte. Und man kann ja einen Menschen schwer dafür verantwortlich machen, was übereifrige Untergebene in seinem Namen anstellen, oder?

Merricks ist inzwischen übrigens derart fügsam, daß es Agnelli sogar gelungen ist, ein paar stattliche Spenden aus ihm rauszuquetschen, was die steigenden Kosten für den Wahlkampf ausgleicht. Dessen Ausgang ich immerhin meine kontinuierliche Beschäftigung verdanke. Ich denke also, daß Pragmatismus nicht nur eine staatsbürgerliche Tugend, sondern auch eine persönliche Gnade ist. Wer den Garden State Victoria pflegt, muß eben auch vor Schlangen auf der Hut sein.

Außerdem habe ich wirklich keinen Grund, mich zu beschweren. Wenigstens nicht, seit die blauen Flecken alle verheilt sind. Wie ich gern zu Angelo Agnelli sage, bei den seltenen Gelegenheiten, wenn er mich um meinen Rat bittet: »*Bir tesselli ver* – gib mir etwas Trost.«

Shane Maloney
Künstlerpech

Roman. Aus dem australischen Englisch
von Nikolaus Stingl

Künstlerpech beginnt so sinnlich wie der Bolero von Ravel in einer tropisch-schwülen Januarnacht – ein würdiger Einstand für Murray Whelan als politischer Berater des neuen Kulturministers in Melbourne. Doch auch in Australien kriegt Adam seine Eva nicht ohne Schlange – oder vielmehr eine ganze Schlangengrube. Denn hinter dem lauschigen Mangrovenwäldchen erwartet Murray ein Skandal: die Leiche eines toten Künstlers und ein Abschiedsbrief, der das Kulturministerium bezichtigt, Umschlagplatz einer gigantischen Kunstfälscherbande zu sein.
Künstlerpech ist ein Thriller, eine bissige Satire über Hörigkeit, Eitelkeit und Intrigen in Politik und Kunst; es ist aber auch ein anrührender Roman übers Erwachsenwerden, über Väter und ihre Söhne, über die Midlife-crisis, über die Wonnen und Qualen des Single-Daseins.

»Maloney, intimer Kenner der Kulturszene, entlarvt den schönen Schein der Künste als knallhartes Geschäft.« *Ulrich Janetzki / Focus, München*

»In Shane Maloneys Krimikomödie steckt nicht nur eine kleine Sozialpsychologie des Aufsteigers, sondern auch eine des Übergangs von der soliden Arbeits- zur luftigen Erholungsgesellschaft.«
Lutz Krützfeldt / Neue Zürcher Zeitung

»Modern, temporeich, schrill und spannend. Beste Unterhaltung.« *Prinz, Hamburg*

Jakob Arjouni im Diogenes Verlag

Happy birthday, Türke!

Ein Kayankaya-Roman

»Privatdetektiv Kemal Kayankaya ist der deutsch-türkische Doppelgänger von Phil Marlowe, dem großen, traurigen Kollegen von der Westcoast. Nur weniger elegisch und immerhin so genial abgemalt, daß man kaum aufhören kann zu lesen, bis man endlich weiß, wer nun wen erstochen hat und warum und überhaupt.
Daß *Happy birthday, Türke!* trotzdem mehr ist als ein Remake, liegt nicht nur am eindeutig hessischen Großstadtmilieu, sondern auch an den bunteren Bildern, den ganz eigenen Gedankensaltos und der Besonderheit der Geschichte. Wer nur nachschreibt, kann nicht so spannend und prall erzählen.«
Hamburger Rundschau

Verfilmt von Doris Dörrie, mit Hansa Czypionka, Özay Fecht, Doris Kunstmann, Lambert Hamel, Ömer Simsek und Emine Sevgi Özdamar in den Hauptrollen.

Mehr Bier

Ein Kayankaya-Roman

Vier Mitglieder der ›Ökologischen Front‹ sind wegen Mordes an dem Vorstandsvorsitzenden der ›Rheinmainfarben-Werke‹ angeklagt. Zwar geben die vier zu, in der fraglichen Nacht einen Sprengstoffanschlag verübt zu haben, sie bestreiten aber jegliche Verbindung mit dem Mord. Nach Zeugenaussagen waren an dem Anschlag fünf Personen beteiligt, aber von dem fünften Mann fehlt jede Spur. Der Verteidiger der Angeklagten beauftragt den Privatdetektiv Kemal Kayankaya mit der Suche nach dem fünften Mann …

Ein Mann, ein Mord

Ein Kayankaya-Roman

Ein neuer Fall für Kayankaya. Schauplatz: die (noch immer) einzige deutsche Großstadt: Frankfurt. Kayankaya sucht Sri Dao, ein Mädchen aus Thailand. Was Kayankaya – Türke von Geburt und Aussehen, Deutscher gemäß Sozialisation und Paß – dabei über den Weg und in die Quere läuft, von den heimlichen Herren Frankfurts über die korrupten Bullen und die fremdenfeindlichen Beamten auf den Ausländerbehörden bis zu den Parteigängern der Republikaner mit ihrer alltäglichen Hetze gegen alles Fremde und Andere, erzählt Arjouni klar, ohne Sentimentalität, witzig, souverän.

»Jakob Arjouni ist von den jungen Kriminalschriftstellern deutscher Zunge mit Abstand der beste.«
Wolfram Knorr/Die Weltwoche, Zürich

Kismet

Ein Kayankaya-Roman

Mit einem Freundschaftsdienst fängt alles an. Eigentlich wollen Kayankaya und Slibulsky dem Gastwirt Romario nur helfen, zwei Schutzgelderpresser zu vertreiben. Doch dann liegen auf einmal zwei merkwürdig weiß gepuderte Leichen in Romarios Restaurant. Die Toten lassen Kayankaya keine Ruhe, und er macht sich auf die Suche nach ihrer Identität – bis er selbst gesucht wird. Von einer Mafia, von der niemand weiß, woher sie kommt und wer ihr Chef ist. Sicher ist nur, daß es sich um die brutalste und kompromißloseste Gangstertruppe handelt, die sich über das Frankfurter Bahnhofsviertel je hergemacht hat. Und schließlich bekommt Kayankaya noch einen richtigen, das heißt: bezahlten Auftrag. Er soll eine Frau finden, die er in einem Videofilm sieht. Und die ihn, wie er glaubt, vom Bildschirm aus anblickt …

Jason Starr im Diogenes Verlag

Jason Starr, geboren 1968, wuchs in Brooklyn auf und begann in seinen College-Jahren zu schreiben, zunächst Kurzgeschichten, später auch Romane und Theaterstücke. Früher verkaufte er Parfüm, Computer und – Höhepunkt seiner Karriere – unzerreißbare Strumpfhosen und redete sich die Seele aus dem Leib als Telefonverkäufer. Heute ist Jason Starr selbsternannter Experte für American Football und Baseball, für Pferderennen und Glücksspiel. Er lebt in New York.

»Jason Starr ist ein phantasievoller Autor und schreibt so rabenschwarz wie im Hollywood der vierziger Jahre. Als ein gescheiter Krimi noch ein richtiger Lesegenuß war.«
Martina I. Kischke/Frankfurter Rundschau

»Die unwiderstehliche Schwärze und Rasanz, in der Jason Starr den ethischen und zwischenmenschlichen Niedergang seiner Protagonisten schildert, sucht ihresgleichen.« *Stadtblatt Osnabrück*

Top Job
Roman. Aus dem Amerikanischen von Bernhard Robben

Die letzte Wette
Roman. Deutsch von Bernhard Robben

Ein wirklich netter Typ
Roman. Deutsch von Hans M. Herzog

Hard Feelings
Roman. Deutsch von Bernhard Robben